DARKLOVE.

TOUCH
Copyright © Claire North, 2010
Todos os direitos reservados.

Tradução para a língua portuguesa
© Leandro Durazzo, 2025

Os personagens e as situações desta obra são reais
apenas no universo da ficção; não se referem a pessoas
e fatos concretos, e não emitem opinião sobre eles.

Diretor Editorial
Christiano Menezes

Diretor de Novos Negócios
Chico de Assis

Diretor de Planejamento
Marcel Souto Maior

Diretor Comercial
Gilberto Capelo

Diretora de Estratégia Editorial
Raquel Moritz

Gerente de Marca
Arthur Moraes

Gerente Editorial
Marcia Heloisa

Editora
Nilsen Silva

Capa e Projeto Gráfico
Retina 78

Coordenador de Diagramação
Sergio Chaves

Preparação
Ana Kronemberger

Revisão
Amanda Mendes
Isadora Torres
Retina Conteúdo

Finalização
Sandro Tagliamento

Marketing Estratégico
Ag. Mandíbula

Impressão e Acabamento
Braspor

DADOS INTERNACIONAIS DE CATALOGAÇÃO NA PUBLICAÇÃO (CIP)
Jéssica de Oliveira Molinari CRB-8/9852

North, Claire
  Outras vidas / Claire North ; tradução de Leandro Durazzo. —
Rio de Janeiro: DarkSide Books, 2025.
  368 p.

  ISBN: 978-65-5598-475-0
  Título original: Touch

  1. Ficção inglesa 2. Ficção científica 3. Literatura fantástica
  4. Horror I. Título II. Durazzo, Leandro

24-4762   CDD 823

Índice para catálogo sistemático:
1. Ficção inglesa

[2025]
Todos os direitos desta edição reservados à
DarkSide® Entretenimento LTDA.
Rua General Roca, 935/504 — Tijuca
20521-071 — Rio de Janeiro — RJ — Brasil
www.darksidebooks.com

ELES VIVEM ENTRE NÓS

CLAIRE NORTH

OUTRAS VIDAS

TRADUÇÃO **LEANDRO DURAZZO**

D̶A̶R̶K̶S̶I̶D̶E̶

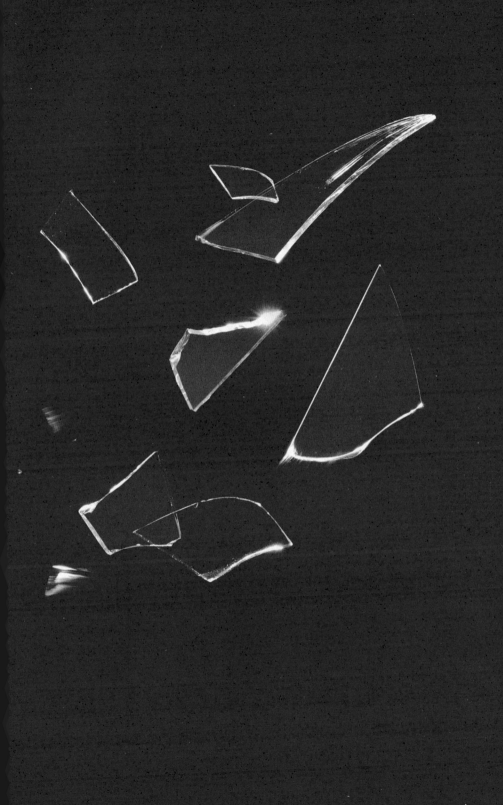

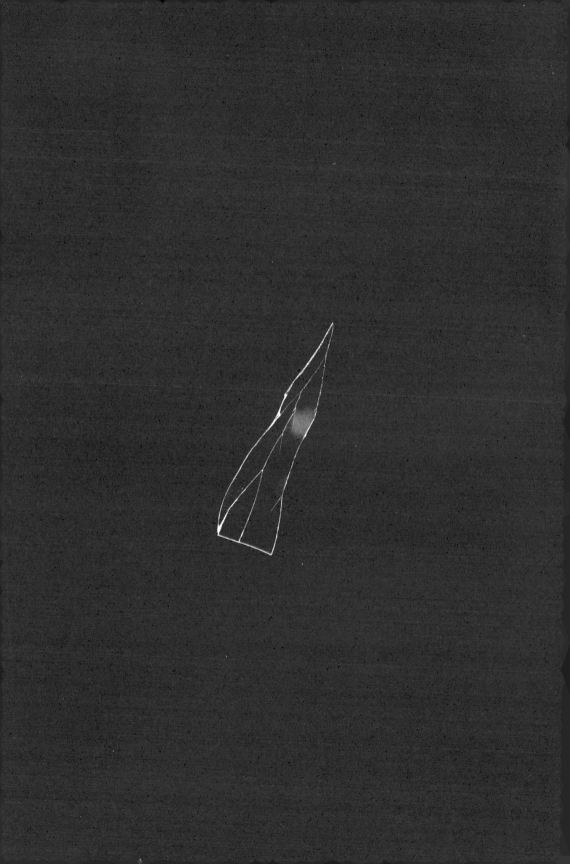

CLAIRE NORTH

OUTRAS VIDAS

1

Josephine Cebula estava morrendo, e devia ter sido eu.

Levou dois tiros no peito, um na perna, e era para ter sido suficiente, o fim da história, mas o atirador ficou de pé junto à forma moribunda e procurava por mim.

Por *mim*.

Eu me escondi no corpo de uma mulher com tornozelo inchado e pulso suave e fraco, e vi Josephine morrer. Seus lábios estavam azuis, a pele branca, e o tiro mais baixo mandou sangue para seu estômago, imparável como vazamento num petroleiro. Quando expirava, uma espuma rosa aflorava entre seus dentes, o sangue enchendo os pulmões. Ele — seu assassino — já estava a postos, movendo a cabeça, a arma erguida, procurando pela troca, pelo salto, conexão, a pele, mas a estação era um cardume de sardinhas fugindo de um tubarão. Debandei com a multidão, cambaleando naqueles sapatos impossíveis. Tropecei e caí. Minha mão se conectou à perna de um homem barbado, grisalho e de calças cáqui, que talvez, em outro lugar, balançara nos joelhos, alegremente, seus netinhos mimados. Seu rosto estava tomado pelo pânico e ele agora corria, golpeando estranhos com punhos e cotovelos, abrindo caminho, muito embora ele fosse, sem dúvida alguma, um homem bom.

Em momentos assim você faz o que pode, e ele faria.

Meus dedos se fecharam em seu tornozelo e eu
saltei
deslizando para baixo de sua pele sem nenhum som.

Um instante de incerteza. Eu fora uma mulher; agora era um homem, velho e amedrontado. Mas tinha as pernas fortes, os pulmões largos, e se eu tivesse hesitado não teria feito a passagem. Às minhas costas, a mulher de tornozelo inchado berrava. O atirador se virou, arma em riste.

O que ele via?

Uma mulher caída na escadaria, um velho bondoso ajudando-a a se levantar. Eu uso um chapéu muçulmano branco, de *hadji*, imagino que deva amar minha família, e há certa bondade no canto de meu olhar que horror nenhum pode apagar. Coloquei a mulher de pé, arrastando-a para a saída, e o assassino viu apenas meu corpo, não a mim, e se afastou.

A mulher, quem eu tinha sido há um segundo, se desfez do aturdimento o suficiente para olhar o meu rosto desconhecido. Quem era eu? Como foi que acabei por ajudá-la? Ela não tinha respostas e, encontrando apenas medo, uivou um terror lupino e se desvencilhou de mim, arranhando meu queixo. Livre, correu.

Acima, no esquadro luminoso da passagem ao fim da escada: polícia, luz do sol, salvação.

Atrás: um homem armado, cabelos castanhos e jaqueta sintética preta, que não corria, não atirava, mas estava procurando, procurando pela pele.

Na escadaria, o sangue de Josephine se espalhava.

O sangue em sua garganta soava igual Dip Lik/popping candy quando ela respirava, quase inaudível no tumulto da estação.

Meu corpo queria correr, as paredes de um coração idoso batendo rápidas dentro do peito. Os olhos de Josephine encontraram os meus, mas ela não me viu neles.

Virei-me, voltando em sua direção. Ajoelhado a seu lado, pressionei sua mão sobre a ferida mais próxima ao coração e sussurrei "Você vai ficar bem. Vai ficar tudo bem".

Um trem se aproximava pelo túnel. Fiquei espantado por ninguém ter interrompido aquela linha. Mas também, o primeiro tiro fora disparado há menos de trinta segundos, e explicar aquilo levaria quase tanto tempo quanto vivê-lo.

"Você vai ficar bem", menti a Josephine, murmurando um alemão suave em seu ouvido. "Amo você."

Talvez o maquinista do trem que chegava não tivesse visto o sangue na escada, nem as mães agarradas aos filhos enquanto se escondiam detrás das pilastras cinza e das máquinas fluorescentes de refrigerantes. Talvez não tivesse visto ou, como um ouriço encantado frente a uma betoneira, maravilhado pelo que via, não pôde articular um pensamento original e, com o treinamento subjugando a iniciativa, desacelerou.

Confrontado pelas sirenes acima e pelo trem abaixo, o homem da arma deu mais uma olhada na estação, não encontrou o que queria, virou-se e correu.

As portas do trem se abriram e ele embarcou.

Josephine Cebula estava morta.

Eu segui seu assassino trem adentro.

2

Três meses e meio antes de morrer, uma mão desconhecida sobre a sua, Josephine Cebula disse "São cinquenta euros a hora".

Eu estava sentado na beirada da cama do hotel, lembrando da razão de não gostar de Frankfurt. Umas poucas ruas bonitas haviam sido restauradas depois da guerra por um prefeito com imbatível senso de orgulho cívico, mas o tempo passara depressa demais, as necessidades da cidade eram muito grandes, e então um trecho puído de *kitsch* germânico fora reconstruído, celebrando uma cultura perdida, um conto de fadas. O resto era puro tédio dos anos 1950, construído em linhas retas por homens ocupados demais para pensar em algo melhor.

Agora que executivos de concreto cinza se sentavam entre paredes de concreto cinza, muito possivelmente discutindo concreto, não havia muito mais com o que se empolgar em Frankfurt. Bebiam um pouco da pior cerveja que a Alemanha tinha a oferecer, em alguns dos bares mais enfadonhos da Europa Ocidental, pegavam ônibus que chegavam na hora exata, pagavam três vezes a tarifa de um táxi até o aeroporto, cansados ao chegar, contentes ao partir.

E no meio de tudo isso havia Josephine Cebula, que dizia "Cinquenta euros. Não é negociável".

Perguntei "Qual sua idade?"

"Dezenove."

"Qual sua idade verdadeira, Josephine?"

"Que idade você quer que eu tenha?"

Prestei atenção em seu vestido, bastante caro a seu modo, já que aquele pedacinho de pano propositalmente surrado tentava ser uma imitação de alta costura. Um zíper descia pela lateral, justo sobre suas costelas e na curva do abdome. As botas apertavam as panturrilhas, forçando-as a se arquearem desconfortáveis sob os joelhos. Os saltos eram altos demais para um bom equilíbrio, evidente em sua postura vacilante. Mentalmente, eu a despi dessas escolhas lastimáveis, ergui seu queixo, ignorei a tintura barata de seu cabelo e concluí que ela era linda.

"Com quanto você fica?", perguntei.

"Por quê?"

"Seu sotaque não é alemão. Polonesa?"

"Por que tanta pergunta?"

"Responda e trezentos euros são seus, agora mesmo."

"Mostre."

Saquei o dinheiro, uma nota por vez, deixando as cinquenta notas no chão entre nós.

"Fico com quarenta por cento."

"É um mau negócio."

"Você é da polícia?"

"Não."

"Padre?"

"Longe disso."

Ela queria olhar o dinheiro, imaginar quanto mais haveria comigo, mas conseguiu manter os olhos em mim. "Então o quê?"

Pensei um pouco. "Um viajante", terminei respondendo. "Procurando uma mudança de cenário. Seus braços... marcas de agulha?"

"Não. Doei sangue."

Uma mentira que sequer precisei acusar, de tão fraca que era tanto em invenção quanto em execução. "Posso ver?"

Seus olhos correram para o dinheiro no chão. Estendeu os braços. Examinei a ferida próxima ao cotovelo, senti a pele, tão suave que me admirava não deixá-la com marcas, e não notei sinais de um uso excessivo de agulhas. "Estou limpa", murmurou, seus olhos agora fixos nos meus. "Estou limpa."

Soltei suas mãos. Ela cruzou os braços sobre o peito. "Não vou fazer nada idiota."

"Como assim?"

"Não vou sentar para bater papo. Você está aqui a negócios; eu estou aqui a negócios. Então, vamos aos negócios."

"Certo. Eu quero seu corpo."

Deu de ombros; não era um pedido novo. "Por trezentos eu posso passar a noite, mas preciso avisar os caras."

"Não, não pela noite."

"Então o quê? Eu não faço acordos longos."

"Três meses."

Roncou ao rir; já não se lembrava de como o humor soava. "Você é doido."

"Três meses", repeti. "Dez mil euros quando o contrato estiver terminado, um passaporte novo, identidade nova e um novo começo em qualquer cidade que você queira."

"E o que você vai querer por isso?"

"Eu disse: quero seu corpo."

Ela afastou o rosto para que eu não percebesse o medo que desceu por sua garganta. Pensou por um momento, o dinheiro a seus pés, um estranho sentado na beirada da cama. Então, "Mais. Fale mais, e eu vou pensar."

Estendi a mão com a palma para o alto. "Segure minha mão", eu disse, "vou lhe mostrar."

3

Aquilo acontecera três meses atrás.

Agora, Josephine estava morta.

A estação Taksim tem bem pouco que a destaque.

Pela manhã, transeuntes sonolentos chacoalham-se uns contra os outros enquanto cruzam o Bósforo, as blusas suadas nos transportes lotados que atendem Yenikoy e Levent. Estudantes andam no metrô em camisetas punk rock, sainhas e véus chamativos, rumando para a colina de Gálata, os cafés de Beyoglu, a loja da Apple e as lanchonetes engorduradas de Siraselviler Caddesi, onde as portas nunca fecham e as luzes jamais se apagam por trás das vitrines das lojas de roupas. À noite, mães se agitam para colocar o segundo filho no carrinho, maridos vão a passos largos com as pastas balançando, e os turistas, que nunca entendem que esta é uma cidade de verdade e estão interessados apenas no bondinho, se amontoam e fazem cara de nojo pelo cheiro de sovaco vencido.

Tal é o ritmo de uma cidade próspera, e sendo assim, a presença de um assassino no vagão, arma escondida sob uma jaqueta preta de beisebol, a cabeça baixa e as mãos quietas, não causa qualquer agitação enquanto o metrô parte da estação Taksim.

Sou um velho bondoso com um chapéu branco. Minha barba está aparada, minhas calças têm apenas um pouco de sangue manchando o joelho que apoiei ao baixar junto à moça morta. Não há qualquer sinal de que sessenta segundos atrás eu corria por Taksim temendo por minha vida, a não ser, talvez, pelas veias saltadas em meu pescoço e o rosto pegajoso de suor.

A poucos metros de mim — bem poucos, mas ao mesmo tempo muitos, a contar pelos corpos que nos separavam — estava o homem com a arma sob a jaqueta, sem qualquer expressão que o denunciasse como tendo alvejado uma mulher a sangue-frio. O boné, cobrindo os olhos, indicava devoção ao Gungorenspor, um time de futebol cujos feitos eram eternamente mais grandiosos em expectativa do que de fato. Sua pele era lisa, recentemente bronzeada por algum sol do sul e ainda mais recentemente aprendendo a esquecê-lo. Umas trinta pessoas preenchiam o espaço entre nós, balançando de um lado para o outro como ondulações em um copo. Em poucos minutos a polícia bloquearia a linha até Sanayii. Em poucos minutos alguém veria o sangue em minhas roupas, notaria as pegadas vermelhas que, cada vez menos, meus pés iam deixando ao caminhar.

Não era tarde demais para fugir.

Observei o homem com boné de beisebol.

Ele também fugia, ainda que de outro modo. Seu objetivo era se mesclar à multidão e, de fato, com o boné enterrado na cabeça e os ombros curvados, ele poderia ser apenas um passante qualquer no trem, de forma alguma um assassino.

Caminhei pelo vagão, firmando o passo cuidadosamente nos espaços entre os pés dos outros passageiros, um jogo de Twister balançante jogado no silêncio denso de desconhecidos que tentavam não cruzar olhares.

Em Osmanbey, em vez de esvaziar, o trem fica ainda mais lotado com a enxurrada de pessoas que entram antes de seguir viagem. O assassino encarava pelo vidro a escuridão do túnel lá fora, uma mão firme na barra acima, outra descansando na jaqueta, talvez com o dedo ainda repousado sobre o gatilho da arma. Seu nariz fora quebrado, depois restaurado, havia muito tempo. Era alto, sem ser gigante, e deixava o pescoço largado e os ombros curvados para minimizar esse efeito. Era magro, não magricela, robusto sem ser muito corpulento, tenso como um tigre, lânguido como um gato. Um menino com uma raquete de tênis sob o braço se chocou contra ele, e o assassino cerrou os dentes, firmando os dedos dentro da jaqueta. O menino desviou o rosto.

Abri caminho passando por uma médica que voltava para casa, crachá do hospital se movendo sobre o peito, sua foto encarando com olhar de pessimismo severo dentro do plástico, pronta para esmorecer as esperanças de qualquer um. O homem de boné de beisebol estava a menos de um metro, a nuca reta, cabelos aparados em uma linha brusca acima da última vértebra.

O trem começou a desacelerar, e tão logo o fez, o homem ergueu novamente a cabeça, os olhos correndo por todo o vagão. Nisso, seu olhar pousou em mim.

Um instante. Primeiramente sem qualquer expressão, o olhar de estranhos num trem, desprovido de ânimo ou espírito. Então um sorriso educado, já que eu era um velhinho simpático, minha história escrita na pele, e sorrindo ele esperava que eu me afastasse, tendo feito contato, tendo passado o momento. Finalmente, seus olhos correram até minhas mãos que já se erguiam na direção de seu rosto, e seu sorriso sumiu ao ver o sangue de Josephine Cebula coagulado em manchas grossas por meus dedos. Enquanto ele abria a boca e começava a sacar a arma de seu coldre, alcancei-o, fechei meus dedos em seu pescoço e

troquei.

Um segundo de confusão quando o homem barbado com sangue nas mãos, de pé a minha frente, perdeu o equilíbrio, chocou-se contra o menino da raquete de tênis, se apoiou na parede do trem, ergueu os olhos, me viu e, quando o trem chegava a Sisli Mecidiyekoy, com uma coragem notável, dadas as circunstâncias, se aprumou, apontou o dedo na minha cara e gritou "Assassino! Assassino!"

Sorri educadamente, deslizei a arma de volta para o coldre e, quando a porta se abriu às minhas costas, me enfiei no tumulto da estação.

4

Sisli Mecidiyekoy era um lugar santificado aos deuses da falta de originalidade global. Desde os corredores brancos de lojas vendendo uísque barato e DVDs da vida do profeta Maomé até os arranha-céus altíssimos para famílias ricas o bastante para serem grandes, mas não o suficiente para serem exclusivas, Sisli era um distrito de luzes, concreto e uniformidade. Riqueza uniforme, ambição uniforme, comércio uniforme, gravatas uniformes e uniformes taxas de estacionamento.

Se me perguntassem de um lugar onde ocultar o corpo de um assassino, este não estaria no topo da minha lista.

Mas até aí...

"Assassino! Assassino!" vinha do trem, a voz tinindo às minhas costas.

Lojistas perplexos se perguntavam que comoção seria aquela, e se ela atrapalharia seus negócios.

Meu corpo calçava tênis confortáveis.

Corri.

O shopping Cevahir, atraente feito calcário, romântico que nem herpes, poderia estar em qualquer parte do mundo. Cerâmica branca e teto de vidro, saliências geométricas decorando galerias e o piso, pilastras nem-tão-douradas-assim se erguendo em meio a saguões onde as lojas eram Adidas e Selfridges, Mothercare e Debenhams, Starbucks e McDonald's, as únicas concessões à cultura local eram o hambúrguer de kafta e o sundae de maçã e canela servido num copo plástico. Câmeras de segurança enchiam os corredores, girando devagar para seguir crianças suspeitas com calças estufadas, mamães de salto alto e sacolas de compras em carrinhos de bebê vazios, criancinhas largadas pelas babás nos estandes de pintura facial. Ainda que fosse tão islâmico quanto pé de porco ao creme, as matronas de véus escuros vinham de Fenir, arrastando crianças com as mãos enluvadas, experimentar pizza *halal* do Pizza Hut e ver se estavam precisando de uma ducha nova.

E em meio a isso, atrás de mim soavam sirenes, então puxei a aba do boné para baixo, ergui os ombros e mergulhei na multidão.

5

Meu corpo.

Seu dono costumeiro, quem quer que fosse, talvez julgasse normal que as omoplatas se tensionassem tanto sob a pele. Ele não deve ter tido nenhum contraste com que comparar sua experiência de possuir ombros. Seus pares, perguntados sobre a sensação dos próprios ombros, sem dúvida vinham com a resposta universal: normal.

Sensação normal.

Sinto o que sinto.

Se eu alguma vez tivesse oportunidade de falar com o assassino de quem vesti o corpo, ficaria feliz de informá-lo sobre o erro em suas percepções.

Fui em direção aos banheiros, e por costume entrei no feminino.

Os primeiros minutos são sempre os mais estranhos.

Sentei-me a portas fechadas no banheiro masculino e revirei os bolsos do assassino.

Eu carregava quatro objetos. Um celular, desligado, uma arma no coldre, quinhentas liras e as chaves de um carro alugado. Nenhum papelzinho de bala a mais.

Falta de pistas dificilmente era uma pista em si mesma, mas há pouco o que dizer de um homem que carrega uma arma e nenhuma carteira. A conclusão óbvia a que se chega é essa: é um assassino.

Sou um assassino.

Enviado, sem dúvida, para me matar.

E, ainda assim, foi Josephine quem morreu.

Sentado, pensei em formas de matar meu corpo. Veneno seria mais fácil que lâminas. Uma overdose simples de qualquer coisa tóxica o bastante e antes mesmo da primeira dor eu já teria partido, distante, um estranho observando este assassino, esperando-o morrer.

Liguei o celular.

Não havia números salvos na memória, nenhuma pista de que fosse algo além de uma compra rápida em qualquer lojinha. Ia desligá-lo, mas chegou uma mensagem.

Estava escrito: *Circe*.

Refleti sobre aquilo, por um instante, depois desliguei o telefone, arranquei a bateria e joguei tudo no bolso.

Quinhentas liras e as chaves de um carro alugado. Apertei o chaveiro na palma da mão, senti suas pontadas contra a pele, feliz com a ideia de que pudesse sangrar. Tirei o boné e a jaqueta e, com arma e coldre agora expostos, tirei-os também, enrolei-os no bolo de roupas rejeitadas e os atirei na lixeira mais próxima. Agora, de camiseta branca e jeans, saí do banheiro e entrei na primeira loja de roupas, sorrindo ao segurança na porta. Comprei uma jaqueta marrom com dois zíperes na frente, o segundo sem utilidade aparente. Também comprei um cachecol cinza e um gorro combinando, escondendo o rosto por trás deles.

Três policiais estavam a postos perto das portas de vidro que ligavam o shopping à estação do metrô.

Sou um assassino.

Sou um turista.

Sou qualquer um.

Ignorei-os enquanto passava.

O metrô estava fechado. Aglomerações irritadas se juntavam perto dos funcionários nervosos, é um absurdo, um crime, vocês têm ideia do que estão fazendo conosco? Tudo bem que uma mulher morreu, mas isso é motivo para estragar nosso dia?

Peguei um táxi. Cevahir é um dos poucos lugares em Istambul onde é fácil encontrá-los, numa atitude de "já gastei os tubos aqui, que mal pode haver?" que generosamente assegura os proveitos dos taxistas.

O motorista, me olhando pelo retrovisor conforme entrávamos no trânsito, demonstrou satisfação por ter pegado um peixe grande — não apenas alguém que volta das compras, mas um estrangeiro. Perguntou aonde íamos, e seu coração disparou quando respondi Pera, a colina de hotéis enormes e gorjetas generosas dos turistas ingênuos, enfeitiçados pelas margens do Bósforo.

"Turista, é?" perguntou num inglês mal ajambrado.

"Não. Viajante", respondi em turco perfeito.

Surpresa ao som de sua própria língua. "Americano?"

"Faz diferença?"

Minha apatia não o desencorajou. "Adoro os americanos", explicou enquanto se embrenhava entre as luzes vermelhas da hora do rush. "O pessoal costuma odiá-los — barulhentos, balofos, babacas — mas eu os adoro. Eles só cometem tantos erros porque seus mestres são bem errados. Acho mesmo bom que eles queiram ser boa gente."

"E é?"

"Ah, sim. Conheci muitos americanos, e eles são sempre generosos, muito generosos, e sempre querem fazer amizade."

O taxista continuou falando, uma lira a mais a cada quatrocentas palavras alegres. Deixei-o falar, observando os tendões se estirando e relaxando em meus dedos, sentindo os pelos na superfície de meu braço, a extensão de meu pescoço, o ângulo brusco onde ele encontra a mandíbula. Meu pomo de adão se movia ao engolir, uma novidade fascinante depois de minha — de Josephine — garganta.

"Conheço um restaurante ótimo aqui perto", o taxista exclamou assim que pegamos as estreitas ruas de pedra em Pera. "Bom peixe. Você diz que eu indiquei, diz que falei que você é um cara legal, vão lhe dar um desconto, certeza. É, o dono é meu primo, e estou dizendo — melhor comida deste lado do Chifre."

Dei uma gorjeta quando ele me largou na esquina do hotel.

Eu não queria me afastar da multidão.

Existem somente dois nomes municipais populares em Istambul — o restaurante/hotel/salão Suleyman e o aeroporto/estação/shopping Ataturk. Uma foto do tal Ataturk enfeita a parede atrás de cada caixa registradora e máquina de cartão de crédito na cidade, e o Hotel Sultão Suleyman, ainda que tremule a bandeira da União Europeia ao lado da turca, não é exceção. Uma construçãozona colonial dos tempos da França, com coquetéis caríssimos, lençóis tinindo e onde cada banheira é uma piscina. Já me hospedara lá, como uma ou outra pessoa.

Agora, trancado no cofre do quarto 418, um passaporte declarava que aqui residira Josephina Kozel, cidadã turca, dona de cinco vestidos, três saias, oito blusas, quatro pijamas, três pares de sapato, uma escova de cabelos, uma de dentes e, guardados cuidadosamente em pilhas de saquinhos a vácuo, dez mil euros em dinheiro vivo. O zelador que abrisse esse cofre e rapelasse seu conteúdo seria um homem feliz, já que isso nunca mais seria a recompensa de Josephine Cebula, descansando em paz numa cova de indigentes da polícia.

Eu não matei Josephine.

Este corpo matou Josephine.

Não seria difícil mutilar esta carne.

Ainda não havia polícia no hotel. O corpo de Josephine não carregava identificação, mas uma hora ou outra eles identificariam a única chave no chaveirinho barato como sendo daqui, então chegariam com suas roupas brancas e sacolas plásticas para encontrar as coisas bonitas que eu comprara para cobrir as curvas naturais do meu

do corpo dela,

um presentinho elegante de despedida para quando nos despedíssemos.

Até lá, eu tinha tempo.

Cogitei voltar ao quarto para recuperar o dinheiro guardado lá — minhas quinhentas liras estavam indo embora depressa — mas o bom senso dizia que não. Onde eu deixaria meu corpo atual enquanto pegava emprestado o da camareira?

Em vez disso, desci por uma rampa de concreto até o estacionamento ainda mais universalmente tedioso em design do que o Starbucks de Cevahir. Saquei a chave do carro do bolso e, perambulando pelo subsolo do hotel, conferi parabrisas e números das placas atrás de algo alugado, destravando a porta no chaveiro eletrônico perto de todo carro que parecesse promissor e esperando suas luzes piscarem com pouca esperança de sucesso.

Mas meu assassino havia sido preguiçoso.

Me seguira até este hotel e havia usado o estacionamento disponível.

No terceiro andar do subsolo, um par de luzes amarelas piscou para mim da frente de um Nissan prata, dando-me as boas-vindas.

6

Este é o carro alugado pelo homem que tentou me matar.

Abri o porta-malas com a chave de seu

meu

bolso, e olhei dentro.

Duas bolsas esportivas pretas, uma maior que a outra.

A menor continha uma camisa branca, um par de calças pretas, uma capa de chuva plástica, um par de cuecas limpas, dois de meias cinza e uma nécessaire. Sob seu fundo de plástico removível, dois mil euros, mil liras turcas, mil dólares americanos e quatro passaportes. As nacionalidades dos passaportes eram alemã, britânica, canadense e turca. Os rostos, junto aos nomes eternamente mutáveis, eram meus.

A segunda bolsa, bem maior, continha um kit de assassino. Uma caixinha bem acondicionada com lâminas pequenas e horríveis facas de combate, corda, fita crepe e gaze, dois pares de algemas, uma Beretta nove milímetros e três pentes extras, além de uma bolsinha médica verde com uma porção de substâncias, de tóxicas a sedativas. Para que serviriam o macacão completo de lycra, as luvas grossas de borracha e a máscara de gás, eu honestamente não fazia ideia.

Quase passei batido pela pasta parda no interior de um dos bolsos, e só não a ignorei porque sua ponta ficou presa em um zíper e contrastava, marrom, com o interior preto da bolsa. Abri-a e quase imediatamente tornei a fechá-la.

Seu conteúdo exigiria mais atenção do que eu estava apto a dar naquele momento.

Fechei o porta-malas, entrei no carro, senti o aconchego do banco do motorista, conferi os retrovisores, corri os dedos pelo porta-luvas e, não achando nada mais interessante que um mapa rodoviário do norte da Turquia, liguei o motor.

Não sou, ao contrário do que poderia se pensar de alguém tão velho quanto eu, nem um pouquinho antiquado.

Habito corpos jovens, saudáveis, interessantes, vigorosos.

Brinco com seus iQualquer-coisa, danço com seus amigos, ouço seus discos, visto suas roupas, como o que encontro em suas geladeiras.

Minha vida é a vida deles, e se a garota novinha que eu habito usa produtos químicos fortíssimos para tratar da acne, por que eu não usaria? Ela teve muito mais tempo para se adaptar à minha pele, sabe o que deve e o que não deve vestir, por isso, em todos os aspectos, eu mudo com o passar do tempo.

Mas nada disso o prepara para dirigir na Turquia.

Serem excelentes motoristas só pode ser explicado por um instinto apuradíssimo, por habilidades afiadas e uma vontade implacável de vencer, caso contrário seria impossível sobreviver ao trânsito e cruzar de Otoyol-3 a Edirne. Não que os colegas motoristas ignorem a ideia de faixas na pista, mas é que, conforme a cidade fica para trás e as colinas que margeiam a costa passam a lhe oprimir, a atmosfera de espaço aberto parece provocar certo instinto animal, e o acelerador vai ao talo, as janelas se abrem para deixar o ar rugir e o objetivo passa a ser vai, vai, vai!

Eu dirijo muito mais tranquilamente.

Não por ser antiquado.

Simplesmente porque, mesmo no momento mais solitário e na estrada mais escura, sempre tenho um passageiro a bordo.

7

A viagem de carro mais aterrorizante da minha vida.

Era 1958, ela havia se apresentado como Pavão e quando sussurrou em meu ouvido "Quer ir a um lugar mais tranquilo?" eu disse claro. Seria divertido.

Cinco minutos e meio depois ela estava ao volante de um Lincoln Baby conversível, a capota baixada e o vento urrando, descendo as colinas de Sacramento como uma águia num tornado, e enquanto eu me agarrava ao painel, vendo os pneus vencendo a ribanceira, ela berrou "Eu gosto pra caralho desta cidade!"

Se eu estivesse sentindo qualquer coisa além do mais puro terror, teria dito algo espirituoso.

"Gosto pra caralho das pessoas!" gritou, bem na hora que um Chevrolet, vindo na contramão, freou com tudo e buzinou para nós, que corríamos para as luzes de túnel.

"São todas simpáticas pra caralho!" gritou, grampos aparecendo entre os cachos de seus cabelos loiros. "Falam pra caralho 'Querida, você é tão amável!', e eu sempre respondo 'Ah, mas isso é bondade demais' e elas sempre continuam 'Mas não podemos lhe dar o papel porque você é amável demais, querida, e eu 'VÃO SE FODER!'"

Gargalhou com prazer quando terminou a história e, com a luz amarelada do túnel morro adentro nos envolvendo, pisou fundo no acelerador.

"SE FODER!" berrava, o motor roncando feito um urso acuado. "Cadê a porra da antipatia, cadê a porra do desgosto, cadê a porra dos colhões, bando de puto?!"

Um par de faróis vinha no sentido contrário e então me ocorreu que ela estava dirigindo na contramão. "Foda-se!" urrou. "Foda-se!"

Os faróis desviaram, e ela desviou junto, como um cavaleiro numa justa, e os faróis desviaram de novo, pneus cantando para saírem do caminho, mas ela virou outra vez a direção, ficando de frente, os olhos baixos, convicta, e por mais que eu gostasse do corpo em que estava na época (homem, vinte e dois anos, os dentes perfeitos), não tinha qualquer intenção de morrer nele, então na hora que alinhamos para a morte eu estendi o braço, agarrei-a pelo cotovelo nu e troquei.

Os freios soltaram um guincho de metal se destroçando, ar comprimido e molas despedaçadas. O carro girou na hora em que os pneus de trás travaram, até que, suave e inevitável como a batida do *Titanic*, sua lateral se chocou contra a parede do túnel. Numa explosão de faíscas branco-amareladas, fomos nos arrastando até parar.

O tranco me jogou para a frente, e minha cabeça estava colada ao volante. Alguém atara vários nós entre meus neurônios, criando blocos densos de barulho inaudível onde deviam estar meus pensamentos. Levantei a cabeça e vi que deixara sangue no volante. Apertei a cabeça com a mão enluvada, colorida feito um pavão, e senti minha boca salgada. A meu lado, o corpo jovem e agradável que eu habitara se agitou, abriu os olhos, estremeceu como um gatinho e começou a perceber a situação.

Confusão virou ansiedade, ansiedade virou pânico e o pânico, tendo apenas a opção entre ira e terror, optou pelo segundo enquanto berrava "Meu Deus meu Deus meu Deus quem é você quem é você porra onde eu estou meu Deus meu Deus..."

Ou algo do gênero.

O outro carro, cujo papel fora fundamental para nosso fim desajeitado, havia parado a uns vinte metros de distância, e agora tinha as portas abertas por onde saía um homem, furioso e mal-encarado. Limpando o sangue de meus olhos, pude ver que o cavalheiro, de colarinho branco e calças pretas como estava, trazia um revólver em uma das mãos e, na outra, um distintivo da polícia. Gritava, rugindo as palavras com uma voz que já esquecera como falar, dizendo minha família, meu carro, delegado de polícia, vai pegar fogo, essa merda vai pegar fogo...

Quando fui incapaz de colaborar com essa conversa, sacudiu a arma em minha direção e berrou para o rapaz jogar-lhe minha bolsa. Ela também, como todo o resto que tinha a ver comigo, era de um azul pavônico, enfeitada com lantejoulas verdes e pretas, brilhosa como pele de serpente ao cruzar o ar. O homem com a arma pegou-a de um jeito esquisito, abriu-a, olhou dentro, e largou-a de uma vez, arfando de modo involuntário.

Ninguém gritava, agora, somente o *tique-tique-tique* do motor enchia a escuridão carregada do túnel. Tentei espiar a bolsa, procurando ver o que pudera aquietar aquela barulheira terrível.

Minha bolsa caída havia espalhado seu conteúdo pelo asfalto. Uma habilitação que informava que meu nome era, de fato, Pavão, maldição claramente lançada em mim por pais sem muita noção de ornitologia. Um batom, papel higiênico, um molho de chaves, uma carteira. Um saquinho plástico com um pó amarelado. Um dedo humano, ainda quente e sangrento, enrolado num lenço branco de algodão, com a marca da serra que o arrancara da mão.

Ergui os olhos para encontrar o homem com a arma me encarando com um olhar horrorizado. "Droga", guinchei, tirando as luvas devagar, esticando sua seda escura feito sangue. Estendi os pulsos para as algemas. "Acho que é melhor me prender."

O problema de mudar para um corpo novo é que você nunca sabe onde ele esteve.

8

Imaginei estar no meio do caminho para Edirne quando o sol começou a se pôr, um clarão quente iluminando o asfalto róseo a minha frente. Com a janela do carro fechada, mesmo por poucos minutos, o cheiro de carro alugado voltava a se alastrar, purificador de ar e produtos de limpeza. O rádio transmitia um documentário sobre as consequências econômicas da Primavera Árabe, seguido por músicas de amor perdido, novo amor, corações partidos, corações curados de novo. Os carros vindos do oeste tinham os faróis acesos, e antes que o sol tocasse o horizonte, nuvens pretas o engoliram inteiro.

Parei em um posto com a última luz do dia se apagando, entre dois postes enormes de iluminação fluorescente. O posto prometia comida rápida, combustível, jogos e entretenimento. Comprei café, *pide* e uma barra de chocolate com incríveis três uvas-passas, sentei-me à janela e observei. Não gostava do rosto que me olhava de volta no reflexo. Parecia o rosto de alguém sem escrúpulos.

Otoyol-3 era uma estrada movimentada, na maior parte das vezes, e ainda que as placas prometessem Erdine se você seguisse a oeste, elas também poderiam indicar o caminho para Belgrado, Budapeste, Viena. Era uma estrada de caminhoneiros cansados para quem a fantástica ponte ligando a Ásia à Europa, sobre um estreito profundo, não era nem mais nem menos que um gargalo tedioso, e a visão da Basílica de Santa Sofia nas escarpas do Chifre Dourado não passa de uma nota mental indicando *Só mais dez horas e estarei em casa...*

Uma família, seis pessoas num carro onde cabem cinco, se espalham pelo posto como prisioneiros libertos das celas. Os pais e uma avó lamentosa que insistira em vir junto também se agitam, enquanto as crianças fazem uma algazarra, os olhos arregalados com a compreensão irresistível de que tudo que precisavam da vida eram pistolas d'água e um par de binóculos simples.

Eu tinha de me livrar do meu carro, o quanto antes.

Quando o rosto no espelho resolvera fazer aquilo? Fiquei me perguntando.

Provavelmente na mesma hora em que decidira não tomar um veneno lento mas incurável.

Possivelmente no momento exato em que recebeu uma mensagem de texto em um celular sem uso: *Circe.*

O momento em que percebeu estar sozinho.

Um homem perguntou se eu sabia as horas.

Eu não sabia.

Estava indo a Edirne?

Não estava.

Eu estava bem? Eu parecia... diferente.

Estava bem. Só lidando com uns problemas pessoais.

Todo mundo respeita um cara que está lidando com problemas pessoais.

Ele me deixou em paz.

No estacionamento mal iluminado, um casal de amantes gritava um com o outro, seu romance florescente destruído pelo trauma de tentar ler um mapa no escuro. Voltei para o carro, liguei o rádio com o volume alto, escancarei as janelas para deixar o frescor entrar e segui para o norte, para Edirne.

9

Sempre gostei de Edirne. Outrora refúgio de príncipes e reis, nas últimas décadas ela tem assumido um estado deplorável, surrada como um velho que sabe que os furos em seu paletó são emblemas, não de vergonha, mas de um orgulho frugal. No inverno a neve suja se acumula na sarjeta das estradas, e no verão os meninos e os homens se reúnem para o torneio anual de luta turca, as bundas brilhando, os torsos besuntados de óleo, mãos agarrando as fortes costas arqueadas dos adversários, rolando na areia. É certo que a cidade não oferece nenhum dos grandes atrativos de Istambul, a não ser por uma mesquita de cúpula prateada, construída por outro Sultão Selim com certa queda por mármore, e um hospital agradável fundado por um Beyazid que tanto adorava conquistar quanto se redimir — mas tudo isso tinha uma integridade altiva, em propósito e projeto, que fazia o visitante se lembrar de que Edirne não tinha de ser fulgurante para ser grande.

•   •   •

Estacionei perto de uma fonte ornada com girassóis gigantes de metal.

Tirei as bolsas do porta-malas, colocando cem liras e um dos passaportes no bolso. Travei no pulso direito uma das argolas de uma algema, joguei a chave no bolso interno da jaqueta, puxei a manga para esconder o aço e, colocando as bolsas nas costas, caminhei pela noite tranquila de Edirne.

Lâmpadas amareladas despontavam das paredes em que, antes, houvera tochas, presas por ganchos de ferro. As quadras de prédios de apartamento se encaixavam em meio a mansões cheias de adornos, do século XIX, agora convertidas em apartamentos para famílias agitadas, a luz azulada das televisões brilhando por trás das sacadas. Um gato silvou detrás de um varal. Um ônibus acelerado buzinou para um motociclista negligente. O dono de um restaurante acenava em despedida a seus clientes preferidos, enquanto estes cambaleavam para casa pela noite.

Tomei a direção dos muros iluminados da mesquita Selimiye, porque onde há grandes monumentos de custos faraônicos, há hotéis.

O recepcionista estava colado à tela da televisão, assistindo a uma novela sobre gêmeos idênticos interpretados pelo mesmo ator. Na cena final, ficavam um ao lado do outro, no topo de uma colina, e apertavam as mãos. Do lado esquerdo o céu era carregado, opressivo. Do direito, era suave e tranquilo. No ponto em que as mãos se juntavam, uma linha cortava do céu à terra, dividindo tudo em dois. Os créditos começaram a subir e o recepcionista se remexeu. Coloquei meu passaporte canadense na mesa, perguntando "Quarto?"

Ele leu com atenção o nome no passaporte, tentando não perder nenhuma sílaba.

"Nathan Coyle?"

"Sou eu."

Todo mundo adora os canadenses.

O hotel tinha três andares. O prédio já fora todo de madeira, mas agora se fundia em uma mistura de vigas e tijolos. Não havia mais de doze quartos, nove deles vazios, e silêncio nos corredores.

Uma garota de olhos inchados, com cabelos pretos escorridos até o meio das costas e o queixo grande me mostrou o quarto. Uma cama de casal tomava o pouco espaço sob o teto em declive. Uma janela dava para meio metro de sacada. Havia um aquecedor sob a prateleira com uma televisãozinha. O banheiro, cujas quatro paredes eu podia tocar se ficasse parado no meio, tinha o cheiro tênue de limão e produto de limpeza. A garota ficou à porta e perguntou, em um inglês carregadíssimo de sotaque, "Está bom para você?"

"Perfeito", respondi. "Pode me mostrar como usar isso aqui?"

Agitei o controle da tevê para ela, que mal disfarçou a cara de enfado.

Num sorriso largo, demonstrei minha confusão norte-americana. Sua mão se estendeu para alcançar o controle, e nesse instante estirei minha mão para trás, prendendo a ponta solta da algema no aquecedor preso à parede. O barulho fez a garota erguer os olhos, e nessa hora apertei minha mão esquerda contra a dela, fechando os dedos sobre o controle, e trocando.

Meus dedos se contraíram.

A televisão ligou.

Um apresentador de telejornal ria de uma piada qualquer, perdida nas ondas da transmissão. Um mapa climático surgiu atrás de si, e como se confirmasse que nada podia ser mais fantástico que o clima, riu outra vez, dos céus carregados e da chuva que caía.

O homem a minha frente, Nathan Coyle de acordo com vinte e cinco por cento de seus passaportes, natural do Canadá e inofensivo, cambaleou, um joelho cedendo. Tentou se reerguer, as algemas tilintando no aquecedor, e ele se virou de olhos arregalados para ver o que o prendia.

Observei. Sua respiração, o fluxo de ar agitado de um corpo que de repente se vê confuso e em choque, se acalmou. As narinas se dilataram e pude contar os dois, três longos fôlegos que ele tomou. Assim que o fez, seu corpo tenso, a cabeça e a respiração voltaram a seu controle.

Eu disse "Olá".

Ele apertou os lábios e me encarou, e me pareceu que ele via não a mim, não eu que-é-ela-que-mora-no-hotel, mas a mim eu, eu mesmo

e senti um nó na garganta.

Ele me olhava sem falar nada, de seu canto no chão, o braço direito meio torcido atrás de si pela luta contra a algema. Dei um passo para longe de seu alcance e disse "Você vai tomar veneno".

Silêncio no chão.

"Duas perguntas ainda o mantêm vivo. A primeira: para quem você trabalha, eles vão continuar vindo? Tendo a acreditar que sim. Gente que nem você sempre continua. A segunda: por que você matou Josephine Cebula?

Olhou para mim como um gato ferido, sem dizer nada.

Meu corpo estava de pé havia muito tempo, a boca tinha gosto de cigarro, o peso do dia inteiro curvava minha coluna. O sutiã me era desconfortável, apertado demais às costas, e o piercing na orelha esquerda era recente, latejando por uma infecção que piorava.

"Você vai tomar veneno", repeti, para ninguém em particular. "Tudo que desejo são respostas."

Silêncio no chão.

"Esta relação vai ser difícil para nós dois", falei, e completei, "Bolso esquerdo."

Um tremor em suas sobrancelhas. A mão esquerda, livre, instintivamente se moveu até o bolso esquerdo, depois hesitou, e antes que ele pudesse pensar melhor, eu me aproximei e agarrei seus dedos.

Troquei.

A garota de sutiã incrivelmente apertado cambaleou. Pus a mão no bolso da jaqueta, tirei de lá as chaves, abri as algemas e, enquanto ela vacilava para a frente, fiquei de pé, amparei-a pelos braços e perguntei "Tudo bem, senhorita? Você ficou meio tonta".

É incrível a capacidade da mente humana de acreditar naquilo que não a apavora.

"Talvez você precise sentar um pouco."

10

Minha primeira troca.

Eu tinha trinta e três anos.

Ele estava provavelmente na casa dos vinte, mas seu corpo parecia muito mais velho. A pele descamando em nuvenzinhas brancas quando se coçava, o sabugo seco por baixo das unhas quebradas e amarelentas. Seu cabelo ia se tornando meio cinzento, a barba crescia em tufos desordenados sobre a cicatriz do queixo, e quando me espancou até a morte só o fez pelo dinheiro, para encher a barriga vazia, mas tão vazia

eu estava com a barriga tão vazia

descobri assim que fiz a troca.

Eu não queria tocá-lo, já que ele acabara de me matar. Mas tampouco queria morrer sozinho, então, assim que meus olhos se encheram como taças de vinho, estirei o braço e toquei seu ombro enquanto ele dobrava meu pulso para trás, e bem nessa hora me tornei ele, no momento exato de me ver morrer.

11

Desperto às três da madrugada num quarto de hotel.

A luz ainda acesa.

Nada na tevê.

Este corpo precisa dormir.

Eu preciso dormir.

O sono não vem.

Uma mente que não para, pensamentos que não cessam.

Às 9h40 uma mulher chamada Josephine Cebula deixou um quarto de hotel em Istambul, rumo ao Bósforo. Três dias atrás ela fizera dois amigos novos que haviam dito "Venha conosco, vamos lhe ensinar a pescar na ponte Gálata".

Sou bonita demais para pescar, pensou a mente que habitava o corpo de Josephine Cebula. Tem certeza de que não prefere que eu mude para alguém mais apropriado?

Seria um prazer, disseram meus lábios vivos. Eu sempre quisera aprender a pescar.

Ao meio-dia vi alguém, de canto de olho, e às 12h20 eu estava correndo, grata por meus sapatos sem salto, através da multidão de Taksim, procurando a saída mais rápida, meus dedos nus pulando de pele em pele atrás de uma boa rota de fuga, e aí, quando trombei contra uma mulher de tornozelo inchado e gosto de coco na boca, o atirador às minhas costas disparou, e senti o tiro atravessar minha perna, senti a carne se abrindo e as artérias rasgando, vi meu próprio sangue borrifar o concreto à minha frente, e quando fechei os olhos para aguentar a dor e abri a boca para gritar, meus dedos já haviam agarrado os de um desconhecido, e tive que correr. E abandonar Josephine Cebula à morte.

E então

inexplicavelmente

ele matara Josephine.

Ela estava caída e eu tinha partido, mas ele deu dois tiros no peito de Josephine que a mataram. Mesmo que ele estivesse vindo atrás de mim.

Por que alguém faria isso?

Em um quarto de hotel, às três da madrugada, minha perna esquerda doía, mesmo que não houvesse qualquer sinal de machucado ou causa aparente para a dor.

Uma pasta de papelão, da bolsa letal de Nathan Coyle.

Eu tinha dado uma olhada nela, quando roubei o carro, e agora, com a noite se arrastando rumo ao dia, abri os papéis sobre a cama e olhei de novo, vendo os rostos de minha vida se desdobrarem à minha frente. Um único nome estava escrito na capa: Kepler.

Parecia tão bom quanto qualquer outro.

12

Deixei o hotel de Edirne às sete da manhã. Tomei café em uma padaria na esquina, onde serviam croissants frescos, geleia de cereja e o melhor café que eu já tinha experimentado com este corpo. Com as bolsas às costas e o boné baixo sobre o rosto, saí à procura do primeiro ônibus para Kapikule, e para fora do país. No corpo de um assassino, não conseguia pensar em nenhuma razão para demorar.

Era estranhíssimo ser inocente de qualquer crime e estar na pele de um procurado.

Pensar nisso me fez ir sorrindo até o guichê.

Havia onze pessoas no pequeno ônibus com destino a Kapikule, o que parecia justo, já que aquilo não era mais que uma minivan modificada com um papel no para-brisas que dizia KAPIKULE, ACEITAMOS LEV E LIRA, NÃO DEVOLVEMOS TROCO.

Um homem de certa idade e sua mãe já idosa estavam sentados bem atrás de mim, discutindo.

Ela dizia "Eu não quero".

E ele "Mãe..."

E ela "Eu não quero e não vou e pronto".

E ele "Bom, você tem de ir, mãe, tem de ir, e já tivemos essa conversa antes, é seu futuro tanto quanto o meu, por isso estamos indo e você vai ter de ir e ponto final".

E ela, erguendo a voz quase num choro, "Mas eu não quero!"

Essa conversa continuou por todo o caminho até a estação, e com certeza além dela.

Kapikule era um não-lugar à beira de lugar-nenhum-mesmo. Há não muito tempo eu teria evitado aquela viagem e tomado um ônibus direto da estação central de Edirne. Mas eram tempos difíceis, linhas eram suspensas por falta de verba, terminais definhavam conforme o fluxo de gente diminuía com as obras.

A estação tinha dois andares de nenhum mérito discernível, e era iluminada por lâmpadas fluorescentes. Em outro país, poderia ser um projeto comercial monótono, cheio de lojinhas fadadas à falência, ou um empreendimento residencial cujo propósito fosse corrompido por proprietários questionáveis buscando vendê-lo a uma rede internacional de supermercados. Do jeito que estava, não era nenhuma das duas coisas.

O bilheteiro estava sentado com o queixo apoiado na mão, quando me aproximei. O boné cobria-lhe os olhos, mas assim que ergueu o rosto ao som do dinheiro posto no balcão fiquei empolgado em ver que ali estava o último homem no planeta que achava ser o máximo da moda facial usar um bigodinho estilo Hitler-Chaplin.

Empurrei o dinheiro e meu passaporte turco para ele. Olhou as duas coisas como um médico examina uma perna mutilada, esperando para confirmar se ainda existe um corpo preso a ela.

"Para onde?" perguntou.

"Belgrado", respondi.

Seu suspiro ao coletar o dinheiro — e ignorar meu passaporte — era a demonstração profunda de um homem que sabe estar, tecnicamente falando, à mercê dos outros. Ele está à sua disposição e precisa realmente lhe atender, mas, caramba, alguém mais gentil teria simplesmente se afastado, deixado que descansasse, e não o aborrecido com esse papo de venda de passagens.

"O trem parte esta noite", murmurou, empurrando a papeleta para mim. "Você vai ter de esperar."

"Há algo para visitar em Kapikule?"

Seu olhar teria intimidado uma serpente. Sorri meu sorriso mais charmoso, enfiei o bilhete no passaporte e disse "Vou procurar um canto e tirar um cochilo".

"Não aqui", grunhiu. "É propriedade privada."

"Claro que é. Ingenuidade a minha."

Estava com receio de ficar esperando em um lugar muito público.

A essa altura a polícia já devia ter encontrado as impressões digitais de meu corpo, um fio de cabelo caído na fuga ou qualquer outra pista deixada por burrice, e já teria iniciado as buscas. Talvez eles — os grandes e desconhecidos "eles" — tenham analisado as câmeras de segurança desde o momento em que Josephine Cebula caíra morta na escadaria da estação Taksim, seguindo o caminho inteiro até o carro deixando o subsolo de um hotel, e, se fossem especialmente habilidosos nesse trabalho, teriam dado o alerta com relação a meu carro alugado, estacionado agora à sombra de um cipreste, em frente à fonte onde brotam girassóis de metal.

Ou talvez não.

Talvez a polícia estivesse aturdida.

Quem sou eu para saber?

Fui me abrigar em uma capelinha rosada, às margens do rio. Eu estava na Turquia, mas os campos bem preparados além da água, a safra já arrancada para a colheita, o solo revirado para a semeadura do ano seguinte estavam na Grécia. Num pulinho eu poderia estar ali, e por um instante pensei na possibilidade — um corte rápido nos pulsos e logo eu estaria no corpo de algum fazendeiro grego, com hálito de alho e sapatos cheios de areia.

Um padre com uma longa barba escura se aproximou de mim, sentado no fundo da capela, as pernas cruzadas sobre um banquinho de pedra. Falou comigo primeiro em grego, idioma no qual nunca fui bom, e ouvindo meu sotaque fez uma expressão de surpresa, passando a falar turco.

"Esta igreja foi fundada por Constâncio I. Estava viajando pelo império e chegou neste lugar, onde bebeu da água do rio. Naquela noite, enquanto dormia, a Virgem Maria veio até ele e lavou seus pés e mãos, molhando seus lábios com esta água. Quando acordou, estava tão tomado pela visão que ordenou a construção de um mosteiro aqui. Foi um lugar afortunado: peregrinos vinham para lavar os pés e sonhar com Nossa Senhora. Então os otomanos puseram tudo abaixo, menos esta capelinha que você está vendo, mas o sultão Selim, o Implacável, chegou até aqui enquanto caçava. Deitando na margem do rio para descansar, teve o mesmo sonho que seu predecessor, Constâncio, tinha sonhado. Quando despertou, lavou as mãos e os pés no rio e o proclamou abençoado, dizendo que seria um crime continuar com qualquer investida contra estes muros. E ele deixou isto." Sua mão afagou a parede, varrendo as grandes letras douradas, já bem apagadas, cuja tinta desbotava por cerca de um metro, bem perto do altar. "É a *tigra* do sultão, o selo de sua autoridade, para que se algum homem novamente ameaçasse estes muros, nós o fizéssemos entrar e ver a marca de seu mestre. Ele salvou esta capela, embora os peregrinos não tenham voltado a vir."

Acenei lentamente com a cabeça, em sinal de entendimento teológico, os olhos correndo da assinatura do sultão para o sorriso triste da Virgem Maria sobre ela. Então perguntei Posso descer ao rio e ver se ele lava meus pecados?

Os olhos do padre se esbugalharam em horror.

Claro que não, exclamou. O rio é abençoado!

13

O corpo de Nathan Coyle.

Pensando bem, não é exatamente meu tipo. Os músculos dos meus braços e costas são um tanto malhados demais, mantidos pelo despropósito de puxar ferro. Anos de corrida fortaleceram meu sistema cardiovascular, mas meu joelho esquerdo dói pelo longo tempo parado, e a dor crescente só melhora quando eu o estico. Tenho um pouco de hipermetropia — com certeza uma visão excelente a distância, mas de perto fico meio vesgo. Não encontro sinal de lentes de contato ou óculos na bolsa. Talvez ele sentisse vergonha de ir ao oftalmo. Ou provavelmente nunca percebeu que ficar vesgo não era normal, possuindo apenas sua própria experiência.

Uma pasta com a etiqueta "Kepler" estava sobre meu colo.

O banco da plataforma em Kapikule era frio, duro, metálico. O vento soprava do oeste, o ar cheirava a chuva, o trem para Belgrado já atrasava vinte minutos.

Eu não tinha qualquer interesse especial em ir a Belgrado. Meu objetivo era sair da Turquia, ir para longe da polícia caçando meu rosto. Mas os passaportes de Coyle eram da América do Norte e do norte da Europa, e havia uma mensagem de texto no celular dizendo *Circe*, e um kit de assassino em minha bolsa, e ainda que fosse simples matar este corpo e seguir em frente, eu ainda lembrava da sensação da bala perfurando minha perna, e mesmo que eu tenha corrido e Josephine ficado para morrer

era a mim que ele queria matar.

A pasta em meu colo estava em ordem cronológica, com fotos e documentos. Uma introdução lamentava o fato de não haver mais informação sobre a entidade Kepler além daquelas poucas páginas sobre vidas roubadas e tempo perdido. Nenhuma nota de rodapé, apêndice ou marca d'água indicava a autoria.

Folheei montes de anotações, fotos 3x4, rostos e nomes de quem eu mal me lembrava, até encontrar a mais recente — minha foto. Josephine Cebula.

Uma cópia de seu passaporte polonês, encontrado em posse de seu cafetão em Frankfurt. Seu rosto, sem maquiagem ou alegria, era leve e um pouco sorridente, não menos que o que me saudara no espelho de manhã.

Uma foto, tirada em alguma esquina, seu rosto meio de lado no momento em que o fotógrafo disparou, um instante capturado, congelado, descartado.

A ficha da polícia sobre a primeira vez em que foi presa, liberada depois de nove horas. Vestia uma jaquetinha de couro que deixava a barriga à mostra, uma saia que mal tapava seu traseiro e um roxo sob o olho direito, enquanto encarava a câmera.

O cartão de embarque que usei ao tomar o voo de Frankfurt para Kiev, preparada para uma viagem cansativa até a Crimeia. Tinha viajado na classe executiva, vestida com roupas novas em folha, e enquanto a comissária de bordo servia uísque, senti um comichão me informando que Josephine era uma fumante cujas necessidades eu não havia levado em consideração. Já em Kiev, maldizendo o caminho inteiro, eu comprara um pacote de adesivos de nicotina e jurei que, quando eu lhe devolvesse seu corpo, ela estaria limpa. Senão psicologicamente, pelo menos seu organismo.

Uma foto minha, deixando o hotel em Pera, sol em meu rosto e telefone na mão, porque eu era jovem e rica e linda, e se tais qualidades ajudam em alguma coisa, é em fazer amigos com facilidade. Lembrei daquele dia, daquele sol, do vestido. Havia sido três dias antes de cair baleada nas escadas da estação Taksim, alvejada por um desconhecido. Por três dias tive minha vida observada, até eles estarem prontos para me matar.

Minhas unhas se fincaram na palma de minha mão, e deixei que se fincassem. Um pouco de sangue, no momento, não seria nada mal.

Fui direto ao relatório sobre Josephine. Mãe violenta que jurava amar a filha e chorava em seus ombros toda vez que saía da cadeia. Namorado que dizia estar tudo bem se ela transasse com seus amigos. Na verdade, ele precisava do dinheiro para pagar as coisas bonitas que comprava para ela. Um voo para Frankfurt, um voo para longe de tudo, trinta e dois euros no bolso e o relator não tinha dúvidas de que ela procurava uma vida melhor, mas a situação de Josephine parecia insustentável até que a entidade conhecida como Kepler surgiu e ofereceu-lhe dinheiro em troca de assassinato.

Estanquei.

Uma lista de mortos. Dr. Tortsen Ulk, afogado na própria privada. Magda Müller, esfaqueada até a morte na própria cozinha, por um estranho, as filhas dormindo no andar de cima. James Richter e Elsbet Horn, encontrados nos braços um do outro, olhos arrancados e as entranhas espalhadas no chão da cabine do barquinho com que navegavam pelo Reno. Embora a polícia nunca tenha relacionado as mortes, lamentava o autor do relatório, nós fizéramos isso, porque essas vítimas eram parte de nós, e foi pelas mãos de Josephine, e sob o comando de Kepler, que todas haviam morrido.

Li essas palavras uma vez e, incerto de ter entendido, li-as de novo.

Não eram diferentes à segunda leitura, e não menos mentirosas.

O trem para Belgrado rangia como uma sogra metálica, faíscas saindo de seus trilhos enquanto parava na estação de Kapikule. Algumas poucas luzes podiam ser vistas por trás das cortinas, nos vagões-leito. Portas se abriam aqui e ali, grossos painéis laranja se moviam, escadas de metal eram baixadas. O trem já havia sido laranja e azul, o melhor da Companhia Ferroviária da Bulgária. A cor já havia sumido há muito, obscurecida por camadas de spray, o orgulho das linhas sobrescrito pelo orgulho da molecada que assombrava os terminais, em uma ponta e outra da linha. Senti cheiro de urina do banheiro perto da porta, ouvi o ruído ilícito de um passageiro cometendo aquela contravenção suprema — dando a descarga com o trem parado na estação — e fui à procura de minha cabine.

Cabine para seis pessoas, quatro das camas já ocupadas. Um marido, uma esposa e o filho adolescente ocupavam três. Na outra estava um velho mascando algo herbáceo, o queixo em movimentos circulares como um camelo ruminando, deitado de costas e lendo artigos sobre carros antigos e viagens pelo oeste. A família trouxera um banquete paliativo, que passava de uma a outra das três camas no treliche que ocupava. Ovos cozidos, fatias de presunto, pedaços de queijo de cabra, pão crocante que soltava migalhas douradas por todo o chão. A cada vez que a faca atravessava a casca quebradiça, o velho com a revista de carros se encolhia, como se a lâmina furasse ossos.

Escalei até a cama mais alta enquanto o trem se punha em movimento, coloquei a bolsa de roupas sob a cabeça, a de armas sob os pés, e deitei de costas para pensar. Cama de metal abaixo, teto de plástico acima, o espaço entre um e outro mal dando para um caixão.

Ninguém apareceu para conferir os passaportes.

14

Há muitas maneiras de perceber um fantasma ocupando o corpo de um ente querido. Perguntas básicas — nome, idade, o nome do pai, da mãe, universidade — podem ser respondidas por qualquer ocupante bem informado, mas em poucos minutos é possível ir mais fundo.

Qual o primeiro lugar em que morou quando saiu da casa dos pais?

Nome da diretora na sua escolinha primária.

Primeira menina que beijou na vida.

Ou — minha preferida — você toca violino?

A satisfação com essa pergunta específica vem, naturalmente, quando o fantasma, aliviado por responder coisas que certamente sabe, levanta e arrisca umas musiquinhas em clave de sol, só para ser informado, na última semibreve, que a dona natural daquele corpo nunca na vida segurou um violino.

Na primeira pele em que me lancei, na primeira pergunta que tive de responder, eu falhei.

Era um matador morto de fome, e o guarda que me derrubou no chão da torre de vigia queria saber meu nome.

Então eu disse.

"Não *esse* nome", rosnou. "Não o pobre infeliz que você matou. Quero saber o *seu* nome."

Eu havia espancado um estranho até a morte, e aquele estranho, a mim.

Era um assassino capturado com as mãos cheias de sangue.

"Qual o *seu* nome?"

Eu era um jovem com a pele descamando, o peso de um porrete em minha nuca, a pressão de um joelho contra minhas costas, duas costelas trincadas, um olho ferido que nunca mais enxergaria. E assim como os homens que me espancavam, eu também tinha curiosidade de saber a resposta daquela pergunta espinhosa.

Qual seu nome, bastardo? Assassino, carniceiro, mentiroso, ladrão. Qual seu nome?

Quando me atiraram em Newgate, no calabouço onde a ralé ia parar, cinquenta numa cela — quarenta e sete sacos de carne numa manhã — soltei a risada histérica de uma mente aturdida demais para lembrar de chorar. Quando o juiz sentenciou meu enforcamento até a morte, meus joelhos tremeram, mas meu rosto estava vazio e meu espírito, calmo. Quando o Gordo Jerome, rei do submundo da prisão, tentou chegar a isso primeiro, com as mãos enormes em volta do meu pescoço, não resisti. Não me defendi, não fiz qualquer ruído, mas encomendei minha alma a Satã, para quem, ao que tudo indicava, ela iria de qualquer jeito.

Mas ainda assim parecia que eu não queria morrer, então enquanto o Gordo Jerome matava o matador que me matara

inevitavelmente, depois de pensar no assunto,

olhei para o rosto de meu assassino através dos olhos do Gordo Jerome, e esqueci de estrangular.

Meu assassino caiu de joelhos, desesperado por ar, o rosto vermelho, olhos esbugalhados. Houve uma pequena aglomeração, o tumulto nos apertando uns contra os outros, corpo com corpo, suor com suor, e uma voz perguntou "Por que você não acabou com ele, Jerome? Por que o deixou vivo?"

Eu não podia falar.

"Deixa comigo, Jerome!" atalhou outra voz, um ladrão de boca torta carregando um tição, que queria desesperadamente impressionar o rei do subsolo, o senhor do alvoroço.

Meu silêncio foi tomado por consentimento, e com um grito o ligeirinho saltou para a frente, enfiando a ponta de uma colher no oco do olho de meu assassino.

15

Trem-dormitório é um nome enganador.

Trem-que-te-acorda-no-meio-da-noite seria mais apropriado.

Conforme mudam os maquinistas e os vagões manobram de um lado para o outro nas plataformas escuras, a viagem até Sófia é uma sucessão de chiados de ranger de dentes e cabeças balangando. Você não dorme em um trem-dormitório, mas fica entrando e saindo de uma inconsciência vacilante, ciente de não estar consciente, de que os pensamentos com que pensa não são pensamentos de jeito nenhum e, infundido desse entendimento tão profundo de sua própria condição, você dorme para despertar de novo sem saber sequer que dormiu.

Chegamos a Sófia às 4h23. Eu não teria sabido, mas o passageiro solitário pusera seu despertador para as 4h15 em ponto. Soava como uma sirene de emergência nuclear, uma buzina que botou todo o vagão de pé com o coração na mão. Rolou para fora da cama com a roupa do dia anterior, pegou a mala e saiu sem dizer palavra. Baixei a cortina enquanto chegávamos na estação. O sol ainda ia baixo na cidade. Um carregador esperava sozinho na plataforma deserta. Ajeitei o travesseiro contra a cabeceira da cama e virei para o lado, para dormir mais.

A cortina continuou fechada quando saímos de Sófia. Uma cidade, sua história e povo, suas estórias e tragédias, não apresentavam qualquer interesse para mim às 4h23 da manhã.

Os sérvios checam passaportes.

Em Kalotina-Zapap, um grupo de oficiais com cara séria subiu a bordo, enquanto a equipe tranquila da noite anterior desembarcava, puxando suas malas de rodinha para a plataforma oposta e tomando o rumo de casa. Os novos oficiais usavam chapéus pontudos e sobretudos azuis gastos. Conforme saíamos da estação, batiam em cada compartimento, pedindo "Bilhetes, passaportes!"

Bilhetes e passaportes eram levados para inspeção. Entreguei meu documento turco, o nome recém-aprendido, e fiquei deitado na cama, desejando poder abrir mais a janela enquanto o interior da Bulgária corria por ela. Eu não tinha muito medo de ser encontrado deste lado da fronteira. Não importava quão boa fosse a polícia turca, mandados de prisão internacionais levavam tempo.

Com meus dados conferidos e os bilhetes carimbados, folheei a pasta onde se lia Kepler.

Quase uma centena de fotos e nomes, rostos, vislumbres de velhas câmeras de segurança, ordens de prisão, fotos de família. Registros de entrevistas e documentos, e-mails enviados e ligações grampeadas. De alguns dos rostos na pasta eu quase não me recordava. Outros haviam sido parte de mim durante anos. Havia aquele mendigo que encontrei em Chicago, cujo rosto, quando barbeado, parecia o de um menino, e cujo corpo eu matriculei, como minha última ação nele, em um curso de garçom em St. Louis, considerando que havia lugares piores onde recomeçar. Também a mulher de São Petersburgo cujos companheiros a haviam amado e abandonado, e que eu encontrara vagueando pelas ruas sem dinheiro para voltar para casa, sussurrando "Vingança contra todos os amigos falsos..." Aqui o promotor de justiça de Nova Orleans que, sentado a meu lado num bar, havia dito "Se ele testemunhar, consigo escancarar esse caso, mas ele é medroso demais para ir ao tribunal." E eu respondera "E se eu conseguir levá-lo até lá?"

Aqui, mais de dez anos da minha vida estavam ordenados cronologicamente, cada salto, cada troca, cada pele, rastreados, documentados e fichados para referência futura, todas as páginas cheias, até Josephine.

Alguém passara anos me seguindo, monitorando cada movimento meu através dos registros de amnésia, testemunhos de homens e mulheres que haviam perdido uma hora aqui, um dia ali, uns poucos meses adiante. Era uma obra-prima de investigação, o triunfo das provas forenses, o arquivo inteiro até o ponto em que, inexplicavelmente, passava a mentir descaradamente e taxar a mim e a meus hospedeiros de assassinos.

Puxei algumas fotos da pasta.

Uma mulher, sentada à janela de um café em Viena, seu bolo intocado, o café esfriando.

Um homem em roupa de hospital, pelos castanhos por toda a barriga saliente, encarando pela janela, sem olhar nada em especial.

Um adolescente, cabelos espetados num penteado de destruir a camada de ozônio, mostrando o dedo para a câmera enquanto botava a língua com piercing para fora. Não era meu tipo, mas talvez, dadas as circunstâncias, sua presença em meus papéis fosse inesperadamente afortunada.

16

Enquanto o trem desacelerava em Belgrado, conferi meus pertences.

Passaportes, dinheiro, armas, celular.

Recoloquei a bateria no telefone e liguei o aparelho.

Levou um tempo para a localização se atualizar e aí, como se estivesse de má vontade, o celular confirmou "Sim, aqui é a Sérvia", enviando uma mensagem de texto a si próprio informando isso e me desejando uma boa estada. Aguardei. Duas mensagens novas. A primeira era de uma chamada perdida, nenhuma mensagem, número desconhecido. A segunda era uma mensagem de texto. Dizia: *sos Circe*.

Mais nada.

Pensei nisso por um segundo, então desliguei o telefone outra vez, tirei a bateria e coloquei tudo no fundo da bolsa.

O que se pode dizer de Belgrado?

É uma cidade ruim para ser velho ou mal-humorado.

É um lugar fantástico para farrear.

A estação é um monumento à ambição do século XIX, um lugar de traços elegantes e pedras vistosas que coloca Kapikule em seu devido lugar. Mal se pisa na rua, táxis buzinam, carros se amontoam por todo o lado e vários bondes lutam por espaço sob a teia de aranha que os cabos de energia criam para alimentar o sistema de transporte. Um par de quarteirões cheios de torres se impõe, cinzentas e vazias onde um tempo antes — não muito tempo — caíram os mísseis guiados da OTAN. Uma estação central como deve ser, com o cheiro dos rios avançando contra exaustores e fumaça de cigarro onde colidem o Sava e o Danúbio, decididos a provar que, seja qual for sua definição porca de "rio", você ainda não viu nada. É fácil acreditar, parado à margem do Danúbio, que o mundo é mesmo uma ilha.

À noite, as barcaças que serviam as margens ligavam a música e as luzes de discoteca, e os jovens apareciam para a festa. Durante o dia, as ruas para pedestres no centro de Belgrado ficavam tomadas por gente elegante que vinha comprar coisas elegantes, para manter sua sensação de elegância, enquanto o velho povo sentava nas beiradas da cidade, homens com cigarros amarrotados e os olhos encovados pelo tempo, mirando o mundo de elegância e não se impressionando nem um pouco.

Cruzando as águas do Sava, longas sombras eram criadas por quarteirões inteiriços e placas industriais do sonho comunista, onde se liam nomes facílimos de lembrar como Blok 34, Blok 8, Blok qualquer-coisa. Talvez seja um lugar mais real do que o sonho de lojas exclusivas que enchem a Príncipe Mihailo, onde a vida não é glamorosa e a moda não serve a nenhum propósito além de provocar inveja e desdém.

Dei entrada em um hotel, um dos milhares que pertenciam a dez companhias do mundo todo. Usei o passaporte alemão, e a mulher exclamou em um *Deutsch* com sotaque tenebroso "Ah! Muito bem-vindo aqui você!"

Meu quarto, diferente do de Edirne, tinha o espaço, uniformidade e ostentação homogênea desejados por qualquer viajante europeu atarantado, cansado demais para ficar adivinhando onde estariam os móveis e que só gostaria de assistir aos esportes na CNN ou reprises de *CSI*. Guardei minhas coisas, coloquei cem ou duzentos euros no bolso, a pasta Kepler sob o braço e saí à procura de um cyber café.

Na página 14 do arquivo de Kepler havia a foto de um homem.

Tinha o cabelo tingido de preto, nariz, queixo, orelhas e maxilar rebentavam com peças de metal, vestia uma camiseta com uma caveira branca e, não fossem os óculos fundo de garrafa no nariz e o livro *Prüfungs Gemacht Physik* em segundo plano, eu facilmente o teria ignorado como mais um daqueles punks normais.

A anotação dizia: "Berlim, 2007. Johannes Schwarb. Ocupação por curto prazo, associação de longo prazo?"

Notando o olhar de esguelha naquele rosto enfeitado, tremi ao pensar já ter cogitado ocupar aquele corpo, por mais curto que fosse o prazo.

17

Ele tinha dezessete, eu tinha vinte e sete, e ele dava em cima de mim numa boate de Berlim.

"Não", falei.

"Vamos lá..."

"Não."

"Vamos, gata..."

"Não mesmo."

"Vamos lá..."

O bar era barulhento, a música, boa, eu era Christina e gostava de mojitos, ele era Johannes Schwarb e estava chapado.

Esticou a língua, agitando-a como um peixe estrebuchando, deixando à mostra um piercing que tinha na ponta. "Jovenzinho", falei, "você está a menos de um minuto do autoflagelo."

Minha sentença, clara como era, pareceu não ter sido entendida por Johannes, que continuou contorcendo, no banquinho ao meu lado, cada parte do corpo sobre a qual ainda tinha algum controle. Não tivera a coragem de se atirar para cima de nenhum ser vivo, ainda, então a mobília teria que servir. Por um breve instante cogitei fazer o impensável, agarrar seu rosto e enfiar minha língua em sua garganta, só para ver o que acontecia.

Do jeito que as coisas estavam, ele ficaria chocado e morderia minha língua, e parecia injusto deixar Christina com a língua ferida e gosto de vodca.

Então sua amiga apareceu, e tinha quinze anos, e chorava, e puxou o braço dele dizendo "Eles estão aqui!"

"Querida!" ele resmungou. "Não percebe que eu estou...?" Um impulso pareceu querer tomar conta das curvas de meu corpo, da forma do meu vestido, da expressão assassina em meus olhos.

"Eles estão aqui", ela sussurrou. "Querem o dinheiro."

Os olhos da menina cortaram a pista de dança, e os dele acompanharam, veias pulsando vermelhas sob a pele branca, o corpo quase caindo enquanto ele se voltava para olhar a fonte da confusão.

Três homens com expressões de quem vê as festas como fonte de lucro, nada mais, cruzavam a pista com a firmeza de um batalhão. Johannes berrou, ergueu os dois braços, deixando ver o abdome com piercings, e guinchou "Ei! Seus putos! Vem pegar!"

Se ouviram a provocação, os três cavalheiros não se impressionaram.

"Você tem que ir. Corra, por favor!" choramingou a companheira, puxando-o pelo braço.

"Putos!" vociferou, o rosto cheio de satisfação, os olhos encarando algum desenrolar fantástico que apenas ele enxergava. "Podem vir, podem vir!"

Dei um toquinho educado no ombro da garota, que ainda se debulhava em lágrimas. "Drogas?" perguntei.

Ela não respondeu, mas não precisava. Johannes berrou. Uma lâmina se abriu na mão de um dos homens que se aproximava.

"Certo, então", murmurei, pondo minha mão no braço de Johannes.

Saltar num corpo embriagado é uma experiência absolutamente desagradável. Acredito que o processo de se embebedar é um amortecedor para a realidade verdadeira de estar bêbado. De pouco em pouco a mente vai se acostumando com a sala balançante, a pele em chamas, o estômago revirado. Então, mesmo que cada aspecto de seu alarme fisiológico grite "veneno, veneno", é essa suave e agradável aquisição da bebedeira que impede a experiência de ser completamente repulsiva.

Saltar direto de um corpo consideravelmente sóbrio para um chapadaço com substâncias mais nocivas do que posso imaginar foi como pular fora de um cavalo trotando sobre um trem que acelerava.

Meu corpo se contraiu, os dedos agarrando o bar como se cada parte de mim estivesse tentando se reorganizar em algum outro lugar. Senti o gosto de bile, mosquitos chupando meu cérebro. "Jesus Cristo", silvei, e com Christina se remexendo a meu lado e abrindo os olhos, pressionei a cabeça com as mãos e me virei para correr tão bem quanto podia.

A pele de estranhos tocando na minha era como um choque elétrico percorrendo meus braços, descendo até o estômago e fazendo o saco de vômito que eu carregava sob os pulmões se agitar como o mar contra um rochedo. Ouvi a garota gritar e os rapazes correndo, cambaleei para cima de um homem com a pele café e olhos de abacate, belo em tudo, e queria saltar nele ali mesmo, maldito Johannes.

A saída de incêndio estava fechada, mas não trancada, e o alarme há muito fora desligado para deixar os fumantes, cheiradores e trepadores saírem na viela por ali. Tropecei, esquecendo que não estava em um vestido, não calçava os sapatos chiques de Christina. Me arrastei escada acima até o nível da rua, corri até a primeira lixeira, apoiei minha cabeça no metal frio e fedorento e me senti grata e profundamente mal.

A porta de emergência se fechou com estrondo às minhas costas.

Uma voz disse "Você está morto, Schwarb".

Ergui a cabeça para ver o punho que colidiu com o osso sob meu olho. Caí, as mãos arranhando o asfalto, a vista girando, ouvindo um zumbido estourar em meu ouvido direito, cuspindo uma bile branca e grossa.

Os três garotos tinham dezenove anos, em média, no máximo vinte. Vestiam roupas esportivas, informais: calças bag e camisetas justas que enfatizavam, no poliéster agarrado, quantos músculos eles tinham para se orgulhar.

Estavam prestes a me encher de porrada, e com minha cabeça fazendo audição para soprano, eu não podia exatamente imaginar o motivo.

Tentei levantar, e um deles balançou o punho de novo, arrebentando a lateral do meu rosto. Minha cabeça bateu no chão e tudo bem, estava tudo muito bem, porque pelo menos, com a maior parte de mim no chão, sobrava pouco para cair. A mesma ideia pareceu passar pela cabeça de um deles, que me agarrou pela camiseta e começou a me pôr de pé. Agarrei seus pulsos de qualquer jeito e, enquanto suas narinas se dilatavam e os olhos arregalavam, enfiei as unhas em sua pele e troquei.

Johannes em minhas mãos, meu coração acelerado, céus, meus dedos queriam porrada, meus músculos queriam porrada, cada pedaço do meu corpo estava inundado de adrenalina e eu pensei — cacete, e por que não?

Larguei Johannes e me virei, colocando meu corpo inteiro na respiração, joelhos e quadril, ombros e braços, girando e me erguendo para dar um soco no queixo do meu colega mais próximo. Seu maxilar quebrou, o dente estalando enquanto a mandíbula pressionava o crânio, e quando caiu para trás eu me joguei de joelhos em seu peito, meu rosto sobre o seu, e o segurei, berrando com uma voz dominada havia pouco. Bati nele, e bati novamente, e senti sangue em meus punhos que eu não sabia de onde vinha, até que o terceiro garoto me agarrou pelo pescoço gritando um nome que imaginei ser o meu. Enquanto ele arrastava para longe da massa ensanguentada a meus pés, agarrei seu braço no ponto em que prendia meu pescoço

meu braço estava agarrando o pescoço do garoto, mas me dei melhor, passando o antebraço esquerdo pelo direito para firmar o golpe enquanto o garoto, espantado e confuso, se agitava e remexia e balançava no mata-leão. Chutei seu joelho esquerdo, e assim que cedeu eu o prendi mais, erguendo-o só pelo pescoço até seus olhos girarem e ele parar de resistir, momento em que, finalmente deixei-o ir.

E me virei, ofegante, para Johannes.

Ele estava sentado, sangue escorrendo de um corte enorme no rosto, as mãos sujas e machucadas, me encarando de queixo caído e olhos arregalados. Olhei para os dois garotos no chão e percebi que eles não dariam qualquer trabalho por algum tempo. Olhei novamente para Johannes. Seus lábios se contraíam de ponta a ponta, indecisos sobre qual fluxo de ideias deviam expressar. Quando finalmente encontrou algo, não foi o sentimento que eu havia esperado. "Oh, meu Deus!" sussurrou. "Isso foi *incrível*!"

18

Era isso.

Belgrado, o corpo de um homem que talvez fosse talvez não fosse Nathan Coyle.

Paguei por uma hora de internet no café atrás da catedral de St. Sava, abri um pacote de biscoitos e um suco de latinha, e conectei.

Precisava de um hacker.

Apesar de aparecer online, Johannes Schwarb o fez de um jeito bem diferente.

Christina 636 — Oi, JS.

Spunkmaster13 — Deus do céu! Como você está?

Christina 636 — Preciso de um favor.

19

Mais fotos na pasta de Kepler.

Rostos e memórias. Lugares vistos, gente viajada.

Tirei uma da pasta.

Horst Gubler, cidadão dos Estados Unidos. Primeiro contato com a entidade Kepler, 14 de novembro de 2009.

Residência atual — Asilo Dominico, Eslováquia.

Meus parabéns aos eslovacos.

Mais ninguém teria dado abrigo a ele.

Levei doze horas de trem desde Belgrado até Bratislava.

A viagem de avião custa quase o táxi até o aeroporto.

Fique preso num avião, por outro lado, e suas opções são muito menores do que em um trem com centenas de viajantes exaustos. E sobre levar uma arma ao aeroporto, também... de trem parece a melhor opção.

Tomei o trem das 6h48 de Belgrado a Bratislava.

Anotações sobre o trem de Belgrado:

É uma bagunça de vagões e compartimentos, alguns sérvios, alguns eslovacos, alguns húngaros, a maioria tcheca. Uma quantidade surpreendente de assentos é destinada a pessoas com deficiência, embora não houvesse nenhum por ali. Há um vagão inteiro para passageiros com crianças menores de dez anos, na sábia suposição de que doze horas com uma criançada choramingando por perto seria suficiente para que qualquer um cometesse uma loucura. O vagão-restaurante vende variações sobre o mesmo tema de sanduíche, sopa, chá, café, biscoito, couve-flor e repolho, todos cuidadosamente requentados no micro-ondas para seu deleite. O trem cruza três fronteiras internacionais, mesmo que os passaportes sejam conferidos apenas uma vez, e se não fosse por uma pequena diferença na grafia de "banheiro", quando se entra e sai de plataformas enormes, talvez nem se percebesse nada.

Liguei meu celular

o celular deste corpo

assim que cruzamos a fronteira da Sérvia com a Hungria. Havia uma nova mensagem. Dizia: *Aeolus*.

Ainda sem qualquer número.

Desliguei o telefone outra vez, tirei a bateria e coloquei tudo de volta no fundo da bolsa.

"Setecentos euros", disse o passageiro no bar. "Setecentos euros, foi o que deu minha conta na última vez que viajei. Pensei que a União Europeia estivesse aí para resolver essa merda. Pensei que estivessem mudando as coisas — se você faz uma ligação na Europa, é como se estivesse ligando para casa, sabe? Como é que deixam as companhias telefônicas fazerem um negócio desses? Como é que deixam nos roubarem desse jeito e fingem que está tudo bem? E sabe o que é o pior?"

Não, o que era o pior?

"Todas as minhas ligações foram de trabalho. Do meu celular pessoal, porque o da empresa tinha quebrado. E os putos não pagaram a conta. 'A culpa é sua', disseram. 'Sua culpa não ter prestado atenção nas letrinhas miúdas. Não pode querer que a gente pague pelo seu erro.' O caralho! O *caralho*, eu disse, o caralho! E essa recessão toda? E esse governo? Nós só fazemos pagar pela ganância e luxo dos outros, só para isso que a gente serve, homens como você e eu."

Então o que você fez?

"Larguei a porra do emprego, né?"

E como vão as coisas agora?

"Uma merda. Uma merda. Estou indo para casa, morar com minha mãe. Ela tem oitenta e sete anos e ainda pensa que está casada, a bruxa. Mas o que um homem pode fazer?"

Comprei outra garrafa de água e um pacote de salgadinhos do bar-restaurante, fui cambaleando de volta a meu assento, e dei um cochilo pela extensa paisagem húngara enquanto rumávamos ao norte, seguindo o Danúbio até a Eslováquia.

20

Eu estava indo visitar Horst Gubler.

Não porque gostasse dele, mas porque, em algum momento, seja lá quem fosse o autor do dossiê de Kepler o tinha visitado. Se eu tivesse sorte, talvez estivesse até vestindo o rosto certo para a viagem.

Foi assim que conheci Horst Gubler:

Ela dissera: "Quero que ele pague."

Suas mãos estavam firmes em torno de um copo de uísque, o rosto fechado, ombros tensos. Sentava-se ao terraço de sua casa branca enquanto o sol se punha sobre os salgueiros-chorões, e dizia na fala arrastada do Alabama: "Quero que ele sofra."

Passei o dedo pela borda de meu copo e não falei palavra. A noite ia se armando em faixas rosa pelo horizonte, camadas de nuvem e sol, nuvem e sol, se estendendo até o rio. Na casa vizinha, tremulava uma bandeira dos Estados Unidos. A duas casas de distância, um casal estava parado junto a um carrinho de bebê, conversando com os vizinhos sobre coisas de vizinhança. Obama era presidente e a economia pegava fogo, mas neste cantinho dos Estados Unidos parecia que ninguém se importava.

A não ser ela.

"Ele a estuprou", disse. "Estuprou e já fez isso com mais gente, e não me importo um caralho com o que diz a lei, porque ele fez isso e já escapou outras vezes, e vai escapar de novo. Quero que Gubler pague."

"Com a vida?" perguntei.

Balançou a cabeça, os grossos cachos escuros se enroscando em sua blusa. "A morte é um pecado, a Bíblia diz com todas as letras. Mas a Bíblia não fala nada sobre drenar o dinheiro dele, penhorar sua casa, fazer seus amigos se afastarem e deixá-lo caminhar até o cu do mundo sem nada, nu com a mão no bolso. Me disseram que você pode fazer isso. Disseram que você já foi um corretor, uma vez."

Tomei um gole do uísque. Era um negócio americano ruim, destilado em propriedades bem maiores que a média das fazendas na Inglaterra, propagandeado como a benesse suprema para homens crentes de que usar uma boina era o mesmo que compreender as verdades do universo. Sentada a minha frente, de blusa branca e saia creme, estava Maria Anna Celeste Jones, cujos antepassados haviam sido roubados de Serra Leoa e para quem o lar era o Mississippi, e para quem a vingança era absoluta.

"Como você ouviu falar de mim?" quis saber.

"Fui vestida." Sua voz era seca, direto ao ponto. "Como uma pele. É assim que vocês chamam, não é? Tinha dezessete anos, estava na sarjeta. Daí apareceu esse homem. 'Você tem olhos lindos', disse, e me tocou, e apaguei, e quando acordei tinham se passado seis meses e uma garota, sentada a meu lado na cama, falou 'Obrigado pela carona.' Havia quinze mil dólares debaixo da cama e uma carta da Universidade de Nova York dizendo ei, muito bem — você foi aprovada."

"E você foi?"

"Queimei a carta. Então escrevi para eles duas semanas depois, dizendo que a carta havia se perdido nos correios, se eles não me mandariam outra, e mandaram, e eu fui lá e aprendi as leis. Aprendi outras coisas também. Por exemplo, como essas pessoas que mudam de corpo para corpo às vezes mantêm o mesmo endereço de e-mail. O que me vestiu — ele tinha o nome de Kuanyin, e deixou seus dados todos conectados no computador do hotel, quando saiu da minha pele."

"Conheço Kuanyin", sussurrei. "Ela — é ela, da última vez que conferi — é meio desleixada. Por acaso ela..." medi as palavras, buscando pela combinação exata "... a deixou do jeito que a encontrou?"

Maria Anna Celeste Jones me fitou nos olhos, e tinha um olhar de ferro, uma força de vontade inquebrável. "Ele — ela — trepou com gente no meu corpo. Comeu, bebeu, roubou seis meses da minha vida, fez as unhas, o cabelo, me largou em uma cidade que eu nunca veria. Kuanyin me deu mais dinheiro do que eu jamais teria na vida, me inscreveu em uma universidade, e eu nunca olhei para trás desde então. Então não. Ela não me deixou do jeito que me encontrou. Pergunta idiota, não acha?"

Dei um trago no uísque, deixei as coisas assentarem, hesitei, pigarreei. "Mas você não buscou vingança."

"Não. Não contra ela. Não mais." Seus dedos apertaram o copo. "Gubler. Kuanyin disse para procurar você. Disse que era bom nisso. Que era um corretor."

A borda do copo fez um som quando corri meu dedo por ela. Eu não podia encarar o olhar de Maria Anna. "Ela explicou o que isso quer dizer?"

"Explicou o suficiente. Gubler é rico, bem-sucedido, vai concorrer ao Congresso e vai entrar, porque o que ele não compra com dinheiro, vende com mentiras. Está articulando os investidores, e estupra as pobres moças negras porque sabe que consegue se safar, porque nós *deixamos* que se safe. Nós. A lei. Porque estamos prontas para proteger todo mundo igualmente, mas algumas pessoas — algumas nós protegemos mais igualmente que outras. E se tem algo que vou fazer com minha vida, agora que ela é minha, quero que seja isso. Quebre esse Gubler. Faça por dinheiro, por recompensa, porque acha divertido e precisa da porra de um corpo novo — não dou a mínima para suas motivações. Apenas faça."

Sua voz não se ergueu, o olhar não se desviou. Suas palavras eram mensagens gravadas num necrotério, um testemunho de além-túmulo, a bondade soterrada há muito tempo em terra úmida.

Terminei o uísque, coloquei o copo na mesinha entre nós e disse "Certo".

Quatro dias depois ela punha um vestido azul talhado para realçar sua cintura, a curva de sua bunda, as pernas suaves, e eu vestia um homem sem queixo e de terno novo, que vendia carros vagabundos para gente ingênua e que tentara o mesmo comigo. Estávamos na escadaria de um museu dedicado à grande batalha da Guerra Civil, quando homens que acreditavam em algo e outros que estavam ali apenas pelas circunstâncias adversas se chocaram em um campo, lutando não sem vontade para defender os motivos que os levaram àquele lugar. Lá de dentro vinha o som de uma música inocente tocada por um quarteto inofensivo, o burburinho de vozes arrebitadas em sapatos de salto alto, o tilintar de copo contra copo, o ruído cheio de dinheiro sendo vertido da boca de uns para os ouvidos de outros, enquanto acordos eram feitos e garantias dadas por planos que nem sequer haviam sido escritos.

Maria Anna carregava um convite orlado a prata. Estendi minha mão, um parceiro convidando para a dança, e perguntei "Me daria a honra?"

Com a expressão cerrada, estirou a mão para segurar a minha, mas os dedos, quando roçaram os meus, estavam trêmulos.

Apertei sua mão, para tranquilizá-la, e a vi hesitar.

Saltei.

O vendedor de carros cambaleou, rosnando confuso, mas eu já subia os degraus em uma onda de tafetá e perfume de rosas, os cabelos presos bem rentes à cabeça, coração tão acelerado no peito que me senti tonta e soube não ser a *minha* presença o motivo daquela aceleração, mas apenas a ideia de que eu pudesse estar ali, ideia que menos de um segundo atrás tomava conta da mente inteira de Maria Anna.

E, mesmo assim, ela me dera a mão.

Entreguei meu convite sem sequer olhar para o rapaz que o recebia, e o rapaz que o recebeu fez uma vênia com muito mais de um olhar ao corpo que eu vestia. Maria Anna, alta e graciosa, o longo pescoço acentuado pela pérola única que trazia na garganta, as mãos rígidas — reação fisiológica ao estresse um pouquinho contido demais. Conforme eu passava pela galeria principal do museu, os convidados de smoking e vestidos de baile se agitavam em meio a canhões escuros de ferro, monumentos aos mortos, mostruários de vidro com as armas de um general, o uniforme de um coronel tombado em batalha, o estandarte de um regimento derrotado em alguma colina explodida. Entre tudo isso, a multidão conversava, gracejando, com o passado disposto ali como se fosse algo cenográfico.

Peguei uma taça de champanhe de um garçom que passava, e caminhei na direção de uma exposição de fotos de regimentos, cinzentas e amareladas, bebericando de minha taça e esperando que a agitação em meu sangue se acalmasse, que passasse. A hipertensão se atenuou aos poucos, com os músculos tão tensos ao ponto de parecer que os nervos não os suportariam. Deixei meus olhos correrem pela multidão, procurando por Horst Gubler no meio de seus bajuladores.

Não foi difícil. O ruído em seu entorno era uma onda num mar agitado e, diferente de seus convidados sem graça, ele não precisava se mover até a festa, já que a festa se agitava para encontrá-lo. Fui abrindo caminho, com um sorriso ofuscante a todos por quem passava, até parar bem perto, ouvindo-o deleitar as massas amontoadas com sua história de quando foi pescar e conheceu tal ministro, e viu o pôr do sol sobre um campo de petróleo saudita. Quando a audiência riu, continuei séria, e meu silêncio fez com que voltasse os olhos para mim.

Correu o olhar de cima a baixo, de baixo a cima, me despindo com os olhos, até que seu rosto se abriu num sorriso de reconhecimento e prazer.

E com esse sorriso algo se revirou em meu estômago, e ele disse "Ora, olá. Eu me lembro *muito bem* de você" e, apesar de eu estar perfeitamente ativa e meu corpo gostar de se exercitar duas ou três vezes por semana, e de ter uma alimentação saudável, senti o gosto de bile. Rapidamente, avancei na direção de seu sorriso, o rosto oscilando e oferecendo minha palma, e respondi "Sim, você se lembra".

Ele apertou minha mão.

Mais tarde, quando perguntados sobre o discurso de Horst Gubler no museu, ouvintes gentis relatariam que ele parecia bem estranho nos minutos que o antecederam, praticamente outra pessoa. Ouvintes mais maldosos — e a imprensa — relatariam que ele estava claramente bêbado, não havendo quaisquer outras explicações para seu comportamento.

Independentemente de suas preferências e inclinações pessoais, todos lembrariam bem da primeira coisa que ele disse ao subir na tribuna, imortalizada nos jornais de toda a região.

"E aí, gente!" berrou o corpo de Gubler, silenciando a audiência com o tinido de uma colher batendo na taça de cristal. "Tô tão feliz que vocês vieram, tão feliz! Tem só uma coisa que eu queria falar antes de dar o pontapé inicial na festança. Presidente Obama — que bichinha."

Três dias depois eu estava num avião para a Eslováquia, com o passaporte de Horst Gubler na mão, cartões de crédito no bolso. De seus bens — que terminaram sendo meros 1,8 milhão de dólares e mais um blefe milionário — vinte mil dólares foram para um banco suíço, em benefício de um viajante sem nome, oitenta mil foram para sua ex--mulher e o restante foi legado, junto de alguns bens não liquidados, a instituições dedicadas a cuidar de vítimas de estupro, crimes violentos e abuso doméstico. Ficaram tão agradecidos que me presentearam com uma placa, gravada em latão, que encaminhei para Maria Anna Celeste, com meus cumprimentos.

21

Eslovaco?

Nenhuma palavra.

Eu falo francês, alemão, russo, mandarim, japonês, inglês, suaíli, malaio, árabe, turco, parse e italiano. Com base nisso, posso compreender grosseiramente um vasto leque de línguas similares, embora compreender nunca seja o mesmo que conseguir responder.

Húngaro? Tcheco?

Nem ideia.

Só umas palavrinhas soltas — toilet, tv, credit card, internet, e-mail — que brotaram rápido e tarde demais para os linguistas desses países acharem alternativas melhores.

Saltei do trem algumas estações antes de Bratislava.

Na primeira vez que visitei a Eslováquia, ela era uma terra de rios caudalosos, prados enormes se estendendo por terras férteis, colinas de pinheiros se erguendo no horizonte e o tilintar distante dos sinos do gado entre os paredões azulados dos vales à noite. Havia até mesmo alguns trajes típicos — apesar de, naquela época, tradição ainda não ser um conceito romantizado dessa forma tão impulsiva.

O comunismo, como sempre, não fora gentil com este idílio. Tão suavemente quanto um tanque na trincheira, vilarejos de pedra bruta e capelinhas bem cuidadas foram transformadas em uma profusão de blocos de apartamento e zonas industriais de concreto, caindo aos pedaços tão logo foram erguidos. Os rios, que antes corriam limpos, agora fluíam lodosos pelas planícies, suas superfícies tomadas pela grossa espuma verde que voltava a aparecer um instante após ser limpa. O lugar ainda era muito belo, mas estava manchado pelos resquícios de uma ambição industrial exagerada.

Parei numa pensão em uma cidade de nome impronunciável. Saía ônibus de três em três horas para Bratislava, duas vezes aos domingos. Uma igreja, uma escola, um restaurante, e na borda da cidade, um supermercado que vendia, além de carne e peixe curados, mobília para jardim, peças hidráulicas e carrinhos elétricos.

Os donos da pensão eram um marido e sua esposa, e somente outro quarto estava ocupado por dois ciclistas austríacos, que tinham vindo pedalar por essas estradas suaves da Europa. Esperei que todos fossem deitar, então saí noite afora.

A cidade de uma única igreja também era a cidade de um único bar.

O tal bar tocava músicas pop dos anos 80, de um CD. Na pista de dança, adolescentes desesperados para saírem dali, irem embora, se contorciam uns contra os outros, excitados demais para irem para casa, assustados demais para transarem de verdade.

Procurei por alguém que pudesse estar interessado e a encontrei sentada longe da pista, observando do escuro. Sentei-me à sua frente e perguntei, Fala inglês?

Um pouco, ela disse.

Mas para o que ela fazia, um pouco era mais que o suficiente.

Comprei-lhe uma bebida, que ela mal tocou.

Seu inglês era melhor do que ela anunciara, e seu francês, acabamos descobrindo, era fantástico. Ela perguntou Onde você está hospedado?

Na pensão.

Não vai servir de jeito nenhum, falou. Se você estiver a fim, sei de um lugar tranquilo.

Tranquilo era perfeito.

Tranquilo era exatamente o que eu precisava.

Ela vivia nos limites da cidade. A porta cheia de trancas às nossas costas, as paredes repletas de fotografias de avós antepassadas com as mãos orgulhosas sobre os ombros de seus filhos.

O quarto tinha uma cama, uma mesa e um par de peças de arte de segunda mão, colocadas ali por um inquilino antigo que não gostara tanto delas para levar consigo, e continuavam penduradas por desleixo do proprietário. Sob a cama havia livros de economia, química e matemática. Sobre a mesinha apinhada, pratos juntavam mofo e a poeira cobria restos de papel alumínio. Ela chutou os livros para o lado, tirou a jaqueta e perguntou Pronto?

As marcas de agulha em seu braço estavam tênues, mas visíveis. As cicatrizes em seus pulsos, esbranquiçadas, eram linhas finas e paralelas que subiam até o cotovelo. Antigas e apagadas, mas feias por serem coçadas. Perguntei Qual sua idade?

Balançou a cabeça.

Está pronto?

Sorri e retruquei, Para algo bem sacana?

Entreguei-lhe a chave antes de sacar as algemas. Causar a impressão errada nunca adianta. Ela pareceu chocada por um instante, mas seu profissionalismo deu um jeito de recuperar o sorriso rapidamente e, apontando para a cama, disse Venha.

Deitei no colchão, deixei-a prender meu pulso direito à cabeceira da cama e, quando ela se afastou um pouco para admirar seu trabalho, peguei seu pulso esquerdo com minha mão livre e

saltei.

"Ei", eu disse, enquanto o corpo sob mim piscava com olhos turvos e desfocados. "Acho que precisamos conversar."

22

As cicatrizes em meus braços coçavam.

Ocultas sob minhas calças justas, cicatrizes ainda mais recentes queimavam minhas coxas, ardendo pela lâmina e pelo antisséptico esfregado.

Nathan Coyle — ou pelo menos o homem cujo passaporte canadense dizia se chamar assim — estava algemado, deitado na cama a minha frente. Sentei-me a seu lado, cruzei as pernas, apoiei o queixo na palma da mão e disse "Você recebeu umas mensagens de texto".

Seus olhos buscaram o foco em mim, e com a clareza da vista, alguma clareza de pensamento.

Clareza de pensamento que, parecia, não se impressionara com as conclusões daquilo.

Cerrou os dentes, os dedos tensos.

"Estou achando", falei, "que elas são confirmações de segurança. A primeira era *Circe*, a segunda é *Aeolus*. Como não fazia ideia do que responder, ou para quem, não fiz nada. Seus colegas já devem saber que você encontrou problemas. Boa notícia para você, a menos que eles façam o mesmo que você fez a Josephine."

Ele continuou imóvel. Quieto. O ângulo de seu braço algemado não podia estar confortável, mas ele era durão. Caras durões não se contorcem.

"Eu li o arquivo Kepler", continuei, resistindo à vontade de coçar os braços. "Está quase correto — fico impressionada — mas você não aparece nele, e pelo que eu posso lembrar, estou razoavelmente certa de que nunca toquei em seu corpo até o momento em que você o usou para atirar em mim. Então não pode ser algo pessoal. Já encontrou outros fantasmas antes, sr. Coyle?"

Silêncio.

Claro.

Caras durões acordam algemados em lugares estranhos, atiram em mulheres nas estações, são possuídos e marcham meia Europa com uma consciência invasora, mas não é nada com o que não possam lidar.

"Pensei em mutilá-lo", suspirei, quase sem notar as palavras que dizia, e tive o prazer de ver algo se contorcer no rosto de Coyle. "Naturalmente não enquanto eu o estivesse habitando. Nunca gostei dessas coisas. Mas ainda espero que seus colegas, sejam quem forem, hesitem antes de matá-lo, como você matou minha Josephine, e essa hesitação possa ainda salvar minha vida."

Silêncio.

"Em Edirne eu fiz duas perguntas. Tendo passado algum tempo em seu corpo, agora eu tenho mais duas, embora o sentido do interrogatório não tenha mudado. Para quem você trabalha, e por que eles mentem sobre Josephine?"

Ele se levantou um pouco, bem pouco, erguendo o rosto, e pela primeira vez seus olhos fitaram os meus.

"São mentiras", sussurrei. "A maior parte do arquivo está certa, mas então ele chega a Josephine e mente. Seus contratantes queriam-na morta, a ela e a mim. Por quê? O que você acha? Quem são essas pessoas que ela supostamente matou? As pessoas sempre tentaram matar minha espécie ao longo dos séculos. É inevitável, considerando o que nós somos. Mas você alvejou Josephine na perna, e mesmo que eu tenha fugido, mesmo com você *sabendo* que eu tinha fugido, ela ainda levou dois tiros no peito. E eu não entendo o motivo. Quero que tudo isso acabe bem. Você é um assassino, mas não age sozinho. E está vivo porque é a única pista que eu tenho."

Esperei.

Ele também.

"Você quer um tempo para pensar", concluí. "Entendo." Meus dedos correram na pele macia de meus braços, ao longo das cicatrizes, desejando coçá-las. Afastei a mão e fiquei de pé, torcendo para que a movimentação toda distraísse aquela urgência psicológica. Ele me observava. Sorri. "Este corpo —" fiz um gesto dos pés à cabeça de minha pele "— ela tem o quê? Dezessete? Automutilação, uso de drogas, prostituição e livros didáticos sob a cama. Não é problema meu, claro. É apenas uma parada para descanso, não tenho nada a ver com isso. Diga: você gosta do que está vendo?"

Caras durões têm opinião?

Ele não parecia ter.

Talvez a disciplina para conter o terror também contivesse os pensamentos.

"Você fica aí pensando", falei. "Eu tenho coisas a fazer."

E eu fiz.

Joguei os papéis alumínio imundos em um saco plástico, tirei as migalhas de sobre a mesa, abri a janela para deixar entrar o vento fresco da noite. Ajeitei os livros, peguei as roupas do chão, dobrei-as e as coloquei no armário empenado, jogando fora duas calças com rasgos irremediáveis. Alinhei as peças-não-tão-de-arte na parede, e conferindo as gavetas eu encontrei um pacotinho de maconha, outro de cocaína, e joguei os dois na lixeira. A última gaveta estava trancada. Forcei-a com uma faca de cozinha, e dali de dentro tirei uma coleção bem cuidada de tesouras médicas, bandagens e um bisturizinho prateado. Fiquei um pouco indecisa, depois joguei as lâminas fora e mantive as bandagens intactas.

Coyle me observava da cama, arguto feito um gato, quieto como uma pegada na noite.

Seu olhar era uma distração. Eu havia ficado em frente ao Congresso dos Estados Unidos, e havia sido arguto, vigoroso, havia estado no controle. Mas naquela época eu vestia um terno de três mil dólares, tinha almoços de duzentos, e era fabuloso porque era isso que eu devia ser.

Esta garota — quem quer que fosse — não era fabulosa. Com as calças esfarrapadas e os braços marcados, a tentação de me esconder sob sua fragilidade, me enrodilhar em meus ossinhos fracos, as omoplatas saltadas como asas de frango, queixo baixo, pescoço tenso, era tão natural quanto a noite. Mas Coyle me observava, e não era a mim que ele via, mas a *mim*, a mim mesmo, e nenhuma olheira ou rosto encovado alteraria o objeto de seu interesse.

Perturbador. Inoportuno e estranho. Estimulante.

Voltei a me concentrar, pesando cada passo, e segui fazendo daquele quarto o que ele deveria ser. Limpar um quarto é a extensão de limpar um corpo; muda-se a mobília tanto quanto se mudam as roupas. Todo mundo precisa de um passatempo, e o meu é todo mundo.

Então Coyle falou "Você é um filho da puta arrogante".

"Meu Deus!" exclamei. "Ele fala."

"Você fodeu com a vida dela..."

"Se importa de eu interrompê-lo antes de ficarmos muito emotivos? Estou aqui para conversar. E como você não consegue pensar quando estou em casa, preciso de um hospedeiro para que você pondere a profundidade de nossa conversa. Não nego que me entedio com facilidade, e naturalmente encaro as peles que visto como um tipo de projeto, como qualquer um faria, como todo mundo faz. Tem gente que tricota, tem gente que faz yoga. Se esta fosse uma habitação para muito tempo, eu certamente consideraria yoga — imagino que meus joelhos se beneficiariam disso. Mas como não é, então faço o mínimo que posso enquanto estou aqui, e você, antes de começar com a reclamação sobre minha monstruosidade, devia agradecer que estou organizando e limpando essa imundície, em vez de arrancar a porra dos seus olhos com as unhas."

Seus lábios se cerraram outra vez.

Pulei de volta para o pé da cama, dobrando os joelhos sob o queixo, envolvendo as pernas magras com meus braços cheios de cicatrizes, encarando seus olhos pretos e densos.

"Você deixa as pessoas em frangalhos", terminou por dizer.

"É. Verdade, eu deixo. Não vou negar. Passo pela vida das pessoas e roubo o que encontro. Seus corpos, tempo, dinheiro, amigos, amantes, esposas — fico com tudo, se eu quiser. E às vezes recomponho essas pessoas, em alguma outra forma. Esta pele", coloquei uma mecha de cabelo atrás da orelha, "vai acordar em alguns minutos, assustada e confusa porque várias horas de sua vida se apagaram num lampejo. Ela vai pensar que a estuprei, que talvez a tenha dopado, feito algo com seu corpo, seus pertences, únicos símbolos de alguma realização em sua vida — na vida de quase todo mundo. Vai estar assustada não por qualquer dor na carne, mas porque alguém passeou e violou a casa onde ela vive. E talvez ela faça o que costuma fazer quando se sente sozinha. Talvez se corte, talvez cheire uma carreira, talvez beba e encontre um cara para pagar por tudo isso. Realmente não sei. Mas você e eu temos de conversar."

Uma leve respiração. "Temos?"

"Para mim, fazer você passar pela alfândega chinesa com cinco quilos de heroína escondidos na roupa seria tão simples quanto tentar esta conversa. Se você falar, pode ter uma chance."

"Você rouba vidas, rouba escolhas — as escolhas dela."

"Não agora. Em poucas horas seu corpo será dela novamente, e nós teremos ido embora. Poucos minutos, poucos segundos e tudo muda. Ou absolutamente nada. O que você faz quando esse momento surge é tudo que importa."

"Ladrão é ladrão."

"E assassino é assassino. Esse é o desdobramento de seu argumento, não é?"

Ele se mexeu com dificuldade na cama. "O que você quer?"

"Você matou Josephine", respondi, um murmúrio na penumbra fria. "Você sabe o que penso dessas coisas. Por que você tentou me matar, sr. Coyle?"

"Me diga você."

"Às vezes é mais fácil brigar do que ter uma conversa."

"Você conversaria com o vírus da varíola?"

"Se ele pudesse me contar das pragas que viu, dos grandes homens que visitou, das crianças que sobreviveram e das mães que morreram, de hospitais abafados e frigoríficos na traseira de caminhões, eu lhe pagaria três refeições ao dia e um fim de semana em Mônaco. Não me compare a um DNA numa capa proteica, sr. Coyle. Esse argumento não está a nossa altura. Seus passaportes, dinheiro, armas: você está claramente preparado, parte de uma operação maior. Mantém a forma de um jeito incrível — não andei seguindo a dieta ou fazendo flexões, sinto muito. E agora você mata gente como eu." Suspirei. "Sem qualquer motivo, imagino, a não ser porque existimos. Você acha que foi o primeiro? Cedo ou tarde, alguém sempre tenta. Mesmo assim, aqui estamos. Persistentes feito a morte. Em dois continentes separados, por dois caminhos distintos, duas espécies de abutre inteiramente diferentes, mas funcionalmente idênticas, evoluíram. É a natureza ocupando seus vácuos. Não importa quantos vocês matem, nós continuaremos, preenchendo a natureza. Então é o seguinte", sussurrei. "Você matou minha hospedeira, a quem eu amava. Talvez você ache o conceito difícil demais de acreditar, mas eu *amava* Josephine Cebula, e você a matou. Matou-a porque havia uma ficha em seu arquivo dizendo que ela não era apenas uma hospedeira, mas uma assassina. Isso é mentira. Seus mestres mentiram a você. Isso, e apenas isso, é algo novo."

"O arquivo não mente", respondeu de maneira direta. "Josephine Cebula tinha que morrer."

"Por quê?"

"Você sabe."

"Não, realmente não sei. Os nomes no arquivo — os corpos que ela supostamente deixou para trás — Tortsen Ulk, Magda Müller, James Richter, Elsbet Horn. Nunca ouvi falar deles, até ler sobre, e o modo como morreram — brutal, até mesmo sádico. Josephine não era mulher disso. Não tinha a motivação, a oportunidade ou os meios, e se você fizesse sua própria pesquisa, saberia disso. Ela era minha pele, nem mais, nem menos." Ele não olhava em meus olhos. Segurei seu queixo, virei seu rosto e o forcei a olhar para mim. "Me diga o motivo."

"Galileu", falou. Estaquei, os dedos apertando sua mandíbula. Parecia surpreso de ter-se ouvido dizer. "Por Galileu."

"O que é Galileu?"

"*Santa Rosa*", retrucou. "Isso era Galileu."

Hesitei, procurando algo em seu rosto, algo mais, e enquanto eu olhava ele atacou, a mão esquerda cerrada e o punho acertando minha cara. Gritei, tombando para o lado e rolando para fora da cama. Ele conseguiu se pôr de joelhos, puxando as algemas, arrancando com ambas as mãos a corrente de metal, até que a cabeceira da cama começou a rachar. Cambaleei para me erguer e ele acertou um chute em meu estômago, mas agarrei seu pé. Quando se livrava da armação da cama, enfiei a mão sob a perna de sua calça, senti o tornozelo em meus dedos

e aquilo foi o fim da história.

23

Sempre fomos caçados.

Meu primeiro encontro com essa realidade foi em 1838. Eu estava em Roma, e como eles me encontraram eu nunca vou entender completamente.

Chegaram de noite, homens com grossas luvas de couro e máscaras pretas com bicos compridos de cheiro doce, médicos da praga buscando uma doença ainda mais incomum. Haviam amarrado cordas em torno das mangas, dos tornozelos e cinturas, para que eu não tocasse em suas peles. Dois deles sentaram sobre meu peito, enquanto um terceiro prendia um laço em meu pescoço e num poste de um metro, erguendo-me pela garganta. Eu chiava e chutava, tentando agarrar uma mão, algum cabelo, um pé, um dedo — qualquer pele alheia — mas eles haviam sido cuidadosos, muito cuidadosos, e enquanto me arrastavam pelas ruas da meia-noite, na ponta do laço, como um cachorro desobediente na coleira, iam lembrando uns aos outros, cuidado, cuidado, não chegue muito perto do demônio, não deixe seus dedos sequer relarem em você. Nas profundezas da noite, imperadores romanos de rostos quebrados, deuses mortos com lábios partidos, os olhos chorosos da Virgem Maria e os olhares encapuzados dos ladrões, que iam deslizando ligeiros pelas vielas de pedra, entre uma e outra casa torta, encaravam o chão e não ofereciam qualquer consolo.

Em uma cela de pedra sob uma torre de pedra construída por um romano morto havia muito, renovada por um grego morto havia muito, fui preso acorrentado a uma cadeira de madeira, de modo que parte do meu corpo pudesse se mexer. Então vieram os padres e os médicos, os soldados e os homens violentos, que me bateram com longos porretes e balançaram incenso defronte ao meu rosto, dizendo Vá embora, espírito maligno. Em nome do pai, do filho e do espírito santo, eu o expulso, vá embora!

No terceiro dia de meu cativeiro, três mascarados entraram na sala com uma mulher de olhos vermelhos pelo choro e que tentou, ao me ver, se atirar a meus pés, beijar minhas mãos enluvadas e acorrentadas, mas que foi imediatamente impedida de cruzar a linha de sal que haviam espalhado em torno de minha cadeira.

E ela chorava, berrando Meu filho, meu filho, que demônio fez isso a você?

Se eles não tivessem me quebrado as costelas, envenenado com seus remédios e me subnutrido com pouca água e um pão empapado na ponta de uma colher comprida, eu poderia ter dito "Estes homens, minha mãe. Estes homens que a senhora vê em sua frente, eles fizeram isso comigo. Chegue um pouco mais perto, deixe seus ouvidos tocarem meus lábios, e eu lhe direi como".

Mas como eles haviam feito aquilo tudo, eu não podia falar, apenas ficar largado ali, quebrado, enquanto ela chorava e se agitava e chamava por seu menino, contra todos os demônios. Até que ela se acalmasse e recebesse um copo de vinho com qualquer coisa a mais para beber, e sentasse em um banquinho.

Então o líder dos meus atormentadores, um homem com um grande capuz vermelho e enormes luvas carmim que se alargavam a partir dos punhos, sendo dobradas e presas em seu antebraço, ajoelhou-se ao lado de minha mãe e disse "Seu filho está morto, e no paraíso. O que você vê aqui é um escárnio de sua carne, um demônio possuindo o corpo pútrido de seu menino. Poderíamos tê-lo executado sem sequer contar-lhe isso, mas você é a mãe dele, e não saber o destino de um filho é pior que conhecer os horrores que esta criatura cometeu".

A isso, ela chorou um pouco mais, e eu quase fiquei admirado com a compaixão que meu futuro assassino concedia a uma mãe.

Então ele prosseguiu: "Este demônio fornicou com a carne de seu filho. Deitou-se com mulheres e homens. Usou o rosto de seu garoto enquanto cometia pecado após pecado, deleitando-se com essa potência, deliciando-se com suas perversidades. A cada ato cometido, trouxe desonra à memória de seu menino, e por isso deve morrer. Você compreende, boa mãe? Você nos perdoa o dever que agora precisamos cumprir?"

A mulher correu o olhar desse anjo da morte para mim, e murmurei "Mãe..."

Imediatamente meu assassino agarrou a mão da mulher firmemente com a sua, sussurrando "Não é seu filho. É um demônio. Ele dirá qualquer coisa para continuar vivo".

E assim minha mãe desviou os olhos de mim, e com lágrimas lhe inundando a face lastimou "Deus tenha piedade", embora não tenha dito piedade de quem.

Contorci-me e berrei, clamando por minha mãe, Mãe, por favor, enquanto eles a levavam para fora, mas ela não olhou para trás. Não a culpei inteiramente, porque na verdade sequer sabia seu nome.

No dia seguinte, à meia-luz do crepúsculo, eles me levaram a um pátio de pedras cinzentas e cortinas cerradas. Possuíam uma mansão que certa vez fora de um grande homem, mas nesta era de aço e fumaça ela caíra em ruína, um monumento quebrado da ambição imperial.

Uma pira havia sido acesa ao centro, e os mestres de minha danação, de túnicas vermelhas, punham-se de pé em torno dela, cabeças baixas, mãos enluvadas cruzadas frente ao peito, um único braseiro queimando ao pé de um poste. O ritual torna mais fácil o assassinato; há outra coisa em que se concentrar. Vendo a pira, gritei e chutei ainda mais, e eles me arrastaram até o poste e me botaram de joelhos. Um sacerdote estava diante de mim, a longa túnica escura drapejando seus pés calçados de preto. Ergueu a mão em bênção, se não exatamente a mim, então ao corpo que estava prestes a entregar às chamas, e me ocorreu que sua túnica, sendo comprida, talvez ocultasse pedaços de perna descoberta. Eu nunca havia realmente considerado o que se escondia sob a batina de um padre, mas no momento parecia de absoluta importância, então deixei que meu corpo colapsasse, tombando contra o laço, arrastando-o para baixo, mesmo que apertasse minha traqueia, tirando meu ar. O guarda que me segurava foi arrastado pelo meu peso e, assim que caí ao chão, o padre pulou para trás, surpreso com seu poder de induzir uma reação tão extrema em um penitente. Por um milésimo de segundo senti a pressão em minha garganta afrouxar, então abri os olhos e, me descolando do chão, dentes à mostra, enterrei o rosto sob a túnica do padre e mordi, com a maior força que pude, o que quer que estivesse sob ela.

Senti pelos em minha pele, tecidos sobre meus olhos, o gosto de sangue na boca e, ainda que o padre estivesse berrando pelo choque e pelo risco, eu saltei, tropeçando para trás, gemendo, a túnica escura ondulando em volta de minhas pernas. A meus pés, o corpo algemado foi arrastado de volta, com um porrete na cabeça. Saltei para longe, as mãos trêmulas, e exclamei num italiano perfeito "Em nome de Deus, vá em paz!", então me arrastei para fora, ofegante.

O interior de minha panturrilha sangrava pela mordida recente em minha carne, mas eu não notava. No entretanto, o corpo desnorteado abria os olhos, e enquanto era agrilhoado ao poste, gritava alto O que é isso? Quem são vocês? Socorro! Socorro! O que está acontecendo?

Olhei meus companheiros silenciosos em volta. Luvas grossas, túnicas compridas, nenhum jeito fácil de entrar. Um guarda pegou uma chama do braseiro e, assim que a levou aos gravetos, o corpo no poste me viu e implorou "Pai celeste, me ajude, por favor!"

Uma mão enluvada tocou meu ombro e uma voz disse tranquilamente em francês "Padre, ele não o tocou, certo?"

Fitei um par de olhos sobre a máscara vermelha e balancei a cabeça. "Não", respondi. "A túnica me protegeu."

Os olhos se contraíram, e me ocorreu não haver razão para pensar que o corpo que eu habitava pudesse falar francês.

A bíblia tombou de minhas mãos, e mesmo com o mascarado se voltando a seus companheiros, arranquei o chapéu de sua cabeça e a máscara de seu rosto, apertando seu pescoço com um braço e pressionando seus olhos com minha outra mão. Assim que ele começou a resistir eu

troquei, girando para enfiar o cotovelo direto na barriga do padre de túnica preta. Meu corpo era alto, velho mas em forma, e eu tinha uma adaga e uma pistola que usei para atirar contra o primeiro homem que se virou para atirar em mim. As chamas estavam se alastrando pelos gravetos sob a pira, a fumaça densa subindo enquanto o corpo berrava, mas os homens de vermelho se moviam, correndo às armas, dando alertas, e curvei meu corpo para a frente, contraindo os ombros e me atirando de cabeça contra o homem mais próximo, chocando-me contra seu peito e o levando ao chão. Uma arma disparou e algo explodiu dentro de mim, rasgando caminho por pulmões e ossos. Caí de costas, o eco do tiro soando em meus ouvidos, sentindo o choque, mais que a dor, rasgando em meu peito. O homem que disparara estava a menos de cinco metros, recarregando a pistola. Lutei para me pôr de pé, sentindo o sangue escorrer por mim, e corri na direção dele, tirando a luva da mão direita enquanto ele recarregava, apontava a pistola e disparava.

A força do tiro me fez girar numa pirueta de trezentos e sessenta graus, e quando pude me agarrar ao primeiro objeto a mão, que por acaso era ele mesmo, meus dedos rasgaram a túnica em seu peito. Senti o toque quente de um ombro e

bendito alívio, misericórdia divina, saltei

um corpo com os ossos ainda inteiros

um corpo ensanguentado que se agarrava a meu ombro já não se agarrava mais, caído a meus pés, pulmões em pedaços, o peito estraçalhado e o rosto coberto por seu próprio sangue.

Agora, homens gritavam, pistolas eram empunhadas e adagas erguidas, mas na confusão ninguém sabia exatamente em quem atirar, então
me virei para a saída, para o ponto por onde havia entrado, e conforme
as chamas subiam às minhas costas, atirei minha arma ao chão e corri.

Atrás de mim, na pira, um homem cuja carne se empolava e os cabelos pegavam fogo berrava, enquanto suas pernas chiavam ao calor.

Corri.

24

Eu, a quem os os inimigos chamam de Kepler e cujo corpo, ao embarcar
no ônibus das 7h03 para Bratislava, respondeu pelo nome de Coyle, nos
últimos anos, tentei fazer o meu melhor.

O que não quer dizer que meu melhor possui um nível muito alto.

Num quartinho de um pequeno apartamento numa cidadezinha, uma
garota com cicatrizes nos braços está sentada, desperta e assustada, em
um aposento que ela própria não lembra de ter limpado, prestes a viver
uma vida que ninguém, a não ser ela, poderia.

Um piscar de olhos e tudo muda.

As consequências só existem para quem fica para trás.

O ônibus passou chacoalhando por vilas minúsculas, recolhendo uma
velhinha aqui, um casal de namorados adolescentes ali, sempre com seis
ou sete passageiros apenas, rumando à Eslováquia.

Minha parada não tinha sinalização, mas o motorista conhecia
o lugar e parou na altura de um santuário a São Cristóvão, com uma
estradinha enlameada margeada por um túnel de faias. O chão estava
forrado de folhas amarelas em decomposição, e andei por elas até um
prédio cinzento e pesado, circundado por jardins, declives gramados
e tanques com lírios na água. Na porta de entrada havia uma fonte-
zinha seca e tomada por lodo. Grades de metal cobriam as janelas.
Em uma placa de madeira, lia-se ASILO DOMINICO, FAVOR SE APRESEN-
TAR À RECEPÇÃO.

Durante o comunismo, problemas mentais eram fáceis de tratar. Depressão, esquizofrenia, transtorno bipolar ou, o pior de todos, manifestações contrárias às ideias do Partido eram tidos simplesmente como sinal de uma mente doente, que devia ser mantida afastada do corpo político. Estar doente era estar em falta. Vocês, dizia o Estado, vocês que choram ao se deparar com as verdades duras do mundo, que enxergam com tanta clareza as mentiras das pessoas — vocês se puseram nesta situação. Então, sejam gratos por qualquer porçãozinha de piedade que a nação lhes dispensar.

Chamamos de doença, um médico me sussurrara, certa vez, pelas ruelas de Viena, mas culpar uma doença não é, nem de longe, tão fácil quanto culpar pessoas.

O comunismo havia colapsado, mas ideias colapsam bem mais devagar do que os homens.

Disso eu sabia quando, tantos anos atrás, tendo sugado todo seu dinheiro e rejeitado sua família, marchei o corpo de Horst Gubler até o portão e clamei "Socorro, acho que estou possuído".

A recepcionista perguntou meu nome.

Nathan Coyle, falei, com meu melhor sotaque canadense. Ele é quase idêntico ao sotaque americano, a não ser pela pronúncia da letra "z", um refinamento totalmente desperdiçado com aquela matrona eslovaca atrás do balcão.

Sou sobrinho do sr. Gubler, falei. Vim ver meu tio.

Ela pareceu surpresa.

Minha nossa! O senhor não falou que era seu *sobrinho* quando esteve aqui da última vez, sr. Coyle!

Não falei?

Talvez estivesse com a cabeça cheia.

Poderia me dizer quando foi a última vez que vim?

Há uma foto de Horst Gubler na pasta de Kepler.

Mostra um homem por volta dos sessenta anos, sentado de costas para a janela. Tem dois queixos: o primeiro pontudo, afilado, o segundo maior, franzido, caído pela base do pescoço. Os cabelos branquíssimos, alinhados, curtos, e os olhos sisudos. Seu nariz é adunco e em homens menores pareceria enorme, mas combina com suas feições. Olha para longe da câmera, meio virado para alguém que não se vê na foto, vestindo roupas de hospital e parecendo surpreso por ter sido achado ali, emoldurado pelo pôr do sol. Em outra vida, poderia ter sido um tio fantástico, bonachão, ou talvez, se as circunstâncias permitissem, um congressista confiável e abusador de mulheres. Mas aqui, agora, ele era só isso — um homem sem fortunas, amigos ou cidadania, tendo confessado muitos crimes, queimado o passaporte americano ao entrar na Eslováquia, rejeitado seus bens, afastado as amizades e agido, como anunciou ao entrar no sanatório, como um homem possuído.

Fui conduzido por corredores cheirando a desinfetante e cebolas cozidas. Detrás de portas pesadas de metal, que zumbiam ao abrir, o abandonado da nação assistia TV, sentado e quieto. Uma doação recente de algum benfeitor anônimo pagara por um estúdio de arte, uma salinha com janelas largas voltadas ao norte, cujas portas permaneciam fechadas — porque a doação, ainda que generosa, não poderia financiar um professor e as pinturas ao mesmo tempo.

"Gostamos que os pacientes se expressem", a enfermeira explicou, enquanto me levava pelas salas. "Isso os ajuda a se encontrarem."

Sorri e não falei nada.

"Não aprovo", dizia um homem velho, sentado sozinho, com um casaquinho bem pequeno de tricô sobre os ombros, o lábio inferior se estirando para a frente, quase tocando a ponta do nariz. "Eles não sabem. Quando descobrirem — aí eu quero ver. Aí eles vão voltar, do jeitinho que estou dizendo."

Claro que não vão. A Enfermeira sorriu. Você está falando baboseiras outra vez.

Um corredor escada acima, uma porta de segurança trancada. Mais portas finas de madeira, a maioria aberta. Do lado de fora, em cada uma, uma mesinha com vários papéis — registros de consultas, pressão sanguínea, medicação e meia dúzia de fotos daqueles de quem não se queria esquecer, famílias que há muito tempo tinham ido embora, filhos que nunca vinham visitar, uma casa que o paciente jamais veria outra vez.

Na porta de Horst Gubler não havia fotos.

Ela estava entreaberta, e quando a Enfermeira bateu, não esperou resposta antes de abri-la.

Cama de solteiro, cadeira, mesa, pia. Espelho de pvc, cuidadosamente laminado e colado à parede. Uma janela gradeada, voltada a oeste e com a vista sobre árvores avermelhadas, já perdendo folhas pela aproximação do frio.

"Horst", disse a Enfermeira, e então, em um inglês carregado, "Veja quem voltou."

Horst Gubler se levantou da cadeira, baixou seu livro — uma história de capa e espada qualquer, páginas bastante gastas — e olhou para mim. Estendeu a mão suada e gaguejou "P-pra-prazer em co-co-conhecê-lo".

"Você se lembra do sr. Coyle", ralhou a Enfermeira. "Ele veio vê-lo faz um mês."

"Sim. Sim. Ele veio." Ele deve ter vindo, já que a Enfermeira disse que sim, então era isso. "E-eu es-espera-ava", sua língua enrolava para falar, então ele apertou os olhos e se forçou a continuar, "que você fosse da embaixada."

"Horst..." uma sacudida de cabeça da Enfermeira foi suficiente para que Gubler baixasse os olhos. "Já falamos sobre isso."

"Sim, senhora."

"O sr. Gubler não se lembra direito das coisas, não é mesmo?"

"Não, senhora Enfermeira."

Ela se voltou para mim, a voz chegando a cada ouvido presente. "É comum que pacientes sofrendo de episódios psicóticos pareçam lúcidos durante os acontecimentos, mas tenham amnésia depois. A psicose do sr. Gubler — uma crença em possessão — é um mecanismo bastante comum, felizmente menos comum entre os ocidentais do que já foi antes." Deu uma risadinha, o peito saltando um pouco enquanto continuava, para quem quisesse ouvir, "As coisas têm melhorado, é o que dizemos!"

Ri porque ela riu, e meus olhos correram até Gubler, parado, mudo e quieto, a cabeça baixa, mãos cerradas à frente do corpo, sem dizer palavra.

Ele estava sentado na beirada da cama, os dedos agarrados a ela como se ele pudesse cair.

Fechei a porta assim que a enfermeira saiu, então me sentei na cadeira à sua frente, examinando seu rosto.

Eu mal o conhecia. Durante semanas eu a encarara no espelho, deixara crescer uma barba malfeita que mais manchava do que compunha sua expressão. Mas mesmo enquanto buscava por meios de punir aquele rosto, lutando com todas as minhas forças para deixar Horst Gubler aos pedaços, ainda assim havia orgulho em seus olhos, um esgar nos lábios que eu não conseguia apagar. Eu havia encarado aquela face por tanto tempo que tinha passado a odiá-la, porque não importava o quanto eu maltratasse minhas feições, o quanto apertasse meus olhos e retorcesse o nariz, sempre permanecia o tom desafiador de um homem que era capaz de se safar de tudo.

Não mais.

Eu tinha feito tudo que podia para destruir aquele rosto, mas apenas no fim, quando me coloquei na frente de um estranho, em uma terra estranha, e pronunciei uma única verdade — "estou possuído" — foi que atingi meu intento.

A face desmoronara. Meu trabalho estava completo.

Falei "Olá, sr. Gubler".

"O-olá", gaguejou, sem erguer o rosto para me olhar.

"Lembra-se de mim?"

"Sim, sr. Coyle. Minha memória já está melhor. Você veio aqui com sua pa-p-parceira."

"Ah, sim, minha parceira. O senhor me desculpe, mas é que tenho muitos parceiros — poderia me recordar com quem eu vim aqui?"

Seus olhos se acenderam, porque aquilo era claramente um teste. Um teste para sua mente, e ele não falharia. "Alice. O nome dela era Alice."

Sorri e me arrastei para mais perto dele, ficando na ponta da cadeira. Ele recuou, virando a cabeça para o lado.

"O senhor se lembra do que conversamos, sr. Gubler? Da última vez que vim lhe ver?"

Um único meneio de cabeça, lento.

"Pode me dizer o que era?"

"Vocês queriam saber da minha hi-his-tória. Foi um surto psicótico", completou, a voz mais alta para encobrir qualquer engano. "Eu não estava possuído. Foi um surto causado por problemas conjugais e estresse no trabalho."

"Naturalmente", retruquei. "Lembro-me de ouvi-lo falar disso. Como mesmo o senhor disse que havia começado? Uma mulher o tocou. De pele negra, vestido azul. Tocou sua mão e a coisa seguinte que o senhor lembra era de estar..."

"Aqui." Sua voz era apenas um sussurro. "Eu estava... aqui."

"Sim, o senhor estava." Debrucei-me para a frente, entrelaçando os dedos entre os joelhos. "E o que mais o senhor nos disse? Sobre ser possuído?"

"Possuído não, possuído não."

"Mas havia algo mais, não havia?" murmurei. "Quando acordou aqui, sua mão estava tocando a mão de um médico, e quando você olhou para ele, o que ele fez?"

"Possuído não", repetiu com convicção, os punhos esbranquiçados agarrando a beirada da cama, costas curvadas, o maxilar tenso. "Possuído não."

"O senhor contou a mim e a Alice sobre o médico? Contou a eles como ele sorria para você?"

"Sorria, feliz de me ver, sorriu, tomou conta de mim."

"O senhor nos disse o nome do médico?"

Eu estava a poucos centímetros de Gubler, agora, meus joelhos tocando os dele, os dedos quase perto o bastante para encostar nos dele, e assim que movi as mãos ele deu um salto, fugindo da beira da cama e indo se recostar na parede. "Não me toque!" berrava. "Filho da puta! Não me toque, porra!"

Recuei, erguendo as mãos, conciliador, as palmas à mostra. "Está tudo bem", falei baixo. "Não vou tocá-lo. Ninguém vai tocá-lo."

Seus olhos avermelhados se encheram de lágrimas prestes a cair, sua respiração ia acelerada e o corpo se contorcia contra a parede longe de mim. "O médico esqueceu", sussurrou, e sua fala era rápida, clara e completamente sã. "Ele esqueceu que havia me tocado. Como se explica isso? Como encontram sentido nisso?" Voltou os olhos em minha direção e lá estava, por um segundo apenas, sobrepujando a medicação, aquela firmeza que me assombrara no espelho. "Você entende. Sentado lá, com ela segurando a câmera, você disse que entendia. Disse que acreditava em mim. Era mentira? Era mentira, essa merda?"

"Não", respondi.

"Você mentiu nessa porra?!"

"Não, creio que não."

"Está... tirando sarro de mim?"

"Não."

"Estou esperando há anos. Amigos, embaixada... tudo um bando de cuzão. Tudo cuzão. Disseram que tinham de esperar, que os tribunais estavam muito ocupados. Você disse que daria um jeito. O que você quer?"

"Tudo", murmurei. "Tudo que o senhor lembrar de mim e de Alice. Quero que me conte o que eu falei, o que ela falou, o que eu vestia, o que ela vestia. Que língua estávamos falando? Eslovaco? Ela estava cansada? Parecia feliz, triste, jovem, velha? Quero tudo."

"Por quê?"

Olhei para o chão, depois desenlacei os dedos e fiquei de pé. Coloquei a cadeira junto à mesa, passei a mão no cabelo e então me sentei a seu lado. Perto o bastante para colocar a mão em sua perna, sobre a calça, e sentir o calor da pele coberta. Respirei fundo, devagar, e olhei-o direto nos olhos.

Nossos olhares se encontraram e, pela primeira vez desde que eu entrara no quarto, seus olhos viram *a mim*.

Meus dedos apertaram sua perna, o calor passando para a pele.

"Por que você acha?"

25

Bratislava, fim de tarde.

Um computador em um café, café ruim na boca, as bolsas de Coyle enfiadas sob a cadeira.

Um e-mail numa conta que criei há séculos e nunca cancelei, de alguém que dizia se chamar Spunkmaster13.

Os tempos mudam, mas Johannes Schwarb continua igual.

Dá notícias sobre os passaportes que Nathan Coyle carrega — todos limpos, menos a identidade turca que está sendo procurada pela polícia de Istambul. Um homem suspeito de atirar contra uma mulher na estação Taksim havia alugado um carro usando aquele nome, e fugiu dirigindo a noite inteira até Edirne.

Fiz uma nota mental para queimar o passaporte turco e comecei a responder à mensagem.

Spunkmaster13 já estava aguardando na sala de bate-papo, e apareceu antes que eu pudesse digitar meia dúzia de palavras.

Piadinhas bobas se intercalavam a uma panóplia de emoticons risonhos e animaçõezinhas de ninjas que pareciam compor a maior parte do vocabulário de Johannes, até que:

Christina 636 — Preciso que verifique outra coisa para mim.

Spunkmaster13 — Claro. O que é?

Christina 636 — Um número de registro. De um carro guiado
por duas pessoas — um homem chamado Nathan Coyle e
uma mulher de nome Alice White. Visitaram um sanatório na
Eslováquia, deixaram os nomes na recepção, e os detalhes
do veículo com que foram até lá. Um interno me disse que a
mulher tinha entre 29 e 35 anos, cabelo curto loiro, 1,65 ou
1,75 de altura, magra, pele clara e olhos azuis. Pode conferir?

Spunkmaster13 — Com a mão nas costas.

Christina 636 — Outra coisa. O nome
Galileu significa algo para você?

Spunkmaster13 — Um cara branco e morto?

Christina 636 — Ouvi esses nomes — Galileu e Santa Rosa.

Spunkmaster13 — Não faço ideia.

Christina 636 — Deixa para lá. E obrigado.

26

Bratislava, ao cair da noite.

O céu ia assumindo as cores de um hematoma, só com um filete de luz dourada se estendendo a oeste no horizonte, tentando espiar por sob a chuva iminente.

Eu não ia a Bratislava havia décadas. Dez belas ruas no centro, um castelo na colina, ônibus elétricos e uma boa porção de arquitetura anônima por trás. Era uma cidade que a maioria dos turistas cobriria em dois dias. A uma hora de barco de Viena, o mesmo pelo trem que cruza as planícies, era difícil se livrar da sensação de que esta pretensa capital nacional tinha algo mais interessante a oferecer do que suas vizinhanças.

O cyber café onde me conectei a Johannes servia uns docinhos com a borda ressecada. As luzes da praça em frente lançavam uma claridade fria sobre as pedras desbotadas, e assim que a chuva começou, os bueiros passaram a respingar e tremular com a enxurrada que seguia rio abaixo.

Saí do café naquele dilúvio e lamentei não ter arrumado uma roupa também para esse clima, nos poucos e afobados minutos em Istambul quando primeiro encontrei o corpo de Nathan Coyle. Afinal, eu não fazia ideia de quanto tempo seria a minha permanência.

Corri pela chuva enquanto ela sapateava sobre os telhados inclinados, ribombando pelas calhas de metal. As estátuas solenes nas igrejas gotejavam pelas pontas dos narizes e queixos, as asas dos anjos criando cataratas nas portas dos monumentos medievais. Os cabos dos ônibus elétricos soltavam faíscas enormes conforme balançavam pelas ruas, e o castelo com suas quatro torres, colina acima, desapareceu em um retângulo de luz amarela sobre a escuridão distorcida da cidade.

Eu corri, as calças encharcadas, o estômago vazio, uma bolsa cheia dos segredos de um estranho presa em minhas costas, e passei por homens que lutavam para conseguir um táxi, os casacos estirados sobre a cabeça meio oculta; mulheres com os guarda-chuvas do avesso, os cabelos grudados nas faces frias e pálidas; garotas cujos sapatos estavam em condições impossíveis para caminhar, carregando-os pelos saltos enquanto cruzavam as águas das ruas inundadas. E por um instante meus dedos formigaram e meu rosto ficou tenso e frio e olhei para uma mulher com lindos cabelos escuros caídos pelas costas, de ombros nus, indiferente ao frio, o casaco que deveria adornar seu corpo pendendo de um braço enquanto ela se engalfinhava em roupas mais grossas, um homem atrás de si, o gosto de chocolate nos lábios, e ela era linda, sua vida parecia serena. Nessa noite, talvez, ela jantasse com o homem que ama, e que a ama de volta, e quando a chuva estiar os dois ficarão juntos na sacada

— é claro que ela tem uma sacada —

e olharão para o rio lá embaixo, no ar fresco da noite, sem precisar de palavras.

Ela se virou para um lado e eu apertei o passo, já que a grama do vizinho é sempre mais verde.

O meu hotel era de turistas, bem no rio. Um bar se projetava por cima da margem, luzes de LED roxas emoldurando os corrimãos e o som de vidro tilintando contra o do vizinho. Havia, no saguão, uma série de imagens da velha Bratislava, príncipes mortos e nobres reis. A recepcionista falava cinco línguas, todas fluentes, todas sorrindo, e quando coloquei o cartão na porta de meu quarto, ela se abriu sem qualquer ruído, conduzindo a um aposento um pouco quente demais e com cheiro de amaciante.

Eu tinha uma banheira.

Enquanto afundava o corpo na água, passei os dedos pelas marcas de uma vida vivida. Uma cicatriz branca e redonda no braço esquerdo onde, havia muito tempo, eu recebera a vacina BCG. Eu me lembrava de um tempo quando os corpos carregavam marcas de varíola; agora, são marcados pelas vacinas. Outra cicatriz já tênue corria pela pele entre o dedão e o indicador da mão direita, e embaixo das costelas estava a vencedora, um enorme talho rosado, com a marca de pontos apressados, trabalho de uma mão ocupada, ainda aparecendo, em zigue-zague, em torno da carne lacerada. Corri o dedo pela marca, sentindo o calo sob a pele, imaginando uma faca sendo enfiada pelo lado e puxada até o estômago. A ferida tinha cicatrizado havia muito, e era preciso aplaudir Nathan Coyle pelo preparo dos músculos que desenvolvera nesse meio-tempo, mas a cicatriz permanecia ali, como os refugos de uma mina já exaurida.

Horst Gubler havia reconhecido Coyle, e isso era bom. Meu rosto emprestado tinha alguma utilidade, afinal.

Mais importante ainda, ele me dera um nome, uma parceira, alguém mais a quem procurar. Eu não estava afobado para revisar todos os rostos da minha vida, mas se ao fazer isso eu também pudesse encontrar quem ordenou minha morte

quem ordenou a morte de Josephine

então eu o faria.

E se este corpo, a água quente correndo por seu braço e preenchendo os vãos entre os dedos dos pés, por acaso morresse no meio do caminho?

Eu não ligava nem um pouco.

27

Memórias de fantasmas.

Anna Maria Celeste Jones, sentada com as costas retas e os olhos firmes.

Fui usada, ela disse. Como uma pele.

Beleza é um atributo difícil de medir. Já fui uma modelo de pescoço esguio e cabelos dourados, lábios delicados e olhos grandes, a pele sedosa. E, nessa aparência, encontrei muita dificuldade para andar em meu salto, lamentando a rapidez com que minha pele perdeu o viço por não ter os cuidados que indicam mais tempo livre do que juízo. O volume dos meus cabelos se perdeu depois de uma única lavagem, e meus lábios racharam em um dia apenas. Não levei mais de uma semana como essa modelo de proporções incríveis até me aborrecer com todos os cuidados necessários e voltar a pastos mais singelos.

Não é a beleza, em um olho, mão, num cacho de cabelo. Já encontrei velhos, de costas encurvadas e roupas simples, cujos olhos observavam os passantes e em cujos sorrisos humildes havia mais beleza, mais presença de espírito do que em qualquer corpo mimado. Vi um mendigo, postura ereta e a barba chegando ao peito, com tanta boniteza nos olhos verdes que desejei para mim um pedaço dele, para percorrer a cidade com orgulho e farrapos. Aquela mulherzinha de um metro e cinquenta, toda púrpura e pérola. A mãe rechonchuda, a bunda larga na calça de sarja, sua voz estalando entre os corredores do mercado. Eu havia sido todos eles, e todos, quando eu me olhava no espelho, eram lindos.

. . .

Em 1798, às margens do Mar Vermelho, descobri pela primeira vez essa verdade: movendo-me de corpo em corpo, de vida a vida, eu não estava só.

28

Meu nome era Abdul al-Mu'allim al-Ninowy, e eu escolhera o lado errado. Ou talvez, era mais honesto dizer, o lado errado havia me escolhido.

Cheguei ao Cairo em 1792, quando o império otomano ruía e o Egito caía nas mãos de qualquer guerreiro Mameluk poderoso o bastante para reunir o maior exército. Abdul al-Mu'allim al-Ninowy era um homem assim, vivendo afastado da podridão da cidade, em uma mansão branca repleta de pátios com fontes gotejando e três esposas, uma das quais eu amava. Seu nome era Ayesha bint Kamal, e ela tinha um apreço por canções, vinho, poesia, cachorros e astronomia, e fora dada em casamento ainda jovem, e a um preço baixo, por seu pai, que entendia de vinho e cachorros mas desaprovava todo o resto.

Conheci-a em uma casa de banhos, onde eu era uma respeitosa viúva jovem o bastante para estar fisicamente confortável, velha o suficiente para não ter que correr atrás de riquezas. No recinto vaporoso do salão das mulheres, longe de ouvidos masculinos, ela e eu conversamos e rimos. Quando perguntei sua posição, o rosto de sobrancelhas bem-feitas se franziu e ela disse "Sou a esposa mais nova de Abdul al-Mu'allim al-Ninowy, que vende trigo aos turcos, algodão aos gregos e escravos a qualquer um. Ele é um homem nobre e poderoso. Eu não seria nada, não fosse por ele."

Suas palavras eram frias como a pedra em que sentávamos, e no dia seguinte eu era um serviçal de quatorze anos que comprara pão para al-Mu'allim quando ninguém mais parecia se lembrar disso. Cinco dias depois, tendo reunido informação suficiente para representar o papel, eu era o próprio al-Mu'allim, um pouco barrigudo aos quarenta anos, com uma barba fantástica que demandava atenção constante, lábios que formigavam quando ia chover e unhas muito compridas, que cortei no primeiro dia.

Naturalmente, depois da mudança, coloquei a casa em ordem. Vendi alguns escravos, negociei alguns serviçais. Os amigos que chegavam em minha casa e de quem eu não conhecia o rosto eram educadamente dispensados, a pretexto de uma febre, e com certeza o medo da peste manteve distantes até meus associados mais leais, que nem sequer batiam à porta. Houve apenas um sobrinho que esperou — que rezou, sem dúvidas — para que essa fosse a febre a levar seu tio deste mundo, e a tirar seu dinheiro do cofre.

De minhas duas primeiras esposas, uma era completamente repulsiva. Quando soube que ela possuía uma irmã em Medina, recomendei — para sua saúde, tanto física quanto espiritual — uma peregrinação, pela qual, naturalmente, eu pagaria. A esposa do meio era uma companhia muito mais agradável, mas foram precisos pouquíssimos dias para ela suspeitar que eu não era eu, e assim, para evitar boatos em minha casa, novamente sugeri uma peregrinação — para muito, muito longe, de preferência no lombo de um camelo manco.

Ambas odiaram a ideia, quase tanto quanto odiavam uma à outra, mas eu era o senhor da casa e era dever delas me obedecer. Na noite anterior à partida, minha primeira esposa veio a meu quarto gritar comigo. Agarrou-se a minhas roupas, e quando permaneci impassível, agarrou o tecido de suas próprias, fincando as unhas no rosto, arrancando tufos grossos de cabelo e berrando "Monstro! Monstro! Você jurou me amar, me fez pensar que eu era amada, mas sempre foi um monstro!"

Minha querida, respondi, se isso é verdade, você não estaria mais feliz longe daqui?

Nesse instante ela abriu o roupão, deixando à mostra um corpo bem mantido apesar da idade, bem cuidado mas sem exageros, macio como um travesseiro, claro como nuvens de verão.

"Eu não sou bela?" choramingou. "Não sou o que você deseja?"

Ela não olhou para mim de manhã, quando acenei em despedida.

Com a maior parte de meus assuntos resolvidos, mudei o que restava de minha casa para uma mansão a beira d'água, convidando Ayesha para jantar comigo. Infelizmente, durante as primeiras semanas não pude ver nada daquela moça gentil que eu conhecera na casa de banhos, e considerei se não teria cometido um erro terrível ao mandar embora minha esposa mais abastada. Ayesha não erguia os olhos para mim, nem dizia nada além de respostas breves, demonstrando tal frieza em seus modos que até a beleza oculta pelo véu parecia diminuída. Cortejei-a gentilmente, como o faria um recém-enamorado, e pensei não haver qualquer alteração até que, em meio a tâmaras frescas e saladas, ela disse "Você está realmente mudado, meu esposo".

"E você gosta da mudança?"

Ficou em silêncio por um instante, então respondeu "Amei o homem com quem me casei, e o honro, e rezo todos os dias por sua alma. Mas confesso que amo ainda mais o homem que vejo em minha frente, e estou feliz por sua companhia, dure o quanto durar".

"Por que se casou comigo, se não por quem eu era?"

"Pelo dinheiro", retrucou com sinceridade. "Eu tinha um bom dote, mas isso não é uma fonte de renda. Você a tem. Possui prestígio. Tem um nome. Mesmo que não tivesse alguma dessas coisas, as outras duas bastariam para consegui-la. À minha família faltam todas elas. Com nossa união, assegurei um futuro a eles."

"Entendo", sussurrei, incerto sobre o que al-Mu'allim responderia a tudo aquilo, e optando, assim, por dizer o mínimo.

Vendo minha hesitação, Ayesha, em lugar de recuar, sorriu. Pela primeira vez ergueu os olhos na direção de meu rosto, e nesse instante meu coração acelerou. Então — um gesto quase inaudito à mesa de jantar — ela se adiantou para tocar minha mão. "Você não se lembra", sussurrou, e não havia qualquer acusação nisso, apenas uma declaração de entendimento, de descoberta, "muito bem."

Por um momento, pânico. Mas ela simplesmente ficou sentada, os dedos descansando na palma de minha mão, e quando o sol se pôs nós ficamos juntos à beira d'água e eu disse "Há uma coisa que preciso lhe contar. Algo que você talvez não entenda".

"Não conte", retornou, de modo áspero o bastante para me fazer vacilar. Notando meu recuo, repetiu, num tom mais suave, "Não conte".

"Por que não quer saber?"

"Estou prometida a você. Minha obrigação é honrá-lo e obedecê-lo. Enquanto eu assim fizer por dever, e com sinceridade, minha alma estará limpa. Somente nestes últimos meses, entretanto, vim a encontrar alegria em meu dever. Apenas com... apenas nestes poucos meses. Não pronuncie as palavras que podem macular nossa alegria. Não desfaça este momento."

Então não falei nada. Ela era minha esposa, e eu seu esposo, e isso era tudo que precisávamos saber.

• • •

Levou seis anos, nos quais minha esposa viveu comigo em fortuna — trigo, algodão e rapazes sendo bens lucrativos quase sempre — e poderia ter acabado assim, até que os franceses chegaram ao Cairo. Quando a ira dos egípcios contra seus opressores incrivelmente moderados ficou grande demais, conspiradores vieram à minha porta, pedindo por exércitos, influência, dinheiro — tudo polidamente recusado.

"Sua cidade está tomada pelos infiéis!" exclamavam. "Quanto tempo vai levar até um francês violentar sua esposa?"

"Eu realmente não saberia dizer", respondi. "Quanto tempo levou até violentarem as suas?"

Foram embora, resmungando contra minha impiedade, mas suas idas e vindas já estavam sendo observadas, e quando a revolta teve início e o canhão disparou e os céus racharam e Napoleão em pessoa deu a ordem para derrubar os muros da Grande Mesquita e massacrar cada homem, mulher e criança que buscara refúgio nela, meu nome foi falado na assembleia de mortos vivos em meio ao massacre ruidoso das ruas do Cairo.

O adolescente, já adulto, em quem eu primeiro habitara quando cheguei à casa de al-Mu'allim veio correndo até mim. "Mestre, os franceses estão vindo atrás do senhor!"

Minha esposa estava comigo, altiva e quieta. Voltei-me para ela, perguntando "O que devo fazer?" e eu realmente queria saber, porque me tornar um oficial francês — o recurso óbvio — faria com que, no mesmo fôlego, no instante da transição, a vida que eu tinha chegasse ao fim, tudo pelo que eu vivera. "O que devo fazer?"

"Al-Mu'allim não deve ser encontrado nesta cidade", respondeu, e foi a primeira vez em seis anos que ela me olhara, mas dissera o nome de meu corpo. "Se você ficar, os franceses o levarão e matarão. Há barcos no rio, você tem dinheiro. Fuja."

"Eu posso voltar..."

"Al-Mu'allim não deve ser encontrado", repetiu, um lampejo de ira marcando sua voz. "Meu esposo é orgulhoso e lento demais para correr."

Esse foi o mais próximo que ela esteve de admitir minha natureza, porque embora seus dedos estivessem junto aos meus, e seu ar misturado a minha respiração, ela falava sobre meu corpo como se ele estivesse em outro lugar.

"E você?"

"Bonaparte deseja, mesmo agora, mostrar-se justo. Espalhou cartazes pela cidade dizendo 'Não ponham suas esperanças em Ibrahim ou Muhammad, mas confiem naquele que controla impérios e cria homens.'"

"Isso não me inspira a crer em coisa alguma", respondi.

"Ele não matará uma viúva. Nossos criados, riqueza e amigos me protegerão."

"Ou a transformarão em um alvo."

"Corro perigo apenas enquanto al-Mu'allim estiver aqui!" retrucou, os tendões do pescoço pulsando enquanto ela engolia um grito. "Se você me ama — como eu acredito — então vá."

"Venha comigo."

"Sua presença aqui me põe em risco. Seu... quem você é me coloca em risco. Se me ama, não me trará danos."

"Eu posso protegê-la."

"Pode?" retorquiu com firmeza. "E quem é você para me proteger? Porque meu esposo não poderia fazê-lo, mesmo que me amasse o bastante para tentar. Quando tudo isso tiver passado, talvez você possa voltar para mim, em alguma outra forma."

"Sou seu esposo..."

"E eu, sua esposa", devolveu. "Apesar de nunca termos precisado falar isso antes."

Ayesha bint Kamal.

Ficou parada às margens do rio, uma mão sobre o ventre, um lenço azul na cabeça, as costas eretas e o serviçal chorando em silêncio a seu lado.

Deixei-a, indo embora no momento em que o Cairo trovejava com o urro dos infiéis.

Ir embora é uma das poucas coisas em que sou bom.

29

Em 1798, pelas margens do Nilo, eu vestia o corpo de um homem cuja vida já não me interessava. As águas do rio avançavam sobre a grama alta, fazendo crer que a água nunca tinha fim, que a terra submergia.

Levei al-Mu'allim para o sul, longe dos franceses que batalhavam contra cavaleiros Mameluk à sombra das pirâmides. Meu corpo minguou, as unhas amarelaram e eu teria abandonado aquela carcaça decadente em algum lugar, pois me enojava. Mas então eu pensava em Ayesha, em meu juramento de manter o marido dela a salvo, e cerrava os punhos, baixava os olhos e continuava.

Apesar dos franceses estarem bem longe desta altura do Nilo, mesmo aqui os seus atos eram condenados pelos olhos cansados dos imames que acusavam, infiéis, infiéis, eles nos violentaram, o Egito foi violado! Quanto mais longe do Cairo eu ia, mais violentos eram os rumores. A cidade fora queimada; a cidade fora perdida. Estupraram todas as mulheres, massacraram todas as crianças nas escadarias da mesquita. Depois de um tempo eu desisti de corrigir as histórias, já que minha versão servia apenas para me marcar como um traidor da jihad que se erguia das areias.

Dirigi-me para as encostas montanhosas do Sudão, até finalmente chegar ao Mar Vermelho, de onde se avistava Gidá. Ali, com as notícias da grande derrota marítima sussurrando pelas águas, sentei-me para contemplar o mar e resolvi, por fim, fazer a troca.

Havia poucos portos ao longo da costa oeste do Mar Vermelho, mas as batalhas no deserto e o caos na foz do Nilo, onde Nelson devastara a frota francesa, haviam criado um alvoroço entre os pequenos pesqueiros e os veleiros quase piratas. Lucros excelentes foram obtidos enquanto eles abordavam, saqueavam e botavam a pique, seguindo o Mediterrâneo ao norte na procura por espólios de guerra. Uma embarcação em particular chamou minha atenção, uma escuna antiga que já deveria estar aposentada. Seu capitão era um chefe Dinka, risonho, com uma grande espada na cintura e duas pistolas pomposamente cruzadas no peito. A tripulação era a miscelânea mais multicultural que eu já vira, desde o vigia genovês até o timoneiro malaio, que se comunicava por uma mistura de árabe ruim, holandês razoável e gestos obscenos. O que mais me interessou, de todo modo, foi o passageiro que levavam na viagem para a Índia, que permanecia calado na proa do barco, num capote preto, e observava as águas sem dizer palavra.

Era um homem com pouco mais de vinte anos, alto e magro com a pele profundamente negra, braços musculosos e cabelos crespos. Mantinha-se altivo, com a aura de um príncipe, e depois de um interrogatório da tripulação, descobriu-se que ele era exatamente isso: um príncipe Nuba viajando à Índia em uma missão diplomática.

"Alguém o conhece?" eu quis saber. "Possui família ou criados que o servem?"

Não, ninguém o conhecia, a não ser de fama, e tinha embarcado sem quaisquer criados, mas com uma quantia enorme de dinheiro. Sua personalidade era um livro fechado. Sua história, ainda mais. Foi com isso em mente que eu, ainda no corpo de al-Mu'allim, segui-o pela cidadezinha portuária, na noite anterior à partida. Segui-o por entre as casas de barro que se agarravam tortuosas pelas encostas, estendi a mão para tocar em seu braço e, quando saltei, ouvi em minha cabeça o grito de morcegos-vampiros, senti os vasos sanguíneos queimando atrás de meus olhos, o gosto de ferro em minha língua. Quando me afastei, arfando pela tentativa, o belo príncipe se virou, o rosto também pálido, e bradou em um árabe perfeito:

"Que diabos você está fazendo?!"

30

Sono agitado, lembranças agitadas em um quarto de hotel qualquer em... onde mesmo?

Bratislava.

O que estou fazendo em Bratislava, pelo amor de Deus?

Dormindo sobre uma pilha de papéis que dissecam a vida da entidade conhecida por Kepler. Rolando em meio a lençóis tão esticados na cama que se enrolam no corpo do assassino chamado Coyle. Queimei o passaporte turco, joguei as cinzas na privada. Eu sempre soube que precisaria dar descarga em uma identidade. Só estava esperando para saber em qual delas.

Um pensamento no meio da noite. Tão violento e inesperado que me levantei num salto, completamente desperto.

As autoridades turcas não tinham motivos para rastrear meus passaportes inglês, canadense ou alemão, mas só porque elas não sabiam pelo que procurar.

Quanto aos colegas de Coyle, quem quer que fossem, estes o conheciam por todos os nomes.

Cabeça acelerada às quatro da manhã. A luz da rua é um retângulo amarelo no meu teto, a forma da janela. O resto do quarto é de um azul escuro, a não escuridão da cidade.

Eu fora cuidadoso — bastante cuidadoso. Tive o cuidado de evitar a segurança, cuidado para atravessar as fronteiras quieto e sem demora, para que ninguém averiguasse meu passaporte com desconfiança. Johannes dissera que o documento turco estava comprometido, então o destruí. Mas levado por esse excesso de confiança, deixara o recepcionista do hotel escanear meus documentos alemães.

Seria o bastante?

Eu vinha contando com a apatia dos oficiais de fronteira ao conferirem os documentos, e confiando que os hotéis mantêm seus registros em vez de procurar imediatamente a polícia. Se eu estivesse fugindo somente de uma agência nacional, essas precauções bastariam.

Mas eu não fugia apenas de uma força policial. Quem quer que tivesse me dado o nome de Kepler não ligava a mínima para a inviolabilidade das fronteiras, nem para a discrição dos hotéis. E mesmo que eu estivesse seguro esta noite, tendo pagado em dinheiro, se alguém procurasse com atenção o suficiente

e certamente procurariam

do jeito que as coisas estavam, o corpo de Nathan Coyle poderia ser rastreado.

Um rosto no espelho às 4h30, macilento pela luz fluorescente do banheiro. Já vesti rostos melhores, já vesti piores. Com tempo suficiente, eu poderia ficar confortável nestas feições, mas escrutínio nenhum bastaria para me dar as respostas de que preciso. Os olhos duros, os lábios caídos, as cicatrizes não me contavam nada mais a não ser que o ocupante original daquela carne não era sempre bom em fazer amigos. A testa enrugada seria dele ou minha?

Recolhi minhas coisas, colocando as algemas no bolso externo da jaqueta, a chave no interno, e saí pela cidade. Não há paz para os ímpios.

31

Dizia se chamar Janus.

Às margens do Mar Vermelho, ela usara o corpo de um jovem príncipe Nuba, e quando tentei adentrar nessa propriedade mais que desejável, nós dois acabamos com uma ressaca absurda.

Mais de cento e cinquenta anos depois ela viria até mim, no corpo de uma garota de dezessete anos, dizendo "Estou querendo me mudar".

Nos encontramos em um bar na East 26th Street. Seu corpo havia tomado sol, o que era impressionante, já que no outono úmido de Chicago, em 1961, a única corzinha que eu via nas pessoas era de vodca ou de frio.

Muito tempo antes, o lugar havia sido um bar ilegal. O homem de queixo enrugado e cabelos rareando, polindo os copos, estivera, havia muitos anos, no mesmo lugar, atrás do mesmo balcão de madeira, limpando xícaras de café com um trapo velho, preparado para ver a polícia entrar correndo e os clientes saírem fugidos. Ele ainda administrava um boteco tranquilo, um dos poucos que sobraram quando a década de 1960 chegou arrasando o mundo, e ainda mantinha as melhores coisas trancadas em um armário, bem escondido atrás do balcão.

Janus se vestia de azul, eu vestia Patterson Wayne, um executivo da Geórgia que eu adquirira um dia depois de ele transformar seus bens numa maleta de dinheiro, e um dia antes de ver sua empresa desandar, levando consigo quarenta e sete funcionários e sessenta e três pensões particulares. Ele era rico, e estava naquela idade que os jovens respeitam e os idosos invejam.

Ela disse "Estou absolutamente divina, não se engane. Pôde sentir minha pele? Uma seda só. E este rosto? Acredita que não estou usando qualquer maquiagem? Não preciso! É sensacional".

Sua pele era realmente muito suave, e apesar de ser a única mulher no centro de Chicago que não enfeitava o rosto com as cores espalhafatosas da década, a ausência de maquiagem servia apenas para chamar a atenção, algo diferente no meio da multidão.

"Tem apenas um problema", sussurrou, a cabeça inclinada para longe do proprietário solitário e de seus ouvidos atentos. "Quando peguei esta pele, achei-a simplesmente radiante. Foi numa parada de ônibus, e ela estava se dirigindo para o norte de qualquer forma, então pensei... por que não? Era óbvio que ninguém estava interessado na garota, nada além do normal, daí que por alguns meses, alguns anos, poderia ser agradável. Mas o problema..." Uma mão conspiradora pousou gentilmente no próprio ventre. "Entendi", murmurou, a voz trêmula pelo prazer daquele desfecho "por que precisei ir embora, em primeiro lugar, e acho que só faltam uns cinco meses."

Afastei meu uísque e apoiei um cotovelo no balcão, tirando do bolso do casaco um caderninho preto e um toco de lápis. "O que exatamente você está querendo?"

Janus apertou os lábios, pensativa. "Homem, solteiro, de uns vinte e cinco, acho — embora possa ser mais novo, se tiver aparência de quem sabe se cuidar; não quero meninos — trinta e dois no máximo, qualquer idade além disso não vale o trabalho. Solteiro, obviamente. Não tenho interesse em muito pelo no corpo. Tudo bem ter uma barba média, mas aquela aparência peludona é muito 1880. Eu *adoraria* se ele já tivesse onde morar, não mais a oeste do que Princeton. Se houver empréstimos a pagar, tudo bem, eu só não quero ter que lidar com toda a papelada inicial."

Levei o dedo sujo de grafite à boca, umedecendo-o para virar a página do caderninho. "Alguma qualificação acadêmica ou perspectiva profissional?"

"Com certeza. Estou querendo um investimento de longo prazo. Quero abrir uma empresa, quero ter uma família, quero... o que você quer, Mister Patterjones Wynne?"

A pergunta veio tão de repente que a princípio duvidei de tê-la ouvido. "Eu?"

"Você. O que *você* quer?"

Hesitei, o lápis balançando na borda da página. "Isso é relevante?"

"Da primeira vez que nos vimos você queria... sei lá qual o nome dela."

"Ayesha", balbuciei, e fiquei surpreso com a velocidade com que o nome veio a meus lábios. "Ayesha bint Kamal. Ela era... mas eu precisei partir."

"Uma mulher", concluiu, contraindo um dos ombros. "Uma esposa, uma vida normal. O que você quer agora?"

Pensei sobre aquilo, baixando meu caderninho e olhando em seus olhos. "Quero o que todo mundo quer — algo melhor."

"Melhor que o quê?"

"Melhor do que seja lá que tipo de vida estou vivendo agora."

Passou-se um instante que poderia ter levado a qualquer coisa.

Então Janus deu um sorriso largo, bateu em meu ombro e falou "Você vai ficar bastante ocupado com essa. Boa sorte!"

Suspirei e retomei meu caderninho. "O que mais você procura? Problemas de saúde aceitáveis, doenças...?"

Ela encolheu os ombros, apoiada nos cotovelos. "Certo. Quer falar de trabalho, vamos falar de trabalho. Não quero pé chato." Deu um cutucão em minha coxa a cada palavra pronunciada. "Pode chamar de frescura, mas não tenho tempo para isso. Não ligo se usar óculos — eles dão uma certa dignidade — mas labirintite, eczema — qualquer tipo de doença de pele ou dos sentidos — estão completamente fora de cogitação. Também não quero nenhuma surpresa nas partes íntimas outra vez, fico grata."

"Altura?"

"Mais de um metro e setenta, mas não quero ser um esquisitão. Com um e oitenta você é respeitável, mas com quase dois metros as pessoas começam a olhar estranho."

Tomei nota. "Estou considerando que estamos falando de anos, não meses, certo?"

"É. Pode-se dizer que sim."

"Algum objetivo de que eu deva saber?"

Pensou um pouco. "Bom", terminou por dizer, "Quero construir uma vida, casar com uma garota, encontrar uma casa e ter um filho. Se você me arranjar alguém que tenha estado em Harvard, seria ótimo."

32

Cinquenta anos depois eu caminhava pelas ruas que madrugavam em Bratislava, bolsa a tiracolo, algemas no bolso, e estava irritado.

Era a hora cinzenta do frio mais denso, quando todo o calor do dia anterior se dissipara na noite, sem nada para substituí-lo a não ser a promessa do sol futuro. Na porta de um supermercado com as vidraças todas cerradas dormia um mendigo, irrelevante para o mundo, um saco azul enfiado na cabeça. Pela sonolenta praça Mileticova um caminhão de lixo passava com estrondo, rugindo ao coletar e triturar os restos deixados pelo dia de feira, suas luzes amarelas girando pelos muros acinzentados. No Danúbio, um cargueiro laranja e enferrujado acelerava sobre as águas, ruidoso e agitado em sua viagem até Viena. Segui na direção da ponte Apolo e vi, sob ela, um faxineiro solitário sentado em um banco, seu carrinho parado enquanto ele fumava um cigarro, olhos viscosos e sacos cheios de folhas secas.

Ergueu o rosto quando me aproximei, mas não viu em mim qualquer ameaça. Levei a mão ao bolso, tirei as algemas e prendi meus pulsos à frente do corpo. Ouvindo isso, ele olhou novamente para mim a tempo de ver minhas mãos agarrando seus ombros, apertando os dedos na pele macia sob seu colarinho e fazendo a troca.

Nathan Coyle oscilou quando me ergui do banco, e antes que pudesse se mover eu o atingi com um soco no ombro, não muito forte, mas o suficiente. Ele perdeu o equilíbrio e tropeçou em seu próprio pé, tentou amparar a queda mas, descobriu os braços algemados, e caiu de mau jeito. Ajoelhei sobre ele, meu joelho direito estalando, meu corpo suado e quente dentro do uniforme protetor, e antes que ele pudesse falar eu apertei meu braço contra seu pescoço, pressionando uma mão em seu rosto e silvando "Para quem você trabalha?"

Eu queria gritar, mas o rio carregava todo o som, levando-o alto e cristalino para quem pudesse ouvir, então apertei seu pescoço com mais força e rosnei "Por que você matou Josephine? Para quem você trabalha?"

Um de seus braços estava preso sob meu joelho. Ele tentava se livrar de meu peso, rolando para o lado, mas enfiei meu punho em seu rosto, joguei todo o peso do meu corpo em seu peito e gritei sem gritar, rugindo sem a força de um leão, "O que você *quer*?"

"Kepler..." Por causa de meu peso, a palavra mal saiu de sua garganta, arrastando-se como areia pela encosta de uma montanha. "Galileu."

"Quem é Galileu? *O que* é Galileu?"

"*Santa Rosa.*"

"Não sei o que é isso."

"*Santa Rosa.* Milli Vra. Alexandra."

"O que é isso? O que quer dizer?"

Ele tentou se mover de novo, mas desistiu ao ver minha expressão, antes que seu erro fosse longe demais. "Ele mata porque gosta", sussurrou. "Mata porque pode."

"Quem? Galileu?"

Não respondeu, também não negou. Pressionei o cotovelo em sua traqueia até os olhos saltarem. "Eu *não* sou um assassino", falei num sopro. "Eu só quero viver."

Tentou falar, a língua se agitando, e por um momento pensei sobre isso. Esse rosto que me devolvera o olhar no espelho, agora animado pelo medo de outra pessoa. Esse rosto matara Josephine.

Suas bochechas vermelhas iam ficando azuladas.

Larguei-o com um rosnado, deixando que respirasse um pouco, sua cabeça balançando pelo esforço de respirar. "Para quem você trabalha?" falei em voz baixa, cerrando os punhos dentro das luvas grossas e fedidas. "Quem está atrás de mim?"

Ficou arfando, deitado, e não disse nada.

"Também vão matá-lo. Se vocês forem iguais, eles virão atrás de mim e vão atirar em você no processo."

"Eu sei", respondeu. "Eu *sei.*"

Sabia, mas não se importava.

"Por que matou Josephine?"

"Ordens."

"Porque ela era uma assassina?"

"Sim."

"Porque ela matou pessoas na Alemanha? Dr. Ulk, Magda Müller — todos eles?"

"Sim."

Agarrei-o pela camisa, puxando seu rosto até a altura do meu. "Isso é mentira", sibilei. "Eu fiz o dever de casa. Conferi cada milímetro de sua vida antes de fazer minha oferta. Seu pessoal *mentiu*. Ela não matou ninguém, era inocente! É essa merda de gente que você protege? O que eles querem?"

Dava para sentir seu hálito em meu rosto. Cheirava a pasta de dente barata. Quando sua boca era minha, eu não tinha reparado. Larguei-o outra vez; suas costas bateram contra a calçada, deixando-o sem ar.

"O que você quer, sr. Coyle?" perguntei, esfregando minhas mãos trêmulas. "Esqueça quem lhe enviou, os que mentiram. O que *você* quer?"

Ele não respondeu.

"O que você faria se eu o deixasse partir?" Não olhei para ele enquanto fazia a pergunta.

"Colocaria uma bala na sua cabeça antes que você pudesse tocar mais alguém."

"Foi o que pensei." E completei "Eu sei sobre Alice". Uma coisinha quase infinitesimal, uma contraçãozinha em torno dos olhos, no queixo, mas era a melhor reação que eu poderia esperar dele. "Fui ver Gubler. Ele me reconheceu — reconheceu você. Disse que você foi gentil, até mesmo compreensivo. Disse que foi visitá-lo com Alice. Você sabe, agentes disfarçados não deveriam deixar a placa do carro anotada na recepção."

Ouvi sua respiração acelerando. "Você não vai encontrá-la."

"Claro que vou. E mesmo que não a encontre, ela vai encontrá-lo. Vestir seu rosto é o melhor cartão de visitas que consigo imaginar. Talvez ela me conte por que Josephine morreu."

Tirei o peso de seu peito, ficando sobre a calçada a seu lado. Coyle permaneceu deitado de costas, as mãos algemadas à frente, encarando a chuva que caía. "Eu... estava seguindo ordens."

"Eu sei", suspirei. "Você é só um peão."

Abriu a boca para responder.

Agarrei sua mão.

Não acho que ele fosse dizer nada interessante.

33

Um barco para Viena.

As plácidas águas prateadas do Danúbio são vastas o bastante, em alguns pontos, para dar a impressão de se tratar de um mar interior. Os viajantes cruzam a fronteira da Eslováquia para a Áustria sem muito alarde, com o timoneiro mal conferindo os passaportes. Barquinhos inundados, de pescadores há muito tempo embarcados, saúdam-nos pelas águas, nas águas, enquanto as janelas são banhadas pela correnteza. Este não é um rio para iates de luxo, mas um rio industrial, prático, com grandes planícies cobertas por lodo. Apinhadas por fábricas. Além dos campos se prostram cidadezinhas com nomes gigantes, em que ninguém se mete nos segredos dos vizinhos. Os austríacos prezam por sua privacidade, por isso as cidades se acocoram em silêncio às margens do rio, esperando por uma mudança que jamais vem.

Eu não devia ter batido em Coyle.

Sinto meu rosto sensível, vermelho. Em algumas horas aparecerá um hematoma.

Entrando no espaço Schengen, posso considerar meus passaportes como irrelevantes por um tempo. Falo alemão bem o bastante, e se eu precisasse desaparecer, esta seria a hora. Corpo novo, nova vida, um novo nome. Qualquer multidão compacta, talvez saindo da catedral ou em alguma feira tumultuada, e eu poderia trocar de corpo dez, quinze vezes — inalcançável, não importa quão bons sejam os perseguidores. Podia tomar veneno e, antes que a droga surtisse efeito, saltar para longe, deixando Coyle à sua própria e merecida sorte. Seguir para a vida seguinte, maior, melhor que a anterior. A vida seguinte é sempre melhor.

Josephine Cebula, morta na estação Taksim.

Não vou fugir.

Hoje não.

O barco atracou pouco depois de Schwedenbrücke. Na margem oeste, Viena antiga, a Viena dos turistas, cidade de pináculos, palácios, *Sachertorte** e concertos de Mozart a uns trocados. Na margem leste,

---

* *Sachertorte* é um bolo de chocolate inventado por Franz Sacher em 1832 para príncipe Metternich em Viena, capital da Áustria.

o retângulo das janelas antigas se dissolvia em quarteirões de concreto e elevadores gradeados da Europa pós-guerra. Dirigi-me a oeste, para a cidade velha, passando por senhoras empertigadas em suas saias justas, levando cãezinhos na coleira pelas ruas imaculadas. Também por senhores de nariz empinado e maletas bem polidas; migrantes muambeiros vendendo DVDs que enchiam suas mochilas, sendo espantados pela polícia que sabia que bebidas e drogas eram um problema apenas quando os burgomestres da cidade se davam conta delas. Caminhei sob o olhar de querubins de pedra, tristes por verem sua cidade maculada por tantos estranhos; cruzei estátuas erguidas a imperadores e seus corcéis, imperatrizes de gestos nobres e generais famosos por terem lutado contra os turcos e contra a agitação civil. Passei por uma galeria de arte cuja exposição atual se chamava Cores Primárias: Renascimento Pós-Moderno, e cujos pôsteres informavam ser possível encontrar, lá dentro, telas completamente pintadas de vermelho, azul, verde e, para aqueles que se julgassem radicais, amarelo, com um único ponto branco marcado no canto inferior para puxar a atenção do olhar. Algumas possuíam títulos artísticos — *Amante Aneurisma* era de um violeta denso com traços fininhos de azul que você só perceberia ao piscar os olhos. Outras, como duas telas completamente pretas, dispostas lado a lado, diziam simplesmente *Sem título*.

Continuei andando. Eu gostava de pensar que avançava com o tempo, mas às vezes até eu sentia saudades de 1890.

Havia um antiquário espremido na base de uma grande mansão branca de porta latonada, voltada a uma praça cuja fonte era adornada por golfinhos gorgolejantes e deuses oceânicos irados. Quando abri a porta, fiz soar uma sineta de metal, e a atmosfera do lugar cheirava a papel velho, penas, cobre e argila. Um casal de turistas chineses — que jamais comprariam nada — examinava a estatueta de mármore de um bispo com olhar severo e queixo duplo, e assim que me aproximei eles riram e largaram a peça, como crianças pegas com a boca na botija. Um homem de cabelo grisalho, as calças verde-musgo desbotadas nos joelhos, surgiu por detrás de um balcão repleto de crânios, potes, papéis e as inevitáveis miniaturas do pináculo da catedral de Santo Estêvão. Olhou em minha direção e não se moveu. "Eu já disse", irrompeu. "Fora daqui!"

Por um instante, esqueci de meu corpo e corei, subitamente envergonhado. "Klemens", falei. "Sou eu, Romy."

Suas mãos, que até então se agitavam no ar, como se apenas abanando eu pudesse ser jogado porta afora, estacaram. O rosto se enrijeceu, apertando os lábios. "Seu merda", cuspiu, o peso do sotaque se agarrando nas palavras e as deixando ainda mais fortes. "Não tenho nada a dizer, e você me aparece aqui como se..."

"Sou eu, Romy", repeti, dando um passo adiante. "Fomos à ópera juntos, andamos na roda-gigante. Você adora vagem, mas odeia brócolis. Sou eu. Romy. Sou Di'u. Sou eu."

34

Klemens e Romy Ebner.

Apareciam mais ou menos no primeiro terço do arquivo Kepler.

Eles se conheceram em 1982, em um jantar em Viena, e cinco meses depois estavam casados. Ela era católica, ele havia renegado a religião, mas a cerimônia se deu sob os olhos de Deus, e a dedicação dos dois era absoluta.

O primeiro bebê nasceu em 1984, foi para o internato aos quatorze e aparecia na casa dos pais não mais de duas vezes ao ano. Klemens adorava caminhar pelas montanhas e bosques que circundavam Viena. Romy não, então suas botas de caminhada permaneceram em casa, e ele encarava o horizonte pela janela do bonde que cruzava Brunerstrasse a caminho do trabalho.

Quando ele passou a participar de um coral, ela lhe disse que cantava feito um esquilo. Quando ela passou a frequentar a igreja local, ele se matriculou num curso de culinária, mas sua comida — ela dizia — era uma merda completa, e ela não tinha tempo para isso. Quando ela se aposentou, para se dedicar a suas próprias coisas, ele continuou trabalhando ainda mais para sustentar as necessidades da esposa, e descobriu, sozinho na penumbra da loja, que ele não ligava para a própria companhia.

Quando os conheci, eu era Trinh Di'u Ma, traficada de sua terra natal aos treze anos e cujos pais, cinco anos depois, haviam pagado um corretor para encontrá-la e levá-la de volta. Eles não tinham dinheiro, então negociaram com a única coisa de valor que podiam pensar — seis meses do corpo de sua filha em troca do retorno seguro ao lar. Aceitei o acordo, mas me arrependi, porque tirar Trinh de um bordel em Linz me fez gastar um mês inteiro apenas em exames médicos e desintoxicação. Quando a dor ficou insuportável, saltei de Di'u para o corpo da enfermeira que cuidava dela e fiquei sentada, com a cabeça entre as mãos, enquanto ela berrava por heroína, por favor Deus, por favor, me dê o que preciso, faço qualquer coisa em troca.

Mesmo quando o último opiácio saiu de seu organismo e eu saí cambaleando pela porta do hospital, ainda podia sentir o vazio de sua mente, a carência em seu sangue, e me perguntava se eu, carregando aquele eco de dependência, conseguiria chegar ao Vietnã sem entrar em colapso.

Sentada no saguão de embarque do aeroporto de Viena, com os braços em torno dos joelhos, passaporte falso no bolso e cafeína zumbindo em minha cabeça, sentia os passageiros bem-vestidos me evitando mais do que eu sentia os olhares da segurança. Quando os oficiais da alfândega, sem maiores razões que não minha idade, raça e marcas de agulha, levaram-me a um canto onde fui revistada e despida, as mãos percorrendo cada palmo de meu corpo, as máquinas apitando sobre o calafrio de minha pele, eu me mantive parada e de braços abertos, pernas afastadas, sem dizer palavra, sem sentir nada a não ser um desejo esmagador de sair dali.

Quase a deixei para trás, abandonando Di'u com sua passagem para Hanói e sem memória de como chegara ali, até que um homem, vendo-me encolhida entre os bancos, veio até mim e perguntou num inglês sofrível: "Tudo bem?"

Klemens Ebner, de casaco amarelo e uma calça bege horrorosa, se ajoelhou ao lado de uma garota vietnamita assustada e disse "Senhorita? Senhora? Tudo bem?"

Atrás dele, Romy Ebner, empertigada, exclamava "Klem, saia de perto dela!"

Pelos olhos embaçados de Trinh Di'u Ma eu vi o único homem no mundo que parecia se importar, e ele era lindo, e eu estava apaixonada.

Duas semanas depois, bati à porta de um apartamento em Viena, calçando os sapatos e os pés ligeiros do carteiro local, e anunciei "Encomenda, senhora".

Romy Ebner atendeu à porta e, assim que assinou pelo recebimento e me devolveu a caneta, toquei em seu pulso e saltei.

35

De volta ao corpo de Nathan Coyle, eu estava sentado no fundo do mais minúsculo café de Viena, comendo uma torta de limão com cereja no topo enquanto Klemens agarrava sua xicrinha de café e falhava na tentativa de não me encarar.

"Como você terminou virando ele?" perguntou, a voz baixa evitando os fregueses que entravam para almoçar. "Esse homem aí."

A expressão em seus olhos era suficiente para indicar seu desgosto, sua voz confirmava um ódio sincero. Dei de ombros, garfando um pedaço de torta e tentando não levar para o lado pessoal. "Ele veio atrás de mim", respondi. "Você já o conhecia, então?"

"Apareceu na loja perguntando por você", murmurou, bebericando seu expresso aos poucos. "Não pelo nome, ou descrevendo suas... suas características. Ele sabia que minha mulher sofrera apagões, uns dias aqui, outros dias ali, e queria saber se eu também passara por isso."

"O que você disse a ele?"

"Disse que não."

"O que disse sobre sua esposa?"

Klemens sorriu, franzindo o cenho imediatamente, alegria e culpa se alternando em seu rosto. "Disse que minha esposa parecia perfeitamente bem, e que ela dizia não se lembrar do que havia feito um dia antes. Falei que tínhamos ido ao médico algumas vezes, mas eles não encontraram nada de errado nela, e por isso eu não estava muito preocupado com o assunto."

"E ele ficou... digo, *eu* fiquei", resmunguei, "satisfeito com essa resposta?"

"Ficou... neutro. Sua companheira que parecia não estar convencida."

"Ah, minha parceira. Alice?"

"Foi o nome que ela deu."

"Como ela era?"

Soprou a quentura do café e pensou um pouco. "Falava alemão com um sotaque de Berlim. Parecia gostar de estar no comando, caminhava como um homem, bem durona, bem orgulhosa. Passou um tempão ao telefone, tomando notas, e tirou umas fotografias — que eu pedi para não tirar. Era loira, de cabelo curto. Acho que demonstrava fraqueza, tentar parecer tudo aquilo."

"As duas coisas são incompatíveis? Feminilidade e firmeza?" perguntei, e para minha surpresa vi Klemens corar. Tinha uma bela cor, que se espalhava por seu pescoço e pelas bordas das orelhas.

"Não", murmurou. "De jeito nenhum... Só acho que ela estava se esforçando demais para ser... algo que ela não precisava."

Sorri e tive de lutar contra a vontade de pôr minha mão sobre a dele. Nossos olhos se encontraram, então ele desviou o olhar, de volta à escuridão de sua xícara. "Ela me deu um cartão. Endereço de e-mail, telefone. Isso ajuda?"

"Claro. Pai do céu, *claro*, é exatamente do que preciso."

"Então é seu", falou. "Mas... faça bom uso dele."

Um cartãozinho com apenas três linhas escritas — e-mail, telefone, nome: Alice Mair. Sacou-o da carteira, do meio da bagunça que eram seus cartões vencidos e os documentos que nem lembrava mais que existiam. Quando o entregou a mim, nossos dedos se tocaram. Demorei a reagir, e ele se afastou, assustado.

"Isso foi... inesperado", admitiu.

"Perdão. Eu não pretendia visitá-lo deste jeito."

"É... tudo bem. Sei que é você. Deve haver uma explicação. Esse homem que você está... que você se tornou, ele te machucou?"

"Sim."

"Imaginei", falou num suspiro. "Você não viria até mim desse jeito, pedindo algo, se não houvesse uma explicação."

"Ele matou... uma pessoa bem próxima a mim."

"Sinto muito."

"Eu era o alvo."

"Por quê?"

"É apenas algo que acontece. De tantas em tantas décadas alguém descobre que existimos, se dá conta de tudo que podemos fazer e fica desesperado. Desta vez..."

"Desta vez?"

"Desta vez havia ordens para que matassem também minha hospedeira. Isso nunca tinha acontecido. Ela era inocente. Eu lhe havia feito uma oferta e ela aceitara. Agora está morta, e as pessoas que estão atrás de mim inventaram mentiras para justificar a morte dela."

Ele inclinava o corpo para longe, um movimento que provavelmente não notara estar fazendo. Meu rosto pertencia a um assassino, e apesar de não ser com ele que Klemens conversava, algumas reações estão entranhadas nas pessoas decentes. "O que você vai fazer?"

"Encontrar o assassino de Josephine. Este corpo puxou o gatilho, e por isso... mas também cumpria ordens. Alguém deu a ordem de matá-la, e eu quero saber o motivo — o motivo real."

"E depois?"

Houve silêncio entre nós. Sorri, mas não serviu de conforto. "Mais café?", perguntei.

"Não, obrigado."

Seus olhos estavam grudados na xícara, lendo o futuro ali dentro.

"Como está a esposa?"

Deu uma olhada rápida para mim, depois desviou o rosto. "Boa. Bem. Ocupada. Sempre está ocupada."

"E vocês... estão felizes?"

Um lampejo rápido de seus olhos, uma mudança no seu rosto, afastada tão depressa quanto chegara. "Sim", falou suavemente. "Estamos felizes."

"Que bom. Fico feliz."

"E você?" perguntou. "Está feliz?"

Pensei um pouco, então soltei uma gargalhada. "Considerando a situação toda... não. Nem um pouco."

"Eu... sinto muito por ouvir isso. Como devo chamá-lo?"

"Me chamo Nathan."

"Vou... vou tentar chamá-lo assim. É seu nome mesmo ou..." Dedos roçaram brevemente minha pele emprestada.

"É dele. Perdi meu nome há muito, muito tempo."

Klemens Ebner.

Ele é, se você reparar para além do cansaço, da postura encurvada e dos sonhos perdidos, um homem realmente fácil de amar. Talvez sejam a simplicidade de sua amizade, a paciência compreensiva e sua lealdade que o tornem tão amável. Muitos tomam por certo o amor que ele oferece, sem conceder nada em troca.

Cheguei a ele primeiro no corpo de sua mulher. Fizera minhas pesquisas, porque eu era, no mínimo, um bom corretor, e sabia como tomar uma vida que não era minha e fazê-la progredir no Jogo da Vida. Na primeira noite que vesti Romy Ebner eu disse Vamos jantar fora. Comida tailandesa.

Klemens Ebner adorava comida tailandesa, então pedimos uma porção de pratos picantes: pato assado com castanhas de caju, arroz de coco, chips de camarão, bifum, tofu cozido com alho e cogumelos. Quando já tínhamos terminado eu disse Vamos, há um concerto ali na esquina. Era Brahms, e segurei sua mão enquanto os violinos tocavam.

Em casa, no escuro, deitamos juntos e fizemos amor como adolescentes que descobrem o próprio corpo, a cama rangendo, e pela manhã ele me tomou nos braços e disse "Você não é minha esposa".

Claro que sou sua esposa, retruquei enquanto sentia o coração martelar no peito. Não seja bobo.

Não, respondeu. Minha esposa odeia as coisas de que gosto, porque odeia que eu possa gostar de qualquer coisa além dela, e quando transamos é só para me satisfazer, porque sexo é algo imundo e a carne é vil e só porque os homens são fracos é que essas coisas precisam ser feitas. Você — esta mulher nos meus braços — não é minha esposa. Quem é você?

E, para minha surpresa, contei a ele.

Não sou Romy Ebner. Não sou Nathan Coyle, não sou Trinh Di'u Ma, soluçando nos braços do pai enquanto eu escorria dali para fora, com alívio por ir embora. Não sou Josephine Cebula, morta em um necrotério turco, al-Mu'allin perdido no Nilo ou a garota de olhar vazio sentada numa vila do sul da Eslováquia, marcas nos braços e drogas nas veias, Que tal uma sacanagem essa noite?

Uma vez a cada tantos anos eu volto a Klemens Ebner e a sua esposa, que ele nunca abandonará, e por algumas noites, de preferência num fim de semana sem compromissos sociais, ele se deleita em adultério com a mulher com quem casou, e andamos de barco e na roda-gigante e vivemos como turistas, de mãos dadas, até que eu parta e ele ame o corpo que deixei para trás.

Meu arquivo me chama de Kepler.

Vai ter que servir.

36

Klemens pergunta se desejo ficar.

Ele não quer que eu fique, mas pergunta assim mesmo, por educação. Obrigado, mas não.

Em todo o tempo que tenho vestido sua mulher, sempre dei um jeito de evitar contato com ela além do mínimo necessário, e honestamente não quero mudar isso agora.

Ele diz:

Se você estiver com problemas... pode ser eu. Por um tempo, se precisar.

Sua oferta de pouso era falsa; a de um corpo, real.

Preciso me lembrar de não beijá-lo ao dizer Não, obrigado.

Ele fala:

O homem que você é agora... esse Nathan. Você vai matá-lo?

As palavras saem enroladas, entre coragem e receio.

Talvez, respondo. Talvez.

Balança a cabeça, digerindo a resposta, então diz:

Não faça isso. A vida é uma coisa bonita. Não o mate.

Adeus, Klemens Ebner.

Adeus, Nathan.

Apertamos as mãos, com toda a formalidade, e quando me afasto ele toca os dedos em meu braço, no interior, onde a pele é suave. Está amedrontado, mas seus dedos permanecem ali, quase sem me tocar, e se fosse para acontecer, seria naquele momento.

Não olhei para trás ao ir embora.

Albergues.

Se você viu um, já viu todos.

Este possuía um par de computadores velhos no saguão, disponível por meia hora para os hóspedes acessarem a internet. De todas as minhas contas de e-mail, apenas uma tinha algo mais interessante que ofertas de três canecas personalizadas a 72% do preço ou creme anticelulite para a mulher moderna.

A mensagem era de Johannes "Spunkmaster13" Schwarb, e vinha com um anúncio de negócios no rodapé dizendo que toda informação contida ali era confidencial, e que o valor do investimento poderia tanto despencar quanto subir. Ele esquecera de deletá-lo ao clicar "Enviar".

O e-mail era curto e direto.

Mostrava o número de registro de um carro que fora até um sanatório na zona rural da Eslováquia.

O nome da mulher que o alugara na Eurocar de Bratislava.

O cartão de crédito que usara para confirmar a transação.

Os últimos onze lugares onde tal cartão fora utilizado.

Cinco dos quais eram em Istambul, nos dias anteriores à morte de Josephine Cebula.

Todos os outros eram em Berlim.

Havia um nome e um endereço no fim.

Alice Mair.

Prazer em conhecê-la, finalmente.

37

Um corretor tem duas funções básicas.

A primeira é a aquisição de propriedades com investimento a longo prazo. Homem ou mulher, jovem ou velho, não faz sentido se mudar para uma pele se você não conhece sua situação social, antecedentes criminais e histórico médico. Sei de sete dos meus que foram hospitalizados por causa de asma, angina, diabetes — tudo perfeitamente evitável se eles tivessem feito a lição de casa — e outros dois que morreram por isso, o organismo sofrendo tanto e tão rápido que eles nem sequer tiveram tempo de agarrar no paramédico e saltarem fora. Uma delas, se conhecesse melhor seu alvo, teria conferido o bolso do casaco e encontrado ali a injeção de adrenalina de que precisava, à mão. Não fosse por desconhecer o próprio guarda-roupas, estaria viva.

A segunda função de um bom corretor é fazer pesquisas exaustivas para empréstimos de curto prazo.

Por exemplo.

"Quero ser Marilyn Monroe."

A Hollywood de 1959 podia ter o brilho, o glamour e os flashes pipocando, mas o restaurante Scarlet and Star, no North Arlen Boulevard, servia o pior ovo mexido deste meridiano. Remexi-os com meu garfo, devagar, enquanto do outro lado da mesa o corpo de Anne Munfield, quarenta e dois anos, dizia "Quero ser ela, só por uns dias. Há uma festa na sexta, a cidade inteira está comentando, então pensei: talvez Tony Curtis, talvez Grace Kelly, ou então posso ir como algum político ou só como um garçom, tanto faz — mas aí tive uma luz. Marilyn. Só por uns dias, duas noites, que seja. Quero ser Marilyn Monroe."

Meus ovos, remexidos, deixaram vazar um líquido ralo que tanto poderia ser água quanto gordura ainda crua — o que quer que fosse, serviria perfeitamente como meio para a evolução de algum monstro primordial.

"Então...?" minha colega perguntou, debruçando-se sobre a mesa emborrachada. "Que cê acha?"

Larguei meu garfo de lado. A moradora do corpo de Anne Munfield atendia pelo nome de Aurangzeb, por razões que me fugiam completamente ao entendimento. Contou-me que vinha fantasmando por menos de trinta anos, e que fora criada, em sua vida anterior, numa fazenda de Illinois. Mesmo que não tivesse confessado a própria idade, seu comportamento deixava evidente quão jovem era.

"Tudo bem", comecei. "Vamos pensar nisso um minutinho. Por que Marilyn?"

"Meu Deus, por que não Marilyn?" irrompeu. "Aquele corpinho macio. Ela é perfeita, mas também é de verdade, você sabe o que quero dizer. Tem um traseiro de verdade e peitos de verdade, e uma barriga. Você pode chamá-la de fofinha, mas não é isso — é só um corpo de verdade."

"Dizem por aí que ela é chegada a uma bebedeira e outras drogas."

Aurangzeb ergueu as mãos em sinal de frustração. "E quem não é, nesta cidade? Dê uma olhada nos rostos a nossa volta. Parece que foram carcomidos. Disseram que você era a pessoa para esse trabalho. Ouvi dizer que era bom. Este corpo que arranjei, ele tem mais dinheiro que bom senso — posso conseguir qualquer coisa que me peça, da forma que preferir. Minha assinatura é perfeita. Só consiga isso para mim, pode ser?"

Anne Munfield talvez tenha sido uma mulher madura, cheia de dignidade, serena e tranquila, possivelmente vegetariana. Agora seu rosto se agitava com um desejo incontrolável, olhos implorando como os de um cachorrinho com medo da chinelada, e essa expressão de súplica juvenil não combinava com as feições mais afeitas à maternidade.

Meus ovos vazavam uma água oleosa e meu corpo ansiava por repolho. Eu nunca gostara de repolho, mas agora meu estômago pedia por isso como um bebê querendo o peito da mãe. Aurangzeb choramingou, tensionando os músculos, cada fibra e veia sob sua pele, na urgência de ser outra pessoa.

"Se eu fizer", resmunguei, "quero que esteja bem claro. Uma noite, duas no máximo, e você cai fora. Marilyn Monroe acorda na segunda de manhã, com uma ressaca desgraçada e a sensação de que perdeu algo sem muita importância, e é isso. Fim da história. Nem mais nem menos. Estamos combinados?"

Aurangzeb gritou de alegria, dando soquinhos no ar, e senti uma pontada de aflição por aquele corpo tão belo ser tão horrível a meus olhos.

Não foi difícil pesquisar sobre Marilyn.

Ela foi uma das primeiras estrelas de cinema a não apenas cortejar a imprensa, mas seduzi-la, incitá-la com insinuações de intimidade, levá-la para o banho, dividir um milkshake na mesma taça e, quando a imprensa ficou com um bigodinho de sorvete, foi o lenço de Marilyn que — metafórica e nem tão metaforicamente — o limpou.

Precisei de um pouco mais de pesquisa para chegar às informações mais importantes — e talvez mais interessantes — sobre as pessoas à sua volta.

Passei metade de um dia como uma mulher negra tagarela que servia cafezinhos aos executivos da Fox; outras três horas como um produtor safado de cabelos ralos e algo que talvez fosse um problema no ciático. Perambulei por três minutos como um segurança, dois como um eletricista, sete como uma figurinista e por fim, já na saída, quarenta e cinco segundos como uma celebridade menor de quem não lembro o nome e cuja boca fedia a anis.

Lá fora, ao ar livre, meu corpo — meu corpo predileto — esperava por mim no carro.

"Como foi?" quis saber.

"Odeio essa cidade", respondi. "Todos os lábios se esgarçam de tanto sorriso."

Ele deu de ombros. "Deu para o gasto. Ei, e sobre hoje à noite?"

"Estava pensando sobre, por quê?"

"Os Dodgers vão jogar. Pensei que talvez você quisesse ir."

Considerei o assunto. "Por que não? Vou trocar para alguém menos sensível."

E, dizendo isso, tomei sua mão solícita e saltei.

Os Dodgers não me interessavam.

Beisebol não me interessa.

Curiosidades esportivas.

Se você suspeitar que um corpo à sua frente é um fantasma, sugiro falar de curiosidades esportivas como método de detecção. Um corpo vestindo a camisa dos Dodgers deveria, se tivesse atenção a tudo, saber o placar do jogo — mas que fantasma de respeito perderia tempo com esses detalhes?

É para isso que um corretor serve.

Ruas claras e retas cortando o mapa cinzento e ordenado de Los Angeles.

Meu corpo é jovem, fortalecido por uma boa refeição, com uma ver-ruga na axila esquerda que absolutamente sempre me fascina, e que sempre faz com que eu tenha que me conter para não cutucá-la na rua. É também o funcionário mais vital para o trabalho de corretor — um assistente geral, prestativo e insuspeito.

Encontrei meu corpo sob a autoestrada 101.

Aquele era o lugar onde os sonhos iam para morrer. Os atores fracas-sados, as estrelas pornô velhas demais para tentarem algo novo. O faz--tudo chutado pelo estúdio que abria falência, o roteirista que nunca viu a cor da grana. O traficante que perdeu tudo na última batida da polícia, a criança cujo pai estava preso e a mãe não tinha forças para lutar. Era a mancha mais sombria daquela cidade, o buraco que espiava entre as luzes da rua. Um lugar perigoso por onde andar sozinho à noite. Perfeito para encontrar corpos indesejados.

Ele vestia pedaços fétidos de tecido que caíam por seu corpo como os trapos de uma múmia apodrecida. A barba cobria o peito. Parecia ter cabelos grisalhos, mas quando me agachei a seu lado, colocando uma nota de vinte em seu chapéu surrado, contou-me se chamar Will e ter vinte e dois anos.

"Usa drogas?" eu quis saber.

"Cristo", gemeu enquanto os carros chacoalhavam sobre nossas cabeças. "Que tipo de pergunta é essa?"

"Uma que talvez mude sua vida", respondi. "Tem mais coisa envolvida nisso além de dinheiro."

Sua cabeça virou para um lado, depois para o outro, baixando como um cisne que examinasse as penas. "Não uso. Acha que tenho dinheiro para gastar com essa merda?"

"E o que te trouxe para cá?"

"Um lance com um cara."

"E daí?"

"Não são muito gentis com sodomia, lá no Texas. Se ainda fosse um cara branco, talvez meu pessoal tivesse ficado tranquilo. Talvez não. Com a merda toda que aconteceu, realmente não fiquei para perguntar."

"Você tem família ou amigos aqui?"

"Tem um pessoal que fica de olho em mim", retrucou, azedo.

"Não é bem isso que quero saber."

Ele estreitou os olhos. "Anda logo, para de enrolação. Fala."

Agachei-me ainda mais, as mãos apoiadas sobre os joelhos. "Em cinco segundos você vai estar de pé, mas não vai saber como levantou."

"Mas que..."

Agarrei seu pulso e troquei.

Cinco segundos depois ele estava de pé e não sabia como tinha levantado.

"Mas que porra você fez comigo?" ofegou.

Oscilei, o corpo um pouco tonto pelos dois saltos rápidos, para dentro e para fora. "Quero que me ouça com atenção. Existem momentos que chegam de repente, num lampejo, e que podem mudar toda uma vida. Aqueles dois segundos durante os quais o caminhoneiro erra o freio. O segundo exato em que você diz alga idiotice quando devia dizer algo inteligente. O momento em que a polícia arromba a porta. Todo mundo sente isso. O instante em que a vida fica por um fio. Este é um deles."

"Quem é você?" gaguejou. "Que porra é você?"

"Um fantasma. Vivo a vida de outras pessoas, visto a pele de estranhos. É rápido, indolor e depois ninguém lembra do que houve. Não estou pedindo que responda agora. Vou ficar na minha e deixar que você pense no assunto. Estou na cidade por umas semanas, resolvendo umas coisas. O que quero — do que preciso — é um corpo semipermanente que eu possa tocar quando tiver terminado o dia, que não vá levantar e sair andando enquanto eu não estiver em casa. Entendeu?"

"Nem fodendo!" respondeu, mas não gritava, não berrava, não fugia. Isso era, por si só, um bom sinal.

"O acordo é simples. Vou dar um trato em você: roupas novas, cabelo cortado, dinheiro, documentos, o que precisar. Pago seis meses de aluguel adiantado em algum lugar legal, com a geladeira cheia e cinco mil dólares numa conta em seu nome, qualquer nome que escolher. Se você tiver preferências culinárias ou sexuais, podemos negociar. Em troca, fico com seu corpo por três semanas."

Sacudiu a cabeça, mas não demonstrava raiva ou rejeição. "Isso é uma loucura do caralho", sussurrava.

"Estou pedindo com educação", retruquei. "Será muitíssimo mais conveniente se nos entendermos antes. Se ainda duvida, devo dizer que amanhã à hora do almoço pretendo deixar este corpo. Diferente de você, adquiri este hospedeiro com o único propósito de vir até LA. Ele não vai se lembrar de como chegou aqui, nem de onde vieram estas roupas ou a palmilha da qual precisava para o sapato esquerdo. Os últimos três dias serão um branco absoluto, e ele decididamente não vai saber como mil dólares em notas usadas foram parar em sua mala. Talvez ele entre em pânico, talvez saia correndo, talvez faça um milhão de coisas sobre as quais não tenho qualquer influência ou controle. Ou de repente considere isso como o presente que é. Quando despertar, ele também vai estar naquele fio da navalha que pode mudar uma vida, e é ele quem vai decidir se dança ou se escorrega. Se você não quiser nada, tudo bem. Se quiser dançar, esteja no cruzamento da Lexington com a Cahuenga amanhã. É uma boa oferta, considere."

E, dizendo isso, fui embora.

38

Odeio LA.

Ruas retas e intermináveis que levam do nada a lugar nenhum.

Até os lugares que deveriam ser verdes — parques e "zonas de recreação" — não são mais que um quadrado de concreto, cercado, onde as crianças se sentam para beber e esperar coisas mais interessantes aparecerem.

Mas diga-se o que for de Los Angeles, aqui sempre há alguém aceitando fazer qualquer coisa caso isso resolva seus problemas.

Ao meio-dia e três eu larguei meu hospedeiro e passei a um transeunte qualquer, seguindo pela Lexington para que o hospedeiro não suspeitasse de nada. Então, atravessei a rua para encontrar Will me esperando, piscando ao sol do meio-dia.

"Oi", eu disse e, verdade seja dita, ele não se espantou. "Já decidiu?"

Duas semanas depois estávamos nas arquibancadas de um estádio, ele com um saco de pipoca, eu na pele ultrabronzeada, mesmo ressecada, de um desconhecido. Will colocou a mão em meu braço e disse "Consigo ver você".

"Ver o quê?"

"Você", respondeu. "Não interessa quem esteja vestindo ou de onde venha. Fico esperando no carro, e quando você se aproxima, sei quem é."

"Como?"

Encolheu os ombros. "Sei lá. Alguma coisa no seu jeito de andar. Algo no jeito de olhar. Alguma coisa antiga. Consigo reconhecer, não importa quem seja. Sei quem você é agora."

Tentei responder e não encontrei palavra. Meus olhos queimavam e virei o rosto, torcendo para que ele não me visse chorar.

39

O arquivo Kepler não falava nada sobre corretores.

A lista de meus corpos estava longe de ser exaustiva. Vários detalhes haviam sido coletados, baseados em testemunhos e prontuários médicos, mas os corpos que eu vestira, por definição, não possuíam mais que lacunas na memória para oferecer, nada realmente substancial.

Em parte alguma se falava de meu trabalho anterior.

Se falasse, talvez Nathan Coyle tivesse sido mais cauteloso ao puxar o gatilho.

Um bom corretor passa meses investigando um alvo.

Para habitações de longo prazo, uma pele limpa é recomendável: sem vínculos sociais ou expectativas econômicas, para que mudanças repentinas não causem estranheza. O candidato ideal, naturalmente, é alguém em coma e por quem a família já não nutra esperanças. Sem ninguém na casa, a coisa mais fácil é pegar o corpo para fazer o que se queira. O ponto negativo de adquirir o corpo de alguém em estado vegetativo é nunca saber a extensão do trauma físico que ele sofreu. Há atrofias musculares que são inevitáveis, mas descobri que incontinência urinária, além de várias secreções como lágrimas, saliva e muco, apesar de complicadas, podem se normalizar com cuidados médicos e paciência, algo que muitos de minha raça não possuem.

Em casos raros, fantasmas saltaram em um paciente vegetativo e descobriram que, além da atividade cerebral, também o controle dos músculos e a coordenação estavam completamente comprometidas. E assim ficaram, presos, despertos e paralisados, berrando sem qualquer voz, guinchando mudos até que alguém, Deus seja louvado, algum enfermeiro ou faxineiro, tocou suas peles por acaso, e então eles puderam se mudar novamente. Uma vez, passei dois dias inteiros nesse estado até que, em meio a um banho de esponja, pude escapar para uma enfermeira e fui ao chão, em prantos pelo alívio de ter um corpo outra vez.

Quaisquer que sejam os riscos, a habitação de longo prazo em uma pele limpa é, quase invariavelmente, preferível àquelas com histórico já consolidado. Nisso um corretor pode ajudar: podem ensinar-lhe os nomes de irmãos, pais, mães, filhas, colegas, amigos. Pode mostrar onde a pele guarda as chaves do carro, ensinar a falsificar assinatura, imitar sotaque, contar os causos, tudo para garantir que o salto de pele a pele se dê com o menor incômodo para o fantasma de mudança. Saltar em qualquer vida já estruturada é complicado. Fantasmar em Marilyn Monroe era absolutamente insano.

"Ela usa drogas", falei para Aurangzeb, enquanto ela bebia de meu vinho, em meu apartamento. A enorme janela da sala tinha vista privilegiada desde as colinas de LA até suas ruas, como um circuito de luzes vermelhas e amarelas piscando abaixo de nós.

"E daí?" perguntou. "Quem não usa, nesta cidade?"

"Drogas e álcool."

"Tanto faz", Aurangzeb girava os olhos. "Comigo em casa a garota vai ter uma folga! Dois diazinhos limpa, sabe como é?"

"Você já teve alguma experiência com os efeitos físicos da dependência?"

"Um dia ou dois não vai fazer o corpo explodir, né? Passa pra cá as informações úteis. Com quem ela está saindo, o nome de seu agente, para quem deve dinheiro, essas coisas. Ela..." Adiantou-se, ansiosa. "Está dormindo com Kennedy?"

"Mesmo se estiver, a resposta de Monroe é sempre bem reservada, e sugiro que faça o mesmo. A frase de ouro é 'Honestamente, não quero falar disso agora'."

"Que seja. Posso dar um jeito."

"Ela não é tola", complementei depressa. "Faça como quiser, mas não aja como tola. Ela assume um ar de enfado como mecanismo de defesa, e é bem direta quando está segura de si. Com esse nível de conhecimento, você não poderá ter certeza de nada, então pelo amor de Deus, seja discreta. Mas não idiota."

"Não sei por que está tão preocupado", disse Aurangzeb, esticando as pernas sobre a mesinha. "Pensei que você desse conta disso."

"Sinceramente", retruquei, tirando meus papéis do caminho de seu salto alto. "Não sei para que isso."

"Não sabe para que ser a porra da Marilyn Monroe?" chiou.

"Não. É por causa do dinheiro? Existem pessoas mais ricas. Pelo corpo? Há mais bonitos. Quer fama? Quer ser adorada e adulada por uma noite? Eles não vão adorá-la. Não é a *você* que estarão elogiando.

Se é isso que deseja, então tome o corpo de um figurinista ou assistente de palco, e na hora que o ator seguir para os aplausos, toque-o e caminhe você mesma até a multidão clamando. Ou consiga por si própria. Encontre um corpo bonito — um corpo bonito e desconhecido — e eu salto para qualquer produtor ou diretor de elenco, e seleciono seu nome assim que olhar para a câmera com seu sorriso colgate."

Aurangzeb girou os olhos assim que minhas palavras começaram, e os girava de volta agora que eu acabara. "Você quer que eu *trabalhe*? Eu poderia ser Clark Gable rápido assim, ó", disse, estalando os longos dedos esmaltados. "Poderia passear Laurence Olivier pelado em Londres; poderia ser Marlon Brando, caralho — poderia trepar usando o caralho do Marlon Brando — e você me diz para me acalmar e gastar, sei lá, cinco anos da minha vida, talvez dez, para conseguir o que consigo num dia? Que porra há de errado contigo?" Debruçou-se para a frente, baixando as pernas, os olhos faiscando. "Ouvi coisas a seu respeito. Pensei que fosse o tipo de cara que *vive*."

"Que tipo de coisas ouviu?" perguntei calmamente.

"Que você era um cara ousado. Que havia sido o soprano gordão, o piloto de aeronave. Que tinha dado as mãos no meio do Salão Oval. Ouvi dizer que tinha feito coisas também, há um tempão, na guerra. Que havia mais soldados sem memória se arrastando pela Europa Central em 1943 do que bombardeiros derrubados na porra de Londres."

"Não fazia ideia de que Janus fofocava tanto. E o que você fez na guerra?"

"Me mudei. Fui para a América. Canadá. Pensei que seria tranquilo pegar uma carona num soldado embarcando para a Europa, quando os submarinos alemães dessem trégua, mas no fim acabei seguindo com um copiloto e fingindo intoxicação alimentar no meio do Atlântico. Bem mais fácil. Eu vi a batalha de Paris."

"E como foi?"

"Uma merda. Os caras marchando para cima e para baixo, pessoas agitando bandeiras e bandas tocando, e eu pensei onde é que estava essa turma na semana anterior, ou no dia anterior, quando não sabiam se teriam de balançar bandeira tricolor ou a porra da suástica? Então descobri que o homem que eu vestia era um colaborador, e isso me desanimou." Bateu com as mãos nas coxas e bradou "A guerra foi uma vergonha do caralho!" e nisso compreendi que, mesmo naquelas roupas elegantes e com o cabelo arrumado, Aurangzeb era, em todos os modos, com os braços agitados e sentada de pernas abertas, um típico homem americano.

Levei a mão ao rosto. "Certo", suspirei. "Vamos colocá-la em saltos ainda mais altos."

40

Há um trem direto entre Viena e Berlim. É um gigante branco com letras vermelhas cobrindo o casco: DB. Deutsche Bahn. Com as cabines cor de gelo e revestimentos de inox, o trem noturno de Berlim era um triunfante dedo do meio para o Balkan Express.

Eu tinha um beliche inteiro para mim. Com os colchões acondicionados nas paredes, aquilo era um feito magnífico de engenharia do espaço. Com as camas desdobradas, era preciso se espremer pelo lugar feito uma lagartixa encurralada.

Do lado de fora, a noite alemã se revelava uma paisagem profundamente pitoresca, apenas cortada pelas luzes amareladas das autoestradas conforme seguíamos para o norte. Uma névoa enluarada se espalhava pelos campos; cidades bruxuleavam numa claridade turva; rios enormes rasgavam seu caminho entre as colinas escuras, cidadezinhas de concreto e vidro límpido espiavam em meio às árvores, lugar de descanso para as famílias estressadas de Munique ou Augsburgo. Quando o trem começou a desviar para o leste, o fez em uma curva grandiosa, suntuosa como a última pincelada de um artista retratando o seio de uma dama.

Vi a paisagem ficando para trás, minha cama feita mas intocada. Todo corpo se acostuma com o próprio cheiro, mas mesmo eu sabia que estava fedendo. A água da pia saía quente ou fria demais, sem meio-termo.

À uma da manhã, ouvi os ruídos da comissária de bordo fazendo sua ronda através do trem que dormia. Travei uma das pontas da algema no pulso esquerdo e me inclinei porta afora, sussurrando "Senhora?" Mesmo àquela hora da madrugada, seu sorriso fora composto com uma perfeição fascinante. "Senhora", sussurrei sobre o clangor dos trilhos, "poderia me ajudar?"

Naturalmente, senhor. Será um prazer.

Gesticulei para que entrasse na cabine. Ela entrou, olhar curioso e sorriso largo. Com uma pessoa apenas, aquela cabine poderia ser chamada de aconchegante. Com duas, era sufocante.

"No que posso s..." perguntou,

e nisso estendi minha mão, agarrei seu pulso e saltei.

Nathan Coyle. Ele estava melhorando na reação àquilo tudo: enquanto cambaleava, tonto por ser libertado, tentou me agarrar, se agitando desesperadamente, a mão atingindo a parede do compartimento com um baque surdo que o assustou. Tomei sua mão e a algemei na armação mais alta do beliche, esperando que a tontura passasse.

E passou. Ele sentiu o braço esquerdo preso, olhou para a algema, suspirou e se largou contra a parede. "Certo", grunhiu. "Onde estamos?"

"Num trem para Berlim."

Ergueu uma sobrancelha desanimada em minha direção. "E o que seria você? Pensei que só se achegasse a putas e vagabundos."

Alisei meu uniforme. "Acho que estou melhor assim. Você perdeu as glórias de Kapikule, do Balkan Express e dos ônibus da Eslováquia, então provavelmente não consegue apreciar um sorriso simpático quando eles vêm conferir sua passagem. Eu consigo. Felizmente, nós dois vamos tirar proveito do café da manhã da Deutsche Bahn, com geleia e tudo."

"Odeio geleia."

"Eu gosto", retruquei. "Poderia comer potes e potes."

Aprumou-se um pouco, posicionado para me encarar melhor. "Você está... me ameaçando com cafés da manhã?"

Prendi uma mecha de cabelo atrás da orelha tenra. "Tenho o endereço de Alice Mair."

Cerrou mais os punhos. "Ela vai estar preparada", suspirou.

"Eu sei. A essa altura, seus amigos estão varrendo a Europa atrás de você — ou de mim, ou de nós dois, vamos dizer. Que eles ainda não tenham nos encontrado é algo pelo que devemos agradecer, você e eu. Revirei o arquivo Kepler e não consegui encontrar o que eu possa ter feito para despertar tanto ódio em você. Aversão profissional e animosidade por contrato eu posso entender. Nos últimos dez anos vesti prostitutas, mendigos, salafrários, assassinos, ladrões. Eu não fui sempre... Não fui sempre o que sou agora, mas você pode ver claramente que tenho dado meu melhor." Estremeci, com um frio súbito percorrendo meu uniforme. "Seu arquivo é uma mentira. Talvez você acredite que eu matei, que eu tenha... vestido algum corpo por uma noite, me esbaldado em sexo e heroína e depois deixado o corpo para morrer de overdose, sozinho no corredor de um hospital. Já vivi por mais tempo do que você imagina, e já... tive de lidar com distúrbios no passado. Você falou com meus hospedeiros. Eles estavam infelizes? Foram largados sozinhos e nus? Considerando os exemplares da minha espécie, você talvez enxergue, deveria enxergar... que sou uma péssima escolha para alvo."

Ele não disse nada, não se moveu. Silvei, frustrada, os braços finos cruzados firmemente sobre o peito. "Você acha que está por cima. A maior parte dos assassinos pensa assim. Mas era a mim que deveria ter matado, não Josephine."

Era hesitação que passava em seu rosto? Um lapso de entendimento, mais do que ódio? Difícil dizer. Estive tempo demais habitando suas feições, não olhando para elas.

"Quem é Galileu?" perguntei e notei a mudança de apoio, o peso passando de um pé para o outro.

"Há quanto tempo estamos nisso?" ele quis saber. "Faz apenas alguns minutos que atirei em você, na estação. Há um segundo você era um faxineiro em... algum lugar. Algum outro lugar. Quanto tempo faz de verdade?"

Puxei pela memória. "Cinco dias? E não foi em mim que você atirou."

"Sim, foi sim", devolveu, cortante como um prego na sola do pé. "Foi em você que atirei, e uma tragédia que não tenha sido você a morrer."

"Mas você tinha ordens para matar Josephine também."

"Sim."

"Por quê?"

"Ela estava comprometida."

"Pelo quê?"

"Você sabe."

"Não faço ideia."

"Ela matou gente nossa."

"Não matou, sem essa, mas consigo ver que essa discussão não vai a lugar nenhum."

Forçou a algema, mais por irritação do que para testar sua força. Por fim: "Você deve estar bastante íntimo do meu corpo."

"Estou."

"E o que acha?" perguntou, virando para que eu o admirasse. "Sua perspectiva é bem incomum. Eu preencho suas exigências? Meu rosto é ríspido o bastante? As pernas têm o tamanho certo? Gosta da cor do meu cabelo?"

"Um rosto não é ríspido por causa do corpo que o acompanha."

"Não posso imaginar nenhuma outra expressão para ele, além da que eu dei."

"Eu posso", retorqui. "Você se cuida, isso está claro. Difícil é saber se você cruzou a linha que separa condicionamento físico de vaidade. Fiquei curiosa pela cicatriz em seu estômago. E você precisa de óculos." Sua boca se contorceu em surpresa. "Ouça o que eu digo, é melhor arranjar óculos de leitura logo, em vez de deixar para depois."

"Minha visão é perfeita!"

É incrível o orgulho indignado que as pessoas depositam em suas capacidades físicas.

E é alarmante o quanto a vaidade está entranhada.

Tentei levar as mãos à cintura, mas no espaço apertado onde estávamos eu só podia colocar uma das mãos. "Isso é para me impressionar? Porque suspeito, tendo estado por aí durante algum tempo, que você é o tipo de homem que se gaba das proezas físicas, mas não há motivo para fazê-lo com sua visão. Eu já tive catarata, infecções, miopia, astigmatismo, cegueira parcial..."

"Você não!" atalhou. "Você não. Os olhos de outra pessoa, cegueira de outra pessoa."

"Eu. Eu mesma. Fui eu quem experimentou essas coisas. Já caminhei com corpos por tribunais porque eles estavam assustados demais para falar. Já aguentei uma anestesia geral porque o canceroso dono da pele tinha muito medo de hospital para se tratar. Pense o que quiser com relação ao que eu sou, mas não gaste saliva tentando negar minha experiência."

Tentou por mais um instante se armar para a briga, os ombros erguidos e os olhos apertados, mas agora o efeito era por demais artificial e ele desistiu. Larguei o corpo no beliche de baixo. Minhas unhas eram incrivelmente esmaltadas. Sentia dor nas costas, o cinto do uniforme me apertava e, enquanto eu levava as mãos às costas, um pensamento me ocorreu. "Será que eu..." deixei escapar. Coyle me encarou, uma sobrancelha erguida. Corri os dedos pelo ventre, apertando firme a pele macia, tentando sentir algo através do calor do corpo. "Acho que estou grávida."

O trem chacoalhava, e ninguém falou nada. Então um tremor minúsculo percorreu a coluna de Coyle, seus ombros estremeceram e ele soltou um único e alto grito de viva.

"Mas que inferno", gemi.

O riso de Coyle sumiu tão rápido quanto apareceu. Lá fora, campos de terra recém-revolvida se estendiam até o horizonte. A lua cheia no céu límpido prometia ventos frios e o solo congelado na manhã seguinte. Apertei os dedos contra o ventre e senti algo se mexendo, algo que não meu estômago. "Isto é... curioso", falei.

"Não está aproveitando as alegrias da gravidez?" Coyle quis saber. "Pensei que fosse gostar, só pela experiência."

Olhei-o zangada. "Em momentos estressantes eu já dei alguns... saltos inesperados. E ainda que eu ache que dar à luz é uma experiência de vida maravilhosa, se vier associada a planejamento, expectativa e otimismo com relação a outros dezoito anos de cuidados familiares, só de existir uma possibilidade — bastante grande — de as coisas terminarem mal e o fim da história ser uma criança choramingando, presa pelo cordão umbilical a uma mulher trêmula e confusa, tenho certeza de que você entende minha falta de empolgação."

Uma ideia assomou ao rosto de Coyle. "Você poderia... ser fantasma de um feto?"

"Mas que ideia mais assustadora."

"Você nunca tentou."

"De jeito nenhum."

"Nunca teve vontade?"

"Nem de longe. Não tenho qualquer ilusão quanto ao corpo físico. Tendo habitado praticamente todos os tamanhos, tipos e formas de corpo que você possa imaginar, as únicas conclusões a que cheguei foram: fazer exercícios enquanto se é jovem o bastante para apreciá-los, prestar atenção à postura e, se possível, usar escova de dentes elétrica."

"Décadas de corpos roubados e essa é sua grande conclusão?"

"É."

"Há quanto tempo você é fantasma?"

Ergui os olhos e o vi olhando vivamente para mim. "Você adoraria saber, não adoraria? Como arranjou essa cicatriz na barriga, sr. Coyle?"

"Você sabe que esse não é meu nome."

"Veja que curioso: eu não me importo. Algumas centenas de anos." Vi o espanto em seus olhos e me curvei para a frente, a mão instintivamente no ventre. "Algumas centenas de anos", repeti calmamente no embalo do trem. "Fui morto pelas ruas de Londres. Estouraram meus miolos. Caído lá, agarrei o calcanhar do assassino. Eu o odiava, tinha pavor dele, o temia por me matar, e tinha tanto medo de morrer sozinha que precisava dele, queria que ficasse comigo. Só sei que no instante seguinte eu encarava meu próprio cadáver. Fui preso por isso, claro, uma ironia que não apreciei de verdade. Não foi um começo glamoroso, admito, mas parece que o instinto de sobrevivência ultrapassa todo o resto."

"Quem você era quando morreu?"

"Era..." as palavras se acumularam no fundo da minha garganta "... ninguém importante. E você, sr. Coyle? Como arranjou a cicatriz?"

Silêncio.

"Galileu", ele disse, parando em seguida.

Aguardei.

"Galileu", retomou. "Enfiou uma faca em mim."

"Um fantasma?"

"Sim."

"Por que o esfaqueou?"

"Eu era o único que não tinha tombado."

"Onde?"

"*Santa Rosa.*"

"Você já falou disso antes."

Balançou levemente a cabeça, sorrindo. Não consegue acreditar no que está dizendo. Agora não era hora de questioná-lo.

"Existe um... boato", murmurou. "Um mito. Com o passar do tempo a história tomou proporções enormes, mas ainda assim existe uma verdade nela. Uma balsa cruza o Estreito de Malaca. Ou o Mar Báltico, talvez. Os motores param de funcionar, e tanto os passageiros quanto a tripulação ficam aguardando o resgate. De repente alguém acha um corpo. O corpo de... alguém, não importa. Tem a garganta cortada, o sangue derramado no convés, e aí todo mundo entra em pânico. Até que alguém diz que é impossível o assassino ter escapado das câmeras de vigilância, ensopado de sangue. Eles vão conferir. E encontram o assassino — a assassina, quem quer que fosse — encolhido em um banheiro, tremendo de medo, sangue por todo o rosto, nas mãos, nas roupas. Daí dizem Pegamos o assassino. Assim que os motores estiverem funcionando, vamos levá-lo — levá-la, que seja — até a polícia.

"Então outro corpo é encontrado, as tripas para fora, olhos esbugalhados e a língua mole pendendo da boca. E todo mundo diz Não foi o assassino que capturamos, ou Talvez tenhamos capturado alguém que possui um cúmplice. O pânico se alastra, e a balsa tem poucos funcionários para muitos passageiros, é impossível manter a ordem, então o capitão ordena que todos se reúnam em um lugar só. Quero todo mundo junto, ele diz, ninguém se mexe, e estaremos a salvo. Seguros, todos juntos. É uma ideia reconfortante, até que o imediato descobre, no ponto de reunião da primeira classe, que todos estão mortos. Alguns têm as mãos ensanguentadas, outros têm sangue no rosto. Alguns tentaram arrancar pedaços dos outros, a dentadas, e outros ainda fugiram, escaparam, mas um continua ali, parado, sorriso largo para a câmera antes de acenar um tchau e também ser encontrado, minutos depois, morto.

"Ao fim das três horas que a guarda costeira levou para chegar e consertar os motores, dezessete pessoas tinham morrido e cinco estavam em estado grave. E quando a polícia científica examinou os corpos, descobriram que todos carregavam amostras do DNA de algum outro, como se para cada vítima houvesse um assassino diferente, uma impressão digital diferente na lâmina. Conhece essa história?"

"Sim", respondi. "Conheço."

"Sabe os nomes? Dos barcos e dos mortos?"

"Sei alguns. Houve uma fragata em 1899, na costa de Hong Kong. Um cruzeiro em 1924. Uma balsa em 1957, embora esta nunca tenha sido confirmada — alguém abriu o compartimento de cargas e os vivos caíram junto dos mortos. Aconteceu algo parecido em 1971: vinte e três mortos, as autoridades disseram ter sido um ataque pirata. Teve um iate em 1983, na costa da Escócia. Duas pessoas morreram. É uma contagem de corpos baixa, para seus padrões, mas ainda assim foi ele. Todos ouvimos rumores."

Anuiu a nada em especial. "*Santa Rosa*", falou num sussurro. "Outubro de 1999."

"Você estava lá?"

"Sim. Matei um homem. Não lembro de ter feito isso, mas abri os olhos e tinha sangue nas mãos, e a meus pés havia esse homem com sangue jorrando por um buraco na garganta. Estava vivo, mas quando respirava o sangue borbulhava no pescoço, e logo não estava mais vivo. Eu segurava uma faca e uma mulher à minha frente me olhava enquanto eu o via morrer. Ela tirou a faca de meus dedos — era uma faca de cozinha, do refeitório — e colocou a mão sobre meu ombro, como uma mãe, e enfiou a faca em mim, girando a lâmina, sorrindo e sem dizer palavra. Fui colocado junto aos mortos, até que o legista percebeu que eu ainda tinha pulso. Então me apontaram como o assassino. O que, de algum modo, eu era."

"Galileu?"

Concordou com a cabeça, mesmo sem muita atenção a mim ou a minha palavra.

"Você devia ter dito", falei. "Eu poderia ajudar."

"Ajudar?" A pergunta explodiu quase numa gargalhada. "Você é um fantasma de merda. Que bem você faria?"

"Já fiz alguns. Conheci esse Galileu."

Agora sua cabeça estava voltada para mim, os olhos dardejando feito gelo. "Onde?"

"São Petersburgo, Madri, Edimburgo, Miami. Depois de lá, não o vi mais."

"Tem certeza?"

"Sim."

"Como?"

"A despeito da opinião pública, nem todo fantasma que você encontra é do tipo que comete extermínios psicóticos de vinte em vinte anos. É fácil lembrar dos que são."

"Me diga!"

"Por quê?" falei baixo, e o vi vacilar. "Você está obcecado em me matar. Matou Josephine. E ainda que esta seja uma conversinha amigável, dado minha condição hormonal e essas algemas, acho bastante difícil eu simplesmente esquecer de nossa relação turbulenta. Você me mataria, sr. Coyle, porque um fantasma quase o matou. Eu não sou ele. Você me mataria pelo que eu sou. Por que eu deveria ajudá-lo a encontrar Galileu?"

Ele cerrou os lábios, virando-se para longe e, quase imediatamente, voltando-se para mim outra vez. "Porque se não me ajudar, sabendo tudo que sabe, isso só vai confirmar que você é o monstro que eu acho que é."

"Você já pensa isso, de todo modo. Preciso de algo mais. Por que matou Josephine?"

"Ordens."

"Por quê?"

"Ela tentou se infiltrar em um de nossos projetos. Um teste médico, você deveria saber."

"Sei um pouco. Ela precisava de dinheiro. Era uma experiência em Frankfurt, alguma coisa com relação a resfriado. Recusaram-na quando descobriram que era uma prostituta. Fiz minhas pesquisas também, antes de fazer um acordo com Josephine Cebula."

Balançou a cabeça. "Não era para resfriados."

"Fico surpresa. Para o que era, então?"

"Vacinas."

"Contra o quê?" Não tive resposta. Algo me ocorreu. Reclinei o corpo, sentindo a ideia se agarrar a mim como teias de aranha na pele. "Ah. Contra nós. Estavam tentando encontrar uma vacina contra nós. Deu certo?"

"Não com quatro de nossos pesquisadores assassinados."

"Não fui eu."

"Mas foi Josephine. Vi as fitas, as câmeras de segurança. Vi suas mãos sujas de sangue. Então você apareceu em Frankfurt e lhe fez uma proposta. O que queria que pensássemos?"

Respirei aquelas palavras. Não estava certa de poder resistir a uma reação física violenta. Meus dedos pressionavam meu ventre. "Você acredita... que me tornei Josephine por causa de alguma experiência médica? Acha que ela e eu lançamos algum tipo de *ataque* contra seu pessoal? Que conspiramos para assassinar o doutor Seja-lá-quem-for e toda sua laia?"

Ele pensou sobre o assunto. "Sim. É nisso que eu acredito."

Meus dedos cheiravam a detergente, e o fundo da minha garganta guardava o gosto de um chá de frutas. Contei de zero a dez, devagar, e disse "Você está errado".

Coyle não respondeu.

O trem ia desacelerando, os vagões sacudindo uns contra os outros conforme diminuíamos a velocidade rumo a um desvio. Imaginei como este corpo lidaria com a gravidez. Parecia uma coisinha mirrada, de tornozelos finos e o quadril nada largo. Pensei se chá de frutas teria alguma utilidade contra enjoos matinais.

"Para quem você trabalha?" perguntei.

Ele sacudiu a cabeça.

"Você sabe que eu vou descobrir."

"Fale sobre Galileu."

"Vou continuar vestindo seu corpo, sr. Coyle, até que alguém dê um tiro nele. Se você quiser um final feliz, é bom que me dê mais informações."

"Mais informações?" Sua voz era uma quase um riso, não tendo mais o que fazer. "Há dez minutos era meio-dia em Istambul. Um homem me tocou num trem e lá estava eu, em outro lugar, vestindo roupas novas e falando com alguém novo. Você me deixou nu, usou minha boca para falar, comeu com ela, suou e mijou e engoliu minha saliva, e você acha bom que eu dê mais informações? Vai à merda, Kepler. Vai à merda."

Silêncio.

O trem sacudiu através de uma série de pontos irregulares, desacelerando, o motor perdendo força. Talvez houvesse uma estação por perto, um viajante noturno pegando uma carona. Talvez uma parada onde ficaríamos por algumas horas enquanto o maquinista tomava um café e fumava um cigarro ao pé dos trilhos. Os motores engasgavam, teimando em não parar.

Senti minhas mãos sobre o ventre e me perguntei como meu filho cresceria.

Será que trabalharia em trens, como a mãe?

Talvez almejasse algo maior.

Uma carreira na política, quem sabe, que trinta anos depois o levaria a proclamar para toda a nação "Minha mãe percorria os trilhos entre Berlim e Viena para me dar sustento durante a infância, para que eu pudesse ter um futuro melhor que a vida que ela levava".

Ou talvez nada disso.

Talvez meu filho crescesse solitário e reservado, com a mãe sempre em viagem, mandando cartões-postais do exterior, com uma sensação de não comandar a própria vida.

"Galileu", comecei, encarando o vazio. "Quer saber sobre Galileu?"

Uma inspiração profunda, seus olhos nos meus.

E eu contei.

41

São Petersburgo, 1912, e quase dava para acreditar que os Romanov tinham escapado. Eu ouvira o estrépito dos rifles em 1905, vira as barricadas pelas ruas e tinha acreditado, como quase todo mundo, que os dias da dinastia estavam contados. As reformas sociais não davam conta das demandas econômicas; as reformas políticas não acompanhavam as mudanças na sociedade, e por isso, abrindo caminho pelo século xx a pontapés, parecia inevitável que parte da Rússia fosse afetada.

Ainda em 1912, bailando sob os candelabros do Palácio de Inverno, com luvas de seda cobrindo os antebraços e o penteado adornado com prata e cristal, eu era capaz de jurar que aquele mundo duraria para sempre.

Era Antonina Baryskina, sétima filha de um velho e importante duque, e eu estava lá para demonstrar aptidões que minha hospedeira particularmente não possuía. Antonina, aos dezesseis anos, já era tachada de namoradeira, uma meretriz em potencial, e, pior de tudo, o tipo de mulher que dormiria com um proletário basicamente porque seu pai a proibiria disso. Nenhuma coerção, nenhuma bajulação ou qualquer ameaça haviam convencido Antonina a remendar seus hábitos. Como os boatos estavam ameaçando explodir, uma corretora de Moscou, de nome Kuanyin, veio a mim com o pedido pouco comum de um pai.

"Seis meses", informou. "Bela mulher, bela vida. Não existe, creio eu, nenhum ser neste planeta mais refinado que a menina Baryskina."

"E em troca deste... ser refinado?"

"Pede-se que você demonstre uma maturidade condizente com as expectativas."

"Com que propósito?"

"Para provar ao mundo que Antonina Baryskina é uma opção válida."

Eu adorava ser Antonina Baryskina. Ela tinha uma égua baia que eu cavalgava todas as manhãs, independente do mau tempo. Tinha um violoncelo que mal tocava, mas suas cordas soavam como o pranto de uma deusa enlutada, e conforme eu dançava, ria e discutia sobre política ou sobre o clima, os boatos sobre a Antonina-de-antes desapareceram, e por toda São Petersburgo homens fizeram fila para ter um vislumbre dessa herdeira.

Os entediantes eu ignorava. Os belos e espertos, permitia que me visitassem na mansão às margens do canal, oferecendo-lhes café e manjar turco. Muitos levavam versos e canções para me entreter, e eu batia palmas e me sentia realmente atordoada pela adulação extasiada de tantos nobres. Eu erguera a bandeira com as *suffragettes*, marchara pelos direitos civis e pela igualdade de gênero, mas ainda sentia uma onda de excitação ao ver tantos homens belíssimos recitando versos em minha honra.

Em algum tempo, meu pai veio a mim e disse "Você está recebendo uma série de pretendentes nesta casa, e creio ser a hora de considerar as perspectivas de matrimônio."

Ele nunca soubera como falar com a filha. Sabia ainda menos como falar com a mente que agora vestia o corpo dela. Respondi "O acordo era que eu mantivesse distância dos aproveitadores e do mau comportamento sexual por tempo bastante para desfazer a potencial infâmia sobre meu nome. Em parte alguma estava acordado que eu procuraria pretendentes com quem casar."

Não era fácil para um russo tão empertigado demonstrar indignação, mas eis que este demonstrou. "Não estou sugerindo que *você* se case com esses cavalheiros!" retorquiu. "Digo simplesmente que deveríamos começar a preparar o terreno para minha filha."

Depois de alguma negociação, concordei em jantar com os dez pretendentes mais elegíveis e ricos que meu pai pudesse encontrar. Dispensei quatro deles logo no primeiro encontro, por razões que variavam desde tédio absoluto até rudeza, e mantive os outros seis esperando no fim de uma fila enorme de compromissos sociais. Após um tempo, meu pai passou a respeitar minhas decisões, e por alguns breves momentos quase chegou a esquecer que era a mim que se dirigia, e não à própria filha.

"Você sabe", comentei, certo dia, "que quando meu período aqui terminar, a pessoa a quem esses cavalheiros passaram a admirar será substituída por, se me permite a ousadia, sua filha."

"Minha filha deseja apenas uma coisa nesta vida — ser adorada", devolveu meu pai, enquanto andávamos na penumbra de sua carruagem, chacoalhando pelas ruas de Moscou nas altas horas da noite. "Por isso mesmo, essa necessidade a transformou na menos adorável das criaturas. Tenho esperanças de que, percebendo já ser adorada, graças a seu trabalho aqui, ela vá se acomodar e assumir uma postura um pouco mais fácil de lidar. Mesmo que não aconteça isso, por enquanto já basta que sua reputação tenha sido resgatada, e talvez em alguns anos, quando tivermos desencapetado a menina, ela volte a merecer a reputação que você lhe deu."

"Não se importa com... a natureza pouco ortodoxa de nosso relacionamento?"

"A que relacionamento se refere?"

"Ao meu com sua filha, creio", segredei. "E, por extensão, a meu relacionamento com você e ao seu com ela."

Ele permaneceu em silêncio por algum tempo enquanto sacolejávamos pelas ruas noturnas. Por fim: "Para aceitar este acordo, era preciso que você conhecesse o histórico de minha família. Você o fez?"

"Claro."

"Então já fez mais do que minha filha", resmungou. "Quaisquer que tenham sido suas motivações. Você está ciente da longa história militar que existe em minha família. Meu pai, em particular, lutou na Crimeia e foi condecorado por bravura."

"Li sobre isso."

"Mentiras", comentou, desanimado. "Meu pai não lutou na Crimeia. Seu corpo estava em serviço, e para todos os efeitos mereceu a condecoração. Mas posso garantir que ele jamais se recordou das batalhas que travou, dos inimigos abatidos, nada. Sequer conseguia ver sangue, mas é célebre até hoje por ter sido um grande guerreiro. Pode imaginar como isso tudo aconteceu?"

"Sim", suspirei. "Imagino que sim."

Ajeitou-se no assento, anuindo levemente a algo que eu não percebia. "Você deve estar se perguntando por que eu permitiria — perdoe-me, esta não é a palavra — por que eu o convidaria a assumir o papel de minha filha. Acha que é algo indigno para um pai? Eu responderia da seguinte forma: se você precisasse amputar uma perna com gangrena, ou ficar de frente a uma pessoa amada e dizer que o amor acabou; se sua posição exigisse que matasse um amigo, que colocasse uma lâmina no pescoço de alguém que sempre lhe foi leal — o que você daria para *não* fazer isso? E o que daria para que fosse feito?"

"O que o faz pensar que alguém seria capaz de fazer o que você não consegue?"

"O fato de não ser *seu* amor que é destruído, ainda que eles, olhando para você, sintam de fato a destruição. Minha filha zomba e maldiz sua família. Então sim, é melhor deste jeito."

A carruagem parando veio acompanhada pelo solavanco dos corpos e pelo som dos cascos na borda da calçada. Por um segundo, meu pai esteve imóvel. Então "Há uma coisa que eu gostaria de perguntar".

"À vontade."

"Quando nos conhecemos, você vestia o corpo de meu criado e disse Me chame de Josef, o nome do homem que usava. Agora, veste o corpo de minha filha e diz Me chame de Antonina, e você... fica a sós com homens, empoa-se frente ao espelho e... faz todas as outras coisas femininas sobre as quais prefiro não pensar muito. Eis minha pergunta: quem é você? Quando não é nem Antonina, nem Josef, quem é você quando coloca minha filha para dormir?"

Pensei um pouco. "Sou uma filha afortunada da mãe Rússia. Uma violoncelista que adora sua égua baia e a mima. Sou educada à mesa, encantadora para aqueles que merecem minha atenção e inatingível aos jovens cavalheiros que desejam apenas meu recato ou meu dinheiro. Isso tudo é verdade. O que mais importa?"

Ele se virou, pronto a dizer algo, e estendi minhas mãos enluvadas sobre as suas, marcadas pela idade. "Seu pai alguma vez perguntou quem abriu caminho através da Crimeia?" perguntei em voz baixa. "Ele quis saber?"

"Não. Acredito que não. Havia rumores de... coisas perversas no corpo de meu pai, mas suponho que a perversidade é aceitável em tempos de guerra."

"Então se pergunte o seguinte: deseja mesmo saber quem permitiu que entrasse na carne de sua filha?"

Vi seu pomo de adão oscilar na meia luz da carruagem. Então, com entusiasmo, irrompeu "Bem, o que estamos indo ver hoje, Antonina?"

O que víamos era uma apresentação de pouco mérito, e naquela noite, quando fecharam a cortina, aplaudi os atores e sorri para o público, e uma parte razoável do público me aplaudiu, porque eu era linda e afortunada, o retrato fiel de quem Antonina deveria ser.

E então, na multidão que rodopiava sob o lustre do saguão — pois ninguém ia ao teatro apenas pela peça — um dedo gorducho cutucou meu braço e uma vozinha disse "Eu sei quem é você".

Olhei para baixo e vi uma garotinha, o cabelo cacheado como os de uma boneca. O vestidinho de seda rosa pendia do corpo ainda infantil, mas ela tinha ruge nas bochechas e, quando seus dedos roçaram meu braço, senti a boca formigar como um enxame de abelhas atiçadas.

"Sabe?" perguntei, estudando o rosto que me estudava.

"Sim. Adoro seu vestido."

"Obrigada, senhorita...?"

"Senyavin. Eu... oh!" Uma mãozinha correu a cobrir a boca, segurando um riso. "Sou Tulia ou Tasha? Somos tão parecidas, nem eu mesma sei, e mamãe chama as duas de 'anjinho'."

Afastei-me para a penumbra do teatro, que a luz das velas reforçava, firmando a capa sobre meus ombros frágeis. "E há quanto tempo sua mamãe a chama assim?"

"A vida inteira, imagino", respondeu a criança. "Mas faz apenas duas semanas." Sua cabeça pendeu para um lado, encarando-me de um jeito falso. "Ateei fogo na casinha de bonecas de Tulia. Talvez na de Tasha. Os quartos eram cor-de-rosa, e eu queria que fossem azuis, mas disseram não. Então coloquei fogo. O que você faz?"

"Salvo a reputação de jovenzinhas ingênuas demais para saber o que vale uma boa reputação. Mas em duas semanas creio que serei outra pessoa."

"Só duas semanas?" questionou Senyavin. "Estou de mudança esta noite. Veja." Dizendo isso, apontou para o salão, o dedinho fofo indicando um homem numa faixa vermelha resplandecente, o bigode preto com as pontas curvadas, parado altivamente bem no meio do saguão, taça entre os dedos. "Gosta do que vê? Ele é lindo, não é?"

"Muito agradável."

A garota se voltou para mim, o rosto tomado por apreensão. "Queria deixá-la informada. Quando me disseram que você estava aqui, queria que soubesse que ele já é meu. Eu o amo. Amo seu suor. Seu cheiro. Os olhos sorridentes mesmo quando os lábios estão sérios, e seus cabelos macios que caem na testa daquele jeito natural, sem esforço. Ele tenta manter as mãos paradas, mas elas ainda se mexem sozinhas, pulsando com energia, e quando beijo uma dama com seus lábios ela berra, diz não, não posso, não, e aí me beija com mais vontade porque sabe do que sou capaz. Sabe que sou maravilhoso. Se eu pudesse, mantinha-o assim para sempre, perfeito desse jeito. Mas as pessoas ficam velhas, o corpo definha, e por isso... por isso preciso ser ele agora, enquanto ainda é perfeito, antes que o rosto mude. Ele é tão lindo que pensei E se você quiser mudar para lá? Isso não pode acontecer. É barulhento demais, tem pouco espaço. Então pensei em lhe cumprimentar e falar disso. Ele é meu. Eu o amo. Se tocar nele, arranco seus olhos fora e dou de comida a meu gato."

E com isso, Senyavinzinha deu um sorriso encantador, tomou dois dedos de minha mão com sua mão inteira e se despediu. Fiquei parada, em silêncio, enquanto ela se afastava com desenvoltura.

Creio que esse tenha sido meu primeiro encontro com a entidade conhecida por Galileu.

Não foi o último.

42

No trem para Berlim, Coyle permanecia em silêncio, olhos semicerrados, digerindo minha história. "Você é mais velho do que parece."

Dei de ombros. "Mudo de acordo com a época. Minha pele, minhas roupas, o corpo. Tenho um MP3 player, um piercing na língua. Escolho ter piercings, tatuagens, cirurgias plásticas. Escolho ser quem sou, e muitas vezes escolho ser jovem. A carne jovem induz a um caráter jovial, já que as dores físicas e as obrigações sociais, que amenizam o temperamento, não costumam afetar os punkzinhos de vinte e poucos anos. Gosto assim. Combina comigo."

"O que você era, no começo?" quis saber. "No... seu corpo, seu primeiro corpo, quero dizer. Homem, mulher, o que você era?"

"Importa?"

"Curiosidade."

"O que você acha?"

"Achava que era um homem. Parecia... não sei, talvez achasse isso porque é o que sempre achamos."

"E agora?"

"E agora que mulheres são mortas em vielas tanto quanto homens. Qual seu nome?"

"Kepler vai servir, assim como Coyle serve para você."

"Não tem nenhuma preferência? Por qualquer um dos sexos, digo."

"Tenho preferência por dentes bons e ossos fortes", retruquei. "Também por pele clara e, devo admitir, tenho uma quedinha por ruivos, quando consigo encontrar os legítimos. Diga o que quiser do século dezenove, mas pelo menos nós não éramos enganados o tempo inteiro por tintura de cabelo."

"Que esnobe."

"Já fui gente o bastante para reconhecer quando estão se esforçando para ser o que não são. Posso ajudá-lo", acrescentei. "Se Galileu o usou, se ele o vestiu — se for o seu alvo — eu posso ajudar."

"Como faria isso?"

"O que lhe resta?" Ele não respondeu. "Para quem está trabalhando?" Silêncio.

"Você acredita no que falaram sobre Frankfurt? Acredita que estão tentando criar uma vacina?" Silêncio.

"Josephine foi minha hospedeira por conveniência. Fizemos um acordo porque ela precisava de dinheiro e eu queria mudar. Meu envolvimento não tem porque ser igual à destruição dos seus chefes, mas preciso que você me desse uma única razão, umazinha que seja, para eu não destruir todos eles quando os encontrar, porque eu certamente vou encontrá-los."

Nossos olhares se cruzaram. Eu olhara nos olhos de Coyle por dias, no espelho, e só vira desprezo. "Eles tentam ao máximo", falou. "O melhor que podem."

Uma expressão zangada cruzou meus lábios — belos demais, felizes demais com a perspectiva da maternidade, considerando que meu corpo tenha se dado conta de seu destino, para se retorcer daquela maneira. "Não foi o suficiente", eu disse, agarrei-o pela mão e troquei.

43

Acordado, na cama do trem noturno, eu lembrava...

Marilyn Monroe.

Que diabo de ideia idiota fora aquela.

Numa noite quente de outono, no subúrbio de LA, deslizei em Louis Quinn, aspirante a ator, modelo, garçom em tempo integral, e, equilibrando uma bandeja de champanhe nos dedos, fui visitar as estrelas.

A casa era uma mansão, e a mansão — como todas as construções de LA — tinha uma piscina. Ela estava estirada em sua borda, champanhe na mão, cabelos despenteados e riso agudo. Dizem que as câmeras engordam qualquer um, mas não é tão diferente do que nós próprios já fazemos, encarando cada dobrinha no corpo como se fosse um monstrengo recém-nascido. Eu já vestira corpos esbeltos e belíssimos, e depois, nu frente ao espelho, subitamente me enxergara gordo, ou enrugado, ou qualquer coisa menos interessante do que eu vira ao me olhar pelos olhos de um estranho.

Marilyn Monroe era, a meus olhos, mais bela fora das telas do que dentro, porque mesmo com a barriguinha saliente e com uma leve papada, ela usava roupas com as quais se sentisse bem, tendo nisso mais sucesso do que qualquer estilista.

Menos, talvez, nesta noite. Parecia-me, olhando seu biquíni de bolinhas pouco firme, que alguém se vestira como o personagem Marilyn, mais do que como a mulher que ela deveria ser, e por isso parecia horrível.

Baixei a bandeja e passei do garçom para o produtor que esperava pela atenção da estrela, e nisso o rapaz cambaleou confuso atrás de mim. Sussurrei no ouvido de Marilyn:

"Aurangzeb."

Seu rosto se contraiu como se tivesse chupado um limão azedo. Girou a cabeça lentamente, encarando-me de um jeito furioso, e chiou "Que porra você está fazendo aqui?"

"Podemos ter uma palavrinha em particular?"

"Estou com meus amigos!"

"Sim, está. Precisamos conversar."

"Certo." Com uma carranca, agarrou na toalha e a enrolou na cintura. "Aqui está ficando chato, mesmo."

Seguiu para os fundos do jardim, onde arbustos verdes haviam sido podados nas formas de um gato de focinho torto, um cachorro com as patas erguidas, um coquetel com guarda-chuvinha e outras ofensas parecidas à arte topiária. Já detrás de um dos arbustos, ela se voltou e irrompeu "Que é?"

"Já se passaram cinco dias", falei. "Era entrar e sair, esse foi nosso acordo — dois dias no máximo."

"Pai do céu!" exclamou, erguendo as mãos numa paródia de frustração. "Que caralho há de errado com você? Esse pessoal me *ama*. Acham que sou fantástica — melhor que a Marilyn de verdade. Estão perguntando o que tenho tomado, se estou saindo com alguém, dizendo que estou tão mais tranquila que o normal, tão mais... você sabe... mais!" Sacudiu as mãos, incapaz de encontrar as palavras. "John Huston acabou de me *implorar* para fazer outro filme. Disse que eu seria perfeita."

"E isso é ótimo. Mas o que pretende fazer quando estiver de frente para a câmera e não puder atuar?"

"Isto aqui é Hollywood! As pessoas vão assistir ao filme porque eu estou nele, não pela minha atuação."

"Não é que eu me oponha a você destruir uma carreira, se isso acontecer, mas cedo ou tarde as pessoas vão começar a comentar. Já estão comentando. E não serei o responsável por criar o maior escândalo da história de nossa raça. Se Marilyn Monroe perder a memória de uma semana, tudo bem. Isso é praticamente normal nesta cidade. Mas se ela perder seis meses, um ano, cinco, e despertar ao fim disso em um filme B com a calcinha na cabeça, porque essa é a única coisa que você é capaz de fazer, então temos um problema, e não serei eu o corretor a causar essa desgraça. Então, estou lhe dizendo agora — saia daí. Arranje um outro corpo."

"Não."

"Não?"

"Não." Aurangzeb treinara bem aquele beicinho. "É aqui que estou agora. É o que estou fazendo. Posso conseguir que dê certo."

Dei um passo para trás. "Esta é sua resposta definitiva?"

"É."

"Tudo bem."

Seu queixo caiu em surpresa, e seus lábios se abriram em uma gargalhada. "Isso é tudo? É só o que você tem a dizer?"

"É tudo", respondi. "Vou procurar pelo garçom com quem entrei aqui — ele tem boas mãos — e vou embora. Talvez eu vá para algum lugar mais fresco. Canadá, quem sabe? Ou o Alasca. Ver as luzes do norte."

"Meu Deus, você é o *mais careta* do universo!"

"Claro. Sou careta. Já tive uma vida agitada, agora gosto de tranquilidade. Aliás, seu champanhe está batizado."

O riso que se formava congelou de repente, encolheu e sumiu. Seu rosto girou num caleidoscópio de sentimentos, nenhum agradável. "Mentira", cuspiu. "Você não ousaria."

"Claro que ousaria. Entrei aqui como um garçom. Se há algo em que somos bons — algo em que deveríamos ser *mestres*, você e eu — é em nos misturarmos à multidão. Divirta-se com o revertério."

Virei-me e fui embora.

"Ei!" gritou atrás de mim. Então "Ei... você aí!"

Havia uma lacuna onde deveria estar meu nome. Se tivesse prestado mais atenção às informações que eu havia compilado, teria visto minha foto bem à mão, bem sublinhada para não passar despercebida, mas Aurangzeb era desleixada demais, não se preocupara em fazer o dever de casa. "Ei!" guinchou, alto o bastante para que as pessoas a olhassem. Sorri serenamente, caminhei até onde meu garçom atordoado tentava entender o que acontecia e, com minha mão em seu braço, sussurrei "Tudo bem, filho?" e saltei.

Tocar violino, falar francês, conhecer bem os Dodgers.

Se tudo isso falhar, e se você realmente, de verdade mesmo, quiser saber se o seu alvo esconde um fantasma, gastroenterite também é um bom método.

44

Trens noturnos nunca chegam ao destino numa hora decente.

Seis e vinte e sete não é um bom horário para começar o dia.

Nenhuma loja aberta, nenhum café disponível a não ser o mais vagabundo e queimado, já que os transeuntes matinais estão com pressa ou com ressaca demais para se importar. É impossível fazer check-in em um hotel, então você senta sobre as malas que carrega, em qualquer café onde tenha a sorte de entrar, e se pergunta por que não pegou um avião.

O tempo estava notavelmente mais frio. Ao longo dos últimos cinco dias, o céu tinha escurecido tudo, e eu me arrastava quase às cegas pela estação cercada de vidro e aço da Estação Central de Berlim, o hálito condensando no ar.

Gosto de Berlim.

Gostava antes de ser arrasada, e gosto da forma como foi reerguida. Os arquitetos da nova Berlim não caíram na armadilha de pensar que tudo que havia antes precisava ser perfeitamente refeito, nem de pensar que o passado inteiro precisava ser enterrado. Em vez disso, mesclaram o melhor que havia com as melhores inovações à disposição, rejeitando os quarteirões de torre e concreto que tantas cidades dos anos 1950 adotaram, e em seu lugar criaram habitações vívidas, ruas largas e o plantio de tantas árvores quanto o orçamento permitia. Na Berlim Ocidental foi criado um tesouro de verdor que cresceu com o tempo, formando bosques perfumados que margeiam ruas gentis, e parques enormes onde as crianças podem se enfiar no meio de raízes retorcidas, tendo o som da cidade filtrado pela vegetação. Na Berlim Oriental o desenvolvimento fora menos idílico, e somente agora as árvores plantadas começavam a armar suas copas sob as torres funcionais e os edifícios sóbrios que o planejamento industrial correu a levantar.

Gosto dos vegetais que se pode comprar em Berlim, mais polpudos e frescos que as coisas que se encontra no supermercado. Acho agradável a facilidade com que se pode ser ciclista na cidade, com caminhos através dos parques, vias para pedestres e um trânsito que freia, mesmo com sinal aberto, para que apenas duas pessoas atravessem a rua. Gosto do *schnitzel*, das batatas cremosas, da cerveja, do ruído nos lugares que devem ser barulhentos, da tranquilidade nos lugares que devem ser calmos. Não suporto salsichas cozidas, nem qualquer legume cozido, na verdade, e não me entra na cabeça por que alguém ainda insiste em servir pratos cujo processo inteiro de feitura é jogar a comida na água fervendo.

Que Alice Mair, colega de Nathan Coyle e uma mulher que provavelmente, a julgar por seu parceiro, ficaria bastante feliz em me matar sem pensar duas vezes, morasse nesta cidade bem organizada só servia para azedar meu ânimo.

Primeira tarefa — um lugar onde esconder Coyle.

Comprei o café menos ruim que pude encontrar e saí em busca de um cyber café.

Sempre existiram corretores para minha espécie, de um jeito ou de outro. São úteis quando você se encontra em dificuldades: especialistas em qualquer coisa que se precise, são capazes de salvar um corpo desencaminhado, de ajudar a encontrar outro que funcione.

A corretora de Berlim atendia pelo nome de Hecuba.

Tentei telefonar, mas a linha estava muda.

Enviei e-mail de uma conta aleatória, e a mensagem voltou imediatamente: destinatário não reconhecido.

Deletei a conta de e-mail com a qual tentara contatá-la e troquei de café antes de continuar a busca.

Enviei e-mails para alguns contatos — Fyffe, Hera, Kuanyin, Janus. Apenas Hera respondeu, e não, não ouvia falar de Hecuba havia anos.

Tentei até mesmo Johannes Schwarb, que respondeu no mesmo instante que não, o site havia sido derrubado, e ei, você está em Berlim, quer tomar uma?

Obrigado, Spunkmaster13, respondi. Qualquer coisa eu dou um toque.

Hecuba não estava em lugar nenhum.

Irritado, tentei mais algumas fontes mundanas. O processo era lento, e os euros escoavam enquanto eu puxava vagamente pela memória nomes e rostos meio esquecidos, até me deparar com algo familiar. Tinha mudado o corte de cabelo, vestia roupas diferentes e uns quinze anos a mais, mas Ute Sauer ainda era minha pele.

Liguei para ela de um telefone público.

Não faço mais essas coisas, respondeu.

Eu não pediria se não fosse importante. Estou implorando, falei.

Houve silêncio do outro lado da linha, por um longo tempo. Então disse "Zehlendorf". "Vou lhe buscar. Quem é sua aparência hoje?"

Zehlendorf é ajeitadinho.

Desde seus prédios remanescentes da antiga Alemanha até as casinhas meio descoladas com gramado e água corrente, Zehlendorf é o lugar onde comprar bolsas de cânhamo, chapéus de palha e uma sensação de pertencimento, orgânico e universal. No verão, é a zona rural de Berlim, sem o inconveniente de sair da cidade. No inverno, o som alegre de corais infantis ataca os compradores que se arrastam pelas ruas congeladas. Ute me pegou na saída do U-Bahn. Dirigia um híbrido prata, abriu a porta do carona com uma das mãos enquanto jogava para o banco de trás uma pilha de CDs, de Mozart a música infantil. Sentei-me e, quando aceleramos, o carro se dirigiu a mim, mandando que colocasse o cinto.

"Odeio quando ele faz isso", resmungou Ute. "Não consigo nem mais colocar as compras no banco da frente. É como se fôssemos todos um bando de crianças, com essas máquinas do caralho dizendo o que podemos e o que não podemos fazer. Ridículo, absolutamente ridículo."

Ute Sauer.

Quando a conheci, ela tinha dezessete anos, morava na Berlim Oriental e seu pai havia sido preso pela Stasi.

Leve-me para além do muro, ela dissera, e meu corpo é seu.

Será meu, respondi, talvez não da forma que você esteja pensando.

Alguns anos depois o Muro caiu, mas Ute continuou nos registros do corretor local do jeito que era — uma pele limpa e bem disposta, perfeita para habitações de curto prazo ou viagens rápidas de reconhecimento. Ela cobrava um valor por hora para seu corpo, e permitia que usassem seu carro com a promessa de não ultrapassar o limite de velocidade ou estacionar em fila dupla. Corpo ideal para se vestir enquanto não se passava para algum outro, Ute tinha orgulho de sua dignidade, saúde e discrição. Quando saí de Berlim ela ficara no catálogo de Hecuba, levando mensagens aos fantasmas pela cidade, esperando nas calçadas como Will esperava por mim em LA. Mas Ute fizera disso uma profissão.

Agora seguíamos por Zehlendorf enquanto o sol se erguia sobre a copa das árvores. "Preciso buscar as crianças na escola às duas e meia. Isso vai demorar muito?" perguntou.

"É possível. Tentei falar com Hecuba, mas ninguém respondia."

Cabelos ruivos, rosto quadrado, Ute deve ter sido uma criança teimosa, transformada agora numa mãe decidida. "Hecuba morreu", falou. "O escritório foi invadido e depenado."

"Quem fez isso?"

"Não sei. Não procurei saber. Tenho filhos, agora."

"E você está segura?"

"Ninguém veio atrás de mim, se é o que quer saber."

"É exatamente o que quero saber."

"Então sim, estou segura."

"Consegue reconhecer meu corpo?" perguntei.

Olhou-me de esguelha. "Não. Nunca o vi antes. Deveria?"

"Não", suspirei, afundando-me no assento. "Não deveria. Preciso de um lugar onde deixar este corpo por um tempo."

"Por quê?" Sua voz era mais dura que o asfalto sob o carro.

"Não creio que este corpo vá lhe oferecer perigo — seu alvo primário sou eu. Mas ele tentou me matar, então se você tiver algum problema com isso, tudo bem, basta dizer e eu vou embora, sem mágoas."

Seus lábios se contorciam enquanto ela engolia, saboreava e digeria aquela ideia. Então, uma rápida concordância. "Meu marido é um corretor de verdade. Tem uma casa onde podemos deixá-lo. Podemos sedá-lo?"

"Sim."

"Ótimo. Largamos o homem lá, sedado, você faz o que precisa fazer e eu vou buscar as crianças às duas e meia. Estamos entendidos?"

"Estamos. Obrigado."

"Não vou cobrar nada. Você... e eu temos um acordo. Por serviços antigos."

"Isso é muito gentil."

"Duas e meia", concluiu. "O tempo está passando."

A casa era uma construção em madeira e vidro com janelas arquitetonicamente imensas, construídas frente a sacadas de terracota. Quartos vazios aguardavam por pessoas felizes, o branco das paredes era resplandecente demais para ser manchado, a cozinha arrumada demais para que se cozinhasse nela, e o banheiro era todo preto em pedra polida. Procurei em minha bolsa pelas algemas e pelo kit médico com agulhas e lâminas que Coyle carregava. Arregacei a manga, desinfetei o braço e amarrei o torniquete para que a veia saltasse, injetando o sedativo direto no sangue. O líquido era frio ao ser injetado, mas quente ao se espalhar pelo organismo. Algemei meus braços para trás, em volta de um aquecedor, enquanto Ute se livrava da agulha. Ajoelhou-se a meu lado e perguntou "Está funcionando?"

Soltei um risinho, sem saber por quê. Uma contração que talvez fosse um sorriso — e eu ainda não a tinha visto sorrir — cruzou seus lábios. "Vou tomar isso como um sim", disse, esticando a mão sobre a minha. "Vamos?"

"... passear?"

Sua voz, minhas palavras.

Baixei os olhos para Nathan Coyle enquanto ele abria os seus. Tirei um rolo de fita isolante e um par de meias da bolsa, enfiei as meias em sua boca e enrolei a fita enquanto um berreiro tentava escapar de seus lábios. O corpo de Ute estava bem mais velho do que da última vez que o vestira, com os joelhos estalando e as cartilagens afiladas.

Coyle bateu o pé, tentando se soltar do aquecedor preso à parede. Seus olhos giravam sem foco, e ele tentou berrar outra vez, o som se deteriorando antes mesmo de se formar.

"Tchau", eu disse a seus olhos revirados.

Voltei para a cidade no carro de Ute. Era inimaginável que ela tivesse sequer um pontinho na carteira de motorista, e a ideia de estragar isso me infligia um terror infantil. Ser multado com o corpo de alguém e ir embora sem pagar a multa seria o cúmulo da grosseria.

Sentia meu peito um pouco dormente, com um peso que não podia explicar. Não era dor, nem desconforto, nem arrepios ou alguma coceira. Já ia na metade de Schönhauser Allee quando percebi que era o vazio deixado pela cicatriz de uma cirurgia, um lugar de onde a carne fora arrancada. Se eu tivesse prestado qualquer atenção a isso, meus sentidos seriam tomados, mas a necessidade de dirigir com prudência e não incomodar nenhum dos guardas absolutamente pedantes de Berlim impedia que eu compreendesse aquilo.

Ute não me falara de suas cicatrizes, e eu não iria perguntar.

Estacionei numa esquina de Pankow, deixei a chave no contato e esperei passar um executivo de pele escura. Seu cabelo era curto, a camisa era longa, os sapatos, vistos, e quando passou eu disse "Com licença, o senhor poderia me informar as horas?"

Seus passos vacilaram enquanto ele pensava no que responder, e assim que olhou para o relógio eu tomei seu pulso e saltei.

Ute cambaleou um pouco, apoiando-se na lateral do carro. Segurei-a pelos ombros, derrubando a maleta no chão, e esperei seus olhos retomarem o foco.

"Fazia... tempo", falou.

"Você está bem?"

"Estou. Eu... estou bem. Como estamos de tempo?"

"Tranquilos. E obrigado."

Conferiu o relógio, abrindo e fechando as mãos enquanto recuperava o foco. "Posso esperar mais uma hora. Se você precisar de mim."

"Eu me viro. O importante era me livrar de Coyle."

"É o nome dele?"

"Não", respondi. "Mas serve."

Olhou-me de cima a baixo, avaliando meu corpo, e disse "Este é seu estilo agora?"

"Não", rosnei, apanhando minha maleta com ar zangado. "E tenho pé de atleta."

Ruas caprichosas com casas caprichosas. Uma padaria caprichosa, com bandejas vendendo pães no capricho. Carros, caprichosamente estacionados, e bicicletas buzinando polidamente. Berlim é uma cidade que sabe como manter as aparências.

Caminhei algumas quadras até um prédio amarelo bem ajeitado, em uma esquina com o ângulo reto perfeito. Segui por um caminho pavimentado com latas de lixo margeando, papel, metal, plástico e orgânicos, até uma grande porta azul. Olhei os nomes no interfone. Alice Mair não tinha se incomodado em disfarçar o dela.

Ouvi rodinhas sobre o pavimento. Virei-me e avistei uma senhorinha atrás de mim, com um carrinho de compras na mão, a cabeça encoberta por um chapéu. As costas curvadas deixavam sua cabeça quase na horizontal, tombando de seus ombros, e abrindo caminho para que passasse eu a vi mexer nos bolsos procurando as chaves. Com um breve arrepio de tensão, estiquei a mão para tocar na sua.

Odeio ser velho.

Trocar de pernas que praticamente dançam para um quadril com deficiência de cálcio e quase nenhuma esperança de melhora é receita fácil para a desgraça. Dei um passo e quase caio, julgando mal a estabilidade de meus ossos. Dei outro passo um pouco mais cuidadoso e senti tremores percorrendo meus joelhos e chacoalhando minha espinha. Eu tinha a mão direita fechada nas chaves em meu bolso, e quando a puxei para fora vi dedos trêmulos, a pele frágil feito folha seca. Meio curvada para enxergar melhor as chaves, com dor nas costas, ocorreu-me que derrubá-las agora seria uma pequena catástrofe.

Atrás de mim, um homem confuso de maleta danificada cogitava me perguntar onde ele estava, como chegara até ali, mas quem perguntaria qualquer coisa a velhinhas debilitadas?

· · ·

Alice Mair morava no terceiro andar.

Peguei o elevador, deixando o carrinho no patamar.

Toquei a campainha uma, duas vezes. Ninguém respondeu. Pensei em bater na porta, mas meus punhos pareciam ocos e meu braço não tinha mais força que um rolo de papel debaixo da chuva.

Toquei de novo.

Uma voz respondeu em alemão. "Já vai."

A porta se abriu um centímetro, com a corrente de segurança ainda presa. Assumi um sorriso bobo, todo dentaduras, e perguntei "Você por acaso viu minhas chaves?"

Um olho, apenas, azulzinho, espiava pela fresta da porta. "Suas... chaves?", perguntou.

"Elas estavam aqui", expliquei. "Mas eu as perdi."

O olho refletiu.

Qualquer um sabe que fantasmas são vaidosos. Por que seríamos diferentes? Ouvi dizer que os idosos não percebem a idade chegando até que estão tomados por dores, possivelmente da mesma forma pela qual um asmático julga que sua dificuldade em respirar é a mesma enfrentada por todos os homens. Nenhum fantasma jamais escolhe ser velho.

"Um instante", a voz falou.

Ouvi a corrente sendo tirada, e a porta se abriu completamente. Uma mulher, quase um metro e setenta, cabelos loiros curtos e algumas sardas nas bochechas coradas, vestia camiseta de ginástica e shorts de lycra. Quando abria a boca para dar algum conselho caridoso à vizinha de terceira idade, de pé à sua frente, sorri meu sorriso mais sublime e a peguei pela mão.

Não acho que ela teve tempo de ter medo.

"Senhora", falei para a idosa atordoada a minha frente, "posso ajudá-la a levar as compras até sua casa?"

45

Impressões do corpo da mulher chamada Alice Mair.

Bons dentes, com branqueamento artificial. Bons cabelos. Sobrancelhas levemente delineadas, sem pinça. Canelas formigando, talvez resultado de muita corrida no frio. Os olhos parecem bons, e ela calça tênis confortáveis. Nariz coçando. É um alívio ser jovem de novo.

Tranco a porta às minhas costas e vasculho o apartamento.

Paredes pintadas de quase-branco, que os decoradores provavelmente intitularam "pérola". Móveis desmontáveis, cortinas creme cobrindo as janelas. TV de tela plana e um par de revistas sobre boxe feminino e a má situação dos ursos-polares. Na parede, uma série de pinturas semi-impressionistas, compradas em alguma promoção de arte irrelevante. A cama de Alice estava feita, com um jogo de edredom e fronhas combinando, e o laptop na cozinha, perto de uma caneca de café morno, estava bloqueado com senha. Levei a mão à cintura, sem encontrar nenhum bolso, e logo achei o telefone sobre o micro-ondas. Também estava bloqueado a senha.

Abri gavetas, folheei livros e papéis velhos, procurei no lixo e no cesto de recicláveis sob a pia. Não havia fotos de amigos, endereços, nem listas de presentes de Natal comprados para ninguém, o que seria bem útil. Nada de documentos, prospectos de viagem, férias — nada no apartamento indicava o menor sinal de existência externa, a não ser, claro, a pistola nove milímetros no criado-mudo. Alice não levaria prêmio nenhum por hospitalidade.

Sentei-me em um sofá acolchoado, numa sala toda creme, bebendo o resto do café de Alice e tentando pensar em algo.

De todos os caminhos à minha frente — e não eram uma rodovia de alternativas — apenas um parecia ter qualquer mérito particular. Ainda assim, era um mérito questionável.

Ir embora?

Não havia razões para Alice Mair ter qualquer ideia de minha ocupação em seu corpo. Eu poderia bater à porta da senhorinha, continuar a conversa do exato ponto em que paramos, me despedir e ir embora. Alguém acabaria encontrando Coyle. Eu estaria bem longe quando finalmente se dessem ao trabalho de me procurar.

E em algum lugar de Istambul, Josephine Cebula seria enterrada como indigente, e o homem que não parecia ter mais nada a dizer além de Galileu, Galileu, Galileu escaparia ileso.

(Uma garotinha em São Petersburgo — Se tocar nele, arranco seus olhos fora e dou de comida a meu gato.)

Peguei o telefone de Alice, tirando a bateria, agarrei seu laptop e, depois de pensar um pouco, também um casaco grosso, carteira, o cartão de transporte e a arma, dirigindo-me para a luz fria do dia.

Fantasmas são vaidosos.

Também somos consideravelmente ignorantes.

Deseja ser um cientista espacial? Sequestre um por alguns dias, e se alguém lhe fizer qualquer pergunta, responda que "precisamos de mais dados".

Deseja ser presidente dos Estados Unidos? Ele cumprimenta um batalhão de gente em seu caminho através das recepções, e se você for uma menininha fofa num vestido rosado suas chances de receber o aperto de mãos presidencial é bastante maior. O mesmo pode ser dito sobre os papas, muito embora a linguagem corporal necessária para uma possessão papal seja bem mais complexa que para a Casa Branca.

Deseja ir para a universidade? Semana de recepção dos calouros — meu Deus, a semana das calouradas! Oportunidade gloriosa de ter contato de pele com pele — uma multidão de desconhecidos, todos longe de casa. Pegue o que estiver mais à mão e se poupe o sacrifício de ter realmente que tirar notas altas para estar ali.

O que não significa dizer que nunca tentamos. Eu tenho vários diplomas de instituições renomadas, e quase metade de uma graduação em Medicina. Qualquer culpa que eu sinta por ter privado meus hospedeiros das experiências universitárias desaparecem quando penso que os diplomas com distinção que consegui para eles são ótimas marcas acadêmicas, muito melhores que as DSTs ou notas médias que teriam sem minha intervenção.

Apesar de o autoaperfeiçoamento ser uma ideia ridícula para quem, como nós, troca de corpo como quem troca de roupa, deixando todas as conquistas para trás no momento do salto, não sou um completo ignorante.

Pelo menos conheço minhas limitações.

Não sou, por exemplo, um hacker.

Christina 636 — Ok, preciso de sua ajuda outra vez.

Spunkmaster13 — Aeeeee! Bora beber!

46

Johannes Schwarb.

Encontrá-lo frente a frente me trouxe as memórias desconfortáveis dos poucos minutos que passei em sua pele — do álcool, das drogas e das porradas num beco escuro.

Estávamos no McDonald's da Adenauerplatz, onde os cafés quase mediterrâneos, bares teutônicos e os saldões de roupas por todo lado de Kurfürstendamm encontravam prósperos escritórios jurídicos, apartamentos enormes de banqueiros magnatas e táxis nunca disponíveis.

Os sanduíches eram péssimos, e o McCroissant nem merece ser mencionado.

Quando Schwarb — Spunkmaster para os íntimos — entrou, quase não o reconheci. Trajava um terno risca de giz preto, tinha os cabelos emplastados para trás e o rosto perfeitamente barbeado. O pequeno brilhante que carregava na orelha direita parecia a triste tentativa de radicalismo de um homem que havia muito vendera sua revolução em troca de investimentos seguros. O fato de ter pedido um hambúrguer duplo com batatas extra, maionese extra, *tudo extra, isso aí!*, combinava mais com ele, e quando sentei a seu lado ouvi "Meu Deus do céu! Você é *gostosa de novo*! Você... você... você..." Gesticulava afoito, e na falta de algo melhor, completou: "Você está um tesão!"

"Como tem passado?"

"Eu? Tudo fantástico. Estou de patrão aqui, sabe como é?"

"Pensei que fosse um consultor financeiro."

"Um consultor financeiro independente", corrigiu. "Um *tremendo* de um consultor financeiro independente."

"Eu tinha a impressão de que esta era uma posição respeitável, de responsabilidade, com horário fixo..."

Apertou o hambúrguer com a palma da mão, criando uma gororoba de vegetais esmagados contra carne processada. "Recebo trezentos e cinquenta euros por hora para falar às pessoas um monte de coisas que descobririam sozinhas na internet. Tipo, claro que sou bom nisso, sei do que estou falando, mas esses mauricinhos, riquinhos de merda, querem tudo na mão, sabe? Querem retornos enormes por investimentos de baixo risco, daí eu digo que é preciso diversificar."

Devia haver algo incrédulo em meu rosto, porque ele completou "Ei! Está precisando de consultoria financeira?"

"Não mesmo."

"Tsc. Está precisando desses lances de computador, não é? A era digital, século vinte e um, pá!" Antes que eu pudesse responder, ele pegou seu hambúrguer e deu uma mordida digna de um tubarão.

Esperei a calmaria e então falei: "Preciso de três coisas. Acessar um laptop, acessar um celular e provavelmente acessar alguns aparelhos com senha também."

"Provavelmente?"

"Quase certeza."

"Tá. Não podemos fazer isso remotamente? Alô, globalização."

"Ainda nem sei onde estão esses computadores."

"Certo..."

"Mas estou certa de que consigo chegar neles, assim que souber onde estão."

"Tá..."

"Você não pode simplesmente me arrumar um pendrive ou algo assim?"

Seu olhar era de assombro técnico. "Você não faz ideia do que está falando, faz?"

Percebi que, de forma involuntária, eu pestanejava. "Por isso vim atrás de um especialista."

47

O sol se punha quando deixei Schwarb, os dedos de Alice roxos de frio. Eu tomara chá enquanto ele remexia no laptop e no celular, fuçava com softwares, xingava e praguejava e fazia o equivalente tecnológico de invocar demônios sábios e espíritos habilidosos que o ajudassem na tarefa.

Depois de desbloquear o laptop, focou-se em desbloquear o celular.

Sentada, com o computador de Alice sobre o colo, vasculhei e-mails, sites de notícias e uma pequena, mas respeitável, coleção de joguinhos de estratégia.

Sua conta de e-mail era pessoal, não profissional.

Uma irmã em Salzburgo anexara uma foto escaneada. Uma seta apontava para algo na imagem granulada, um borrão branco que poderia, dentro de um tempo, desenvolver cabeça, um par de pernas e um dedão que sugava no útero materno.

Um encontro da turma da faculdade. Faz dez anos que nos formamos, vocês acreditam? Não é incrível? Vamos beber umas e relembrar os velhos tempos.

Uma série de solicitações e notificações — tal pessoa em tal rede social enviou uma solicitação de amizade. Tal desconhecido quer compartilhar este arquivo. Não sei mais qual pessoa curtiu seu perfil de relacionamento. Você utilizou um nome falso e se habilitou como administradora da conta, mas a foto que postou de si, Alice Mair, é belíssima. Está com um vestido azul e parece surpresa com sua própria feminilidade, deslumbrada com a própria liberdade, com a própria singeleza, um instante capturado pela câmera.

A história de vida de Alice está no computador, pronta para ser lida.

A história de seu trabalho, por outro lado, não.

Apenas um arquivo, ainda marcado na pasta de downloads recentes. Ela não o havia deletado. Abrira-o a partir de uma pasta temporária e depois esquecera que estava ali.

Um vídeo.

A câmera de segurança capturou, por um momento, uma mulher encapuzada e de minissaia. Ela tira os sapatos de salto alto e os carrega pelas tiras, entre os dedos abertos da mão esquerda. Está a caminho de um rio, talvez de um canal. A água é plácida e a margem, bastante baixa. É fácil ver deste ângulo. Caminha rápido, depois mais lentamente, parecendo temer a lente da câmera de segurança que a registra. Olha para cima, para os lados, e sorri para o que vê. Sorri para a câmera. Tem as mãos manchadas com algo escuro. Ajoelha-se na frente da câmera e corre a mão pelo asfalto. Às vezes para, levando os dedos até a palma da mão, em torno do pulso. Está escrevendo. Tinta seria mais densa que aquilo, e esmalte seria mais ralo. O líquido que corre por sua pele, escurecendo sua roupa, espalhando-se em seu rosto, é bom o bastante para aquela tarefa. Não é seu próprio sangue, motivo pelo qual às vezes para, raspando com os dedos os vestígios que estão sobre seu corpo.

Quando se levanta, as palavras escritas ficam razoavelmente visíveis.

Gosta do que vê?

Os olhos de Josephine Cebula encaram a câmera, fazendo a pergunta que está riscada a seus pés.

Ela vai embora.

Confiro a data e hora registradas no vídeo.

Schwarb também olha, procurando por alguma falsificação na imagem.

Procuro pelos arquivos relacionados, encontrando uma lista de nomes.

Tortsen Ulk, Magda Müller, James Richter e Elsbet Horn.

Mortos em Frankfurt. Suas mortes não foram esclarecidas; não foi homicídio ou roubo seguido de morte que os levaram. Eles sofreram antes de morrer, e o assassino desfrutou da experiência.

Coyle havia culpado Josephine, mas eu estudara sua vida e sabia que ela não tinha feito nada.

Um rosto congelado na tela encarava a câmera.

Gosta do que vê?

Fechei o laptop, pedindo a Schwarb que o mantivesse escondido.

"O que pretende fazer?" perguntou.

O sol se punha quando deixei o escritório. Tinha um pendrive no bolso, a capinha de borracha no formato de um pinguim alegre, sorrindo e acenando.

Entrei em uma loja de departamentos no extremo leste da Kurfürstendamm. Quando o Muro caiu, os berlinenses orientais acorreram feito estouro de manada para estes santuários do consumo. Suas prioridades eram claras: sabonetes perfumados e meias macias. Comprei uma calça, vestindo-a sobre o short de lycra. Tudo bem ter a aparência de quem está pronto para correr a maratona, mas bolsos são incrivelmente úteis.

Comprei dois celulares vagabundos com um pouco de crédito em cada, indo dali em direção a Potsdamer Platz, ainda mais a leste. No antigo Checkpoint Charlie havia um museu construído em homenagem ao grande Mauer,* que devorara suas vítimas inteiras, mas de Potsdamer Platz era difícil acreditar que o monstro de concreto havia sequer existido. Fachadas envidraçadas refletiam a luz; telões de LED brilhavam o tempo inteiro através das curvas salientes dos edifícios; o som de vozes chocava-se com o ruído de passos marchando pelas vitrines das lojas e com os atendentes dos restaurantes, de portas abertas, gritando para oferecer seus pratos de sushi, comida tailandesa, chips de camarão, quentão, guisados, bolinhos e vodca. Sob o teto de aço do Sony Centre, seu único propósito era comprar, gastar e se divertir, do jeito mais alegre e pródigo possível.

Com o inverno chegando, as autoridades haviam construído não apenas um rinque de patinação, mas também uma pequena rampa de esqui e uma "Cidade do Inverno", onde crianças gritavam e casais nervosos temiam pela saúde de seus tornozelos. Comprei um bilhete para a pista de patinação, e fui pega desprevenida quando perguntaram o tamanho de meus patins.

"Você... quer conferir?" perguntou a mulher do balcão, quando meu silêncio começou a se estender demais.

"Obrigada", murmurei. "Sempre me esqueço disso."

Um par de patins depois, estava sentada em um banco de madeira na lateral da pista, enquanto uma música tocava e luzes vermelhas pipocavam pelo gelo. Centenas de pessoas já patinavam, luvas grossas nas palmas erguidas. Não havia profissionais. Profissionais não apareceriam em Potsdamer Platz nem que os pagassem. Adolescentes se agarravam uns aos outros como apoio, gritando quando alguém caía, caindo imediatamente sobre o vizinho que tombava no seguinte, até que, com um ruído de metal rasgando o gelo, o bolo inteiro ia ao chão, de pernas para o alto e bunda na pista, chorando de rir. Nas beiradas da pista ficavam aqueles que não queriam patinar, que nunca quiseram patinar,

---

* Muro. O Checkpoint Charlie Museu tem este nome por causa do famoso posto de fronteira Checkpoint Charlie, já que o museu se localiza a poucos metros do antigo posto de controle entre Berlim Ocidental e Berlim Oriental. O Checkpoint Charlie Museu documenta a história do muro e as diversas fugas e tentativas de fuga para o lado ocidental.

que mesmo agora não queriam, agarrados às paredes e arrastando um pé na frente do outro enquanto seus colegas mais capazes passavam — vuuum! — de um lado para o outro.

Dei o último laço em minhas botas, apalpei os bolsos para conferir se tinha tudo de que precisava e liguei o celular de Alice.

Notificações começaram a aparecer — chamadas perdidas, mensagens recebidas. Uma dúzia, no total. Coloquei o telefone no bolso e segui para a pista de gelo. Juntei-me à multidão em ciranda, rindo quando eles riam, virando quando viravam, com aquela sensação de companheirismo que só é sentida quando se faz algo ridículo junto a pessoas tão ridículas quanto você. Naquele momento eu amava Berlim, amava o frio, o gelo sob meus pés, a risada em minha garganta, bonita e vibrante, e eu amava Alice Mair.

As melhores coisas da vida não duram para sempre. A realidade interfere como um tiro pelas costas.

Após algumas voltas, o corpo esquentando sob o casaco, mesmo com o rosto dormente, senti o telefone tocar. Deslizei até a beirada da pista e atendi.

"Alô?"

"Onde caralhos você se meteu?" uma voz ladrou — masculina, irritada, um sotaque francês carregado marcando o alemão.

"Potsdamer Platz. Patinando."

"Fazendo o quê?"

"Gosto de patinar. É revigorante. Também fiz compras, comi um lanche, passeei um pouco…"

"Do que você está…"

"Deixe-me explicar", atalhei. "Alice não está, no momento."

Silêncio.

"Quem é você?" por fim perguntou, num sopro.

"Seus documentos me chamam de Kepler", respondi. "E são documentos cheios de mentiras. Em quinze minutos, se você não estiver neste rinque de patinação com uma cópia de *Frankfurter Allgemeine* sob o braço esquerdo, Alice Mair vai cortar os pulsos."

"Estou a meia hora daí."

"Vejo-o em quinze minutos", retruquei e desliguei o telefone.

Patinei por mais alguns minutos e notei que estava sorrindo.

48

Dez minutos após o corpo de Alice atender o telefone, cambaleei, rocei os dedos na nuca de uma mulher à minha frente e troquei.

Em quinze segundos eu já estava a quatro corpos de distância e me dirigindo à saída.

Alice Mair ficou parada onde a larguei, no meio da multidão, com o telefone no bolso e um desconhecido perguntando se estava tudo bem. Ela não se mexia. Estava congelada, cravada no lugar, de onde sairia apenas com muito esforço. Uma mulher mais congelada do que a pista onde pisava. Seus olhos olhavam para o vazio, e quando o estranho perguntou novamente Tudo certo?, A senhorita está bem?, seu olhar se voltou para a mulher que a segurava pelo cotovelo, e ela não disse nada.

Sentei-me para descalçar as botas e descobri estar usando meias grossas com estampa de renas e flocos de neve, e quando levantei novamente o olhar vi que os ombros de Alice tremiam, lágrimas ameaçando aflorar.

Observe: um pensamento lhe vem à mente e ela ergue a mão para tocar o próprio rosto, parando antes, insegura de fazê-lo.

Observe.

Ninguém demonstra aversão a ela. Não há dor. Talvez seu corpo não tenha sido maculado. Então lhe surge a verdadeira pergunta.

Quanto de sua carne eu devo ter violado?

Lá vem outra.

Quem, exatamente, violou seu corpo?

Enquanto o mundo gira a seu redor, ali parada no gelo, ela não ousa encarar tais perguntas.

Alice Mair.

Não vai chorar.

E pronto — um pensamento seguinte, veja como desponta da escuridão de seus olhos — eu devo estar por perto.

Quem a segurava pelo braço quando abriu os olhos?

Quem a está vendo?

Quem foi embora?

Ela se vira, as pernas tremendo sobre os patins, e procura por mim. Estou aqui, sentada e desamarrando as botas, batendo os patins um no outro e criando uma chuva de gelo. Fico satisfeita por ela, que num instante descobrirá o celular no bolso e, parando, vai pensar que...

lá vamos nós. Ela pondera, e não pega no telefone. Esperta, porque a criatura horrível que vestiu seu corpo como roupa velha pode ter feito coisas, não sabe bem o quê.

Agora que está retomando o controle de si, confere uma última coisa — as horas — para saber quanto tempo, quantos dias passaram desde que seu corpo foi tomado, e quantos minutos desde que fora solta? Haveria algum tipo de sensação de mim? Algum instinto residual que a diria onde estou e...

Não.

Não há nada.

Nem existe ninguém mais humilhado, destroçado e solitário que a mulher que se arrasta até a borda do rinque, joelhos tremendo nos patins alugados. Abaixa-se com cuidado até a beirada de um banco, então leva as mãos ao rosto e tenta esconder o choro que só cresce.

Sinto uma pontada de...

... quase nada, na verdade.

Já vi isso tudo antes.

Salto da minha menina de meia de renas para um homem de camisa xadrez; dele para uma mulher digitando mensagens de texto românticas, depois para o homem de moletom verde que esfrega o chão molhado na beirada do rinque. Vai servir. É parte da paisagem.

Esfrego, e quando ergo os olhos vejo um homem parado atrás de Alice, com uma cópia de *Frankfurter Allgemeine* sob o braço esquerdo. Ele a observa. Tem as bainhas da calça para dentro das meias, presas por grampos amarelos, típicos de ciclistas. A camisa também para dentro da calça, o cinto bem apertado. Suponho que, sob aquela roupa toda, ele deva trajar uma segunda pele de lycra. Usa várias luvas, umas por cima das outras, enfiadas sob a manga do casaco. A única parte visível de sua pele é o rosto, mas mesmo este é emoldurado por cachecol e chapéu.

Imagino que ele deva estar com bastante calor sob toda aquela proteção.

Imagino que é muito improvável que tenha vindo sozinho.

Termino de enxugar o chão, torço o esfregão no balde e me viro para seguir meu rumo até a porta. Percebo um dos parceiros de Alice na saída, sem nem me esforçar. Não há muita gente que vem de terno e gravata para um rinque de patinação. Ao lado dele, outro homem. Trabalham em equipe, um supervisionando o outro. Precaução sábia. Passo pelo balcão arrastando os pés e sorrindo para a recepcionista, que resmunga em resposta.

No tumulto de fora do rinque, avisto mais dois camaradas de Alice. Passo por eles sem sequer olhar para o lixo fedido onde eu escondera o saco plástico com a carteira e a arma de Alice, além de meu telefone reserva. Alguém havia jogado salada de repolho sobre ele. Faço uma cara de asco, limpo o saco plástico e, quando um segurança se aproxima, digo "Com licença, senhor?" e seguro seu pulso.

Agarro o saco plástico antes que caia, sorrio gentilmente ao rapaz atordoado, com a mão ainda em meu pulso, e me afasto.

Eu comprara dois celulares.

O outro estava no bolso de Alice.

Tirei o telefone da sacola e disquei um número.

Em algum lugar em meio ao povo girando na pista de gelo, um celular tocou.

Talvez ainda estivesse no bolso de Alice.

Tocou por bastante tempo, até que...

Uma voz masculina, a mesma que atendera antes: "Sim?"

"E aí?", falei, carregando no alemão. "Encontrou-a, então?"

"Pensei que você quisesse conversar."

"E eu quero, eu quero. Conversaremos, sim. Parece que você veio com amigos."

"O que você quer, Kepler?"

Puxei o ar entre os dentes cerrados. "Sete dias atrás, não queria nada. Nada mesmo. Só paz e tranquilidade para viver minha vida, qualquer que fosse ela. Vocês fizeram com que eu mudasse de interesses. Estou com Coyle."

"Prove."

"Cicatriz na barriga, diz ter visão perfeita, está completamente enganado quanto a isso, não gosta de geleia, tinha quatro passaportes e um kit de matador no porta-malas do carro, atirou em minha hospedeira na estação Taksim sem hesitar. Também quer saber o número de seu tênis?"

Silêncio, uma pausa, um sopro, o som dos patins na pista, pop vagabundo e gritos alegres em segundo plano. "Diga o que você quer."

"Quero saber por que Josephine Cebula morreu."

"Você já sabe. Estava lá."

"Li seus arquivos. Estava com esperanças, entretanto, de que você fosse de um escalão alto o suficiente para saber por que esses arquivos estão mentindo."

"Não estão."

"Eu mato Coyle", falei, "se isso for necessário para conseguir sua atenção. Quem é Galileu?"

Uma inspiração lenta, um recuo. "Por que Galileu?"

"Como tudo relacionado a minha raça, é pessoal."

Alguém cutuca meu ombro. A voz de uma mulher pergunta Com licença, o senhor sabe dizer onde encontro um banheiro?

"Muito bem", veio a voz do outro lado do fone. "Você deixou sua posição bem clara."

Outro tapinha em meu ombro, O banheiro, por favor, sabe onde fica o banheiro?

Já me esquecera de que era um segurança, mas quem é que pergunta a direção do banheiro a um segurança?

Senti uma pontada quente na pele, do lado direito das costas. Por um instante, considerei ignorar aquilo. Uma irritação, nada de mais. Então meu joelho esquerdo cedeu, e enquanto cambaleava eu senti algo duro rasgando caminho entre carne e osso.

Droga.

Procurei por peles, mas só encontrei escuridão.

49

Sedativo indo embora de meu corpo.

O segurança que visto é um homem grande, fortão. Ele aguenta um nocaute. O fato de estar preso a uma cadeira, dentro de uma caixa de vidro em algum lugar desconhecido, entretanto, talvez não o deixasse contente, se estivesse a par da situação. Felizmente não está.

Creio que subestimei os colegas de Coyle.

Será que eles identificaram a troca ou rastrearam a amnésia?

Eu devia ter sido mais cauteloso. Deveria ter saltado em algum velho, ou numa criança, talvez em alguém com joelhos fracos. Ninguém procura fantasmas em um corpo com artrite.

Avalio minha prisão, e as opções que tenho. Ela é toda de vidro, com painéis indo do chão ao teto. Em volta dela, uma sala maior, de concreto, engaiola minha cela transparente. Uma porta de metal vermelho leva dali para fora, para algum lugar que não sei onde. Há uma lâmpada fluorescente sobre minha cabeça — alta demais para ter alguma utilidade. O homem armado à porta veste uma roupa de proteção completa. Luvas de borracha, macacão e botas de borracha, um visor de plástico. Está vestido para um desastre. Não encontro um milímetro de pele à mostra, e todas as bordas da roupa estão presas com fita. Seria quase cômico, em outra situação.

Devem ter avisado que acordei, porque a porta de metal, com uma janelinha gradeada, se abre por fora e outros dois captores de macacão completo entram. Posso dizer quem são os dois, usando os nomes aos quais respondem: Eugene, Alice.

"Poderiam me arranjar um copo d'água?" pedi.

Ninguém pareceu nem um pouco incomodado em me atender. Nenhum deles entrou pela porta de minha prisão transparente, mas Eugene a circundou pela esquerda, e Alice, pela direita.

"Kepler, não é?"

A voz de Eugene. Estiquei o pescoço bem em tempo de vê-lo sumir de meu campo de visão, seguindo pela passagem entre as paredes de concreto à esquerda e as de vidro à direita. Truquezinho barato. Esse tipo de joguinho evidenciava uma mente sem muita confiança no próprio poder de intimidação. Parecia ruim. A insegurança costuma ser mãe da agressão.

"É um nome tão bom quanto qualquer outro."

"Onde está Coyle?"

"Não."

"Não?"

"Você quer Coyle, eu quero liberdade. Nossa situação realmente não mudou."

"Você subestima sua importância para nós, Kepler", e lá estava ele outra vez, de volta a meu campo de visão, uma vespa rondando a presa. "O bem-estar de Nathan é de grande importância — naturalmente — de grande importância, e faremos o possível para protegê-lo. Mas você — você é ainda mais importante, e estou certo de que ele falou disso, caso você tenha se dado ao trabalho de conversar."

"Conversamos", respondi, dando de ombros sob minhas correntes. "Falamos sobre a vida, o amor, armas e Galileu." Minha cadeira não estava presa ao chão, e estalou quando forcei um movimento.

"Qual seu interesse em Galileu?"

"Se eu contar, você me arranja aquele copo d'água?"

Ele vacilou. Todo bom negociador precisa saber que, não importa quantas cartas possua na mão, ainda assim precisa manter o jogo. "Não temos nenhuma intenção de que seu hospedeiro sofra sem necessidade."

"Suponho que sua definição de 'sem necessidade' não é a mesma que a minha."

Um suspiro vago. Pobre Eugene, o administrador-chefe, cheio de exigências por todos os lados. Imaginei qual seria sua pressão sanguínea, se sentiria o peso em seus ombros. "Onde está Nathan?"

"Algemado a uma calefação. E amordaçado", respondi. "Por que Josephine morreu?"

"Onde está Nathan?"

"A mordaça é uma bola de meia e fita adesiva. Josephine."

"Você parece se importar demais com uma hospedeira antiga."

"Nós tínhamos um acordo."

"E você permitiria que o corpo que ocupa agora fosse ferido?"

"Não permito coisa alguma", retruquei. "Você faz o que achar que deve, não tenho controle sobre isso. Preciso de um hospedeiro para viver, e morro quando meu hospedeiro morre. Não vamos colocar moralismos sobre a biologia."

"Onde está Nathan?"

"Podíamos nos ajudar. Você e eu."

Eugene parou de caminhar, virando-se para mim. Segurava o pendrive que eu deixara no bolso de Alice. "O que é isto?"

"Uma autobiografia."

"Um vírus, talvez? Alguma coisa mais... complicada? Você mesmo programou ou pediu a seu amigo?"

"Bem, eu sou um fantasma. Todo mundo sabe que somos burros feito uma porta."

"Então você tem amigos."

"Ou amigos de amigos. O tempo passa."

"Você parece gostar da vida social."

"E gosto. É mais fácil conseguir pessoas do que coisas. Você fez exame de corpo de delito?" perguntei a Alice, que perambulava pela extremidade da cela. Seus lábios se estreitaram, o rosto imóvel. "Certamente fez. Mas minha moderação com seu corpo não foi pensada. É que, nesse contexto, sexo seria simplesmente uma perda de tempo absurda."

"Kepler." A voz de Eugene puxou minha atenção de volta a ele. Segurava o pendrive alto, para que eu visse, então jogou-o no chão e, com a sola da bota, transformou-o em pedaços de borracha e silício. "Você *vai* contar onde está Nathan. É sua única finalidade."

Deitei a cabeça para um lado enquanto ele erguia o pé do entulho eletrônico que havia sido quase — mas não totalmente — a obra--prima de Spunkmaster. "Eu poderia lhe contar da vez em que conheci Kennedy", sugeri. Eugene retomou sua caminhada em torno da cela. "Ou dos trinta segundos em que fui Churchill? Deixe-me entretê-lo com histórias sobre os ricos, glamorosos e falecidos. Ou talvez você prefira saber como é *ser*, efetivamente *sentir-se* como um jovem negro e livre ouvindo os sermões de Martin Luther King. Eu o ouvia falar e sabia, simplesmente sabia, que o sofrimento do meu povo não era um estigma, mas uma marca de orgulho, altiva, e que aqueles que haviam tombado não desapareciam, mas eram os gigantes de Newton sobre os ombros de quem nos apoiávamos. Ou talvez não", concluí com tristeza. "Talvez você não tenha interesse no ponto de vista das outras pessoas. Então, que seja. Faça o que quer que pretenda fazer... Quem sou eu?" Tentei dar uma olhada melhor em meu corpo. Algumas cervejas a mais tinham ido parar em minha barriga, numa disputa entre banha e músculos para ver quem levaria a melhor. "Eu tinha alguma identificação?"

"Você alega se importar com seus hospedeiros, mas vai deixar que este agora sofra danos?"

"Tempos desesperados", respondi. "Você vai me ferir, não importa quem eu seja. Talvez a solução mais justa seria eu saltar em um de vocês, não acha? Daí vocês poderiam espancar, sangrar, torturar — o que seja — um de seus próprios funcionários. É mais justo, não parece? Este... seja lá quem eu for... é apenas um passante, enquanto sua equipe se candidatou para o trabalho com total ciência dos riscos..." Detive-me e sorri. "Não, talvez não totalmente cientes. Talvez não. Mas pelo menos com alguma suspeita de que a situação em que estamos agora poderia surgir. Então vamos lá. Que seja você. Estarei bem aqui."

Eugene sorria por trás do visor. Era um sorriso automático, dissimulado. "Saiam todos."

Ele era o chefe.

Todos saíram.

Eugene se agachou à minha frente, uma mão espalmada sobre a transparência da cela.

Aguardei, testando a resistência das amarras em meus pulsos e pés, imaginando quanta força seria necessária para que a cadeira cedesse.

Então Eugene começou a se despir.

Arrancou as fitas que selavam suas luvas às mangas, as botas às calças e o capacete ao pescoço. Liberou a cabeça, agitando os cabelos grisalhos, e abriu o zíper do macacão. Por baixo dele, usava uma camiseta branca. Descalçou as botas, despindo uma perna de cada vez e revelando calças cinza e meias pretas. Suas pernas demonstravam mais velhice que seu rosto, com marcas fundas nas panturrilhas cavando caminho pela perna acima, e o peito magro era uma grande cicatriz esbranquiçada. Não dava para chamar aquilo de pele. Eu nunca vira algo tão escoriado, queimado e cicatrizado como aquilo merecer tal nome. Estirou os braços para mostrar as montanhas de vergões, as queimaduras elétricas correndo pelas costas, descendo pela coluna, parecendo atrofiar suas vértebras em uma cadeia rosada de desfigurações. Seus ombros tinham inchaços, bolas de músculo e osso mal cicatrizados.

Virou-se e virou de novo, para que eu apreciasse completamente o espetáculo. Então esse velho em roupas de baixo me encarou mais uma vez, passando a mão em meu peito e dizendo:

"Gosta do que vê, Kepler?"

(Gosta do que vê?)

"Devia ter visto quem me vestia quando isto aconteceu. Chamava-se Kuanyin, deus da compaixão. Foi numa operação que deu errado. Eu tinha um rasgo na roupa, e ele deu um jeito de enfiar o dedinho pelo buraco. Não me recordo do que aconteceu depois. Tomei três tipos de remédios diferentes, analgésicos. E mijava ácido, respirava fogo. Meu corpo foi violado de todas as maneiras possíveis, e ainda assim Kuanyin não me largava, não falava nada, não fazia nada a não ser berrar e chorar e cagar sangue por três semanas, até que seu espírito foi quebrado e ele implorou para morrer.

"Um antigo colega meu se voluntariou para me salvar. Tinha setenta e dois anos, a esposa já tinha morrido, não tinha filhos, e trinta anos de cigarro tinham deixado seus pulmões em péssimo estado. Veio até onde eu estava e pegou minha mão, e lembro de abrir os olhos e vê-lo sorrindo para mim, um amigo, o homem que me treinou, e então seu sorriso desapareceu e ele ergueu o rosto, e não era mais meu amigo, mas Kuanyin, que tinha a arrogância de se chamar compassivo. Deram dois tiros em sua cabeça, ali mesmo, e o enterraram na cova de meu amigo, com todas as honras de uma vida bem vivida. Foi um fim respeitoso. Espero que você concorde com algo semelhante, quando chegar a hora. Porque vai chegar. Então, Kepler", braços bem abertos, a roupa de proteção a seus pés, "gosta do que vê?"

(Adorei, foi a resposta de Janus. Adorei adorei adorei!)

"Conheci Kuanyin", respondi, falando devagar, os sons familiares saindo por uma língua desconhecida. "Ela era gentil."

"A única gentileza que vi em Kuanyin foi na maneira como ele morreu. Quero que entenda isso. Quero que entenda o que somos. Está entendendo?"

"Sim."

"E está com medo?"

"Sim."

"Então tenha compaixão de si mesmo, se não de mais ninguém. Onde está Coyle?"

Passei a língua pelos lábios. "Uma pergunta..."

"Onde está Coyle?"

"Uma só, e eu conto. Eu conto, e quando estiver tudo terminado você encontra um bom corpo, um doente terminal, e eu parto."

Ele esperava, a carne lacerada e o sopro silencioso.

Fechei os olhos, tentando dar forma às palavras. "Estive pensando sobre Frankfurt. Sua organização estava desenvolvendo um teste, um programa de vacinação — vacina contra mim, minha raça. Quatro pesquisadores morreram, e vocês culparam Josephine — me culparam. Eu estudei a vida dela. Não era uma assassina. Mas quando virei Alice, dei uma olhada em seu computador e lá estava. Uma gravação de um sistema de segurança de Frankfurt, da noite em que Müller morreu, e Josephine sorria para a câmera. Sorria, mas não era ela, nós dois sabemos disso. Não era Josephine, não a *minha* Josephine. Ofereci-lhe um acordo e ela não fazia ideia do que eu era, não sabia o que significava ser vestida. Mas suas câmeras de segurança são de antes de eu conhecê--la, então se ela foi usada, não teve consciência disso. Foi agarrada no meio da noite, talvez pelo homem com quem dormia. Algumas horas se perderam, alguns minutos. Ela fecha os olhos no quarto de hotel onde um desconhecido está hospedado, e quando os abre novamente está no mesmo lugar, apesar de ter as mãos mais limpas do que antes, e de duas ou três horas terem se passado. O relógio está certo?, ela pergunta, e o desconhecido diz Está, está sim, o tempo voa quando estamos nos divertindo, não? E ela sai de lá, sem saber que a pia do banheiro ainda está escoando o sangue de alguém, o sangue tirado de suas mãos."

Eugene passa um dedo pela cicatriz em sua barriga — força do hábito, um tipo de fascinação pela própria carne, os olhos perdidos no vazio, corpo se movendo no automático. "Você ainda não fez sua pergunta."

"Quero que você entenda isso, antes que eu pergunte. Vocês disseram a Coyle que Josephine matou aquelas pessoas sob meu comando, mas que fora escolha dela. Jogaram sobre mim a culpa dos crimes de outra pessoa, sem evidência. Enviaram Coyle — um homem com um histórico — para me matar, e nesse tempo todo tenho pensado em Galileu. Onde ele se encaixa nessa história toda. Porque Josephine não matou ninguém. Investiguei sua vida, não era ela. Mas por algumas horas aqui, outras horas ali, talvez — talvez — seu corpo tenha matado alguém. E o modo como isso foi feito é completamente Galileu. Cada passo. Então, ou você é um mentiroso, dando ordens que não se conformam às intenções que afirma ter, ou é um simples fantoche. Minha pergunta, portanto: você andou perdendo tempo?"

Silêncio.

Ele dá alguns passos.

Vira-se.

Dá mais alguns passos.

Estará pensando na pergunta ou simplesmente em sua resposta?

Anda mais um pouco.

Para.

Diz "Não".

E isso é tudo.

"Tudo bem, então", respondo. "Você é só mais um soldado raso."

Seus olhos dardejam em minha direção, depois se afastam. "Onde está Coyle?"

Os dedos percorrem as cicatrizes.

"Rathaus Steglitz", eu falo.

"Endereço."

Eu dou.

50

A espera na prisão.

É entediante esperar que a agitação comece.

Recordo:

(Gosta do que vê?)

(Adorei! Adorei adorei adorei!)

Kuanyin.

Lembro-me dela como alguém bondoso, mesmo que reservado.

Lembro-me de como ela era, belíssima como uma mulher do Congo, os cabelos presos para trás, as cicatrizes pouco visíveis em seus pulsos, nos pontos em que a lâmina passara, e ela dizendo "Disse que tentaria outra vez".

E o que você fez?

"Ora, tirei-a de lá."

E o que vai fazer quando ela acordar? Kuanyin, deusa da compaixão, o que vai fazer quando a mulher que está vestindo abrir os olhos, e a aflição da qual você fugiu ainda estiver fresca em seu coração?

"Vou abrir seus olhos em um lugar seguro, sem facas por perto", retrucou. "Ela escolheu a morte porque parecia mais simples que a vida. Farei com que seja mais complicada."

Ouvi Kuanyin falar, e fiquei impressionado.

"Gosta do que vê?"

"Você é muito bonita", respondi. "Muito gentil."

Só depois percebi que não havia perguntado quando ela pretendia devolver o corpo.

Também havia Janus, completamente distante da frieza austera de Kuanyin, que se olhava no espelho em um apartamento do Brooklyn e dizia "Adorei!"

Era 1974, e apesar da Guerra Fria se adensando e Nixon se agarrando ao poder com unhas e dentes, havia algo no ar que parecia dizer que aqueles eram tempos de mudanças radicais.

As expectativas de Janus não tinham nada de notável. Suas ambições beiravam o banal — casa, família, uma vida para chamar de sua. Um corpo limpo, sem passado, sem bagagem. Eu só tinha de dar o pontapé inicial.

Eu encontrara a pele na semana de recepção dos calouros na universidade.

"Adorei! Adorei adorei adorei!"

Michael Peter Morgan, vinte e três anos, prestes a começar um doutorado em Economia. Havia se graduado em Harvard, e seus pais, ambos falecidos, haviam deixado uma herança considerável. Sendo um jovem estranho, com cabelos quase impossivelmente pretos, sobrancelhas grossas e ombros que se encolhiam sob os olhares de outros homens, num primeiro momento eu o descartara como opção. Entretanto, olhando com mais atenção por sob o olhar franzido e os punhos cerrados havia um homem lindo tentando se libertar.

No instante em que Janus passou para o corpo, como se vestisse um roupão recém-lavado após um banho quente, minhas suspeitas se confirmaram. Seus ombros se ergueram, o rosto se levantou, os joelhos ficaram firmes e, enquanto Janus se despia na frente do espelho, ele, que um segundo atrás era ela, estufou o peito e disse "Uau, eu faço musculação?"

"Fazia tae-kwon-do em Harvard."

"Pois dá para ver!" festejou, virando o corpo nu de um lado para o outro. Ergueu os braços e forçou os músculos, soltando vivas de satisfação. "Quanto tempo leva para eu ter uma barba? Acha que preciso de barba?"

"Morgan faz a barba a cada três ou quatro dias, não muito bem."

"Acho que vou ficar bem de cabelos grisalhos. Aumenta a masculinidade. Quanto tenho no banco?"

"Cinquenta mil dólares."

"E o que eu faço?"

"Está para começar um doutorado."

"Então tenho qualificações?"

"Muitas."

"Meu doutorado é algo empolgante?"

"Não", admiti. "Suspeito que... não, não muito empolgante."

"Tudo bem, posso viver sem um doutorado. Agora — não consigo ver direito — minha bunda. Diria que ela é firme?"

Dei uma olhada em sua bunda.

"Parece bastante bem."

Deu um tapa estalado na própria nádega, sentindo a carne de seu traseiro, as coxas, a barriga. "Pai do céu", exclamou. "Tae-kwon-do é mesmo foda, não é?"

"Faz algum tempo que você não pratica, mas pensei que gostaria de ver o quanto dos benefícios ainda mantém."

"Pode crer! Sempre acho mais fácil manter a forma quando sou um cara." Seu olhar, percorrendo o quarto de Morgan, parou no guarda-roupa. Escancarando as portas, o queixo de Janus foi ao chão. "Tá certo", resmungou. "Amanhã vamos às compras."

Tentei não demonstrar muito entusiasmo. "Acha que vai ficar com ele?"

Janus respirou fundo, de um jeito melodramático, depois de minha pergunta e antes de seu rosto abrir um sorriso enorme. "Só mais uma coisa: acha que vou ficar bem de amarelo?"

Janus foi Michael Peter Morgan durante trinta anos.

Casou.

Teve filhos.

Viveu bem e, até onde eu sei, não saltou para longe nenhuma vez. Uma vida assim é um luxo que apenas um corretor pode oferecer. É um luxo viver com uma esposa depois de anos difíceis, se preocupar com a hipoteca, ter o privilégio de ir ao médico por causa de uma unha encravada. É uma alegria ter amigos que o amam pelas palavras que diz, pelos pensamentos que tem, e é uma honra ser respeitado pelos feitos que você próprio conquistou. É um nome que se constrói, uma identidade, depois de anos de trabalho inteiramente seus. Algo quase real.

Não sei o que o Morgan original teria feito com sua vida, caso a tivesse vivido.

Perguntas do tipo "mas e se...?" não são problema de um corretor. Gosta do que vê?

51

Não sei quanto tempo levaram para chegar a Rathaus Steglitz.

Para descobrirem que Nathan Coyle, na verdade, não estava lá.

Eugene, outra vez trajado com o esplendor da roupa de proteção, entrou na sala, depois na sala dentro da sala, minha cela transparente, sem dizer palavra. Deu um passo à frente, ergueu a mão direita na altura do ombro esquerdo e com as costas da mão me acertou no rosto, o mais forte que pôde.

Foi mais um tapa que um soco, mas seu choque reverberou até a ponta dos dedos dos pés.

"Onde está Nathan?" quis saber.

Balancei a cabeça.

Ele me golpeou de novo.

"Onde está Nathan?"

E de novo.

"Onde está Nathan?"

No quarto golpe, sua mão se fechou num punho, e o punho atirou minha cadeira para longe, minha cabeça batendo contra o chão, um dente trincando em minha boca, e pensei que aquilo causaria algum aborrecimento a alguém, perder um dente daquele jeito, e a cadeira à qual eu estava preso rangia e estalava sob as amarras.

Cansado de me socar, tentou chutar meu corpo, e na terceira vez que seu pé atingiu meus rins, algo por dentro fez *pop*. A sensação de uma faca em brasa, e a quentura de fluidos se espalhando por lugares do corpo onde não devia haver fluido algum.

Se parasse de me bater, eu provavelmente encontraria alguma motivação para responder sua pergunta. Do jeito que as coisas se desenrolaram, ele não parou, eu não pude responder nada, e quando pisoteou meu dedinho com tamanha força que o quebrou, pensei que Eugene estava deixando seus problemas pessoais interferirem com sua integridade profissional. Então ele pisou de novo, e eu basicamente não pensei mais nada.

"Onde está Nathan?"

Eu ofegava. "Steglitz. Está em Steglitz."

Eugene chutou novamente.

"Steglitz!"

Agarrou um punhado de cabelos, a mão enluvada cravada em meu escalpo, puxando meu rosto para perto. "Você vai morrer aqui neste lugar, Kepler."

Fantasmas têm um movimento defensivo.

Eu me movi.

Conta-se a história de alguém da minha raça que, jurado de morte, se escondeu no corpo de uma mãe. Ela estava grávida de oito meses, e quando o líder dos matadores exigiu que dissesse seu nome — algo que o fantasma não sabia — ele se escondeu no último refúgio que restara, no corpo do bebê ainda não nascido, no útero da mulher.

A história é um tanto vaga quanto às consequências disso — vida, morte — mas a lição permanece: quando encurralado, um fantasma sempre vai preferir fugir a lutar.

Agora parecia ser um bom momento para agir de outro modo.

Atirei minha cabeça, com a maior força que pude, contra o visor de Eugene. Senti meus cabelos sendo arrancados, e Eugene cambaleou para trás com uma rachadura no plástico em seu rosto. Girei sobre meus joelhos, depois me joguei com todo o peso sobre a cadeira.

Algo se quebrou sob meu corpo. Tentei mover as mãos e encontrei uma delas livre, a perna da cadeira que a prendia tendo se despedaçado. Minha outra mão ainda ia presa ao assento da cadeira, o que podia ser um terrível peso morto ou uma arma. Olhei para a expressão espantada de Eugene e acertei a cadeira em seu rosto. A rachadura se espalhou pelo visor como uma teia de aranha, e ele tombou para o lado quando o peso de meu porrete improvisado o acertou na cabeça. Mais gente acorria à cena, alguém indo buscar uma arma de choque, Alice empunhando uma pistola. Tentei investir contra eles, mas meus pés ainda estavam algemados e eu tombei. Vi o homem com a arma de choque se preparar para disparar, e levantei a cadeira para me proteger. Os eletrodos sibilaram e se cravaram na madeira, e uma carga percorreu minhas mãos enquanto a arma soltava estampidos secos. Um braço foi arremessado contra meu pescoço, jorrando sangue o suficiente para empapar minha orelha, e minha vista se nublou. Quando Eugene golpeou minhas costas com o joelho e enfiou os dedos em minha jugular, dei meia-volta, enrolando meus pés acorrentados em suas pernas e, com um riso histérico e a cabeça tomando impulso para trás, acertei minha testa com toda a força contra seu visor.

O plástico cedeu, rasgando meu rosto, minha pele, meus olhos. Alguém berrou a plenos pulmões — eu? — e, quando uma arma disparou e a bala me estraçalhou as costas com estrondo, minha testa tocou a bochecha de Eugene e

outro disparo. O corpo à minha frente se contorcia, gemendo de dor, e eu o mantinha preso, o suor escorrendo pelas costas, arfando por ar, mas eu o mantinha preso, meu braço atravessado na garganta do segurança, sangue escorrendo por suas costas, pela bala que estilhaçara suas costas e perfurara um dos pulmões como se fosse uma lata de Coca. Ele me encarou, confuso, tentando respirar e percebendo que seu pulmão se enchia de sangue, não ar.

Um homem morto em meus braços.

Sua língua pendia da boca ensanguentada, os olhos esbugalhados, e ele não compreendia nada. E então morreu.

Cambaleei para trás, cacos do visor se enfiando em minha roupa.

Ergui os olhos.

Alice me encarava. Segurava a arma com ambas as mãos e a apontava para mim.

"Leontes!" bradou, e a encarei de volta, os olhos vazios, a cabeça vazia. "Leontes! Sua proteção está comprometida, Leontes!"

Lembrei de que meus pés não estavam acorrentados e tentei levantar, sentindo as cicatrizes repuxando cada músculo. Meu peito pesava, as costelas doíam e eu sentia gosto de sangue. Com um zumbido no ouvido direito, imaginei se Eugene era capaz de recordar um tempo quando se sentia humano, antes que esse desconforto físico permanente o tomasse por completo.

"Leontes! *Sir!*" A voz de Alice tremia, mas a arma não.

Um lampejo, o telefone de Coyle — *Aeolus, Circe.*

Chamado e resposta.

Alice chamava Leontes, e Eugene devia responder...

... só Deus sabia o quê.

Dei um passo adiante, e quando seu dedo destravou a arma para disparar, tropecei, caindo sem fôlego sobre as mãos e os joelhos, as palmas das mãos escorregando na crescente poça de sangue que jorrava do...

... quem quer que ele fosse.

Quem quer que tenha sido este homem morto, olhos frios a meu lado.

Olhei para cima, cruzando o olhar com Alice, e ela sabia que eu não era Eugene, e não se permitia acreditar nisso. Sem qualquer ruído, arremeti contra seu rosto, as mãos tentando arrancar-lhe a máscara que cobria toda a cabeça. Ouvi um disparo e senti o impacto abaixo de meus pulmões. Ela mirara de qualquer jeito, propositalmente, e aquilo não havia sido suficiente para me parar. Joguei-me contra ela, atirando-a ao chão fora da cela. Fiquei de joelhos em seu peito, avançando contra a roupa de proteção, o sangue escorrendo por minha calça e alguém se agarrando às minhas costas, tentando me tirar dali. Acertei uma cotovelada no estômago de quem me agarrava, com força, e ouvi um sopro de ar sem fôlego, meus dedos conseguindo se enfiar sob o capacete de Alice por um milímetro enquanto ela me empurrava, tentando se livrar de mim. Era possível ver um pedacinho de sua pele, e no instante que o homem às minhas costas avançava de novo, atirando-se sobre mim, baixei meu corpo e, levando os lábios ao pescoço de Alice, saltei.

Alice Mair.

É bom ser alguém que se conhece.

Sobre mim, Eugene tombava com o peso do homem agarrado a suas costas. Fechei o punho e soquei seu rosto o mais forte que pude, sentindo seu nariz quebrar contra meus dedos. Seu corpo ficou mole. Chutei-o para longe, e quando girou pelo chão, seu atacante girou também, ainda agarrado a Eugene com toda a força. Ajeitei meu capacete e, quando o último homem na sala saía de cima de Eugene, eu me pus de pé e arfei "Ajude-o! Pelo amor de Deus, ajude-o!"

O homem olhou para mim, depois para Eugene caído no chão.

Seus olhos percorreram todo meu traje, manchado com o sangue de Eugene mas sem qualquer brecha.

"Está nele!" berrei, superestimando a altura a que minha voz podia chegar. "Ajude-o!"

Se ele olhasse de perto, bem de perto, encontraria a brecha minúscula entre traje e capacete por onde eu enfiara os dedos para tocar a pele de Alice. Ou talvez não encontrasse. Talvez houvesse muito sangue atrapalhando.

Então ele se colocou de pé, correu para a porta, botou a cabeça no corredor e gritou "Ajudem aqui! Precisamos de ajuda!"

"Precisamos", ele disse. Aquilo me incluía.

52

Berlim Oriental.

Há muitos modos de saber quando se cruza a linha, hoje mal-afamada, entre Berlim Oriental e a Ocidental. Árvores mirradas, ruas mais estreitas, prédios muito, muito novos. Essas coisas todas são indicadores externos. Por indicadores internos, acho que nenhum entrega tanto o jogo quanto estar num prédio industrial de concreto e sem janelas, em cujas paredes está escrito o lema imortal: CONFIANTE EM NOSSA FORÇA.

A autoconfiança do capitalismo é infinita, mas nunca tão vividamente pronunciada como por seus rivais socialistas.

Passos correndo, pessoas correndo, vozes agitadas. Abaixo-me e me escondo.

Uma equipe médica, toda em roupas de proteção, ajoelha-se ao lado de Eugene. O capacete de meu colega está embaçado por dentro. Eu me agacho contra uma parede, temendo o momento em que alguém vá me perguntar algum código, senha, ou algo tão simples quanto meu nome real.

Preciso sair desta roupa. Preciso de pele.

Vomitar não vai fazer mal.

Dobrei o corpo, levando as mãos ao estômago, e fingi as contrações iniciais de uma mulher prestes a vomitar. A visão de alguém enjoado costuma ser o bastante para induzir enjoo em quem está perto. As pessoas abrem caminho enquanto eu me arrasto, com a cabeça baixa, para o corredor.

Acreditaram que eu era Eugene.

Deixe que acreditem. Se eu tiver sorte, ele não vai acordar tão cedo. Se não tiver, alguém mais esperto vai assistir às gravações das câmeras de segurança e perceber, nos últimos trinta segundos, o instante em que meus dedos tocam o pescoço de Alice. Isso seria o fim. De qualquer modo, o tempo é importante.

Sigo para longe da cela, para longe do tumulto e para dentro das entranhas daqueles prédios.

Talvez tenham sido fábricas, antigamente. Portas grossas de metal dando passagem a cavernas de concreto onde exaustores pendem do teto como cipós na mata. A maior parte do lugar ainda está vazia, mas alguns computadores foram trazidos até ali, com servidores e ventoinhas criando um labirinto de cobre e silício. Em torno deles trabalhavam os homens e mulheres desta instituição, qualquer que seja, alguns de uniforme, outros de terno e gravata, outros ainda ociosos. Ninguém carregava armas, mas além de uma porta havia uma série de caixas com cadeados cujos conteúdos, imagino, devem ser um tanto mais explosivos do que um jogo de luzes. Evitei cruzar com pessoas, mantendo a cabeça baixa e as mãos no estômago, correndo para o banheiro. Eu estava num mau dia, ninguém arriscaria se aproximar. Passei por dezessete pessoas até encontrar a porta cinza e sem sinalização do banheiro feminino, dezoito no momento em que a mulher do cubículo solitário saiu de lá, me viu, sorriu para mim e perguntou "Você está bem, ahn?"

Corri para o cubículo.

Nunca fale nada se você pode ir embora sem qualquer palavra.

Havia algo importante que eu deixara com Alice Mair.

Ajoelhei em frente à privada suja e enfiei dois dedos na garganta.

Quem quer que diga que vômito induzido pode ser terapêutico, está mentindo.

Precisei de quatro tentativas antes que meu corpo superasse os espasmos e se dedicasse à tarefa mais importante de vomitar. Quando terminei, sentei-me, suada e destruída, o braço apoiado na borda do vaso, e fiz o possível para retomar o fôlego. Depois de reunir coragem para encarar aquela visão, encontrei, boiando entre os restos amarelados do meu dia, incluindo aí meio hambúrguer que eu comera em Kaufurstendam, o segundo pendrive do Spunkmaster13.

Fantasmas são lentos.

Não imbecis.

Tirei meu capacete e minhas luvas.

Sob o macacão eu vestia uma camiseta branca e um par de calças de malha preta. Não era a roupa ideal, mas era melhor que ficar ensopada com o sangue de Eugene.

Caminhei pelo edifício. Sorri a desconhecidos e acenei a quem me acenou, mantendo os olhos baixos sempre que possível, e quando um homem com lápis atrás da orelha me parou, com a mão em meu braço, perguntando o que acontecera com Kepler, tinham ouvido falar de problemas, eu quase pulei por instinto. Respondi Tudo certo. Tudo vai se ajeitar. E saí de lá.

Demorei um pouco até encontrar um computador disponível. Entrei no escritório cinzento e sem quase nada, desejando que a porta tivesse um trinco. Aquelas instalações pareciam temporárias — mesas improvisadas em salas improvisadas, nenhuma foto, nenhum post-it com anotações fora do lugar, nada dos resíduos de um ambiente de trabalho comum. Os computadores eram novos o bastante para cumprir suas tarefas, mas velhos o suficiente para ganir feito um cãozinho pedindo por mais memória. Nem me importei em arriscar um login, e espetei o pendrive de Johannes — sem os restos de vômito — na primeira porta USB, esperando um pouco até ver linhas de código incompreensível começando a tomar a tela. A melhor coisa a se fazer com a tecnologia do Spunkmaster é deixar que aja sozinha.

A mesa, como tudo mais por ali, não tinha qualquer adorno. Nenhum lenço usado, nenhum sanduíche pela metade indicavam que aquilo era algo além de um cenário para um filme de baixo orçamento. Imaginei se as paredes, quando chutadas, não revelariam ser de papelão, com câmeras e espectadores por detrás

recordando da vez em que tentaram me queimar vivo.

Eugene me chutando só porque sim, com aquele Onde está Coyle?

Quem se importa onde Coyle está?

O computador foi destravado.

E foi destravado sem sequer um ícone piscando satisfeito, sem nenhuma mensagem de Johannes congratulando a própria genialidade. Algo que estivera bloqueado já não estava. E-mail carregado, revelou-se que o proprietário daquele computador era um tal de P. L. Trent, e de todos os trabalhos em todas as organizações secretas mundo afora, ele tinha conseguido um de administração financeira.

Mesmo organizações secretas de assassinos treinados, imagino, precisa de um contador.

Copiei os e-mails dos últimos doze meses para o pendrive, passando a baixar arquivos do disco rígido. Enquanto eram transferidos, meus olhos vaguearam pela caixa de entrada de P. L. Trent e me vi irritada com o tanto de palavras gastas para falar de recibos de viagem e tinta de impressora. Apenas um nome aparecia com regularidade suficiente para que eu notasse — Aquarius. O contrato de Aquarius estipulava um valor X de plano de saúde. Aquarius já não pagava por refeições quando estava trabalhando, caso elas excedessem cinco euros. Aquarius gostava de matar fantasmas.

Contabilidade é um tédio. Contabilidade é importante.

Puxei o pendrive do computador e me levantei, sob o alarme geral de uma sirene.

Alguém, em algum lugar, havia apertado um botão ou puxado uma cordinha ou feito o que quer que esse pessoal fizesse ao perceber que estavam com problemas. Talvez alguém tenha pensado em conferir as câmeras de vigilância. Talvez Eugene tenha aberto os olhos, e ele sabia o que responder a "Leontes". E quando o médico perguntou quem foi a última pessoa que viu, ele disse Alice.

Hora de ir.

53

Dizem que fantasmas não se importam com os corpos que vestem. Que os devoramos. Em banquetes, jantares, desleixo. Gastamos dinheiro que não é nosso, deitamos com homens e mulheres, mulheres e homens, e no fim de tudo, quando os ossos se quebram e a pele está em frangalhos, nós nos mudamos, não deixando nada para trás além da carne.

Em circunstâncias favoráveis eu creio ser melhor que isso.

Não eram circunstâncias favoráveis.

A sirene de alarme soava por pequenos alto-falantes pretos. Em outra época, talvez servissem para incentivar as massas de trabalhadores a pensar na glória de seus esforços. Agora, era um alerta de perigo, alto o bastante para fazer meus ouvidos zumbirem enquanto eu seguia — não devagar, mas também sem correr — através do tumulto. Devia haver protocolos a seguir em tais situações, mas já que eu não os conhecia, teria que sair dali na marra.

No fim de um corredor, vi um homem de uniforme branco trancando uma grossa porta, olhando para mim e abrindo a boca naquilo que certamente seria o início de novos códigos a que eu não saberia responder. Fechei o punho e o acertei com toda força no nariz. Algo estalou e o homem caiu, com sangue escorrendo por entre os dedos que cobriam sua face. Acertei uma joelhada no meio de suas pernas, e quando se curvou para a frente, salpicando a parede de sangue, dei-lhe uma chave de braço e sussurrei, com a mão espalmada em seu rosto, "A saída. Agora. Ou vou usar seu corpo".

Ele tinha os ombros mais largos que os meus, seu peito se enchendo de ar como uma baleia encalhada buscando fôlego, mas cravei os dedos com força em sua pele e rosnei "A saída!"

"Pe-pela escada no f-fim do corredor," gaguejou. "Tem que descer três andares."

"E a segurança?" Quando não me respondeu, ameacei: "Conte ou eu arrasto a porra do seu corpo até a bala mais próxima!".

"Andamos em d-duplas. Um super... supervisiona o outro. Equipamento completo."

"Armas? Trajes?"

Tentou anuir com a cabeça.

"Qual a contrassenha de vocês? Qual é a pergunta e a resposta?"

Não respondeu.

"Anda!"

Ainda nenhuma resposta. Ele queria viver. O suor se acumulou em manchas escuras sob seus braços, seu estômago se revirava e ele tinha as costas tensas, mas ainda assim não disse nada.

Fechei a cara. Recuei o punho e afundei a cabeça do homem contra a parede. O sangue manchou o concreto enquanto ele caía, enquanto eu passava por cima de seu corpo e corria para o fim do corredor, o pendrive na palma da mão. A porta adiante estava aberta, e quando dois homens surgiram, meio vestidos em trajes de borracha e armas em punho, ergui minha mão e gritei, sem desacelerar, "Circe! Circe!"

Os dois hesitaram, naquele momento em que dúvida e medo se combinam, no instante exato em que eu cobria a distância entre nós e agarrava o primeiro pelo pescoço

trocando

me livrando de Alice, que ainda cambaleava, o pendrive caindo de sua mão, a minha empunhando a arma, apontando e disparando contra o dorso de meu colega, dando um passo rápido e chutando sua arma para longe tão logo ele ia ao chão. Virei-me para Alice no instante em que ela buscava retomar o equilíbrio, agarrei seus dedos, coloquei a arma em sua mão e

troquei

meus dedos empunhando a arma

puxando o gatilho.

O homem meio vestido tombou, agarrando a própria coxa. Recuperei o pendrive, senti o peso da pistola em minha mão, e quando a porta começava a se fechar, coloquei meu pé no batente, passando por ela.

Na escadaria, o alarme ainda rugia, mesmo abafado. Ouvi vozes vindas do alto, passos nos andares abaixo, e desci os degraus. Janelinhas quadradas enchiam a escadaria, deixando passar blocos de luz amarelada. Lá embaixo, uma porta batia. Empunhei a arma e, tão logo o primeiro homem trajando proteção completa surgiu, coloquei uma bala em sua barriga, logo abaixo das costelas. Seu corpo pendeu para um lado e me apressei para perto dele, ouvindo um tiro e sentindo um projétil explodir minha orelha esquerda. Esquivei rapidamente e me encolhi, protegida, atrás do corpo baleado. Outro tiro estourou a parede sobre minha cabeça, ecoando o som de concreto e metal escadaria acima. No instante em que outra bala passou sobre mim, agarrei as costas do homem ferido e arranquei sua calça. Um centímetro de pele descoberta. Coloquei minha mão sobre ela, fechei os olhos e saltei.

A dor queimava como o primeiro raio de sol nascente. Cerrei os dentes, sentindo o sangue se espalhar por lugares onde não devia, lembrando-me de que ainda podia mexer os braços, girar a cabeça, que poderia colocar a mão para trás e pegar a arma de Alice, virar outra vez para a frente, apontar contra o homem de pé mais à frente e disparar.

Assim que ele tombou, Alice me desferiu um chute nas costas, e eu empurrei o corpo com toda a força contra o corrimão da escada, sangue jorrando por todo meu peito, vista, boca e mente. Tentei agarrá-la, mas minhas mãos vestiam desajeitadas luvas de borracha. Ela acertou meu peito com o cotovelo e eu uivei como um cão ferido, a humanidade perdida sob toda aquela dor. Então Alice esticou o braço e agarrou a arma ainda em minha mão. Aguentei firme, tentando prender seu tronco com uma perna, segurá-la ali, e senti suas mãos sobre as minhas, algo cedendo em minhas luvas. Quando percebeu a borracha solta em sua mão, estiquei-me para agarrar seu pescoço, tateando por um milímetro de pele, até que

achei.

Arranquei a arma da mão do homem e me livrei dele, erguendo-me sem fôlego, o coração acelerado pela adrenalina de Alice. A meus pés, o homem ferido gemia, um som arrastado e baixo que fazia o corrimão vibrar. Apanhei mais uma vez o pendrive e, meio correndo, meio despencando, desci as escadas.

Seria tão mais fácil se eu não precisasse carregar nada físico comigo.

A porta no térreo estava trancada, com um painel eletrônico cujo código eu desconhecia. Acima de mim, ouvia gritos e o lento gotejar de sangue espalhado pelos corrimãos. Minha boca tinha um gosto horrível. Pela janela alta, acima da escadaria, mesmo uma criança teria dificuldades para passar, mas lá fora havia as luzes da rua e aqui dentro não restava mais nada de interessante, então apontei a arma e esvaziei o pente. O vidro começou a ceder, rachou e, no último tiro, caiu numa chuva de cacos. Enquanto passos avançavam em minha direção, ergui-me com os braços finos, deslizando para fora, a pele sendo rasgada pelas lascas de vidro, o sangue escorrendo de minhas mãos nuas, do abdome e do peito. No momento em que o primeiro tiro ecoou atrás de mim, serpenteei através da janela arruinada e despenquei, de cabeça, no mundo lá fora.

Um estacionamento de concreto cercado por paredes de concreto. Caí apoiada nas mãos e senti algo estalar, uma dor aguda formigando meu braço direito até adormecer o cotovelo. Tentei me levantar, caí, tentei levantar de novo. Mexi os dedos da mão direita e cada osso, cada músculo, toda articulaçãozinha chiou, então não os mexi mais. Um clarão atrás de mim e uma bala acertando a parede de concreto me colocaram de pé. Segurando o braço, qualquer parte onde a pressão de dedos contra a pele servisse para atenuar a dor que ainda reverberava, eu corri.

54

Alice Mair.

Belo corpo. Era uma pena o jeito que eu o estava usando.

Corri pela noite, uma mulher ensanguentada e mal-vestida para o frio, sozinha em uma rua estranha de um lugar desconhecido.

Não deixe ninguém lhe dizer que o medo é divertido ou empolgante. Esse medo é aquele da montanha-russa, em que a lógica garante que o cinto de segurança vai mantê-lo a salvo.

O medo verdadeiro é aquele da dúvida; a mente que não consegue descansar, o espaço aberto às costas, onde o assassino aguarda com um machado. Aquela apreensão ao ver a sombra de algo que você não enxerga, a risada de um estranho que ri, sem dúvidas, de você mesmo. O coração aos saltos com o escapamento que explode rua acima; as mãos trêmulas que não param, não param jamais enquanto seus pensamentos se agitam, até que você cai no riso por não entender que aquilo seria motivo para chorar. É a cabeça da cobra se esgueirando pela floresta, o salto assustado de um cervo, o bater furioso das asas de um pardal e, ora, eu sou um ser humano.

Então eu corro.

E tenho medo.

Era uma vez

há muito, muito tempo

Hecuba me procurou no corpo de um homem com grandes costeletas e uma bengala de marfim. Disse "Encontrei-os".

Eu era Victoria Whitten. Seus pais a haviam batizado em homenagem a uma rainha, e deixado a ela a fortuna de uma princesa, e seu marido havia batido tanto nela que eu perdi a paciência, entrei na pele de Victoria e espanquei o marido de volta. Agora, ele vivia em Norwich, eu em Londres, e uma vez por mês ele me escrevia para dizer que estava bem. Eu não respondia.

Estávamos na sala de estar, tomando chá, quando Hecuba disse:

"Um bando inteiro, bem debaixo de nossos narizes. Eles se autodenominam uma irmandade."

"Você gostaria de um macaroon?"

Debruçou-se para a frente, a ponta rosa do nariz tremendo um pouco, e continuou: "Eu os *encontrei*. Você vem comigo?"

"Para quê?"

"Para fazer com que parem."

"Estamos falando de bombas?"

"O que for necessário."

"Não gosto de facas", expliquei, girando um pequeno macaroon entre os dedos esticados. "Tento não atirar nas pessoas, a menos que seja inevitável."

Hecuba recostou-se outra vez, cruzando as pernas de um jeito que deixava perceber que há pouco tempo ele devia ter usado saias, e agora se esquecia da natureza de seu sexo. "Eles nos *matam*", irrompeu. "Estão acima da lei. Você não tem interesse nisso?"

"Interesse... sim. Você pergunta se isso é interessante o suficiente para que eu me infiltre em um, com o perdão da palavra, *covil*, uma espelunca mesmo, poderíamos dizer, um antro de indivíduos dedicados a me destruir, e tudo isso para matá-los um a um? Não. Temo que não seja interessante."

"Você perdeu hospedeiros", retorquiu, amargo. "Todos perderam alguém. Talvez não para esse pessoal, essa nova 'irmandade', mas, ao longo dos anos, gente que nós vestimos foram para a fogueira, para a forca, ou para o paredão..."

"Porque chamamos atenção demais sobre nós mesmos", respondi, baixando minha xícara. "Trocamos com frequência demais, ou talvez não o suficiente, e deixamos muitas histórias para trás. O assassinato em massa dessa gente que deseja se livrar de nós, mesmo que preventivo, é uma forma certa de chamar mais atenção, devo dizer."

O rosto de Hecuba se endureceu. Era um rosto que eu vira pouco desde os anos 1880. Uma face daquela época, quando costeletas se projetavam das laterais da cabeça como bigodes em um camundongo; quando os bigodes despontavam curvos e encerados, carregando uma seriedade extraordinária. Volta e meia eu procurava por aquela expressão, encontrando-a somente no olhar de velhos rabugentos largados na quentura de países equatoriais, ou em tecnocratas corruptos furiosos com suas pensões insuficientes.

Hecuba fez uma carranca; seu espírito o acompanhou.

"Eu esperava mais de você, senhora Whitten. Pensava que era uma corretora."

"Sou conhecida por isso", respondi cordialmente. "E por me esforçar para garantir que os produtos que represento sejam pouco rastreáveis e não provoquem grandes alardes quando suas circunstâncias mudam. E você está certo: já perdi hospedeiros para homens como esses de que fala. Vestiam roupas diferentes, tinham outros nomes, mas ainda assim eram sempre as mesmas motivações. Medo. Ignorância. Motivos usuais que causam a previsível nuvem de preconceito difuso, sempre no encalço da história humana. Não posso dizer que minhas experiências me fizeram mais sábia ou gentil, ou me deram envergadura moral para pregar às multidões, mas algo eu aprendi: derramamento de sangue nunca, mas nunca, resolve o problema. Naturalmente, se você fosse atrás daqueles que estão atrás de mim, eu seria hipócrita se não agradecesse com sinceridade. Ainda assim, imagino, meus agradecimentos seriam prematuros. Porque há uma quase infinidade de homens e mulheres que me temem e desejam meu mal, mas eu sou sempre uma só, parada no escuro com uma lâmina nas mãos."

Hecuba soltou um grunhido e se pôs de pé. "Agradeço pelo chá, ao menos."

Levantei-me também, anuindo com polidez e o acompanhando até a porta. Com a mão sobre o trinco, pareceu hesitar e se virou um pouco.

"Não sou nenhum tolo", terminou por dizer, "incapaz de perceber a lógica no que você diz. Mas tenho uma pergunta, que é esta: aqueles que querem nosso mal são muitos, nós somos poucos. Você é singular, uma soma de experiências além de todos os outros. Por que dá tanta importância à sobrevivência de homens que são, comparados a você, ordinários feito lixo, atentos que nem pedras?"

Pensei naquela questão por um bom tempo, em pé no corredor frio, de teto alto. "Ouvi uma história, certa vez. Sobre um homem chamado al-Mu'allim. Um dia, um *djinn* surgiu do deserto e possuiu al-Mu'allim, banindo suas esposas mais velhas e mantendo a amada mais jovem, que era bela e esperta, uma mulher além de seu tempo. Tiveram um filho, mas a esposa morreu, e então o *djinn* fugiu. Esta é a história que ouvi, de muito tempo atrás. Faz ideia do que isso significa para mim?"

Hecuba deu de ombros, como se soubesse que não se importava nem jamais se importaria com aquilo.

"Uma história. É tudo que a vida dos outros consegue ser — um conto contado sobre alguém. Inclusive eu. Os únicos traços que deixamos para trás, rapidamente relatados com seus detalhes confusos, rapidamente esquecidos."

Hecuba pensou sobre aquilo, suspirando em desaprovação.

"Se isso é tudo que você pensa ser, então talvez não valha o esforço de ser salva. Adeus, senhora Whitten."

"Adeus", respondi. "E boa sorte."

Quatro dias depois, o *London Gazette* relatava o assassinato de onze homens e três mulheres em um depósito próximo ao cais de Silver Wharf. Duas testemunhas haviam sobrevivido. Uma delas disse que os ocupantes do cais tinham se virado uns contra os outros, despedaçando seus vizinhos em sequência, como se possuídos por um demônio.

O outro sobrevivente, muito menos disposto a falar, já que tinha os olhos arrancados das órbitas, disse que não, não havia sido daquele jeito.

Não era um demônio.

Eram dois.

E quando o segundo demônio arrancou seus olhos do rosto, gargalhou, uma risada infantil, e num sussurro:

"Gosta do que vê?"

55

Sempre há algo para se quebrar.

Primeiro, quebrei um galho grosso de espinheiro que brotava no meio do muro.

Com ele, quebrei o vidro de uma van branca estacionada depois da esquina, e enquanto o alarme soava eu me enfiei pela janela e abri a porta por dentro. Então quebrei um dos assentos ao me arrastar para trás do carro, onde arrombei o kit de emergência da van e roubei um pé de cabra, uma lanterna e uma capa de chuva.

Depois, arrebentei o painel perto do volante e roubei a van.

· · ·

Minha intenção não era ir longe.

Mesmo que Aquarius não conseguisse seguir uma van barulhenta com o vidro quebrado, a polícia poderia encontrar motivos suficientes para me encher de perguntas.

Dirigi até ultrapassar o raio de alcance de alguém a pé, então me livrei do carro e continuei, com o pé de cabra sob o braço, coberto com a capa, em busca de algo melhor.

Eu estava em um distrito de Berlim onde quarteirões industriais de um andar se espalhavam entre ruas encruzilhadas, ofuscados por torres brilhantes e grandes outdoors que declaravam as maravilhas de um combustível barato, ótimos aspiradores a vácuo e o comércio local de peças hidráulicas. Havia poucos ônibus, em horários espaçados, e eu não tinha um centavo com que pagar a passagem. Perambulei por uma rua de lojas com os melhores serviços da região: lavanderia barata, tomates frescos e frutas em lata.

A lavanderia era o lugar por onde começar.

Golpeei o cadeado da grade até que ele cedeu, então arrombei o vidro e criei uma passagem para dentro. Um alarme disparou, mas a essa hora os vizinhos demorariam para se agitar, e a polícia demoraria ainda mais para responder ao chamado, e mesmo que alguém aparecesse, prisão era o menor dos meus problemas.

Arrombei a caixa registradora e não encontrei um centavo que me ajudasse. Afanei algumas roupas envoltas em plástico, nos fundos, ainda penduradas nos trilhos, e por um momento esqueci que era menor e mais delicada que Nathan Coyle, e que um vestido longo cairia melhor que um smoking. Uma caixinha vermelha na prateleira mais alta me chamou atenção. Aberta, revelou conter trinta euros em moedas de um euro e outras de vinte centavos, um suprimento de emergência muitíssimo bem-vindo.

Pensei ter ouvido uma sirene à distância, então saí correndo, os cacos de vidro estalando sob meus pés, as digitais de Alice por toda a cena do crime, por mais que isso não fizesse diferença a longo prazo.

· · ·

Uma noite dura para estar perdida em uma cidade estranha.

Queria dormir, e meu corpo também.

Minha boca tinha gosto de bile, meus braços palpitavam e as costelas doíam. Em algum momento eu devo ter me batido com mais força do que imaginava.

Virei-me na direção do que supunha ser o centro da cidade, navegando com as torres como referência, e comecei a longa jornada em direção à manhã.

56

A chegada do amanhecer não fez com que o céu clareasse, mas sim mudasse de azul para cinza, tocado pelo silvo da chuva caindo.

Queria me livrar desta pele.

Mais um dia, mais um cyber café.

Adoro a internet.

Internet banking! Facebook!

Preciso me esforçar para lembrar da vida antes destas duas maravilhas tecnológicas, para recordar exatamente como — pai do céu, eu tremo só de pensar — era difícil coletar informações sobre os amigos de meu corpo, seus conhecidos, passado, seus bens. Semanas de tocaia atrás de um alvo, noites inteiras catalogando as pessoas que encontrava, as histórias que ouvia, todas as escutas e subterfúgios que eram necessários para descobrir os segredos das minhas peles — e agora, ah, esse agora precioso, a maravilha das maravilhas, *Facebook*! A vida inteirinha, a personalidade, cada amigo e familiar registrado e listado na mais perfeita e rastreável glória, uma senha de distância apenas, isso se a pele se deu ao trabalho de desconectar. Facebook! Como eu pude levar uma vida de possessões sem você?

E, a glória suprema, internet banking.

Fenomenal, estupendo, um deleite, já que tudo que preciso é lembrar de um nome, uma senha, um código, e em qualquer corpo, qualquer pele, basta me sentar na frente de um computador e mover dinheiro de um canto para o outro, em meu próprio benefício, sem ter sequer que vestir a mesma pele duas vezes. Já se foi o tempo em que era preciso enterrar a fortuna de um homem sob uma árvore isolada, voltando a ela na pele de um homem pobre quando chegasse a hora de mudar. Agora, a árvore é o mundo, e a terra está automatizada.

Tecnologia, eu lhe agradeço.

A cidade acordava, e eu só queria dormir.

Sob as roupas roubadas, minha pele ardia por uma dezena de cortes não tratados. Queria coçá-los, mas quando meus dedos tocaram a pele sob o braço, senti os inchaços de cacos de vidro encravados e afastei a mão, com repulsa de minha própria carne.

Paguei por uma hora de internet em um cyber café que funcionava durante a madrugada, no meio de chamadas internacionais de quem tentava falar com a mãe em Taiwan, de clientes insones e de quem tranquilamente baixava pornografia da rede.

Uma hora de computador me rendeu trezentos euros transferidos para o caixa automático mais próximo.

Outro euro me comprou um cachorro-quente em um carrinho fumegante, de um vendedor que me deu cebola extra ao dizer "É cedo para estar de pé, dona. Noite difícil?"

"Bom Deus", respondi. "Já é de manhã?"

Duzentos e cinquenta euros me garantiram um pequeno laptop para chamar de meu.

Sentei-me no canto mais afastado do café mais escuro que encontrei, lutando contra o impulso e a necessidade de saltar de corpo, forçando-me a continuar quieta e desconfortável, mexendo na única coisa que fazia uma troca ser inviável — o pendrivezinho manchado de vômito.

O que dizer da organização que se intitula Aquarius?

Se protegesse seus dados com metade da eficiência que protegia seu pessoal, acho que eu não teria qualquer chance.

E-mails, pastas, imagens, contas, arquivos pessoais — mais documentos do que um olho podia ler num dia inteiro, em uma semana, roubados pelo brinquedinho do Spunkmaster13.

A maior parte daquilo era banal.

Mesmo o esconderijo de assassinos precisa encomendar papel higiênico. Até os matadores ficam sem clipes.

Tentei uma busca por *Nathan Coyle* e encontrei um e-mail com uma bandeirinha vermelha ao lado.

A mensagem dizia: *Comprometido*.

E só.

Busquei por *Kepler*.

O mesmo arquivo que Coyle levara consigo a Istambul, com uma única diferença. Agora, a primeira imagem do documento não era de Josephine, mas de Coyle.

Procurei outros nomes.

Hecuba.

Algo em torno de trinta fotos e nomes, cobrindo os últimos quatro anos e meio. Terminavam no rosto de uma mulher de véu, cabeça para o lado, um buraco de bala no crânio e outro na garganta, largada nas escadarias de Senefelderplatz onde caíra. Hecuba havia saltado nela enquanto fugia, e vestido o corpo por onze segundos até que a equipe de assalto a derrubou.

Mais nomes, mais rostos.

Kuanyin morrera no corpo de um homem sacrificado para que a carne maltratada de Eugene pudesse durar um pouco mais.

Nomes levavam a mais nomes. Alguns codinomes eu não reconhecia, outros sim. Marionette, envenenada em São Petesburgo. Huang Li, baleado em Tóquio. Charlemagne, que fugiu para o corpo de um menino de sete anos quando percebeu estar sendo seguido. Vocês não vão fazer isso, ele disse, não vão me matar. Não a uma criança. De certa forma, ele estava certo. Aquarius levou o menino e o amarrou, usando-o como cobaia para experiências durante semanas, cortando seu cérebro pedaço por pedaço em busca de algum mecanismo milagroso que o livrasse do fantasma. Estava em coma quando o coração parou de bater, mas *qual* mente havia sucumbido, isso Aquarius não sabia, e um garoto sem nome foi enterrado num terreno próximo a Sevilha.

Aquarius não tinha medo de realizar experiências com fantasmas.

Ou com seus hospedeiros.

Talvez Hecuba estivesse certo ao recusar meus macaroons tantos anos atrás.

Janus.

O arquivo era grande, mas irregular. Começava em 1993, especulando sobre as atividades anteriores de Janus, na maior parte das vezes de forma equivocada. Perdia o rastro entre 2001 e 2004, mas era retomado quando Janus assumia um corpo de longo prazo em Barcelona. A pele tinha linfoma terminal, e foi uma surpresa ver o tempo que Janus permaneceu na carne moribunda.

A foto mais recente mostrava uma japonesa de meia-idade num café de Paris, chapéu sob o rosto, echarpe enrolada contra o frio. O jornal na mesa a sua frente era de três semanas atrás.

Galileu.

O ímpeto superou a cautela, e abri o arquivo.

Fotos, pedaços de notícias.

Um rosto de 2002, outro de 1984. Uma anotação sugerindo que Galileu pegara tal voo em tal data, mas trocara para outro passageiro durante a viagem. Um rosto meio virado para o fotógrafo, uma sombra na janela, o recibo de uma refeição, a cópia de um extrato bancário de uma conta já sem dinheiro. Edimburgo, 1983. Alguém dera uma dica ao homem que viria a se tornar Aquarius, e eles quase o haviam capturado. Mas quase não era bom o bastante.

Uma foto de Coyle no hospital, entubado e com curativos. Corpos espalhados pelo cais do porto, a suas costas, a proa de um navio, *Santa Rosa* escrito nela e um policial se segurando para não vomitar.

Esses eram os fragmentos, os raros vislumbres da vida de Galileu que haviam sido compilados. Passei por eles com um assombro crescente, cada vez mais certa de que praticamente todas as partes daquilo, exceto umas poucas exceções, estavam erradas.

Faltava apenas uma busca a ser feita.

Procurei por *Josephine Cebula*.

57

Três euros pagaram uma passagem para Zehlendorf.

Crianças a caminho da escola se espalhavam sob a chuva crescente, chapinhando poças d'água cada vez maiores. Pedestres corriam atrás de abrigos quando as vans passavam espirrando água.

De volta à casa tranquila, numa rua tranquila onde mal algum poderia acontecer a nenhum homem.

De volta a Coyle.

A casa estava quieta quando entrei, luzes apagadas e cômodos vazios.

Nathan Coyle continuava onde eu o tinha deixado, algemado a um cano, a cabeça pendendo para o lado, dormindo.

Caminhei lentamente em sua direção, com o pequeno laptop sob um braço. O assoalho rangeu sob meus pés, e seu corpo estremeceu, os olhos se abrindo de uma vez, a mão se agitando contra a algema. A mordaça ainda estava — milagrosamente — no lugar, e depois de piscar para espantar o sono seus olhos pararam em mim, numa expressão antes de surpresa que de raiva.

Eu, Alice Mair, colega daquele que chamava a si mesmo de Nathan Coyle — acomodei-me no chão, fora de seu alcance, e abri o laptop.

Fez um ruído abafado pela mordaça, calcanhares batucando o chão.

Eu disse: "Há algo que quero lhe mostrar."

Outro ruído, a raiva faiscando sob as pálpebras, o rubor subindo à pele conforme ele tentava se atirar em minha direção, na marra.

Espetei o pendrive no computador e deixei os arquivos serem abertos.

"Roubei isso aqui de Aquarius. À primeira vista, parece claro que consegui algumas informações confidenciais, dados pessoais, e-mails, correspondências e documentações. O suficiente para destruir Aquarius à distância, apenas usando o pessoal dos bancos."

Arremeteu novamente contra as algemas, um rugido gutural emudecido pela mordaça.

"Entretanto", prossegui, "o que eu queria lhe mostrar era isto."

Virei o laptop para que ele visse a imagem que eu abria. "É o arquivo da entidade que você chama de Galileu. Está todo feito de pedaços desconexos — consideravelmente mais que qualquer outro arquivo, inclusive o meu. Aqui temos, por exemplo, a foto de um homem de 1957 que talvez tenha sido Galileu, talvez não. Aqui, os cadáveres da *Milli Vra*, uma balsa cujos tripulantes enlouqueceram e mataram uns aos outros numa viagem noturna. Aqui temos uma foto" — empurrei a tela mais para perto — "um indivíduo reportado como sendo Galileu, tirada em 2006. Um cavalheiro de Nova York. Repare nos trajes bem cuidados, nos sapatos brilhantes, nas unhas manicuradas. Eu entendo porque alguém desejaria ser este homem — ele sem dúvidas frequenta jantares de gala e assiste aos melhores concertos. Mas dê uma olhada com mais atenção — "bati com o dedo na tela "— e note o ponto em que seu pescoço encontra o colarinho. Vê?"

Por um instante, a curiosidade superou o orgulho, e os olhos de Coyle reluziram ao perceber a infiltração de capilares rompidos e veias estouradas sob a superfície do pescoço, numa mancha avermelhada bem acima da camisa.

Continuei: "A maioria das pessoas é supersensível com relação à própria pele — é o que os outros veem, a partir do que eles fazem seus julgamentos — e disfarçam qualquer anomalia, qualquer coisa que possa destoar da imagem de perfeição social que desejam demonstrar. Não há essa preocupação aqui. O que concluímos disso? Que este cavalheiro não se importa com aparências, o que parece improvável, dado o cuidado com que se veste, ou essas lesões são algo comum, e ele não as vê mais como anormais. O que acha?"

Coyle, com suas algemas e mordaça, não achava nada. Tinha parado de se debater. Agora, estava quieto, encarando a foto que já devia ter encarado centenas de vezes, de um homem que se supunha ser Galileu.

Deixei que a olhasse bastante, depois passei para a seguinte. "E esta? Mulher, vinte e poucos anos, belíssima. Eu adoraria, você não? Um dia nessa pele, uma hora com essa postura. Mas dê uma olhada — olhe de verdade. Preste atenção em seu tornozelo, na borda do sapato. Veja aquela crosta. Bolhas e sangue — o preço a pagar por tanta beleza, você pode dizer, mas acho que não. Há poucas irritações tão inevitáveis quanto sapatos desconfortáveis. E seu arquivo diz que essa mulher foi Galileu por três meses?" Passei por mais fotos, sem parar muito, sacudindo a cabeça. "Bolhas, mais feridas! E isto!" Outra foto, outro rosto. "Você realmente acha que *ele* é Galileu?" Inquiri, incrédulo, segurando o laptop para que Coyle o analisasse. "Relógio de ouro, camisa de seda, tudo bem apelativo. Mas olhe, estou dizendo, *olhe bem* para esse rosto! *O homem tem um olho de vidro.*"

Coyle estava estático, os ombros caídos, pernas largadas. Em silêncio ainda maior, passei outras fotos, balançando a cabeça, lamentando, com um suspiro. "Esses não são Galileu. Três meses com bolhas? Dois com lesão de pele? E olhe para ela — ela é *velha.* Seu rosto está à base de cremes, mas os dedos já definham. Denunciam sua idade porque quase todo mundo que cuida do rosto esquece das mãos. Fantasma nenhum a vestiria por mais de alguns minutos. Dores nas costas, artrite — qualquer corretor que se preze diria para evitá-la. Não serve para fantasmas. Galileu deseja ser adorado. Quer olhar no espelho e adorar o próprio rosto, ver sua face o adorando de volta. Quer beijar o próprio reflexo, sentir um arrepio de prazer ao roçar a própria pele. Deseja que os outros caiam em seus braços por ser lindo, tão lindo... E quando trepa com eles espera saltar de um corpo para o outro, e de volta ao primeiro, por um instante que seja. Ele quer amar tudo e todos, tudo ao mesmo tempo, pelo tempo que o amarem. E quando mata, é por se olhar no espelho e ver apenas desprezo o encarando de volta. Então precisa destruir aquele rosto, e o corta inteiro, e quando se olha outra vez ainda não consegue encontrar qualquer beleza, então mata mais e mais... Bom, não preciso continuar. Você conhece essa história bem o suficiente. E devia saber que essas pessoas não são Galileu. Mesmo que tenham... Veja...."

Passei para a última foto do arquivo, datada de 2001. Nela, uma mulher estava estendida num sofá de couro, com um drinque nas mãos. "Novembro de 2001 a janeiro de 2002. Posso garantir que não há deformidades físicas nessa mulher, nada de óbvio que a impedisse de ser uma habitação adequada, mas eu sei onde Galileu estava em novembro de 2001. E *não* era nela."

Dizendo isso, fechei o laptop.

Coyle não se movia.

Meus olhos estavam pesados, ardendo.

"As experiências de Aquarius com fantasmas", foram as palavras que escaparam de minha boca. "A tortura não tem nada a ver com cooperação. São testes de resistência. Querem descobrir como funcionamos. Veja o arquivo de Galileu. Veja o de Josephine — o de verdade, não aquele monte de mentiras que lhe deram para ler. Pense em Frankfurt. Pergunte a si mesmo se aquilo era um programa de vacinação ou alguma coisa completamente diferente. Considere as informações que eles reuniram, preste atenção no direcionamento dos questionários, nos recursos disponíveis. Pergunte-se por que os pesquisadores morreram, e por que com tanto sofrimento? Veja meu arquivo, confira as datas, horários, locais, e diga se eu estava em Frankfurt quando eles foram mortos. Olhe para o rosto de Josephine na gravação de segurança e tente perceber quem está olhando para você. Tente entender que, assim como eu tenho uma história com Galileu, ele também tem uma história comigo, e esta não é a primeira vez que rodopiamos um em volta do outro, ao longo de nossas vidas. Pergunte-se o seguinte: quem andou perdendo tempo em Aquarius? Mas não diga nada. Não importa o que aconteça, não diga a eles o que descobriu. Você está comprometido agora."

Levantei-me.

"Estou indo", falei, sem sequer me importar em olhar para ele. "Vou mandar alguém para pegá-lo. Pode ficar com o laptop e com o dinheiro. Não vou levá-los comigo. Mas isto —" minha mão apertou o pendrive ainda mais "— é meu. Diga isso a seus chefes. E pergunte a eles por que, com todos os fantasmas que destruíram e as peles que mataram, mentiram sobre Galileu."

Empurrei o laptop com a ponta do pé, para que ficasse a seu alcance.

E parti.

58

É preciso viajar ligeiro quando se veste a pele de alguém.

Todos os seus pertences são de outra pessoa.

Tudo que você estima deve ser deixado para trás.

Não fui eu quem construí uma família.

Não sou eu quem possui um lar.

Mas sim outro alguém, cuja face tomei emprestada por um tempo, cuja vida eu vivi e que vai poder vivê-la quando eu me for.

É hora de ir.

Fui aos correios e enviei o pendrive num voo de primeira classe até uma caixa postal em Edimburgo, onde eu vestira a pele de alguém que se chamava

Alguma-coisa-son

e com ele tinha aberto uma conta com a qual fui bem cuidadosa, sem nunca tê-la fechado. Porque até mesmo fantasmas precisam de algo para chamar de seu.

Segui para o aeroporto.

É assim que eu funciono.

Sou Alice.

Parada no saguão de embarque do aeroporto de Brandemburgo. Quando a multidão me engolfa em seus caminhos até o despacho de bagagens, estendo meus dedos e roço numa criança de mãos dadas com a mãe, as duas indo até o check-in de um voo para Atenas, e na hora que olho para cima, para o rosto de minha mãe, percebo que este é um corpo muito jovem e de olhos um pouco inchados demais para meu despertar matutino, então troco para

a mãe, costas retas e um cinto um tanto apertado sobre a barriga. Amparo minha filhinha, que cambaleia, e ao mesmo tempo cutuco o segurança parado perto da esteira de bagagens fora do formato, dizendo "Com licença". Enquanto se vira, toco seu pescoço com meus dedos e me torno

o guardião das malas enormes, braços cruzados, hálito de cigarro, e sorrio à mãe enquanto penso sobre deixar este corpo ou arrumar uma pastilha de hortelã o quanto antes. Caminho na direção do portão de entrada, chamando a segurança entediada que confisca quaisquer garrafas e frascos com mais de 100ml (de verdade; não importa se cheias ou vazias, todas são confiscadas). "Tem um cigarro aí?"

Ela se vira, olhar de tédio enquanto me aproximo, então seguro sua mão e

puxo minha mão do agarrão daquele guardião de malas confuso, balançando a cabeça e respondendo "Os cigarros vão lhe matar, sabia?" enquanto me voltava novamente, passando pelo meio das filas em zigue-zague que se dirigiam ao detector de metais. A multidão ia compacta e pouco interessada em dar passagem, mesmo para uma mulher de uniforme, então sou

um adolescente recurvado, a bateria e o baixo estourando em meus fones. Arranco aquilo com desgosto e, os ouvidos ainda apitando, estiro a mão para tocar

um executivo, cansado, com má postura, ombros curvados, impaciente pelo voo, que toca

um pai que já não escuta o que diz a esposa,

que toca o braço de uma

estudante carregada com muitíssimas coisas, nada de que precisasse, na ponta da fila, com o coração acelerado que me faz pensar justamente no que mais ela estaria carregando, no que poderia criar um pânico tão grande do raio-x. Mas talvez não fosse hora de descobrir, então assim que o segurança me entrega a bandeja onde colocar meus pertences, toco seus dedos e empertigado, sorrio meu sorriso mais tranquilizador para a estudante trêmula, virando-me a minha colega enfadada que confere o raio-x, e digo "Ei, sabe as horas?"

Mal ergue os olhos de sua verificação monótona para grunhir uma resposta, e nesse instante já estou do outro lado do balcão

conferindo bagagens, tendo acabado de pegar uma calcinha da mala, a passageira vermelha, cheia de vergonha pela lingerie de renda, embora eu

passando para ela e organizando minha mala outra vez, ache que aquilo é bastante charmoso e talvez nem tão sexual quanto ela talvez pense, e enquanto atravesso a alfândega em direção ao *duty free*, tateio meu bolso atrás da passagem e descubro que é para São Francisco, suspirando, indo atrás de alguém que esteja embarcando a Paris.

59

Meu nome é Salomé.

É o que diz meu passaporte, e não tenho nada melhor além disso. Minha intenção era a primeira classe, mas a fila estava muito confusa e meus dedos cansados, então permaneci Salomé, joelhos apertados no banco da frente, assento da janela, a vista sobre a asa, turbina e uma nesga de céu.

Em algum lugar, um pendrive com informações de uma empresa Aquarius segue seu caminho para Edimburgo.

Em Zehlendorf a polícia recebeu uma denúncia anônima de que um homem estaria algemado à calefação, confuso e assustado.

E eu, que não me sinto muito à vontade com um nome tipo Salomé, preferindo Amélia, fechos os olhos e sou pressionada na poltrona pela decolagem, sem nada de meu no mundo inteiro, e penso em Paris.

Ouvi uma história, certa vez, no porão de um café parisiense onde artistas se reuniam para sussurrar rebeliões, onde a música era suave e o cheiro forte lembrava café e gin vagabundo.

Quem contou a história foi uma mulher chamada Nour Sayegh, que estudara um pouco na Nouvelle Sorbonne e falava um francês com sotaque argelino. Havia uma característica em seu rosto que me fascinava, encantava mesmo, e em meio a seus colegas de universidade — realmente *adoro* a semana de recepção dos calouros! — eu me questionava se não a conhecia de algum lugar, se não tinha vestido a pele de sua irmã, mas não conseguia identificar suas feições de jeito nenhum, até que ela começou a falar.

"Meu nome é Nour Sayegh e eu carrego o fogo do *djinn*."

Uma bateria lenta soou, já que aquele era um lugar para os que gostavam da performance, para estudantes que sonhavam com a fama e daqueles que, por a possuírem, a desprezavam. Conforme Nour contava sua história — de viagens pela África, sobre sua vinda à França — seu corpo oscilava ao sabor da música que acompanhava suas palavras, dando mais vida a elas.

"Minha tatatatatataravó casou com um *djinn*. Seu marido era um ricaço do Cairo, mas que não amava minha avó. Ela era somente um adorno na casa, não uma mulher, não mesmo. Então minha avó chorava, sozinha sob o luar, olhando para as águas sagradas do Nilo e rezando aos deuses antigos, ao falcão Hórus e à gentil Isis, mãe de todas as coisas, por um milagre que alterasse o olhar de seu esposo. Chorava tão baixinho, com medo de ser vista triste, que apenas os grilinhos reunidos a seus pés conheciam sua angústia, e a brisa que soprava do oceano. Até que o *djinn* apareceu. Fogo do deserto, vento cortante, ele apareceu, cavalgando as areias, seu nome um milhar de olhos sem expressão, *elf'ayyoun we'ain douna ta'beer, youharrik elqazb doun arreeh*, sua voz dobrando os juncos sem nenhum vento, com sua espada de estrelas e nos olhos a brasa de um sol extinto.

"Não sabemos o nome verdadeiro do *djinn*, ou porque o pranto de minha avó o conduziu até sua casa, mas quando ele a viu chorar no jardim também ficou triste, assumindo a forma de um garotinho, de pele prateada e cabelos de ébano, que perguntou 'Por que choras, senhora? Por que choras?'

"'Meu esposo não me ama', ela respondeu. 'Sou sua esposa, por isso devo estar com ele, mas não posso deixar de lamentar o destino que me cabe. Porque vejo as outras esposas, vejo-as amando e sinto a dor aguda de meu pesar, crudelíssimo por comparação.'

"Ouvindo essas palavras, o *djinn* ficou profundamente tocado. 'Venha comigo', disse, 'e a amarei como seu esposo.'

"'Alá me perdoe por sequer considerar tal ideia! Pois sou devotada a meu marido e não posso permitir que outro me viole a carne! Saia daqui, *djinn*, pois muito embora eu saiba que falas com gentileza, tuas palavras ainda são obscenas!'

"O *djinn*, atordoado, foi embora. 'Que modos estranhos têm esses mortais', refletiu. 'Tão presos a grilhões que eles próprios inventam. Pois bem, se é para tê-la, devo ser como é seu esposo!' Dizendo isso, o *djinn* se transformou em vapor, penetrando no quarto do marido, que jazia estafado pela noite de amor com outra esposa. E o *djinn* serpenteou pelas narinas do esposo e abraçou seu coração, de modo que pela manhã foi o *djinn*, não o marido, quem despertou do sono, virou-se para a mulher a seu lado e vociferou 'Saia daqui, rameira!'

"Essa esposa saiu, aos prantos, da cama enquanto o *djinn*, agora marido, seguia direto ao quarto de minha avó e dizia 'Perdoe minhas cruel-dades passadas. Sou seu esposo e devo honrá-la com todo o respeito e cuidado que estiver a meu alcance.'

"Minha avó, mulher arguta, de imediato estranhou essa mudança e dispensou a ele apenas suas obrigações, com cautela, sem acreditar em sua fala. Mas conforme passavam as semanas e o *djinn* ia demonstrando sua dedicação, ela se abrandou e passou a ter esperança, a rezar para que tal mudança abrupta em seu marido pudesse ser real.

"'Meu senhor', disse a ele, certa noite, 'há uma mudança em seu tem-peramento que, se me permite dizer, faz parecer que não é o homem com quem casei.'

"A isso o *djinn* se encheu de orgulho. 'Certamente', disse. 'Foi você quem me mudou, preencheu-me e fez de mim um homem melhor.'

"Com essas palavras, foram felizes juntos, mas minha avó não po-dia evitar a lembrança do *djinn* no jardim, prometendo a ela aventuras proibidas, e sempre que olhava para o esposo ela se questionava. Aquele homem era seu marido ou estaria enfeitiçado por uma criatura ardente do deserto, um *djinn* das areias? Mas, se estivesse, o que poderia ser feito? Porque era verdade que os *djinn* pertenciam a uma raça vasta, que se deleitava, é certo, ao pregar peças nos homens, mas também demonstrava grande gentileza e bondade a seus favoritos e amados de Alá. Basta lembrar do *djinn* que carregou um príncipe faminto até Bagdá em um vento de fogo, ou o outro que auxiliou um mercador a chegar às portas de Damasco. É preciso lembrar ainda dos *djinn* que nutriram amor, servindo fielmente a seus amados e guardando o ventre das mães que, em noites tempestuosas, dariam à luz seus filhos. Somos rápidos demais em acusar os *djinn*, culpá-los por nossas aflições, e esquecemos seus bons feitos, que costumamos clamar como nossos.

"'Você está muito mudado', sussurrou outra vez ao marido, ambos deitados e nus, amantes sob as copas das árvores. 'Muito mudado.'

"Nisso o *djinn* tentou falar, mas ela o interrompeu. 'Dizem que os inocentes encontrarão o caminho para o paraíso. Não conheço qualquer crime de que eu seja culpada, mas se devo permanecer assim, que continue segura em minha inocência. Vindo um espírito das profundezas a me corromper, então que eu seja corrompida. Mas se em tal corrupção eu me deleitasse, seria uma meretriz e uma feiticeira, merecendo ser assim chamada. Não crê?'

"Ouvindo isso, o *djinn* se calou, pois compreendia o que minha avó queria dizer. Em vez de falar, ficaram um longo tempo deitados sob o sopro fresco do rio, até que ele por fim disse 'Amar a quem se ama, ser quem se deveria ser, tais coisas não parecem contrárias à vontade do Criador. Pois ele a fez para o amor e para a vida, e negá-la isso seria negar a vontade de Alá.'

"Minha avó trespassou o *djinn* com seu olhar cristalino, penetrando sua alma e a verdade de seu coração, tanto que ele quase saltou fora da pele que habitava. Ela então sorriu e disse 'E se Alá também tiver criado o engano?'

"Então, certamente', respondeu, 'isso possui um propósito.'

"Por dez anos o *djinn* permaneceu ao lado de minha avó, amando-a e sendo por ela amado, e eles jamais falaram sobre as mudanças em seu marido ou como aquilo ocorrera, mas, à maneira dos inocentes, aceitaram tudo um do outro, e foram verdadeiramente o casal mais amoroso da criação.

"Até que a guerra chegou, e os soldados vieram atrás do esposo, que em tempos antigos havia cometido suas indiscrições contra os governadores do Cairo. E quando os soldados chegaram ao marido, o *djinn*, tomado por raiva, vergonha e terror, fugiu do corpo que vestira por dez anos e desvaneceu num rodopio em meio à noite. Vendo isso, os soldados clamaram contra toda a feitiçaria e de um só golpe decapitaram o marido, ali mesmo, jogando seu corpo aos crocodilos. Minha avó tombou em prantos ao lado das águas rubras, mas os soldados a chamaram de bruxa e a levaram presa, onde um juiz e um homem sábio, cada um a seu tempo, chamaram-na de blasfemadora. Atiraram-na no calabouço mais profundo do Cairo, onde homens sujos a submetiam a atos vis, e todas as noites ela clamava por seu *djinn*, por seu marido, por seu amante e protetor perdido, mas ele não apareceu, pois *djinn* são mutáveis como as luas, temíveis como o mar, e o pranto de minha avó se perdeu nas pedras.

"Seu tormento teve fim apenas quando os captores que a atormentavam viram que ela carregava uma criança. Quando descobriram, muitos quiseram atirá-la no fundo de uma cova, mas um deles teve piedade e a ajudou a escapar sob o manto da noite. Desesperada e ferida, cambaleou pelas ruas indo cair, por fim, às portas de uma madraçal, onde o gentil imame se compadeceu e cuidou para que se recuperasse.

"Mas o calabouço havia ferido minha avó mais fundo que a carne, e a criança veio ao mundo em meio a tormentos, desonra e sanguinolência, pois o ser que vinha à luz era filho de um *djinn*, criatura tanto ígnea quanto mortal. Nascendo, incendiou minha avó por dentro, sua essência mágica forte demais para que o ventre suportasse, e quando viu o bebê choramingando já neste mundo, o imame foi tomado por grande perplexidade e não sabia o que fazer. Virou-se para entregar o filho à mãe, mas a mãe estava morta.

"Sozinho com a criança chorosa e o corpo da mãe, o imame orou a Alá por uma luz, e enquanto orava parecia que ele mesmo se tornava djinn, pois sua mente dava sinais de se confundir com a do bebê, e ele pôde sentir o terror, a dor e o remorso daquele pequeno corpo, mas acima de tudo pôde sentir o amor que o pai da criança nutrira por minha avó, mais fulgurante que as chamas que a destruíram. Retomando os sentidos, soube que não poderia matar o bebê, já que mesmo tendo sido criado em obscenidade, também era cria do mais puro amor. Então cuidou da criança até que se tornasse um homem, e esse homem deitou com mulheres que se tornaram minhas avós, cada uma portadora de um pouco de sangue djinn, do fogo do deserto e do amor de uma alma imortal."

Nour Sayegh terminou de falar, e enquanto as pessoas no café sob Paris aplaudiam sua história, não completamente atentas, permaneci em silêncio em meu canto, encarando os olhos daquela criança vinda da carne de Ayesha bint Kamal e de Abdul al-Mu'allim al-Ninowy; mas também de minha alma.

60

Paris.

O que posso dizer sobre Paris?

Que os franceses não aceitam não como resposta.

Guerras, levantes e rebeliões, governos formados e derrubados, algo comum como uma gripe. Pobreza esmagadora e riqueza enorme. Apesar disso tudo, Paris continua Paris, coroa da França, cidade dos bulevares, refinamento e vinho tinto.

Nos filmes românticos, Paris é o Sena e os entendimentos sentimentais sob o toldo roxo de um café, em que garçons em aventais branquíssimos servem croissants miúdos em bandejas de prata, sussurrando verdades filosóficas sobre o amor.

Nos suspenses americanos, Paris é corrupção, o metrô encardido dando guarida a estranhos mal-encarados, que mascam ervas desconhecidas com o canto da boca, cuspindo nos trilhos e sorrindo com malícia para as jovens, perseguindo uns aos outros pelas calçadas de Montmartre.

Para as crianças, Paris é o trem de dois andares e a Torre Eiffel; para adultos ricos, o som da champanhe estourando nos restaurantes-terraço perto de Notre Dame. Para os nacionalistas, a bandeira tricolor tremulando no Arco do Triunfo, e para os historiadores é a mesma coisa, embora estes possam olhar para o vermelho, o branco e o azul de um modo mais circunspecto.

Para mim, Paris é um belo lugar onde passar os meses de maio, junho e setembro, horrendo em agosto, monótono em fevereiro e que atinge o ponto mais mágico quando os bueiros são abertos para escoar a sujeira do dia anterior, transformando as ruas da cidade em uma fonte estrondosa.

Para Aquarius, Paris era a última localização conhecida da entidade chamada Janus.

Livrei-me de Salomé no saguão de desembarque do aeroporto Charles de Gaulle e caminhei até o ponto de táxi vestindo o segurança designado para me revistar. Tomei o taxista pelo braço, mas fiquei tão repugnado pelo bafo de cachaça e pela enxaqueca na lateral do crânio que me aproximei do taxista seguinte e me esgueirei nele, saindo do ponto com cautela, apagando o sinal de táxi livre.

Obras na pista da Autoroute du Nord me deixaram furioso, batucando com os dedos no volante ao som do rádio que tocava um europop ruim. Quando as informações sobre o trânsito interromperam o cantor, com todo seu papo de amar alguém que era sua luz, seu ar, sua alegria, comida, seu pão com manteiga, fiquei sabendo que o engarrafamento estava chegando até a Périphérique, e bufando com frustração eu saí da rodovia e fui atrás de outro transporte.

Em Drancy, tomei o trem e uma jovem de cabelos tingidos de loiro, sozinha no canto desbotado do vagão, revirando minha bolsa para descobrir quem eu era. Era Monique Darriet, e tinha comigo cinquenta euros em notas e moedas, uma chave não sabia de onde, um batom, celular, duas camisinhas e um kit de insulina. Arregaçando as mangas, achei uma pulseira informando sobre minhas diabetes, com um telefone de socorro para o qual ligar em caso de emergência.

Passei para um velho de bigodinho fino na Stade de France. Não era tão bonito nem confortável como Monique, mas eu não estava com disposição para cuidar de meus níveis de açúcar no sangue.

Somente os loucos e os desesperados se demoram perto da Gare du Nord ou da Gare de l'Est. Como praticamente todas as grandes estações em qualquer metrópole do planeta, esses lugares só servem para um café ralo, cigarros superfaturados e o ronco dos motores dos táxis esperando por corridas. Ruído, tumulto e a sensação de que ninguém se importa são o que define as estações pouco convidativas onde nenhum dinheiro é capaz de comprar um sanduíche que preste. Assegurei-me de andar pelo menos quinze minutos antes de parar em qualquer hotel.

No fim de uma rua estreita demais para a altura das casas que a enchiam, encontrei uma pesada porta preta com uma campainha tão débil quanto meus velhos braços frágeis. O proprietário pareceu surpreso de ter um hóspede, mas apertei sua mão peluda mesmo assim e fechei a porta na cara espantada de meu hospedeiro anterior.

Do lado de dentro, um corredor sem janelas era iluminado por lâmpadas incandescentes, seus filamentos torcidos como cadeias de DNA. O ar abafado tinha cheiro de lustra-móveis. Dei a volta no balcão de atendimento e me reservei uma suíte no último andar, marcando a reserva como paga, escondi a chave em um vaso na escadaria, peguei meu casaco e saí atrás de uma boa refeição e de um fantasma sumido.

• • •

Meu corpo não precisava comer, mas é difícil se livrar dos hábitos, e a compulsão mental pela comida superava o desejo físico. Com um ensopado fumegando à minha frente e um café esfriando ao lado, fiquei observando a rua e pensando em Janus.

Três semanas atrás ela fora fotografada por Aquarius: uma japonesa sentada neste exato café, o jornal na mesa em frente. Parecia distraída, os olhos vagueando por algum ponto fora do campo fotográfico, mas Janus possivelmente tinha muitas coisas sobre as quais pensar.

"Com licença", falei para o garçom, colocando uma gorjeta muitíssimo generosa na bandeja. "Estou procurando uma amiga. Osako Kuyeshi. Costuma vir a este café. Por acaso você a viu?"

Paris não é diferente de Londres ou Nova York. Uma japonesa solitária, tomando café sozinha, não tinha passado despercebida. Como também não passou despercebida sua ausência.

Encontrei-a no ambulatório do Georges-Pompidou, esperando por uma tomografia. Enfiada em uma paciente com roupas de hospital e uma tornozeleira grossa, sentei a seu lado. "Está esperando pela tomografia?"

Estava.

"Para quê? Posso perguntar?"

"Tenho cistos. E perdi a memória."

"Que coisa horrível! Tenho esperado meses", resmunguei, passando a língua nos dentes falsos grudados em minhas gengivas. "Tenho problemas terríveis de memória. Num dia estou conversando com esse senhor no trem, e no momento seguinte se passaram dois meses, e me encontro só de calcinha no quarto de outra pessoa."

Não! Osako Kuyeshi exclamou. Você também?

Sim! E o pior, quero dizer, o pior de tudo é que a calcinha nem era *minha*...

... mas chega de falar de mim. Conte de você.

• • • •

Quarenta minutos depois, saí do hospital. Um médico jovem com o estetoscópio em volta do pescoço.

Três dias antes, Osako Kuyeshi abrira os olhos e não sabia onde estava. Cinco meses de sua vida tinham sumido. Ela mal falava francês; a última coisa de que lembrava era de estar em Tóquio, esperando para receber sua pensão. Os médicos estavam desconcertados, assim como estavam os homens gentis que vieram lhe fazer perguntas enquanto esperava pelo psiquiatra.

"Está tudo bem", assegurei. "Tenho certeza de que algo bom vai acontecer depois disso."

Acho que não, ela respondeu. Meu marido morreu mês passado, e agora estou sozinha. Não acho que nada bom vai acontecer nunca mais.

Osako despertara em um apartamento que não era o seu.

Isso era interessante.

Se Janus tivesse largado Osako no meio de uma fuga, teria feito isso no meio de uma rua movimentada, em algum lugar cheio de corpos para os quais passar.

Um apartamento parecia algo mais planejado, menos afoito.

Fui até Sèvres-Lecourbe, ao sul do monumento à ambição militar que era o Museu dos Inválidos, procurar pelo novo hospedeiro de Janus.

O lugar se revelou como um apartamento de temporada, alugado no nome de Osako embora ela não se recordasse. O primeiro rosto que viu — jovem, de olhos verdes e véu púrpura — foi da faxineira, uma marroquina que falava um francês perfeito e calçava sapatos com os dedos de fora. Disse já ter sido questionada sobre o estado da senhora Osako, primeiro pelos médicos, depois pelos homens que chegaram até ali, e ela dissera a todos o mesmo que dizia a mim — que havia ajudado Osako quando esta caíra.

E depois de cair?

A faxineira não tinha certeza. Lembrava-se da queda, depois lembrava de estar parada no meio da rua, ouvindo a senhora Osako gritar, gritar desesperada. Pobre mulher, ela está bem?

"Você ficou parada no meio da rua, mas não se lembra de como chegou até lá?"

"Claro que lembro!" protestou. "Fui andando até lá! Não consigo lembrar por que motivo fiz isso, mas devo ter andado até a rua, porque era lá que eu estava!"

E você viu alguém na rua, se afastando?

Engraçado. Essa tinha sido exatamente a mesma pergunta que o outro homem fizera.

Janus, deus de duas caras, onde você está?

De Osako para a faxineira, da faxineira para um estranho na rua.

Tirando o fato de não ter sido um estranho, porque aquilo fora planejado, havia sido algo armado por Janus, e o estranho era...

Monsieur Petrain, morador do 49, e havia somente uma pergunta que eu realmente queria fazer, uma pergunta para botar essa história às claras:

"Monsieur Petrain. Sua bunda. Você diria que ela é 'firme'?"

61

Lembro-me de Will, o ajudante em meus tempos com Marilyn Monroe, Aurangzeb e champanhe.

Não vesti seu corpo por muito tempo, pois tínhamos um acordo e, quando este terminou, apertei sua mão e ele não teve medo de meu toque. Desejei-lhe "Boa sorte, Will".

Deu um sorriso forçado e apertou mais ainda minha mão. "Digo o mesmo. Digo o mesmo."

Trinta e dois anos mais tarde, sentada em Melissa Belvin num restaurantezinho perto de Columbus, vi um homem entrar pela porta. Tinha o rosto redondo, mas não era gordo, corpulento sem que fosse desajeitado. Pediu um café preto bem forte, um folhado doce e um exemplar do *New York Post*.

Observei-o enquanto virava as páginas de escândalos políticos, corrupção, notícias de ditaduras e economia, sem parar. Então começou a ler atentamente o caderno de esportes, acompanhando cada linha de cada artigo como se fosse um texto sagrado.

Depois de um tempo me aproximei, sentando-me num banco alto do balcão, a seu lado.

Seus olhos se levantaram do jornal para mim e, sem perceber qualquer ameaça, voltaram a ler. Qualquer outra pessoa teria parado para me admirar, já que meu vestido amarelo e cabelos loiros me faziam belíssima até para os padrões da época.

"Como os Dodgers estão se saindo?" perguntei.

Olhou novamente para mim, reavaliando mais do que me dispensando. "Bem. Mas com certeza podem melhorar."

"Temporada difícil?"

"É sempre temporada difícil para os Dodgers. Desse jeito eles fazem as vitórias mais saborosas."

Era para o assunto terminar ali, mas continuei. "E como você está, William?"

Seus olhos rapidamente me encararam, agora tentando compreender o rosto que segundos atrás desprezara. "Não sou William. Deve estar me confundindo com outra pessoa."

"Então quem é você?"

"Acho que me entendeu mal..."

"Como anda sua memória?"

Silêncio, e agora seus olhos se agitavam embora o corpo permanecesse parado, olhando-me de cima a baixo. "Cristo", bufou, "Pai do céu! E você? Quem caralhos é você?"

"Sou Melissa."

"E como caralhos você tem passado, Melissa?"

"Bem, muito obrigada. Um pouquinho mudada. E você?"

"Bem. Bem! Bem para caralho! Você ainda é corretora? Isto é..." afastou o corpo de forma abrupta — "é trabalho?"

"Não mexo mais com isso, não."

"Mesmo?"

"Mesmo."

"O que houve?"

"Começou a... ficar difícil. Sou só uma qualquer, agora."

Ele me encarou, sua boca fazendo movimentos lentos como se a mente quisesse dizer algo mas não encontrasse palavras. Então, sem mais nenhuma exclamação espirituosa, jogou as mãos para o alto e arrematou "Porra! Quer tomar alguma coisa?"

• • •

Ele estava velho, numa idade bem vivida, com uma vida que progredira em ritmo mais calmo do que os anos que o atropelaram. Em um bar da Broadway ele me narrou a vida e as experiências de Harold Peake — um novo nome para um novo homem.

"Daí então que eu entrei no esporte, quero dizer, assim, pus dinheiro nisso, você sabe, como um investidor. E agora tenho essa casa — você precisa ver — lá em Nova Jérsei, e meu companheiro — você precisa conhecê-lo, ele é ótimo, um cara ótimo — e temos um jardim, e eu aparo a grama aos domingos, você acredita? Eu *aparo a grama*! É como se, meu Deus, da primeira vez que você me viu para agora, é inacreditável."

Parecia incrível, eu disse. Parecia realmente incrível.

Seu silêncio foi a retração abrupta de alguém que de repente temesse ter falado demais. "Então, Melissa", murmurou, "você deve ter feito suas coisas. Deve ter visto um monte delas. Conte o que você tem feito, *quem* tem sido."

"Não tenho muito o que contar. Ando vivendo de um jeito tranquilo."

"Vamos lá, qual é? Sendo... você sabe... por que viveria de outro jeito que não fosse... você sabe!"

"Como eu disse. As coisas estão tranquilas."

"Vamos conhecer minha casa. Vamos lá conhecer Joe."

"Isso seria... agradável."

"Onde você está morando?"

"Em um hotel de Columbus, perto da 84."

"Que beleza. Aposto que você não apara a grama."

Apostou certo. Eu não aparo.

"Então venha jantar conosco! Domingo? Domingo você pode, certo? Quero dizer, você não está para ir embora da cidade, está?"

Domingo seria perfeito. Diga o endereço.

A casa era uma mansão em Nova Jérsei, demonstração da retomada de um orgulho colonial, todo branco. O companheiro, Joe, era um homem de dentes brilhantes e bronzeado assombroso. A comida, requintada, era servida com guacamole de acompanhamento. A grama estava bem aparada.

"E onde vocês se conheceram?" Joe quis saber, beijando-me em ambas as faces.

"Los Angeles", explicou Will. "Melissa trabalhava na Paramount."

"Que fantástico! Isso é fantástico! E você ainda trabalha com cinema, Melissa? Conheceu meu garotão em seus dias de loucura? Você parece tão jovem — qual o segredo?"

Cremes, respondi. Faço os meus próprios.

A casa era repleta de fotos. Até o banheiro tinha um porta-retratos do casal feliz se abraçando. As estantes eram cheias de lembrancinhas e recordações. Um modelo de plástico da Torre Eiffel, que mudava de cor de acordo com a temperatura. Uma caneca de lembrança de Santa Monica, um tubarão de pelúcia ganho num parque de Vermont, o chapéu que Joe devolvera a Will na primeira vez que se viram, quando um pé de vento o arrancara da cabeça de um e o jogara nos braços do outro, que viria a ser seu amante. A pintura de Rhode Island que compraram juntos, para decorar a parede vazia do primeiro apartamento. Mostraram-me cada objeto, contando todas as histórias.

Que adorável, eu disse.

Vocês são mesmos sortudos.

Deus! Joe respondeu. Tem sido uma loucura, você sabe. Uma loucura.

Às 17h45 Joe saiu em um 4x4 enorme para ir à igreja, e eu fiquei no quintal, bebendo vinho e comendo queijo com Will.

"Você conseguiu uma bela vida aqui", falei enquanto os ramos das faias balançavam e uma criança berrava em alguma casa vizinha. "Deve estar orgulhoso."

Will permaneceu em silêncio, e ergui os olhos para ver sua mão branca em torno da taça, o olhar fixo no pôr do sol.

"Orgulhoso. Acho que sim. Fiz tudo que supostamente se deve fazer. Arrumei um emprego, uma casa, um marido. Vou ao dentista, varro os cômodos, cuido do jardim, janto com amigos. É, estou orgulhoso. Tenho vivido o sonho americano. E devo isso a você. Mas... já não tenho tanta certeza de que o sonho americano é algo de que se orgulhar. A gente vê os garotos voltando do Vietnã, passa pelo escândalo de Watergate, assiste aos russos apontando seus mísseis para cá, vê nossos próprios mísseis apontados para lá, e aí pensa... é, minha vida é perfeita. Mas segundo a ideia de perfeição de outra pessoa. Alguém me disse que eu devia me orgulhar, então me orgulhei, estou orgulhoso, mas esse sentimento... não tenho certeza se é meu mesmo."

"E você preferia o quê?"

"Caralho", resmungou. "Caralho, que tipo de pergunta é essa? Como caralhos eu posso saber o que preferia, se eu não fiz nada diferente? Já pedi esmolas. Fiquei fodido nas ruas, de joelhos implorando uma moeda, e sei que isso eu não preferia. Sei que esta vida é muito melhor — tão melhor que nem pareço ser a mesma pessoa vivendo isso. Sei que o que tenho é fantástico porque todo mundo me diz isso, mas como *eu* posso saber? Como posso saber que estaria melhor sendo cirurgião, com as mãos cheias de sangue? Ou um soldado, ou político, ator, professor, pastor. Como caralhos posso saber que estaria melhor fazendo outra coisa além dessa puta mentira deslavada que a gente inventa o tempo inteiro, para justificar o puta vazio de nossos dias? Não há tempo suficiente na vida para conferir se o melhor para outro cara é melhor que o seu, porque você precisaria largar mão de tudo que tem para descobrir por si mesmo. Antigamente, nossos pais sonhavam em levar liberdade e prosperidade para toda a raça humana, em construir uma sociedade perfeita, e de algum modo isso se transformou no sonho de ter um carro melhor e uma janela maior na sala, com nossos vizinhos fazendo torta de maçã. Essa porra de torta de maçã. E nós caímos nessa, a porra do país inteiro, e estamos orgulhosos porque nossos gramados estão bem cortados e nossas casas são quentes no inverno e frescas no verão e... porra!" Baixou a taça com violência, veios de vinho escorrendo pelas bordas como sangue. "Estamos felizes por termos medo para caralho, por sermos preguiçosos demais para pensar em algo melhor que fazer."

Silêncio.

A criança do vizinho tinha parado de brincar. Will abriu os dedos que seguravam a taça, um de cada vez, virando-se para mim e se esforçando para conter a agitação.

"Posso perguntar uma coisa? Posso perguntar... o que você acha disso?" Sua mão apontou para a casa, o jardim. "Gosta? Você já foi todo mundo que quis ser. Deve entender disso. Vale a pena estar orgulhoso?"

Não respondi.

"Vamos lá, Seja-lá-qual-for-a-porra-do-seu-nome. Vamos!"

Baixei minha taça. "Sim", terminei por responder. "Vocês têm algo adorável aqui."

"Temos? Você poderia ser um bilionário igual! Poderia ser presidente dos Estados Unidos sem nem se incomodar com as eleições. Foi isso que conseguimos?"

"Sim. Conseguiram algo... invejável. Não pelas coisas. Qualquer um pode comprar coisas. A casa de vocês está cheia de histórias. Tudo é uma história. Isso é algo para ser mantido."

"E é o bastante?"

"Sim", hesitei ao dizer. "Você ama o Joe?"

"Porra, claro que amo." Eu acreditava em suas palavras, desde a angústia em seus olhos até o pavor em sua voz. "Eu o amo, mas como sei disso? Como sei que isso é amor? Nunca tive nada com que comparar, nenhum meio de saber. O que é suficiente? Para o jeito que você, *aqueles* que você vive, o que é o bastante?"

"Nada. Nada nunca é o bastante. Não importa quem você seja, sempre há algo a mais para obter, algo que seria seu caso você fosse outra pessoa."

"Me faça igual a você." As palavras soaram tão rápidas que eu mal as ouvi. Ele disse outra vez, os olhos reluzindo, dedos apertados entre os joelhos. "Me faça igual a você."

"Não."

"Por que não?"

"Porque não sei como."

"Claro que sabe..."

"Não. Eu não sei."

"Vamos!" silvou. "Vamos, estou implorando. Este sou eu: implorando. Estou ficando velho, lento, estou me acomodando e sei, simplesmente sei, que vou morrer nesta porra de lugar, vivendo esta vida. Me faça ser como você."

"Não."

"Melissa..."

Levantei-me de uma vez, e ele fez o mesmo. "Não. Esta sua vida é belíssima. É tranquila, confortável, entediante e belíssima. Você construiu algo a partir do nada, e o que está querendo agora destruiria tudo. Não, esse nem é o importante. Isso destruiria *você*. Se se tornasse o que eu sou, perderia não apenas aquilo que possui, mas aquilo que você *é*. Todas as referências que tem para se autodefinir, desde a verruga sob o braço até os amigos que o carregam quando está bêbado demais para dirigir, as memórias que tem e as histórias que conta, as roupas que usa e as pessoas que ama, nada disso existiria mais. Pertenceriam a outra pessoa. Seriam histórias de outra pessoa. E tudo que lhe restaria seria... ser um espectador... de uma vida que não consegue viver. Não vou ajudá-lo nisso. Não posso, nem vou."

Fiz menção de sair — não sabia para onde; talvez o banheiro, talvez para a porta — e Will se adiantou e me agarrou pelo braço. "Melissa..."

Saltei.

Pânico instintivo, o tranco da pele. Saltei, e uma mulher estava de pé à minha frente, piscando os olhos, atordoada, confusa. Soltando um palavrão eu a tomei pelo braço e saltei de volta antes que pudesse gritar, e naquele segundo de incerteza a mão de Will largou meu braço. Virei-me e me afastei, os saltos tamborilando sobre o caminho de pedras do jardim até a porta.

Já estava na rua quando ele me alcançou. "Melissa!"

Parou às minhas costas, desolado, os ombros caídos e as costas curvadas. "Não posso ajudar. Não sei como."

"Por favor", murmurou, lágrimas enchendo seus olhos. "Por favor."

"Todos os homens querem ser alguém diferente. É isso que os faz realizar grandes feitos na vida. Com as vidas que são capazes de viver."

Comecei a me afastar, e ele se arrastou atrás de mim, uns poucos passos sem motivação. "E você?" perguntou. "O que você faz?"

"Nada", respondi. "Nada."

Deixei-o lá, caminhando até que meus pés passaram a correr.

Sou muito boa em correr.

62

Paris.

Monsieur Petrain, advogado de dia, Adônis de bunda firme à noite. No instante em que o vi do outro lado da rua soube que era o tipo de Janus. Sob a camiseta de algodão havia um corpo refulgindo de energia represada pronta a explodir. Tinha os braços quase parrudos demais para as mangas, o queixo quadrado, um olhar bobo, parecendo a manifestação perfeita da vaidade clichê que eu lembrava de meus encontros com Janus.

Ele tampouco estava só.

Fantasmas gostam de companhia, e quando um corpo é recém-habitado fica fácil comprar a companhia que os outros conquistam.

Hoje, Janus comprava sua companhia com Côtes-du-Rhône servido por um garçom empertigado, numa mesa com quatro pessoas. O grupo sentava-se nos fundos de um bistrô cuja especialidade era pato e *cassoulet* de lichia, servidos em uma cama de acelga com molho de ameixas sicilianas colhidas a mão. O preço era tão alto que eles sequer se davam ao trabalho de colocar no cardápio, e se você precisasse perguntar, provavelmente não teria como pagá-lo.

Enquanto o sol se punha sobre Paris, permaneci sentada em uma respeitável senhora de pincenê antigo na ponta do nariz, smartphone na bolsa e uma pequena cordilheira de diamantes nos dedos, comendo mexilhões ao creme de limão com cogumelos ao alho, observando Janus ser pajeado, um homem bonito e riquíssimo que não demonstrava qualquer vergonha por ser o centro das atenções.

Eu não era a única pessoa que o observava.

Como Paris é uma capital da moda, trajes de proteção provavelmente se destacariam. Os agentes de Aquarius, por isso, se vestiam mais de acordo com o ambiente: camisas de manga comprida, calças, luvas, golas altas, chapéus bem rebaixados sobre a cabeça e, aparecendo em um ou outro ponto, segundas peles inteiras de lycra. O resultado final, além de fazê-los parecerem inuítes preparados para um inverno rigoroso, deixava uma pequena área descoberta que ia de suas testas enrugadas até os queixos retraídos. No inverno eles bem poderiam suportar essas roupas. Como faziam para caçar no verão, isso eu não conseguia imaginar.

Dois deles, talvez mais corajosos que os colegas, sentavam-se à janela do restaurante. Comiam uma entrada (com sorte, paga pela agência) de queijo de cabra, castanhas torradas e camarões na manteiga, deixando entrever somente uma nesga de lycra e do coldre debaixo da roupa.

A tudo isso Janus permanecia, naturalmente, ignorante.

Por que ficar atento àquilo de que não se suspeita?

Uma explosão de risos da mesa de Janus indicava que alguma anedota particularmente espirituosa fora contada, acompanhada de uma garrafa especialmente agradável de borgonha tinto, cujo paladar adocicado e o preço extremamente alto serviam para motivar uma apreciação descontraída. Coloquei vinte euros sobre a mesa, apanhei minha bengala e bolsa, e caminhei com dificuldade para fora do restaurante. Não fazia muito tempo, este corpo passara por uma cirurgia no quadril, e agora o peso de minha coluna criava uma constante curva acentuada, além de irritação e desconforto.

Já fora, tomei nota da van azul estacionada — ilegalmente — no outro lado da rua, identifiquei o homem de mangas compridas e chapéu baixo que fumava o terceiro cigarro do crepúsculo sob um poste de iluminação, e por fim encontrei dois homens escorados na balaustrada de pedra no topo de um telhado, braços cruzados para combater o frio e suas formas discerníveis como duas manchas escuras contra a claridade do fim do dia.

Coxeei algumas centenas de metros antes de tropeçar e me agarrar ao braço de um executivo que passava, pasta em punho, e em quem saltei, virando-me imediatamente para amparar a respeitável senhora a meu lado antes que caísse, perguntando em voz baixa "Está tudo bem, Madame?"

O cavalheirismo não está morto.

Nesse corpo consideravelmente mais confortável, dei a volta no quarteirão duas vezes, passando pelo restaurante em ambas as oportunidades para conferir a situação sitiada de Janus, antes de encontrar quem eu procurava. A guarda de trânsito tinha trinta e poucos anos, e sua aparência sugeria ter vindo do Camboja ou de Laos, o mau humor embutido nos cantos de seus lábios curvos.

Sou Doris Tu, oficial de fiscalização de trânsito.

Tenho o ombro direito um pouco deslocado e preciso urgentemente de óculos, mas as chances de me deparar com outro guarda de trânsito por ali pareciam remotas, mesmo pelas ruas de Paris, então fiquei com o que pude encontrar.

Forçando minha vista nada perfeita, andei meio atrapalhada até o restaurante, onde Janus comia seu crème brûlée, a mão sobre a perna de sua acompanhante mais próxima.

Atravessei a rua e fui até a van, de janelas escurecidas e luzes apagadas, e bati no vidro.

Num instante imaginei ouvir um palavrão a meia-voz. O vidro foi baixado. Um homem me observava das sombras, os cabelos bagunçados pelo gorro puxado com pressa, que de outro modo ainda estaria cobrindo todo seu rosto. De luvas, mangas para dentro, calças enfiadas nas meias e a arma, na falta de lugar melhor, dentro do bolso do casaco, ele era Aquarius sem tirar nem pôr. Qualquer que fosse sua perícia marcial, a habilidade de estacionamento deixava muito a desejar.

"Você não pode estacionar aqui", soltei em meu francês mais acelerado e severo. "Proibido estacionar de segunda a sexta, das seis da manhã às dez da noite!"

"Estamos fazendo uma entrega", arriscou, enquanto o assoalho do carro rangia atrás de si e os matadores amontoados prendiam a respiração.

"É proibido estacionar!" repreendi. "Preciso multá-lo. Documentos, por favor!"

Seu queixo foi ao chão.

Sou Doris Tu, uma mulher determinada a fazer seu trabalho.

Tentando não rir.

"Habilitação!" exigi, apontando o dedo em seu nariz.

E no fim do expediente, o que um agente de tocaia iria fazer?

Atirar na guarda de trânsito?

Entregou-me sua habilitação.

Tirei uma caneta do bolso e passei a anotar todos os dados falsos no caderno de Doris Tu, com as mãos em um ângulo tal que ele não pudesse perceber a diferença entre minha letra e aquela já presente nas páginas. "Cento e vinte euros", sentenciei, dando a ele o talão da multa pela janela. "Oitenta, caso pague em quatorze dias."

"Não posso pagar agora?"

Sou a burocracia ativa, servindo a boa gente de Paris.

"Não! E precisa tirar a van daqui!"

"Mas você já me multou."

"Agora!" Quase berrei. "Ou vou chamar a polícia!"

Sou guarda de trânsito. Tema minha ira.

Ele tirou a van dali.

Com o carro se afastando da calçada, me afastei também, caminhando de peito estufado.

Virando a esquina, corri para a primeira loja aberta que vi, tomando o braço do primeiro que passou por mim,

fiquei irritado ao perceber que tinha acne, um ponto especialmente dolorido sobre a sobrancelha esquerda, mas que seja, não tenho tempo para isso,

e voltei pelo mesmo caminho.

Entrei direto no restaurante onde alguns minutos antes uma senhora respeitável com gosto por diamantes comera mexilhões ao creme, direto até a mesa em que estava Janus, e exclamei "Monsieur Petrain! Morgan morreu!"

Janus, com a perna de uma mulher pressionada junto à sua, olhou para mim, perplexidade e irritação mescladas, antes que o profissionalismo de um fantasma agisse. "Morgan? Que coisa horrível!"

Fantasmas mentem. É assim que mantemos nossas amizades.

"Disseram para que eu o encontrasse imediatamente!"

"Sim, claro", balbuciou, passando o dedo na borda de uma nota de cinquenta. "Entendo perfeitamente."

"Morgan?" perguntou a mulher colada a ele. "Quem é Morgan?"

"Meu velho amigo Morgan", respondeu na mesma hora, sem titubear. "O que aconteceu?" acrescentou, os olhos grudados em mim enquanto os dedos passavam de um lado a outro da nota.

"Os pulmões", respondi. "Os médicos sempre disseram que Michael Morgan não passaria dos cinquenta. Você pode me acompanhar?"

E por fim, não com a maior sagacidade do mundo, Janus entendeu.

"Claro", disse. "Claro. Deixe-me resolver isto aqui e logo o acompanho."

Três minutos mais tarde, caminhávamos sob os toldos vermelhos e janelas cerradas de Paris, as ruas apinhadas, e Janus me perguntava "Quem é você?"

"A quantos fantasmas você apresentou Morgan?"

"O que está fazendo aqui?" sibilou.

"Temos que ir para um lugar movimentado. Você precisa saltar daí."

"Por quê? Acabei de mudar e..."

"Estão lhe seguindo. Uma organização chamada Aquarius está atrás de você. Rastrearam seu caminho desde a senhora Osako, pela faxineira até Petrain, do jeito que eu fiz. Consegui uns minutos de vantagem, mas só."

Arqueou o canto dos lábios. "Por que você faria isso?"

"Mataram Hecuba, Kuanyin e outros. Chamam-me Kepler. O arquivo sobre você é enorme, sobre mim é mentiroso e sobre Galileu é tudo falso."

"Quem é Galileu?"

"Miami. Galileu nos matou. Vamos, temos que encontrar uma multidão."

63

Recordar Miami.

Novembro de 2001.

Na época, o arquivo de Galileu o mostrava como uma linda mulher ruiva que não precisava nem de saltos para andar altiva, nem de batom para realçar os lábios. Quem era ou onde estava, isso eu não sabia, mas ela era dona de si, onde quer que estivesse.

Fazia um frio incomum para aquela época do ano. Eu tinha até começado a carregar um casaquinho para vestir na rua, e na praia os banhistas tinham frescor quase bastante para conversarem uns com os outros, em vez de permanecerem no silêncio usual devido ao calor que engolfava tudo e caracterizava as areias da Flórida.

Eu era Carla Hermandez, procuradora de justiça, e tinha me tornado eu para usufruir do apartamento. No décimo quarto andar de uma torre, tinha vista panorâmica da cidade inteira, com o verde irrompendo de Oleta à minha esquerda, a praia a menos de quinze minutos de caminhada e, em meu banheiro de mármore preto, uma jacuzzi. Tudo pago pelo cartel criminoso que eu supostamente devia intimar.

A doação repentina de uma quantia considerável de minhas reservas para associações de caridade e apoio a vítimas tinha levantado suspeitas em meu (duvidoso e dispensado) contador, ao mesmo tempo que me garantiu uma série de convites para jantares, vindos de pessoas interessadas em minha filantropia recém-descoberta. O dinheiro compra amizades até nos círculos mais bem intencionados.

Fui me acomodando em meu corpo e estilo de vida aos poucos: uma amizade desfeita aqui, um telefone desligado acolá, um drink com um desconhecido em um bar, corrida na praia, um presente do recepcionista do condomínio.

Começava a me sentir à vontade quando uma voz falou:

"Simplesmente *adoro* quem você está vestindo."

Era um evento para levantar fundos para certa associação de combate à corrupção. Eu estava lá pela comida, pelo jazz e pela ironia. Mas lá estava também, esplendorosa em um vestido de tafetá azul, Janus.

Tinha que ser Janus.

Mais ninguém teria polido os dentes até ficarem tão brancos.

Mais ninguém ousaria usar aquelas unhas enormes e esmaltadas, um vestido tão curto, nem saltos tão altos sob as pernas tão graciosas.

Mais ninguém poderia ter notado que eu, Carla Hermandez, não era eu.

"Querida", exclamou, passando um braço pelo meu, "estou em Miami há nove meses, e Carla Hermandez é uma vagabunda de marca maior. A rainha das putas. Que joga o jogo direitinho, verdade, mas ainda assim uma puta. E você..." golpeou meu ombro levemente com a taça — "certamente não é Clara Hermandez. Como vai, querida? Como andam as coisas?"

"Andam bem", respondi. "Senhorita...?"

"Ambrosia Jane. Se eu vier a conhecer meus pais, vou repreendê-los por este nome."

"O que aconteceu com Michael? Michael Morgan?"

Uma contração tomou o rosto de Janus, e ainda mais suavemente do que antes, ela murmurou "Era hora de mudar." Então seu sorriso se abriu de novo, brilhante demais para ser real. "Ouvi dizer que você largou o emprego, verdade?"

"Como procuradora de justiça?"

"Como corretora. É uma pena. Você era tão boa nisso."

"Era hora de mudar."

Ela riu, de um jeito afetado e falso. "Espero que esteja se ocupando, mesmo aposentada."

"Estou... é. Bem, estou me mantendo ocupada. Experimentando coisas novas."

Uma sombra de preocupação surgiu em sua testa franzida. "Você está bem, minha querida? Você... teve alguma experiência ruim?"

"Estou bem. E você?"

"Bem também."

"Ótimo. Então é isso."

Silêncio, seus olhos fixos nos meus. Desviei o olhar. Seu braço se apertou em torno de meu cotovelo. Duas mulheres grudadas uma à outra, numa sala cheia de desconhecidos, mais desconhecidos impossível. "Você sabe", sussurrou, "tenho cuidado de meu corpo pelos últimos trinta anos. Faço exercícios, como bem, jogo golfe — *golfe*, entre todas as possibilidades. Me afastar de tudo aquilo que batalhei para conseguir foi... frustrante. Mas pelo menos agora eu não tenho de me preocupar com minha aparência. Mais champanhe?"

"Obrigada."

"Não saia daqui", ela disse.

Parada em uma sacada, olhando Miami.

Filas de carros, pares de luzes brancas seguindo num sentido, vermelhas em outro, brilhantes feito formigas famintas presas nas filas do formigueiro.

Olhe para baixo.

Escolha um corpo.

Qualquer corpo.

Como uma corretora, escolhia meus corpos com cuidado. Os mais belos, ricos, populares, adorados. Desfazia suas vidas e as tornava minhas.

Mais cuidados, menos falsidades.

Com atenção, sou capaz de ver sete milhões de vidas agindo como se suas histórias e memórias fossem o ponto central do universo.

O que, de algum modo, é verdade.

Continuo parada no terraço, quinze andares, numa festa organizada por uma associação cujo nome não me recordo, mas que está absoluta e enormemente grata a mim pela contribuição que fiz, e Miami não é fria nem mesmo em novembro. O mais fresco que se pode encontrar em Miami é um salão com ar condicionado exagerado,

mas estou tremendo.

E Janus está a meu lado. É linda, jovem e antiga, descuidada e livre.

"Mais champanhe?" pergunta.

Não recuso.

Algumas horas depois, conforme o sol nascente espantava as sombras do teto de meu quarto, Janus se agitou na cama a meu lado e disse "Câncer".

"O quê?"

"Eu... Morgan... eu, eu mesma — tive câncer no pulmão."

"... Sinto muito por isso."

"Um tumor lento. Grande, mas lento. Ainda não se espalhou, ainda não. No pulmão esquerdo. Tenho um plano de saúde excelente, acho que ele vai sobreviver."

"Você tinha família."

Podia ter dito aquilo como pergunta, mas não havia motivos. A resposta era simples, óbvia e conhecida.

"Uma esposa e duas filhas. Elsa e Amber. As duas já são grandes. Foi tudo tão corrido. Estamos sempre correndo, você e eu. O tratamento era com quimioterapia, radioterapia, remédios e um transplante de pulmão. Passei pela radioterapia e... tudo correu bem. Minha esposa, Paula, me acompanhava em todas as sessões. Era muito valente. Levou as coisas como se nada estivesse acontecendo, que é o que você precisa quando tem... essa doença. E quando precisei ir para o hospital, ela ficou a meu lado. Então comecei a perder cabelo, me sentir doente, ter cólicas e cãibras nas pernas. Tinha sangramentos na gengiva, meus olhos queimavam, me sentia quente e tonta, sem nunca melhorar. Toda a dor que experimentei... Acredita que eu costumava ir ao dentista quando era Morgan? Mas sentia enjoos. Estava presa, suando em um corpo moribundo, sabendo que não há nada que possa acabar com isso, com seu corpo tentando envená-lo de dentro para fora. E aí... Paula estava segurando minha mão e... não era minha intenção, tudo aconteceu muito rápido. Eu era Morgan, e então ele estava deitado a meu lado, olhos arregalados, gritando, berrando Quem é você, quem é você, o que está acontecendo? Tão alto que Elsa apareceu correndo. Chegou para acudir o pai. Para me ajudar a escapar daquilo, e eu estava tão... eu não queria saltar. Estraguei tudo. Quando Elsa chegou na porta e me viu — viu Morgan —, ele não a reconheceu, não reconheceu seu rosto. Foi o fim. Um instante só, um instantinho e..." Ela se conteve, virando o rosto para o outro lado. Esperei. "Minha esposa. Paula. Mentiu para mim. Tinha artrite, as mãos enrijecidas, doloridas. Dissera antes que não era nada de mais, Não se preocupe — aqui, pegue mais um travesseiro. Mas entrei nela e meus dedos... só de mexê-los eu sentia a dor correndo até os cotovelos, passando pelo corpo todo, implacável. Havia mentido, enquanto cuidava de mim e me deixava no escuro. Mentido."

Janus chorava em silêncio, as costas se agitando e a cabeça enterrada nos travesseiros.

Abracei-a, firme e sem dizer nada, já que não havia nada o que dizer.

• • •

Então o sol nasceu e falei "Deixei de ser corretora".

Ela estava sentada à janela, comendo torradas com mel, e eu contei, "Houve um caso em Edimburgo. Um acordo que terminou mal. Uma fantasma que... eu pensei que sabia. A gente ouve rumores, mas nunca acreditamos de verdade até que acontece com a gente. Eu a entreguei. Dei informações sobre ela a um pessoal."

"Que pessoal?"

"O tipo de pessoal que mata fantasmas."

"Por quê?"

Pensei na resposta e estremeci. "Não achava que ela merecesse viver."

Janus riu.

Doze horas mais tarde, Janus tinha partido, e Ambrosia Jane estava na enfermaria. Os médicos a examinaram atrás de uma concussão, abuso de substâncias, ataque psicótico, algo que explicasse a amnésia de quatro meses que experimentara entre pegar um ônibus em Tampa e despertar em South Beach, vestindo apenas seda.

Uma semana depois, uma carta destinada a Carla Hermandez chegou em meu apartamento. Tinha cheiro de lavanda e era assinada por "Sua amiga viajante".

Continha um convite para o *Fairview Royale*, barco especializado em música alta e vinho barato: Por favor, venha se puder. Haverá fogos de artifício.

A gente ouve rumores.

Uma fragata em 1899, na costa de Hong Kong. Um cruzeiro em 1924, uma balsa em 1957.

Milli Vra, Alexandra, Santa Rosa.

Você nunca acredita, até acontecer.

Do mesmo modo que um homem belíssimo, num café de Paris, não presta atenção aos homens vestindo lycra que estão ali para acabar com ele. Estiveram ali o tempo todo. Você simplesmente não pensa que eles podem estar ali por você.

Enfim cheguei ao porto de Miami para tomar alguns drinks no *Fairview Royale*.

Assim que o barco zarpou, procurei por Janus e ela me encontrou.

Vestia uma jovem negra de bochechas redondas e cabeça raspada.

Disse "Carla?" e havia algo de surpresa em seu tom de voz. "O que está fazendo aqui?"

"Recebi um convite. Pensei que fosse seu."

"Não enviei nada."

E é nessa hora. Esse é o momento em que o terror lhe atinge, quando tudo fica claro. O instante em que a paranoia ergue a cabeça e sussurra *Tenha medo. Estive certa o tempo todo*. Você se agita de um lado para o outro: a determinação é tudo.

"Temos que sair deste barco", soltei.

"Carla..."

"Nós *temos* que sair deste barco."

Janus não argumentou

Sou

    convidado da festa, drogas no bolso, hálito de vodca,

    garçom, bolhas nos pés e calças apertadíssimas na virilha,

    um marinheiro em uniforme branco infantiloide, batendo na porta da cabine e perguntando Senhor? Senhor, uma mensagem.

Sou o capitão do barco, conduzindo-o para a terra na maior velocidade que posso.

Janus é meu imediato, os braços cruzados e os olhos fixos na multidão festejando lá fora.

"Não é nenhuma bomba" ela — *ele*, um jovem de meiões brancos — termina por dizer. "Se fosse uma bomba, estaríamos mortos agora."

"Talvez eles queiram reduzir as perdas."

"Eles?"

"Eles. Seja quem for desta vez."

Seus olhos dardejaram em minha direção, rapidamente voltando a olhar a pista de dança no andar de baixo. "Você já fez isso antes", murmurou.

"Um par de vezes."

"Talvez não seja uma armadilha."

"Você acha mesmo?"

"Não."

Levei o barco até um atracadouro de concreto, com galpões capengas pelo cais e enormes cargueiros abarrotados de contêineres sobre a água, como se carregassem monólitos.

"Quando chegarmos", continuei, "não pare. Apenas corra."

"Não precisa nem falar, querido."

Estremeci. Um imediato não diz "querido" a seu capitão.

É um erro. Palavras erradas na boca errada, um horror.

Em outro momento, em outro lugar, eu teria dito algo.

Hoje não.

Devagar feito um boi, imponente como uma vaca de engorda, conduzi a embarcação para o cais.

Janus sequer esperou pela atracação. Quando o barco desacelerou um pouco, ela pulou. Desliguei os motores e, balançando contra o atracadouro, também saltei para fora, pousando desajeitado sobre os tornozelos, me aprumando e tentando levantar, correndo para terra firme.

Janus já corria em direção à cerca de metal que rodeava o cais. Às nossas costas, um garçom confuso, vendo seu capitão e imediato indo embora, gritou: "Ei!".

Continuei correndo, incerto de onde estava, seguindo para as luzes acesas da cidade, um caminho deserto nos conduzindo até lá, guindastes por todos os lados, monstros amarelos que erguiam contêineres do tamanho de casas, carros estacionados além da cerca, prédios onde se liam, pregada às portas, palavras agourentas como ALFÂNDEGA E IMIGRAÇÃO — SIGA AS ORDENS. Janus ia à frente, correndo pelo meio de um labirinto de caixotes, seguindo a noite fluorescente na direção do portão e da estrada limpa adiante, e de súbito percebi que ninguém poderia ter nos identificado, a salvo em nossas peles, até começarmos a correria.

"Janus!" chamei, ouvindo seus passos estalarem pela noite. "Janus!"

Janus, com o portão distante poucos metros, virou a cabeça para me olhar e, nisso, tombou.

Houve o som de uma vespa atiçada ferroando um urso desatento, então Janus estava no chão, as pernas encolhidas sob o corpo. Por um instante não pude ver sangue, mas assim que colei as costas contra os caixotes e olhei o corpo caído a três metros de mim, minhas pernas tremendo, ele começou a jorrar. Esguichos, a princípio, depois mais devagar, conforme a área manchada ia aumentando, o sangue saindo pelas costas, pelo buraco que a bala fizera ao atingir o pulmão. Pensei, não pela primeira vez, que fantasmas são previsíveis. Identifique o alvo, faça com que se dispersem. Quem quer que estivesse atirando em nós conhecia nossa natureza.

Olhando em volta, via apenas túneis escuros formados pelos caixotes, uma cerca de arame e um portão trancado. Janus estava caída em campo aberto, o rosto voltado para mim, balbuciando algo, cheio de sangue e baba nos lábios, tentando falar. Tentei me aproximar, as costas ainda protegidas pelo contêiner, até estar a meio metro dele.

"E... E... Eu..."

Os sons iniciais do que talvez fosse um nome.

A mão esquerda de Janus estava esticada em minha direção, a direita já dormente pela vida que se esvaía. Sua respiração borbulhava em meio aos restos das costelas. Eu quase alcançava sua mão sem me descobrir, tentando puxá-la para trás do meu abrigo. O sangue escorria pelo chão, alcançando a ponta de meu sapato.

Avancei, pegando Janus pelo pulso e puxando com toda a força, arrastando-o sobre o sangue que formava ondas conforme o corpo era movido.

Uma arma disparou, e o corpo de Janus se contorceu. Vi seus olhos se dilatando, um sopro de fôlego escapar pelos lábios e o sangue espirrar em meu rosto quando a bala estourou seu peito, e então

Janus saltou.

Para o único corpo disponível.

Soltei um grito, e Janus também, nós dois em um mesmo corpo, arrastando as costas pelo engradado e indo ao chão, berrando ao passo em que eu levava as mãos à cabeça e Janus apoiava o queixo nos joelhos, e berramos para silenciar o grito em meus ouvidos e berramos para acalmar o impacto em nosso cérebro e berramos porque cada vasinho de sangue atrás dos olhos parecia estar sendo arrancado dos nervos, e nossos canais lacrimais tinham ferro correndo e o nariz congestionado e quente pelo sangue e nosso corpo se agitava e lutava contra si mesmo e eu tentei gritar

"Janus!"

mas o corpo a meu lado estava morto e mais alguém uivava com minha língua, a respiração rasgando meu peito em dois.

"E... eu não... consigo... / Socorro! / Não dá... / Não consigo... respirar!"

Com toda a força que me restava, joguei o corpo para longe dos caixotes, caindo com as mãos e joelhos no chão, e Janus tentava me erguer, um joelho no asfalto e o outro se levantando. Gritei "Atirador! Nos caixotes / corre / corpo! / Pegue o corpo!" enquanto Janus nos colocava de pé. Meu rosto estava coberto de sangue, vazando de minhas narinas pelos vasos rompidos. Uma dor cortou meu flanco no momento em que alguma peça interna tentou, sem sucesso, manter seu funcionamento normal, mas o cérebro não aguentava, e toda parte, cada neurônio parecia queimar enquanto Janus dava um passo depois do outro, depois outro, e eu gritei

"Não dá... respirar! / Respire!"

Tombamos de novo quando tentei controlar nossas pernas, focado somente em levar ar aos pulmões, com a concentração unicamente nesse ato, e consegui tomar fôlego antes que Janus, em completo terror, colocasse nosso corpo de novo em pé e, tropeçando, correndo, cambaleando, nos levasse para longe de seu cadáver que já esfriava.

Janus corria e eu respirava, tentando não usar os olhos, cheios de sangue, ou os ouvidos, apitando com os tímpanos quase se rompendo. Já longe dos caixotes, vimos um pedaço da cerca e Janus correu para ela, mas consegui, sem fôlego, dizer "Não!" e nos atirar no chão.

"Precisa correr / atirador nos caixotes / precisa / precisa de um corpo! / corre / atirador!"

Girei o corpo, levando os joelhos ao peito num esforço para segurar Janus deitado. "Fale / agora! / ouve! / agora! / ouve o que eu falo! Ouve! Há um... atirador... a gente vai / morrer / este corpo está / morrendo! / Ouve! / Temos que sair! / Ouve! Não vamos conseguir passar a cerca / Veja os barracões... lá atrás / atrás? / por onde viemos, alguns metros / morrendo! / uns cem metros, vamos para o barracão, chamar a polícia / polícia? / corpos com armas! / corre!"

Janus nos ergueu e eu deixei, dedicando todas as minhas forças para respirar em meio ao tumulto de dor lancinante, só respirar, deixando que ele fizesse o resto, os braços, pés, até a direção pela qual tropeçávamos no escuro. O galpão da alfândega, mancha cinzenta num lugar cinzento, era visível para além dos guindastes, e quando nos aproximamos eu senti algo quente penetrar em meu corpo. Gritamos, mas não deixamos de correr, enquanto outra parte do corpo, músculo, órgão, nervo, não importava, desistia.

"Corre", murmurei quando paramos no limite dos guindastes. Dez metros nos separavam do galpão, dez metros em campo aberto com um atirador a postos. "Corre!"

Janus correu, e eu também, as pernas voando à medida que cortávamos a distância e algo estilhaçava o concreto às minhas costas, acertando a parede à nossa frente, embora o primeiro tenha vindo na esquerda, o outro na direita. Corremos e Janus arremeteu com o ombro contra a porta, que estalou e cedeu sob nosso peso, nos fazendo mergulhar na penumbra bolorenta de dentro.

Por um instante fiquei deitado, com o sangue escorrendo de meus lábios e Janus gritando e se agitando em minha mente e língua. Consegui abrir os olhos o bastante para ver um telefone bege pendurado na parede, me arrastando até ele, os membros chumbados, cada movimento como um chute na parede, até que Janus percebeu minha intenção e de um salto nos jogou para o telefone.

911.

O ruído do fone no tímpano rompido me fez ver estrelas, eu era capaz de sentir o rosto inteiro formigando, com a dor penetrando no queixo, e quando o atendente surgiu na linha outra onda de dor nos invadiu, e quase deixei que o fone caísse de minha mão ensanguentada.

"Socorro! / morrendo! / no cais / socorro! / tiros / ajuda!"

Uma bala estilhaçou a janela e acertou a parede bem acima de nossa cabeça, e com um grito Janus largou o fone enquanto eu largava nosso corpo no chão, curvado, as mãos na cabeça. Pressionei o crânio, que explodia mesmo sem nenhuma bala, e com o fone pendurado pelo fio eu berrei "Preciso de um corpo, caralho!"

Outra bala acertou a mesa atrás de mim, e de repente percebi que não eram tiros abafados, não eram de uma arma com silenciador, mas sim uma pistola de grosso calibre, e vinha se aproximando.

"Está vindo", sibilei. "Está vindo / pai do céu / precisamos sair daqui / para onde? / fora daqui / se aproximando? / os passos / cristo cristo cristo / escuta / meu deus, jesus cristinho / ouve, precisamos..."

Tarde demais. Janus endireitou o corpo e nos colocou de pé. "Não, espere", arfei, mas ele já se atirava pela porta arrombada, e por um instante vi um vulto se movendo nos contêineres, negro contra a claridade de fundo, então uma empilhadeira, disfarçada de tiro de nove milímetros, acertou minha perna esquerda, arremessando meu corpo contra o batente da porta e de volta para o chão da cabine de onde eu saíra.

Janus gritou mais e mais, continuando a gritar mesmo quando nos arrastei para a proteção do galpão, minhas mãos pressionadas sobre a ferida cada vez pior, cada vez mais fria, cada vez mais destruída no que antes havia sido minha coxa, e respirei fundo

até Janus berrar de novo

e soltei o ar, algo que ele parecia aguentar mais, e pensei que era o fim, a morte em um cais de Miami, baleado por um desconhecido no corpo de outro desconhecido, e que, se considerasse bem a situação, tirando uma ou outra variação geográfica ou temporal, isso era provavelmente o que aconteceria de qualquer jeito. O fim seria sempre desse jeito.

Então a porta dos fundos se abriu.

A luz de uma lanterna passou por meu rosto. A agitação de Janus tentando fugir me deu ânsias de vômito. A lanterna se aproximou, e atrás dela havia um segurança, desde o quepe preto até a arma no coldre, o rosto tomado por espanto e preocupação, e assim que se ajoelhou a meu lado e disse "Mas que porra..."

Janus mudou

mais rápido que eu. Tocou o pulso do guarda

e se foi.

O segurança caiu de bunda no chão, um bebê que sequer engatinhava. Então retomou o controle: os olhos miraram a porta à nossa frente, e num átimo levou a mão à arma na cintura, empunhando-a com as duas mãos firmes, o cano fixo no retângulo de luz por onde o agressor entraria. Fiquei caído a seus pés, arfando, os traumas nos membros atingidos começando a se manifestar cada vez mais, com ondas enormes de dor percorrendo meu corpo enquanto o sangue se esvaía de meu cérebro e os olhos choravam lágrimas vermelhas.

Aguardamos, os olhos na porta, Janus apoiado em um joelho, lanterna e arma apontadas para a saída.

Silêncio. O sangue quente passando entre meus dedos cerrados.

"Onde ele está?" Janus sussurrou, mais para si mesmo do que para mim. "Onde está?"

"Duas portas", ofeguei, e na mesma hora Janus se virou para olhar a porta dos fundos por onde o segurança entrara. O balanço do fone havia parado, bem como a voz do outro lado da linha. "A polícia está vindo", falei. "Me ajude."

Janus se virou de novo, a arma apontando de uma porta para a outra. "Onde ele está?" sussurrou. "*Onde?*"

"Me ajude!"

Seus olhos me fitaram e logo voltaram à porta.

"Sinto muito, Carla", se pôs de pé, "Sinto muito", a arma em punho, "Sinto muito mesmo", braços erguidos, Janus se virou e correu.

Estou caído em um corpo
    que desconheço
    em uma galpão só Deus sabe onde
    e não quero morrer.

Meu uniforme era branco, perfeito para mostrar todo o sangue. Suponho que em algum momento tive bastante orgulho de vesti-lo. Passá-lo a ferro, alisá-lo no vapor, ter certeza de que o vinco da calça seria o único. Talvez, ao conduzir o barco
    já que eu era capitão
tenho pensado sobre os dias antigos de navegação, quando eu praticara navios porto adentro, ou ainda quando cruzara o Atlântico com ondas de seis metros, ou quando, para os noviços que cruzavam o equador ou um fuso-horário, eu trajava roupas de Possêidon, ou ainda sobre aquelas raras ocasiões em que, com sorte e bons ventos, abrira caminho pelo centro do mundo.

Tudo isso teria sido em minha juventude, mas quem poderia saber? Talvez eu fosse mesmo capitão de um barquinho de turismo por toda a vida, pipocando pela baía. Talvez tenha até mentido no currículo. Talvez ninguém lembrasse meu nome, fosse qual fosse. De repente eu era a única pessoa no mundo a gostar do corpo que vestia, prestes a morrer.

Tentei me levantar.

Sem sucesso.

Tentei me arrastar até a porta.

Arrastar o corpo pelo chão estava em meu repertório, rolar, serpentear de lado, empurrando com a perna boa e puxando com as mãos.

Pensei ter ouvido sirenes, mas logo pensei tê-las imaginado.

O corpo de um policial seria perfeito.

O corpo de um policial viria com a arma de um policial.

Fui me arrastando até a porta por onde Janus fugira, espiando um estacionamento com lâmpadas fluorescentes através dela, completamente vazio a não ser por uma van preta e uma lixeira abarrotada.

Em algum ponto da água, um barco dava sinal com sua buzina, altivo e sozinho na noite. Me arrastei de volta até o telefone dependurado. O atendente da polícia havia desligado e a linha estava muda, chiando feito uma criança chorosa. Coloquei as costas na parede e levantei o corpo o suficiente para alcançar um dedo sangrento na gaveta mais alta de uma mesa, arrancando-a para o chão a meu lado. O dono da mesa, maldito fosse seu legado, guardava ali uma resma de papel, cartões de visita e a fotografia sorridente de sua esposa e filha. Nenhum grampeador, nenhuma tesoura ou espingarda de cano cerrado à vista.

A gaveta seguinte oferecia um arsenal mais promissor de clipes de papel, blocos de nota, lápis, apontador e uma caneca declarando que SOMOS OS MELHORES em negrito. Espatifei a caneca contra o chão, tateando entre os cacos por um pedaço grande o bastante para empunhar, afiado o bastante para tirar sangue, e o agarrei entre os dedos, com a mão sob o corpo e o corpo deitado de lado, pernas flexionadas e cabeça baixa. Os médicos chamam isso de posição de recuperação, embora tudo que se recuperasse fosse aquela sensação confortável de criança, se encolher ao lado da mãe e não precisar se preocupar com absolutamente nada no mundo.

Se sobrevivesse, pensei comigo, voltaria a ser criança, mesmo que só por algumas horas, para sentir o calor daquele amor incondicional que perdoa todos os pecados.

Uma sirene soou à distância. Soou bem lenta, bem baixa, sem qualquer urgência, nenhum efeito Doppler audível, então apertei meu caco de louça ainda mais e disse a mim mesmo que estava sozinho, sempre estivera, que não havia qualquer novidade nisso.

Um passo no concreto, devagar.

Subindo degraus, um som diferente de concreto, oco, ressoando grave. Um passo sobre o carpete, o som de respiração. A mão que empunhava a arma não precisou destravá-la, algo já feito, e eu podia sentir o cheiro de pólvora e o gosto do chumbo.

A respiração acima de mim se moveu.

Para mais perto.

Sarja enrugada, pernas se curvando. Um homem se agachou a meu lado, cotovelos nos joelhos, pulso relaxado, os cabelos brancos e a arma na mão, sorrindo para mim, e era

Will.

Estava velho, não simplesmente mais velho. Sua pele se dobrava como camadas de tecido, o cabelo rareando revelava as irregularidades do crânio, salpicado de manchas da idade. As mãos descamavam, seus olhos iam ficando baços, mas ainda era o William que adorava os Dodgers quando mais jovem, e Joe quando mais velho, que sonhara em viver para sempre e ser outra pessoa.

O que, de certo modo, ele era.

Olhei para ele, e devo ter perdido um pouco de fôlego porque meu peito ficou pesado, e ele sorriu. Embora fossem os lábios de Will que se abrissem, não era seu sorriso que surgia, mas o de alguém diferente, um Will que, criança, arrancara asas de moscas, um Will que, jovem, fora expulso de casa e que, talvez, não tenha aceitado dividir seu corpo com um estranho por três semanas na Califórnia, tendo tomado outra decisão, se tornado outra pessoa.

O Não-Will, ainda sorrindo, olhou-me de cima a baixo, prestando atenção em meu rosto, roupas, em minha perna ferida e sangrando. Estendeu a mão esquerda e tocou meu rosto, um toque amoroso, sentindo minha barba por fazer, mexendo levemente em meus cabelos, conferindo sua cor. Sua mão desceu por meu pescoço, peito, coxa, parando em cima do tiro em minha perna, a um milímetro de distância, suspensa.

Então disse, mas com o sotaque completamente errado, o sotaque de alguém falando pela boca de Will: "Achei que você gostaria de se despedir."

A mão no ar, pronta para revirar a bala em minha perna, arrancá-la com os dedos, eu precisando respirar fundo, sem poder controlar os pulmões, sentindo a cerâmica em minha mão, vendo as veias azuladas no pescoço de Will.

Virou a cabeça, como um pombo, me examinando, observando meu rosto, meus olhos. E disse "Você me ama?"

A pergunta parecia exigir uma resposta, e quando não respondi seus dedos roçaram levemente o sangue em minha perna, manchando o uniforme, a dor correndo pelos restos de minha coxa, subindo pelo peito e golpeando cotovelos e crânio.

"Você me ama?" perguntou de novo. "Queria encontrar alguém que você amasse. Quando o encontrei, não tive certeza se era isso mesmo. Ele tem os rins comprometidos, tumores pelos ossos e quando olhei, veja, bem aqui..." Puxou minha mão direita de sob meu corpo, levando-a até o seu, apertando num ponto onde a carne inchava bastante sob o casaco, uma deformação — hérnia, com sorte; com azar, algo pior. "Não é nojento?" quis saber, mantendo minha mão ali, sob o calor da sua. "Não é estranho? Por que alguém amaria algo tão nojento quanto isto? E veja!" Moveu minha mão mais para cima. Grunhi de dor quando o movimento deslocou meu corpo do lugar, me arrastando com seu entusiasmo, pressionando meus dedos contra a pele da axila. "Há uma verruga aqui", se agitou. "Acho fascinante. Mexo nela o tempo inteiro, você também? Tentei beijar um homem, mas ele não me entendeu. Disse que havia algo errado. Não me amava, mesmo jurando que sim. Que amava Will." Hesitou, se esforçando para lembrar o nome, arriscando. "Jurava amor por Will, mas não por mim. Queria saber se você sentia o mesmo."

Aproximou-se, a respiração misturada com a minha, os lábios próximos o bastante para se beijarem, e por um instante pensei que faria aquilo, lábio contra lábio, mas ele olhava fundo em meus olhos, tentando encontrar algo que não estava lá. "Você me ama? Quando olho no espelho não consigo ver, mas pensei... Você já foi eu. Já olhou em meus olhos muitas vezes, deve ter amado — amado minha pele, meus lábios, garganta, minha língua. Amou? Ama? Will? Você me ama?"

Carência. Uma criança querendo atenção, implorando com o rosto de Will.

Não, não com Will.

Com seu próprio rosto.

Com isso.

Não respondi, não pude pensar em absolutamente nada que dizer.

"Às vezes olho para mim e tudo que vejo é desprezo. Meu rosto está cheio de ódio e tento pensar por que isso me odeia, sou belo, mas então mudo, e mudo, e mudo, e tudo que encontro é ódio, toda maldita vez que tento sorrir, e aí..." Um arrepio, o ar entrando e saindo dos pulmões. "Você me ama? Responde!" A risada de quem perdia a paciência, o humor de alguém sem muito juízo. "Responde. Will. Você me ama ou não?"

Tentei dizer que sim, que não, que talvez, quem sabe? Não vinha nada a meus lábios enquanto a cabeça tentava achar a resposta certa, a saída daquela situação, sem descobrir qual seria.

A expressão de Will se fechou. Sobrancelhas franzidas, os olhos apertados, a birra de uma criança no rosto de um velho. Não de Will. Eu jamais vira essa expressão nele, não poderia chamar esse rosto de seu. Curvou-se para a frente e apertou o cano da arma contra minha perna quebrada, forte o bastante para me fazer gritar, forçando mais, e eu uivava como um animal pela garganta de um estranho, a voz não tão alta quanto seria a poucos corpos atrás, mas muito mais intensa, uma lufada de agonia passando entre os dentes. Eu duvidava que esse homem tivesse feito som parecido, antes, e Não-Will apertava mais e mais, urrando, a mão esquerda sobre meu rosto, puxando-me em sua direção.

"Você me ama?"

Enquanto ele apertava a arma em minha perna, o rosto colado ao meu, avancei a mão com o caco de louça, com toda a força, enfiando-a em seu pescoço.

Minha mão ensanguentada escorregou, e errei sua traqueia, acertando em vez disso a carne frágil do maxilar. Sangue vivo espirrou na hora em que a cerâmica afiada penetrou na pele, saindo pela boca e furando sua língua. Ele tombou para trás, e no mesmo momento me joguei sobre seu corpo, meus joelhos se agitando em cima do braço que sustinha a arma. Um tiro ecoou com a contração dos dedos, depois outro, os estouros quase me fazendo pular, mas aguentei firme, aguentei firme enquanto, sob mim, o corpo convulsionava e estremecia, tossindo sangue, com olhos esbugalhados e o rosto pálido. Arranquei a arma de seus dedos e, chutando e me livrando dele, arrastei meu corpo para longe.

Então ele me olhou e, com um pedaço de caneca enfiado na mandíbula, sorriu. "G-go-gos." O som se mesclava ao sangue que escorria pela boca, uma cachoeira desabando por seus lábios. Tossiu, espirrando gotas de sangue em meu rosto, e tentou falar outra vez. "G-gos-ta do q-que... vê?"

Empunhei a arma com minha mão boa. Seu sorriso se abriu em escárnio. Dentes falsos, dentadura colada às gengivas, com manchas de sangue. Virei o rosto e puxei o gatilho.

64

Corpos.

Ninguém consegue seguir um fantasma na hora do rush.

Um trem lotado. Tumulto na estação. Ombro contra ombro, as peles se roçando, respirando o mesmo ar, sentindo o suor no sovaco do homem à frente, pisando nos pés das senhorinhas que estão por perto.

Eu

quem quer que fosse

rodei pelo metrô de Paris, para um lado e para o outro, surfando a pulsação nas veias dos corpos alheios.

Onde estava Janus, quem era Janus, não me importava nada, contanto que estivesse presente quando eu precisasse dele, dela, qualquer corpo que fosse, ao fim da viagem.

Passei de pele a pele, um tranco, um tremor, brecada e aceleração, o chacoalhar dos vagões, o pisão no pé do outro, sou

uma criança com roupa de escola,

um velho curvado sobre a bengala.

Sangro pelo corpo de uma mulher que acaba de menstruar,

meus pés cansados, pés de um pedreiro, doem.

Preciso de álcool, o nariz já inchado e vermelho pela bebida de antes.

A porta se abre e sou jovem outra vez, e bela, num vestidinho de verão provocante, torcendo para meu tremor não estragar a imagem glamorosa que quero transmitir.

Tenho fome

estou de barriga cheia,

desesperado para mijar pela janela do trem,

comendo salgadinhos no assento próximo à porta.

Visto seda.

Nylon.

Afrouxo a gravata.

Os sapatos machucam meus pés.

Meu movimento é constante, minhas peles não saem do lugar, mas roçando a mão pelo trem no horário de pico

sou todo mundo.

Não sou absolutamente ninguém.

Sigo no trem até a Gare de Lyon.

Até Janus.

Até outra pessoa.

Uma estaçãozinha sem nada que a destacasse.

O lugar mais perto onde comer fica do outro lado de um caminho pavimentado, onde nada cresce e ninguém para.

Os trens são de longa distância, seguindo a Montpellier, Nice, Marseille. Os trens comuns estão abarrotados de sonhadores suburbanos, homens e mulheres desejosos de bulevares margeados por pinheiros, ao som de velhinhos jogando bocha. Viro uma dessas mulheres, por um instante, vestida de modo impecável, a pasta pesada, carregando sob o braço um exemplar recentíssimo recomendado pela referência cultural do momento. Meu bilhete é para Troyes, de ruas limpas e com um prefeito que sempre cumprimenta os passantes. Procuro pela plataforma 10, e vejo uma mulher comendo uma baguete, devorando uma baguete, parada junto ao parapeito. É loira, parece jovem e usa um vestido preto curto, o sobretudo coberto de pelos e, no dedo anelar, um anel de prata e jade. Com o anel, batuca algo ritmado, um-dois-três, um-dois-três, um-dois-três, enquanto os pés se movem, quase imperceptivelmente, na cadência de uma valsa.

Paro a seu lado, começando a cantarolar uma melodia no mesmo estilo, com a mesma cadência. Não nos olhamos até que ela termine com a baguete e diga "Espero não ter abandonado um corpo tão bonito a troco de nada".

"Não abandonou."

"Tem algum plano?"

"Para onde é sua passagem?"

"Não tenho passagem. Vi essa mulher no trem e de repente percebi que não tinha terminado de jantar."

"Você é casada", falei.

Deu de ombros. "Estou com duas camisinhas na bolsa, além de uma calcinha de renda preta extra. Devo estar tendo um caso."

"Se você diz. Seja como for, você não tem bilhete, e a menos que saiba a senha do cartão dessa hospedeira..."

Janus suspirou, limpando as migalhas da gola peluda de seu casaco. "O que sugere?"

"Um trem para longe daqui."

"Eles não podem ter nos seguido. Troquei dúzias de vezes."

"Ainda assim, eles a encontraram", retruquei, os olhos percorrendo todo o ambiente, sem olhar para ela. "Eles me encontraram."

"Certo", resmungou. "Escolhe um trem. Vou achar alguém entediante para vestir na viagem."

Pegamos o trem de alta velocidade para Montpellier.

Peguei um homem cuja maleta dizia ser Sebastian Puis, titular de três cartões de crédito, um cartão de biblioteca, um de academia de ginástica, quatro fidelidades em supermercados e o cupom de um corte grátis de cabelo num salão em Nice.

Janus viajou em Marillion Buclare, cabelos pretos, olhar profundo e uma correntinha no pescoço com a palavra "Amor" em pársi. O trem não estava cheio o bastante para Sebastian e Marillion não poderem sentar juntos. Não sentamos.

Sebastian Puis carregava um iPod. Quando o trem começou a zumbir e acelerar, saindo da plataforma, dei uma espiada em seu conteúdo. Não conhecia quase nada das músicas que ele tinha, a maior parte parecendo ser um tipo de rap francês. Vinte minutos depois, o iPod estava desligado. Às vezes até eu tenho dificuldades para entrar no personagem.

Do outro lado do corredor, um garoto de quinze anos gesticulava de forma agitada para o adolescente que ia junto. Cola comigo, falou, cola comigo que fica tudo certo. Essa molecadinha na escola pensa que é grande coisa, mas não é nada, só papo, papo, papo, não sabem de nada, eu sei porque passei por isso, vivi isso tudo, porra, vou dizer qual a real. Tem um celular aí? Manda pra cá. Vou passar um trote pro meu irmão de novo. Ele fica puto. Puto mesmo. É demais. Teve uma vez que liguei quinze vezes no mesmo dia, daí mandei uma foto do meu saco. Foi genial. Sou genial pra caralho, vou te contar.

Tentei ignorá-lo, encarando pela janela os campos do norte da França, pensando sem palavras, lembrando, impassível.

· · ·

Alguém na rua se aproxima.

Diz que você é bonito.

O calor da pele, sua pele.

Não há solidão pior do que estar sozinho em meio a uma multidão. Nenhum embaraço mais desconfortável do que aquela piada interna que você não entende.

Nós fantasmas nos apaixonamos muito fácil.

65

Quando jovem, eu associava o sul ao calor. Do norte para o sul haveria, era o que eu pensava, invernos mais tênues, verões mais definidos. Até entender que um lugar poderia estar tanto ao sul quanto desgraçadamente frio, precisei de mais experiências em corpos batendo os dentes do que me disponho a contar. Cheguei a viajar para a costa do Mediterrâneo sem qualquer preparação para suas chuvas cortantes e geadas, tendo que abandonar a criatura magra e esguia que eu usava em favor dos nativos mais rechonchudos, torcendo para que uma mudança no sistema circulatório aguentasse o clima desolador.

Sebastian Puis não estava agasalhado. Saltando do trem na estação de Montpellier — uma construção básica, como costumavam ser na França — imediatamente tomei consciência do frio que o vento soprou em meus dedos, e de como meu casaco parecia fino sob aquela chuva. Apressei-me para entrar na tabacaria, com sua parafernália de cigarros, chocolates e baralhos de gosto duvidoso, esperando ali por Marillion Buclare. Marillion Buclare não apareceu, mas sim uma mulher envolta em pele de raposa, o queixo encolhido, que se aproximou e disse numa voz aguda "Ainda é você?"

Tinha queixo mais que duplo, enrugado, com o mesmo pó compacto brilhoso que havia em seu rosto. As papadas balançavam sob a linha da mandíbula, seus cabelos eram uma catástrofe azul de metileno, as unhas vermelhíssimas e os lábios púrpuras. Quando se arrastou para perto de mim, tive a sensação de ser um barquinho a remo diante de um encouraçado a todo vapor. "Deus do céu", deixou escapar. "Você parece péssimo."

Janus, resplandecente em...

"Sinto-me Greta. Pareço uma Greta, você acha?"

... em uma mulher que quase certamente não se chamava Greta, agitava a bolsa pendurada por uma alça dourada, com uma exclamação que dizia "Será que escolho aquele ou aquele outro?", sacudindo um maço de notas de euro para todo mundo ver.

Sorri o sorriso sofrido de um filho envergonhado pela mãe extravagante, pegando Janus delicadamente pelo braço e a conduzindo para longe dos olhares da estação. "Marillion?"

"Deixe-a ir ao toalete. Está apertada, a pobrezinha. E não me olhe desse jeito", acrescentou, dando um tapinha em meu braço. "Saltei uma dúzia de vezes até escolher a deslumbrante Greta. O que acha dela?"

"Não acho que seja seu tipo."

"Acho que sou o tipo dela", retrucou. "E se não sou agora, logo serei. Serei, não serei? Ninguém pode seguir um fantasma pelo metrô, nem Galileu."

Fechei a cara. "Chega de saltos desnecessários. Eles não podem nos seguir na hora do rush, mas o que vai acontecer quando Marillion terminar no hospital? Isso vai dar a eles uma cidade, um lugar onde começar a busca."

"Ora, meu querido", sussurrou, "parece que você está com medo."

"Se você tivesse levado tantos tiros quanto eu nos últimos dias, também ia estar de olho aberto."

"Então devíamos ter ido ao aeroporto, voado para um canto qualquer desconhecido, para o meio de barracos empilhados em algum morro, onde nenhum hospital registraria nossos dados."

"Talvez", respondi. "Mas há mais coisas aqui além deles e de nós."

"Nunca há."

"Galileu está dentro da Aquarius."

"Como pode ter certeza?"

"Por que outro motivo seu arquivo seria um monte de mentiras?"

"Isso é uma suposição, não uma prova. E ainda que fosse verdade, não vejo por que você precisa de mim."

"Nossa raça nunca trabalha em conjunto. Somos competidores em um mundo de belos corpos e gostos exagerados. Em Miami nos comportamos exatamente como fantasmas — saltamos e corremos, e fomos baleados por esse erro. Até agora fizemos exatamente o que se esperaria

— fugimos no meio da hora do rush, largando nossos corpos por algo mais rico e fácil. Fantasmas não se ajudam. Vamos nos ajudar. Chega de saltos desnecessários."

Janus se virou, admirando seu reflexo na janela. "Que pena. Eu podia ter mudado para alguém menos elegante."

Tomamos um táxi na estação.

O taxista compreendia sua função como a de ser velho, ranzinza e brusco. Estrangeiros em visita a sua cidade bem poderiam considerar tais qualidades como sinais de uma profunda sabedoria, se não percebessem se tratar de pura e simples antipatia. Por trás de meu reflexo desbotado no vidro do carro, observei a cidade que se movia rápida demais para que sequer se entendesse o que passava. Sob as ruínas suspensas de um aqueduto romano, estacionamentos e postes de sinalização se alinhavam nas laterais de bulevares e ruazinhas sinuosas. Entre o café e o supermercado que vendia vinho em caixas com uma torneira embaixo, o letreiro verde luminoso de uma farmácia, com duas serpentes enroladas num cajado. Cedros se balançavam contra pinheiros escuros; sebes de espinhos escondiam os prédios novos que apinhavam a encosta de uma colina, em direção ao norte da cidade.

O taxista perguntou "Férias?"

Não, eu disse, e Sim, respondeu Janus.

Época idiota para se tirar férias, retomou. Deviam ter vindo no verão ou mais perto do Natal. Agora, será uma péssima estada.

O hotel tinha tetos decorados de púrpura, carpetes azuis e relevos de cegonhas prateadas adornando as paredes. Janus pagou por dois quartos para aquela noite, com o dinheiro de Greta. O jantar ainda estava sendo servido; gostaríamos de jantar?

Não, respondi, correndo os olhos pelo cardápio de bifes a vinte e vinho a trinta euros. No fim das contas, eu duvidava que iríamos gostar.

Sozinho em um quarto que poderia estar em qualquer parte do mundo, tirei as roupas defronte a um espelho enorme e analisei o corpo de Sebastian Puis. Não era meu tipo, e eu não estava particularmente confortável quer com sua pele, quer com seu estilo. Ele beirava uma compleição doentia, e tufos de pelos brotavam aqui e ali no peito e nas costas, incertos se deveriam ou não crescer de verdade.

O impulso de saltar em alguém mais escuro, promissor, mais suave, menos peludo — qualquer coisa que pudesse ser bem definida, oferecendo um ponto de onde iniciar a construção do personagem — cresceu em meu estômago. Remexi a mala de Sebastian, mas não encontrei sinais de suas ocupações. Arranquei a bateria de seu telefone, simples e básico, para evitar o momento em que um amigo ou parente, talvez ainda esperando na estação de Montpellier, começasse a se angustiar com seu desaparecimento. Talvez uma mãe apavorada já estivesse na linha com a polícia, que responderia que os jovens têm suas próprias vidas, e que se ela estivesse realmente preocupada poderia ligar novamente, não na linha de emergência, dentro de dois dias. Os instintos nunca são aceitos como avaliação no caso de desaparecimento de um ente querido, e sou profundamente grato à polícia por isso.

Observo seu rosto e suponho uma personalidade.

Posso ser alguém espirituoso, um brincalhão sem limites. Talvez seja nobre e solitário, ficando acordado à noite para escrever sonetos a um amor inventado. Minhas mãos são macias, nunca trabalharam pesado. Forçando o abdome, minhas costelas ficam claramente à mostra, mas pareço gordo quando relaxo a barriga e ela se assenta em meus quadris. Minhas nádegas têm marcas leves por terem ficado muito tempo sentadas na mesma posição; o interior de minha coxa esquerda apresenta um arranhão já cicatrizado. Sou um estudante, um designer, um programador de software, um jovem DJ cheio de trabalho e pouco bom gosto? Mais importante, tenho intolerância a glúten? Intolerância a lactose, canelite, preciso tomar cuidado ao ingerir açúcar, o ferrão de uma abelha pode destruir meus pulmões? Como posso saber antes de cometer os erros que Sebastian Puis não cometeria, por já tê-los cometido antes?

Por um momento, sinto falta do peso familiar de Nathan Coyle ou da confiança atlética de Alice Mair.

• • •

Jantamos, Janus e eu, em um pequeno restaurante que ficava de frente para as ruínas de uma muralha medieval. Ela pediu queijo, vinho e pato ao molho de uva. A dona/garçonete/recepcionista do lugar perguntou se eu pagaria pelo prato de minha mãe. Janus havia se esquecido de quem era e, por um instante, ficou indignada com a ideia.

A conversa foi difícil.

Conhece a cidade?

Um pouco.

Quando foi a última vez que esteve aqui?

Faz muito tempo.

E quem você era na época?

Esqueci. Mas usava uma roupa amarela, pelo mar, com um balde cheio de ostras. E você?

Era alguém extraordinário.

Eu sou sempre alguém extraordinário, você está vendo.

E então Janus disse "Por que você *me* salvou?" A pergunta destoava tanto da conversa que fui pego de surpresa. "Nosso relacionamento tem sido... temperamental, pode-se dizer. Você precisa de ajuda — podia tê-la procurado em outro lugar."

"Galileu. Você é a única pessoa que conheço — além de mim e mais outra — que o conheceu."

"E Miami?" murmurou, garfando um naco de legume ensopado. "E aquilo?"

Baixei meus talheres, juntando as mãos sob o queixo. Parecia um gesto que Sebastian Puis jamais faria, mas neste breve encontro, neste momento raro entre velhos conhecidos, eu não sou ele, mas...

... alguém diferente.

"Nós... entendemos a carne", terminei por dizer. "Somos especialistas em olhos e lábios, cabelo e pele. As emoções que de outro modo controlariam a carne, a... complexidade que surge ao longo de uma vida, talvez isso nos falte. Como crianças, fugimos da dor e recusamos nossas próprias responsabilidades. Eis a verdade pura e simples de nossas existências. Ainda assim, vivemos como humanos. Ainda temos pavor da morte e sentimos tudo aquilo que eles sentem, não apenas como reações químicas, mas como... a única linguagem que nos sobrou para falar. Tivesse sido eu a trocar para um corpo sem ferimentos naquela noite em Miami, não posso garantir que não teria fugido. E não digo isso —" completei enquanto ela abria a boca para falar "— como um perdão. Você me deixou para morrer. Foi sua decisão. Assim como entendo medo e pavor, pânico e dor, também compreendo ressentimento, raiva e traição. Você salvou sua pele e me deixou para morrer na minha, e por mais que eu compreenda essa escolha, não posso perdoá-la."

"E se eu me arrependi?" balbuciou. "E se... eu pedir perdão?"

"Não sei. Não faço ideia de como isso soaria."

A ponta de um dedo brincou com a curva da colher. Um instante veio, um instante se foi, e isso era tudo que havia com relação ao assunto. Nossos pratos foram levados, cafés servidos, porque é impossível jantar e não tomar um café, Monsieur, simplesmente não estamos prontos para aceitar tal ideia. Enquanto esmigalhava um torrão de açúcar mascavo, Janus comentou: "Você devia tê-lo matado."

"Quem? Tenho um cemitério inteiro nas minhas costas."

"Galileu."

"E eu matei", respondi, mais agressivo que o esperado. "Atirei nele, e quando a polícia chegou eu me ajoelhei ao lado do corpo e não havia sinal de pulso."

"E mesmo assim os rumores continuam. *Milli Vra, Santa Rosa...*"

"Não sabia que você estava atenta."

"Leio jornais. Gosto especialmente das fofocas sobre as celebridades, mas até essa imprensa mexeriqueira arranja um espaço para comentar sobre um navio à deriva, todo ensanguentado e com sobreviventes trancados atrás de uma barricada, aos prantos. E como já conversamos, é fácil — mas muito fácil — para alguém do nosso tipo decidir sobre a vida dos outros. Você sabe, já experimentou. Conhece a sensação. Hecuba tinha essa mesma inclinação. Famílias se matariam, uns aos outros, da camareira até o dono da casa; Hecuba só matava quem o ameaçava, e você mata aqueles que ameaçam as coisas que ama. E você ama todo mundo, não é verdade, Kepler?"

Cerrei os dentes ao som daquele nome, os dedos agarrando a borda da mesa.

"Ele vestia... um hospedeiro", retomei enquanto Janus erguia sua xicrinha de café, o mindinho estirado como uma antena. "Chamava-se Will. Era meu assistente, nos velhos tempos. Brigamos na última vez que nos vimos. Tinha alguma coisa na perna esquerda, uma cãibra quando o músculo se movia de mau jeito. Não sei a causa, nunca fiquei tempo o suficiente para descobrir, mas quando acontecia era possível sentir os tendões tensionando a sola do pé, parecendo que iam rebentar. Ainda assim, ele era um hospedeiro de boa vontade, numa cidade que não desejava nenhum de nós. Mantinha as unhas aparadas e sempre carregava enxaguante bucal numa garrafinha. Não fazia perguntas. Era... uma boa companhia. Dificilmente temos chances de dizer isso. Então ele era Galileu. E tinha que morrer, então eu o matei, três tiros no peito. Teria sido mais seguro dar um tiro na cabeça, mas eu ficava com essa imagem na mente, o rosto de Will todo despedaçado. O nariz explodido, a visão do crânio, dos meus olhos — dos olhos dele — encarando, pendurados fora das órbitas, e eu devia mesmo ter atirado na cabeça, mas não atirei.

"E aí eu era o policial procurando o pulso, que não havia, então pensei pronto, é isso, mas depois chegaram os paramédicos e começaram a reanimação. Que não funcionou. É certo que não funcionou, mas imagino ter havido um momento, talvez já na ambulância, com o médico fazendo a massagem cardíaca, em que o pouquinho de sangue que restava correu pelas veias, a pele tocou na do paramédico... não faço ideia, não estava lá — eu era... outra pessoa, naquela hora — mas tenho quase certeza de que o médico que registrou a hora da morte do meu Will, se você perguntar sobre isso hoje, vai dizer não ter memória do fato. Memória nenhuma."

"Então Galileu continuou vivo."

"Parece que sim."

"Só porque ele é um de nós", completou, categoricamente, "não quer dizer que é nossa responsabilidade." Enquanto dizia aquilo, seus ombros se endireitavam, os dedos relaxados sobre a curva da colher. "Mas parece que ele próprio se encarregou da gente."

"Não só Galileu."

Ela aguardou.

"Em Frankfurt, Aquarius fez umas experiências. Estavam tentando criar uma vacina, algo que imunizasse as pessoas contra nós."

"Isso é possível?"

"Não sei. Duvido. No fim das contas, não conseguiram muita coisa. Quatro dos pesquisadores foram mortos. Uma mulher chamada Josephine Cebula os matou. Estava sendo usada. Aquarius colocou a culpa em mim."

"Por que em você?"

"Fiquei pensando nisso. Talvez porque era conveniente, porque eu acabei aparecendo. Mas então comecei a pensar por que eles assumiriam que Josephine era cúmplice, de algum modo, e não uma hospedeira tomada à força. Vi gravações de segurança onde ela aparece banhada de sangue, e me pareceu óbvio — gritante — que era Galileu. Que Galileu matou aquela gente. Mas Aquarius me culpou, culpou Josephine, e mandou que matassem nós dois. Hospedeira e fantasma. As coisas não costumam acontecer desse jeito."

"Como eles morreram?"

"Quem?"

"O pessoal que a sua pele... que Galileu... matou."

"Agonizando. Afogados. Esfaqueados. Mutilados. Depende."

"E morreram por quê?"

"Talvez por estarem desenvolvendo uma vacina. Talvez fosse uma ameaça. Mas também..." Vacilei, respirando fundo. Janus continuou quieta, o garfo entre dois dedos, mexendo nele como se fosse um novelo, na espera. Corri meu dedo pela borda da xícara, sem coragem de encarar seu olhar. "Como você virou fantasma?"

"Agonizando", respondeu.

"Foi violento? Quando eu... morri — acho que é justo dizer que foi esse meu caso — quando morri, agarrei o tornozelo de um dos homens que me matava. Foi meu primeiro salto. Vi a mim mesmo sangrando até a morte, e sacudi meu corpo frio tentando voltar para ele. Mas é claro que a carne já estava morta, e eu vivo. Os guardas me prenderam pelo meu assassinato, o que não deixa de ser justo. Pode-se dizer que foi um mau começo. Imagino que sua origem não seja menos glamorosa."

"Esfaqueada. Na barriga. Sangrei até morrer, saltando para a enfermeira que tentava colocar minhas tripas para dentro."

"Aurangzeb foi atropelada por um carro."

"Aurangzeb era uma idiota."

"Kuanyin morreu envenenada."

"Ela nunca me disse — *nisso* eu consigo acreditar."

"A questão é que nossas origens costumam ser... traumáticas."

"E daí?"

"Imagine Aquarius, ou qualquer organização do tipo — há uma porção delas. Matam fantasmas por qualquer razão que seja. Mas não importa quantos de nós morremos, sempre aparecem mais, brotando feito capim no meio-fio. Talvez dê para acreditar que existe um padrão que nos faz surgir. Talvez a violência, o medo, a dor, o que seja — talvez isso nos crie. Aquarius dificilmente pode eliminar a violência, mas nem todo assassinato num beco escuro cria um de nós. Nem todo envenenamento, ou morte repentina. Deve haver condições além dessas que nós já percebemos. Já tive a oportunidade de ser médico algumas vezes, e sei que para criar uma vacina contra um vírus, primeiro é necessário entender seu comportamento. Precisa entender como ele age, como se replica. Em Frankfurt eles poderiam estar tentando criar uma vacina, tudo bem. Mas primeiro precisariam ter tentado entender contra o que essa vacina atuaria, entender o que *nós* somos."

"Você acha que esse programa de vacinação poderia estar criando fantasmas, além de nos destruindo?"

"Acho que existe algum mecanismo no cérebro que faz com que uma minoria das pessoas salte na hora de um trauma. Se sua identificação for possível, talvez esse mecanismo possa ser evitado. Talvez seja possível nos matar antes que a gente nasça — um genocídio genético. Talvez isso fosse possível."

Silêncio.

Então "Por que Galileu? Por que Frankfurt, e quatro mortos?"

Pincei meu lábio com a ponta dos dedos. "Deixe eu mudar a pergunta. Por que as mortes foram tão violentas? Nós dois fomos criados em um momento de violência, de força bruta. *Milli Vra*, *Santa Rosa*, assassinatos em massa, cheios de medo e trauma. Por quê? Pode ser que de tantos em tantos anos, Galileu se olhe no espelho e não veja um rosto sem amor próprio. E aí pode ser que queira apagar esse reflexo, pode ser que... crie uma dessas situações. Ou talvez ele se olhe no espelho e veja algo belíssimo, algo que vai acabar morrendo. De repente Galileu quer que tais coisas durem para sempre, e nós, você e eu, se tivermos cuidado, duraremos para sempre. Talvez Galileu queira criar fantasmas. Se esse for o caso, então ele precisa da mesma coisa que Aquarius — entender como funcionamos. A pesquisa por uma vacina pode se desenrolar apenas até determinado ponto, até descobrir como somos criados, não mais que isso. Não mais que isso para que não descubram uma forma real de se proteger contra a gente. Só até certo ponto."

"Isso ainda é uma suposição."

"Completamente. Precisamos de mais evidências quanto a isso. Se pensarmos que Galileu, em vez de desconhecer os testes em Frankfurt, soubesse de sua existência, talvez até manipulando as coisas, então precisamos pensar que ele está bem envolvido com Aquarius. Envolvido com a organização que pretende acabar com ele. Uma série de mortes em Frankfurt deveria recair sobre suas costas, mas acabou vindo bater à minha porta. Uma hospedeira que qualquer fantasma poderia ter vestido — Josephine — foi usada por mim, e em vez de ordenarem apenas a minha morte, ordenaram também a dela. Para cortar as pontas soltas, pode ser. Ou mais que isso. Talvez por alguma suspeita. Quem foi que mandaram para me matar? Nathan Coyle — um homem com todas as razões para odiar Galileu, mais do que para me desprezar. E ainda há o arquivo de Galileu, que não somente é mal documentado como está cheio de informações falsas. Mentiras, pura e simplesmente. Aquarius está protegendo o membro mais violento de nossa espécie. Por quê?"

Um riso de escárnio correu pelos lábios de Janus, mau humorado. "Aquarius acha que está desenvolvendo uma pesquisa para nos destruir, e Galileu a está usando para criar mais de nós. Absolutamente fantástico."

"Quase fantástico", corrigi. "Porque Josephine foi morta."

O riso continuava ali, fixo e desatento, sorrindo por algo sem qualquer graça. "Você sempre foi apegado demais a suas peles. Estou surpresa por você não ter... nenhuma simpatia pelo que Galileu tem feito."

"Não. Nenhuma simpatia. Apenas um... pouquinho de compreensão com relação a seus motivos. Nós passamos pelas peles. Hoje sou Sebastian. Tenho um iPod, um livro, algumas roupas, estes tênis, sou o rosto que vejo no espelho, e amanhã... amanhã sou algum outro, e não terei nenhuma dessas coisas. Hoje tenho... você, de algum modo. Pode não ser uma relação que nenhum de nós aprecie, mas ainda assim... é uma conexão. É algo sobre o qual posso falar "Ontem foi de tal jeito, amanhã vai ser parecido", e isso *é* algo. Talvez algo bom, já que consegue existir. Galileu... está tentando fazer algo — algo que dure, algo que ele tenha criado, independente de quem era quando virou fantasma. Então talvez eu o entenda, mas não, não tem nada a ver com simpatia."

Uma conta foi posta na mesa.

Lembrei-me de ser o filho de Janus, e paguei.

Sebastian não carregava muito dinheiro. Um dia em tal lugar, no outro já indo embora.

Janus me encarou. "Como Galileu fez isso? Como conseguiu se infiltrar em Aquarius?"

Soltei uma gargalhada.

Não fazia ideia de onde tinha saído o som.

Sebastian Puis tinha uma boa risada. Subia direto do abdome, chacoalhando seus ombros. Gostei daquilo. Foi a primeira coisa que admirei em seu corpo.

"Acho que fui eu", respondi. "Acho que fiz com que isso acontecesse."

66

"É você o corretor?"

Gosta do que vê?

"É você o corretor?" perguntou, e quando levantei os olhos da mesa vi uma jovem, mimada e certamente outra pessoa.

Não dê atenção à pergunta em seus lábios; não dê atenção a sua presença à minha porta.

Era Edimburgo, 1983, e ninguém se vestia tão bem ou falava com tanta propriedade. Recostei-me na cadeira e tentei vê-la como ela de fato devia ser: uma mocinha bem mais humilde, vestida num discreto casaco velho, o sotaque pesado, moldado talvez por uma infância difícil que a fazia até aquele momento duvidar do próprio valor, físico e mental. Ou talvez fosse mesmo como sua hospedeira — saltos terríveis para andar entre paralelepípedos, vermelhos e de bico fino, uma sainha que quase não tapava as nádegas, duzentas libras de malha e seda drapejadas sobre o tronco, duas mil libras de ouro penduradas no pescoço. Embora poucos, havia quem tivesse confiança para andar pelas ruas naquela elegância, mas mesmo o mais vaidoso dos vaidosos evitaria fazê-lo com tanto descaso.

"É você o corretor?" perguntou de novo, com impaciência lhe subindo à voz, e eu disse que sim.

"Preciso de um homem."

Resisti à resposta óbvia e gesticulei para a cadeira à minha frente, não gostaria de se sentar, posso oferecer-lhe...

Era ocupada demais para tais cortesias. "Jovem, forte — um prontuário médico completo. Isso é importante. Quero cardiograma, exames de sangue, teste de capacidade pulmonar, alergias. Acha que me consegue algum ex-militar?"

Eu certamente poderia tentar. A senhorita estaria procurando por uma habitação de curto ou longo prazo?

"Curto. Não me importo com o histórico familiar. E loiro. Gosto de loiros. Mas não de cabelo crespo. E também sem muito pelo nas costas. Tudo bem se usar hidratantes e se depilar, mas não quero nada peludo demais."

Alguma preferência particular além de um ex-militar loiro não muito peludo de bom porte com ótimo histórico médico e uma propensão a se barbear?

Ela pensou um pouco, antes de completar "Seria interessante se tivesse um barco."

"Um barco?"

"Mas não qualquer um. Um iate. Para alto-mar."

"Certamente posso procurar algo, senhorita...?"

Olhou para baixo, como se subitamente surpresa tanto pela pergunta quanto por seu gênero. Então seu olhar voltou a mim, chocado e cristalino. "Por que caralho eu saberia? Essa merda é importante?"

"Sou o único corretor operando na região. Tenho muitos clientes, e já que suas aparências podem variar a cada encontro, gosto de mantê-los em uma espécie de lista coerente, para referências futuras."

"Um nome?"

"Se possível."

Pensou um pouco e sorriu. "Pode ser Tasha. Não! Tulia. Acho que Tulia me cai melhor." Então o sorriso desapareceu, e as memórias que aquilo remexera voltaram a afundar nas águas agitadas do presente. "Agora me consiga algo bonito."

Minha comissão para esse serviço é de cinquenta mil libras.

Consegui um Eddie Pearce, ex-marinheiro com paixão por navegar. Com os músculos do pescoço parecia poder colocar portas abaixo. Parecia capaz de erguer minha mesa com apenas um dedo.

Perguntei Gosta do que vê?

Tasha — talvez Tulia — juntou as mãos, em êxtase. Exclamava "Ele é lindo! É lindo! Oh, eu o *quero*!"

Posso perguntar para quê?

Para quê? Que tipo de pergunta é essa? Quero porque ele é ele. Quero porque tudo nele é invejável, tudo em seu corpo é lindo e vigoroso, sua vida toda é sensacional. Quero porque ele navega com o rosto no vento, porque tem mulheres a seus pés, porque os homens o adoram, porque até os estranhos na rua viram o pescoço quando ele passa. E o quero porque estou entediada e ele é algo novo. Quero porque é lindo. Você não entende? Não o adora também?

Sim, respondi. Eu entendo.

"Mas o adora?" ela insistiu.

"No momento, não. Mas talvez pudesse."

Sorriu em resposta, abraçando o próprio peito como se para conter o júbilo incontrolável. "Eu já o adoro", deixou escapar. "Sei que ele também vai me adorar."

Duas noites mais tarde, estava em seu iate navegando para fora do estuário de Forth, na direção do mar cinzento e de amplos horizontes.

Quatro dias depois, o iate foi encontrado por pescadores de Dundee, à deriva. Quando interrogaram um deles, parecia que ele havia engolido um peixe vivo, que ainda se contorcia e se debatia em seu estômago. Respondeu num sussurro baixíssimo sobre as coisas que tinha visto, e garantiu estar grato, muito, muito grato por ter desmaiado no momento em que sua mão roçou a pele daquela coisa lá dentro, e por não lembrar de mais nada até despertar novamente na praia.

Certo de não querer conferir, e certo de não ter alternativa, li a autópsia de Eddie Pearce. Quantos horrores, violências e violações uma mente precisava ser capaz de inventar para deixar os restos de carne daquele jeito, tendo prolongado o sofrimento por dois dias inteiros, sob o convés da própria vítima. Ainda assim, o legista concluiu, devia ter havido algum nível mínimo de consentimento, porque embora o corpo tivesse sido torturado de todas as formas que pudera suportar, também havia infligido violações iguais, o mesmo sofrimento à mulher encontrada quase inconsciente na cabine a seu lado, cujas últimas palavras, segundo o pescador que a puxara para o convés, foram um sussurro

Gosta do que vê?

Três dias depois, meu escritório de Edimburgo estava vazio e eu era outro alguém, parado numa estação de trem.

Dois dias mais tarde, um documento foi enviado de forma anônima para uma organização sediada em Genebra. Listava diversas contas mantidas no mundo todo. O pagamento mais recente havia sido a um corretor em Edimburgo, na quantia de cinquenta mil libras. Se alguém se desse ao trabalho de conferir, entretanto, veriam que não existia qualquer registro da existência desse corretor.

Janus disse você dedurou Galileu.

Eu disse sim.

Ótimo. Precisa ter colhões.

Eu disse que o vendi para Aquarius. Não eram Aquarius na época, só matadores com uma causa. Aquarius foi o que se tornaram. Dei tudo de que precisavam para rastreá-lo, suas movimentações bancárias, as contas que usava quando estava em outras peles.

Disse que foi por isso que ele tentou me matar em Miami
por isso tantas peles morreram.

Pensei que estivesse ajudando Aquarius a matar Galileu.

Tudo que fiz foi ajudá-lo em seus planos.

67

Voltamos em silêncio para o hotel.

Sozinho, fiquei deitado na cama, remexendo em minha carteira inútil, ligando a tevê e zapeando de um canal para outro. Política de Bruxelas, futebol em Marselha, belos policiais nos Estados Unidos, ladrões perigosíssimos da Rússia, jornalistas aflitos em frente aos restos de outro-prédio-reduzido-a-cinzas-em-sabe-se-lá-onde.

Fiquei imaginando se Sebastian Puis se importaria.

No espelho, seu rosto parecia capaz de lamentações por controle remoto, mas como a maior parte das emoções expressas por sua cara levemente barbada, provavelmente não duraria muito.

A pasta de dente do hotel é granulada e deixa uma sensação de formigamento na boca.

Apago as luzes e escuto histórias de recessão, desenvolvimento, historinhas locais sobre crianças banguelas ganhando prêmios em concursos de desenho da vida selvagem, senhorinhas protestando contra o cocô de cachorro pelas ruas. Minha mente começa a viajar, e com um pigarro a jornalista retoma a história do momento, em que de algum modo, como nas outras vezes, não prestei atenção.

Duas imagens, mais chamativas que as palavras.

Uma repórter, em meio a uma ventania, tremia no frio da madrugada. Estava em frente aos holofotes do Portão de Brandemburgo, com a polícia em segundo plano e equipes de televisão por todo lado.

Uma tomada — não de um filme propriamente dito, mas de um vídeo passando na tela de um computador, levemente desfocado.

Escutei a história e, amarrando o roupão do hotel, desci para o saguão. A garota na recepção cochilava, e não havia ninguém usando o computador perto do elevador. Não demorei nada para encontrar e carregar o que queria. O vídeo do YouTube que aparecia no jornal era de seis horas atrás, tendo sido removido e recarregado, removido e recarregado, e em sua décima quinta reencarnação já contava com trezentos e quarenta e sete mil cento e doze visualizações, e aumentando.

O vídeo foi gravado com uma câmera de celular.

O cinegrafista aponta a câmera para o próprio rosto, acenando animado, a cara gigante em um ângulo em que se vê suas narinas, enquanto proclama em alemão "Esta é para você!"

Há uma série de pisos e paredes conforme ele ajeita o celular em um suporte que não vemos, e então, fulgurante sob os holofotes do Portão de Brandemburgo, tira um galão de gasolina de dentro de uma mala. Mostrando os dentes, despeja o conteúdo sobre si, os cabelos grudando no rosto, as roupas empapadas, e quando a última gota cai ele acena para a câmera outra vez, os braços abertos para que os espectadores vejam bem.

Um grito de fora do enquadramento, e o rosto do cinegrafista se enche de prazer. "Venham. Ainda dá tempo!" ele chama, acenando. Tira do bolso um isqueiro verde, e na hora que o segurança aparece em cena, com a mão no coldre, a outra estendida pedindo calma, devagar, o cinegrafista declara: "Sorria! Você está prestes a ficar famoso."

As palavras do segurança são o inevitável gaguejar de apaziguamento, aquele por favor, senhor, senhor, tenha calma, deixe-me ajudá-lo. Não ousa se aproximar, recuando enquanto o cineasta se vira na poça de gasolina, satisfeito com a situação, até que de repente, súbito como um vidro que racha, ele para, vira-se para o segurança e, com a mão estendida e o rosto vazio, diz "Me ajude."

O guarda hesita. Quem não hesitaria?

Com a ponta do sapato já na poça de gasolina, estica a mão para tocar a mão que implora.

O cineasta perde o equilíbrio, e nesse instante a mão esticada do segurança se fecha num punho e ele acerta com tudo o queixo do rapaz, fazendo-o voar e cair no meio da poça.

Isso acontece no minuto 1m31.

Comentários do tipo

MEU DEUS!! VEJAM EM 1m31!!!

ou

Caramba, não pensei que aconteceria isso 1m31

enchem a tela. Cento e cinquenta e três espectadores chegaram até aquele ponto, dando curtidas no que viam. Pergunto-me se eles esperaram para ver o que acontecia depois daquilo, antes de declarar seus veredictos.

Então o guarda, com todo seu medo e hesitação silenciados por competência e autocontrole, abaixa-se e arranca o isqueiro da mão do homem caído. Dá um passo para trás, e enquanto o cineasta estremece, piscando confuso, ele abre os olhos e olha para cima - como se pela primeira vez - percebendo sua situação, e nisso o guarda acende o isqueiro, virando-se para a câmera.

"Gosta do que vê?"

Encharcado em uma piscina de gasolina, Johannes Schwarb, com espanto no rosto e o queixo caído, começa a ensaiar um berro antes que a chama atinja o chão.

O segurança espera que o corpo termine de queimar, então se aproxima para pegar o celular que ainda grava, e o desliga.

Janus assistia em silêncio.

Havia revolta, mas não surpresa.

No final, comentou "Para quem foi isso?"

"Como?"

"Ele disse 'esta é para você'. Você quem?"

"Ah", respondi, desconcertado. "Eu, naturalmente. Esta era para mim."

68

O corpo de Sebastian Puis não dormiu naquela noite.

Eu já surfara de hospedeiro para hospedeiro, noites inteiras, sem nunca dormir, e embora minha pele pudesse parecer fresca como um botão de rosa, eu permanecia cansado. A única conclusão a que chego é que a mente — qualquer que seja a noção vaga aplicável a meu caso — precisa de sono tanto quanto as fibras de um músculo, os nervos e células do corpo.

Descendo para o café da manhã, meio sonolento e com a ideia de que, amanhecendo, café da manhã era a melhor coisa a se fazer, não fiquei muito surpreso ao ver que Janus não estava. Ninguém atendeu quando bati à porta do quarto, e na recepção me informaram, de má vontade, "Sim, ela partiu logo cedo e lhe deixou isto".

Um pedaço de papel amarelo, do hotel, com uma escrita meio infantil, desproporcional, dizendo *"Caí fora. Jantar, Saint-Guillaume, 53 rue de la Garde, 17h? Beijos"*.

Jantar e beijos.

"Onde fica Saint-Guillaume?" perguntei com cansaço.

O recepcionista conferiu o mapa. "O senhor está de carro?"

"Não", suspirei. "Mas estou certo de conseguir uma carona."

Abandonar um corpo é arriscado.

Se não for possível encontrar o momento apropriado para a troca, então espere a oportunidade seguinte. Pergunte ao paciente que dá entrada no hospital, com amnésia e pavor, qual a última coisa de que se lembra. E quem foi a última pessoa que o tocou?

Nas circunstâncias em que um corpo tem que ser abandonado sem despertar todo um conjunto de sintomas, que de outro modo chamariam atenção, recomendo doses cavalares de drogas para alterar a consciência.

Digam o que quiserem dos franceses, mas eles sabem como suprir uma farmácia.

• • •

Dei uma caminhada pela cidade, parando no caminho para comprar um remédio aqui, um analgésico ali, até que minha mochila estivesse pesada com tantos medicamentos questionáveis. Visitei a catedral, li um pouco mais de meu livro e resisti ao impulso de editar o conteúdo do iPod de Sebastian. Comprei um mapa da região e uma garrafa d'água, enfiei ambos num saco de papel pardo e me sentei no banco de frente à emergência do hospital universitário.

Quando começou a chover, alcancei a mochila e tirei dela um punhado de pílulas, engolindo-as num trago só de delírio em cápsulas. Esperei dez minutos, então levantei, deixando o mapa para trás, sob o banco, e, surpreso com a relutância de minhas pernas em se mover e tentado a cair na gargalhada, arrastei o corpo para a ala de emergência.

A recepcionista no balcão de entrada tinha a expressão modelada para desencorajar doenças. É preferível uma doença prolongada, seu cenho franzido parecia dizer, ao atendimento que logo, logo se descobriria. Dei um sorriso largo, apoiando o corpo no balcão, com as pílulas caindo da mochila. "Olá", falei. "Estou muito, muito chapado. Posso apertar sua mão?"

Saltar de um corpo sóbrio para um bêbado é desagradável.

Saltar de um corpo drogado para outro sóbrio é, possivelmente, ainda pior.

Leva mais tempo.

Quinze minutos depois — dez dos quais passados no banheiro feminino, tentando me convencer de que as náuseas eram efeito psicológico, mais que físico — eu era um enfermeiro de boa postura, bermudas e chaves do carro no bolso. Depois de andar cinco minutos pelo estacionamento, o controle do alarme na mão procurando pelos faróis piscando, encontrei meu carro. Ainda esperei tempo bastante para desligar o celular, recuperar o mapa debaixo do banco e por fim entrar no carro, cujo cheiro combinava perfeitamente comigo, para rumar a Saint-Guillaume.

69

Certa vez, em Milão, eu era uma mulher de rosto lindíssimo, com sobrancelhas grossas que pareciam sempre reprovar as besteiras que os olhos viam. Possuía um carrinho amarelo, mas assim que entrei nele pela primeira vez fiquei assombrada com a altura do banco, a proximidade dos pedais e com meus joelhos batendo no volante. O assento estava muito para a frente, colocando-me na posição de um piloto de rali, e em dois minutos de direção fui forçada a estacionar e reajustar aquilo tudo, arrumar todos os retrovisores. Conforto e segurança recuperados, passei quatro dias gloriosos indos às melhores festas da cidade, até que por fim um homem lindo se aproximou, de terno, e disse olá. Só depois de flertar com esse cavalheiro desconhecido é que percebi ser meu irmão, incomodado com meu comportamento.

Um tanto envergonhada, mudei rapidamente, e minha hospedeira, ao que tudo indica, prosseguiu com sua vida normal, como se nada tivesse acontecido. Pelo menos até tentar dirigir o próprio carro, acertá-lo quase imediatamente na lateral de uma viatura da polícia e ser levada, completamente fora de si, primeiro para o hospital e depois para a delegacia.

É extraordinário o que as pessoas entendem por hábitos normais.

Dirigi no sentido norte, com a chuva apertando até se tornar uma cachoeira sobre o para-brisa, até que a pista se transformasse num lago de águas respingando, até que o céu ficasse escuro e as montanhas sumissem por trás das nuvens frias, e pensei em Galileu.

70

Saint-Guillaume.

Nunca estive nesse lugar antes. Duvido que voltarei.

As luzes nos postes de ferro, ao longo da rua íngreme, eram bolhas rosadas no meio do ar úmido.

Uma única loja estava aberta no sopé da colina, com a sacada dependurada sobre um rio agitado e barulhento. As ruas estavam todas desertas, a não ser por uma ou outra silhueta fumante no esquadro da porta. Estacionar foi difícil, seguir meu caminho através das corredeiras, subindo as escadinhas e vielas serpenteantes, quase impossível. Abriguei-me sob a arcada de uma igreja e forcei os olhos na penumbra, procurando pela rue de la Garde. Por fim, uma senhorinha com o guarda-chuva fechado, inútil contra o dilúvio que desabava, apontou colina abaixo, para um caminho virando a padaria, com suas portas cerradas e a van de entregas estacionada na calçada até de manhã. Fui aos tropeços e escorregões, o casaco sobre a cabeça, procurando pelo número 53, por luzes acesas atrás de cortinas abertas e janelas fechadas. Golpeei a porta, esperando poder entrar.

"Está aberta!"

A voz de um homem respondia lá de dentro. Levei a mão à maçaneta, e a porta se escancarou, a madeira pesada raspando o chão de granito. Havia uma grande lareira acesa no lugar, de teto baixo e cheiro forte de cebola no ar. Procurei pela placa do restaurante, mas não encontrei nada. Ainda assim, uma mesa de jantar estava posta, com sua toalha de renda branca e uma vela queimando na garrafa vazia ao centro. Outra porta aberta, meio torta no batente retorcido, carregava o aroma de comida e vinho, e detrás daquele calor veio novamente a voz do homem: "É você?"

"Greta?" perguntei.

"Deixei-a para trás. Espero que não se importe."

Sacudi o casaco encharcado perto da lareira, observando a prataria nas prateleiras, o crucifixo junto aos livros, as fotos de netos e animais de estimação na mesinha sob a janela. "Janus", perguntei, "O que está havendo?"

"Jantar!" ele respondeu. "Vim aqui há alguns meses, tirar uma folga, e acabei me lembrando deste lugarzinho. É perfeito, eu acho. Absolutamente perfeito! O esconderijo perfeito!"

Tirei os sapatos, sentindo as meias empapadas enquanto mexia os dedos sobre o piso junto ao fogo. Da cozinha veio um bafo quente, uma nuvem de vapor. Inclinei-me na direção da porta, olhando através do batente, e vi Janus.

Era alto, com ombros e pescoço meio curvados. Uma camisa preta de mangas compridas ia completamente abotoada até seus pulsos. As calças pretas desciam pelas pernas até encontrar o par de pantufas peludas que calçava. Jogou pedaços de porco ao vinho numa frigideira, e com batatas espumando a seu lado, pediu "Pode me passar isso aí?"

A mão indicava uma garrafa aberta de vinho. Passei a garrafa a ele sem dizer uma palavra. Os dedos que a pegaram eram rubros e amarelados. Rubros na palma, amarelados nas costas, onde as cicatrizes haviam criado calos e redemoinhos. "Obrigado." Despejou vinho na frigideira chiante, dando um gole no gargalo. "Esse lugar não é adorável? Sempre pensei que gostaria de me aposentar num vilarejo nas montanhas."

"Aposentar do quê?"

"Não sei. Qualquer coisa. Na verdade, tentei me aposentar umas duas vezes, mas fiquei entediado. Política, política, política. Faz ideia de como é difícil organizar um jantar na vila?"

"Nenhuma."

"É um pesadelo!" exclamou. "Todo mundo sempre quer ser líder."

Peguei a garrafa de vinho, sentindo sua fragrância, e murmurei "Se importa se eu...?"

"Fique à vontade."

Minha mão tremia enquanto eu servia o vinho, embora eu não conseguisse pensar em qualquer motivo para aquilo.

Taça na mão, me virei e o olhei nos olhos. Havia apenas um para onde olhar, o outro tendo sido removido há muito tempo, ou talvez selado sob a pele enrugada que cobria seu rosto e pescoço, ziguezagueando até desaparecer na gola da camisa. Possivelmente havia sido um belo olho, azulzinho, agora enterrado sob a carne maltratada que era o rosto de Janus. Sentindo meu olhar, levantou o rosto rapidamente da frigideira, sorriu e continuou cozinhando.

Girei a base da taça de um lado para o outro, entre os dedos.

"O que tem para jantar?"

"Porco, pimentão, vinho, feijão-branco, batata-doce, couve toscana e uma sobremesa surpresa."

"Não tenho certeza se aguento mais surpresas."

"Você é forte, Kepler. Vai ficar bem."

A chuva tamborilava sobre o vidro fino das janelas, barulhenta na noite.

"Onde deixou Greta?" eu quis saber.

"Em um trem para Narbonne."

"Boa ideia."

"Imaginei que você aprovaria. Demorei para voltar até onde queria, mas estou limpo. Onde você deixou... sei-lá-quem?"

"No hospital."

"E o que é você, algum tipo de..."

"Enfermeiro. Você?"

"Marcel... não sei do quê. Meio ermitão."

"Estou vendo. Químico ou físico?"

"Gás", respondeu, indiferente. "Estou aplicando enxertos. Tenho dilatadores, não sei se já ouviu falar, implantados nas costas. São preenchidos com uma solução salina, e durante sete meses a pele se estira e cresce em torno deles, até que haja sobras suficientes para cortar e enxertar em outro lugar. É um negócio fascinante, de verdade."

"E como é que você sabe disso?"

"Passei algum tempo em hospitais." Ouvi o ruído agudo de metal contra metal, quando Janus bateu com a colher na borda da frigideira. "Mexe isso aqui, por favor."

Eu mexi. "Então", continuei, "se ainda estamos na etapa dos enxertos, imagino que essas queimaduras sejam bem recentes, não?"

"Bastante."

"Sente muita dor?"

"Tenho morfina no quarto."

"Está se aplicando?"

"Não."

"Quer que eu pegue uma dose?"

"Não."

"Quer que eu lhe arranje alguém?"

"Não."

Batatas fora, batatas dentro, e eu mexendo a panela.

As mãos queimadas de Janus bateram palmas, tomando conta da situação. O dedinho da mão direita fora amputado. O dedão também. Apenas três dedos restavam, muito longos, muito estirados junto aos cotocos vizinhos. "O jantar está na mesa!"

Levei os pratos para a sala de jantar. Janus havia cuidado de tudo. O porco estava tenro, as batatas, bem cozidas, a couve sabia a pimenta e o molho era bom o bastante para lamber o prato. Perguntei Onde foi que você aprendeu a cozinhar?

Ele disse Minha esposa.

Sua esposa?

Foi, respondeu. Minha esposa. Paula. A mulher com quem casei.

Próximo à lareira, um relógio tiquetaqueava os segundos, e Janus raspava os restos de molho e batata da borda do prato, com a ponta do dedo carcomido.

E você chegou a revê-la? perguntei. Reencontrou Paula Morgan, a mulher com quem casou?

Ela morreu.

Morreu?

Morreu. Michael Morgan sobreviveu, Paula Morgan não. Talvez não tenha suportado a perda do homem que amava, nem sua substituição por uma criança de vinte e um anos, aos prantos no casco do velho. Talvez a artrite fosse mais que só artrite. Talvez estivesse cansada. Talvez estivesse simplesmente de saco cheio. Como é possível saber da vida dessa gentinha?

O dedo de Janus raspou a borda do prato, erguendo mais um pouquinho de caldo. Sua língua, quando lambeu o resto do prato, apareceu impressionantemente inteira, rosada e ilesa. O lábio inferior, torto, com um pedaço mais grosso que o outro, fazia parecer que um rato o havia roído enquanto Marcel dormia.

Você disse que passou um tempo em hospitais.

Sim, passei.

Conversei com Osako em Paris.

Eu adorava Osako, Janus respondeu. Ela tinha dedos adoráveis.

Mencionou ter cistos.

Sim. Era um problema.

E Miami...

A gente vai falar só do passado, Kepler?

... em Miami, sua hospedeira no *Fairview Royale*. Era careca, e pensei que tivesse a ver com estilo, mas pensando sobre isso agora, também não tinha sobrancelhas. E Greta? Escolha interessante, mais velha que seu Adônis usual, de bunda firme, com aquela maquiagem toda e a pele frágil...

Janus sugava o molho das bordas de seu prato.

Às vezes, falou, é bom experimentar coisas novas.

"Janus..." deixei meu garfo de lado, apertando as mãos no colo. "Há algo que você queira me dizer?"

"Ora, mas é claro, querido", respondeu. "Estou morrendo."

"E como está encarando isso?"

"Bem. Muito bem. Sabe, essa é provavelmente a melhor coisa que fiz nos últimos tempos."

"Mas nunca chegou aos finalmentes."

Um suspiro fundo. "Ainda não."

"Os cistos de Osako. Eram mais que apenas inconvenientes."

"Eram."

"Mas você fugiu. E Monsieur Petrain tinha uma bela bunda. Você sabe, se quisesse se jogar do alto de um prédio, tenho certeza de que poderia encontrar alguém com qualquer coisa terminal, bem disposto a se atirar."

"Você já tentou? Parar na beirada, olhar lá para baixo, saber que não precisava terminar daquele jeito?"

"Não estou com pressa de morrer."

"Pois é."

"Está parecendo que você tem mais interesse que empenho."

"Kepler..."

"Meu nome é Samir."

Girou sua taça com os dedos, segurando-a pela haste. Greta fizera o mesmo quando comemos pato em Montpellier. Levei um segundo para lembrar que aquilo não era surpreendente.

"Você fez bastante pesquisa sobre Samir, não fez?" ele perguntou.

"Na verdade, não."

"Preguiçoso, para um corretor." Era difícil tirar os olhos da taça girando, girando entre os dedos de Janus. Falei, para afastar minha mente dali: "É mais fácil estar num corpo quando se conhece as amizades. Discernimento é o primeiro passo para arranjar uma boa pele, e a gente tende, tragicamente, a ignorá-lo. Talvez... haja algum tipo de intimidade também. Digamos que eu queira ser um neurocirurgião. Abrir crânios não é o que me interessa, isso decididamente não é o significado de 'neurocirurgia'. Quero é ser admirado por meus pares, adorado pelos estudantes e conhecidos, vê-los maravilhados com minha habilidade. Eu gosto de minha mãe? Meu sorriso é forçado ou real? Visto uma cueca de bolinhas sob a calça sóbria? Observo as pessoas do mesmo jeito que um arquiteto observa uma grande construção. Ali, um barraco meio desmoronado... aquele outro, um palácio esperando ser ocupado... aqui, uma cabaninha cheia de amargura e meias-verdades; mais adiante há um avarandado espremido entre os amigos. Assistir a seus filmes, sentir suas roupas, o cheiro de seus sabonetes — há certa beleza na escolha de um estranho por seu sabonete. Existe uma proximidade que surge com o conhecimento dessas coisas. Por nossa condição, somos capazes de olhar tudo com certo distanciamento e não condescender com os pecados alheios, nem ter nada que nos impeça de enxergar as maravilhas à nossa frente. Um corretor olha para as pessoas, fantásticas, como um todo, vivendo suas vidas, e se olhar por tempo suficiente, com atenção suficiente, talvez consiga perceber como elas deveriam ser. Como deve ser... não somente a pele, mas a *pessoa*. O pacote inteiro, coração e tudo."

A taça estava parada na mão de Janus, seu olho em meu rosto. Por fim:

"Você nunca ficou tentado a experimentar uma vida? Dez, vinte anos num hospedeiro de longo prazo?"

"Nunca aguentei."

"Por quê?"

"Porque é difícil."

Silêncio, exceto pelo tique-taque do relógio e pela chuva caindo. Então, com um tom de cautela na voz, "Kepler..."

"Não me chame assim."

"É seu nome."

"É um arquivo."

"É você."

"Sou Samir Chayet."

"Não, não é."

"É o que diz minha carteira de motorista."

"Não, não é!" Seu punho acertou a mesa, chacoalhando os talheres. Alcancei minha taça antes que caísse, levantei o rosto e vi seu olho brilhante em minha direção, queimando a distância que nos separava. "Quem é Samir Chayet?" sibilou. "Quem é? É engraçado? De poucas palavras, um tagarela, espirituoso, um amante magnífico, pé de valsa, cozinha brigadeiros mágicos? Quem caralhos é Samir Chayet para você? Como você ousa desonrá-lo desse jeito, porra, roubando seu nome desse jeito, seu parasita inútil do caralho!"

Segurando minha taça pela base, esperei por mais. Janus arfava, tremendo não só pelo esforço, com o olho semicerrado, agarrando a borda da mesa e respirando fundo, tomando fôlego. "Sinto *nojo* de você", soltou, os dentes rangendo sobre as palavras.

"Tudo bem. Também não morro de amores por você."

Uma risada se dissolveu numa pontada de dor, tão imediatamente quanto eclodiu.

"Deixe eu pegar um pouco de morfina", falei. "Posso..."

"Não."

"Você está com dor."

"Está tudo bem. Isso é... bom."

"Como a dor pode ser boa?"

"Esquece a porra da morfina!" bradou, e eu recuei. Expirou, inspirou, acalmando-se aos poucos, e, com o rosto voltado para o nada, murmurou "O que você sabe de Samir Chayet?"

"Por quê?"

"Conte o que sabe dele."

"Para que isso?"

"Kepler... Samir, que seja. Conte."

"Eu... não muita coisa. Sou enfermeiro em um hospital universitário. Estava terminando meu turno e tinha chaves de um carro nas mãos. E precisava de um carro. Estou confortável. Foi uma aquisição conveniente, só isso. Marcel..."

"Meu nome é Janus."

"É um nome ridículo."

"É?" arfou. "Eu bem que gosto. Acho que tem... peso. É antigo e forte."

"Janus..." apertei os dedos na borda da mesa. "O que diabos está acontecendo aqui?"

Arregalou o olho, mas não havia raiva em seu rosto arruinado, nenhum rancor, apenas a resignação fria de um olhar vazio. "Galileu está vindo." Minha carne travou. Nenhum fôlego, nenhum som, nenhuma resposta. "Liguei para Osako. Era conveniente também. Telefonei a ela, disse que me chamava Janus, que lamentava muito, desejei-lhe melhoras e falei que tinha algum dinheiro guardado, caso ela quisesse. Eu não vou mais precisar. Ela desligou, aos prantos. Mas acho que ficou chorando por tempo suficiente."

"Suficiente para quê?" Ele não respondeu. Eu estava de pé, sem saber ao certo como levantara. "Suficiente para quê?"

Um suspiro, espreguiçamento, um lapso de dor. "Para que Aquarius rastreasse a ligação", respondeu. "Tempo suficiente, imagino, para isso."

"Quando?"

"Acho que..." fez umas contas no ar "três horas atrás."

"Você não..." as palavras se perderam na ponta da minha língua.

"Se mencionei seu nome? Não. Mas a essa altura já é tarde para fugir. Você simplesmente chamaria atenção. Imagino que a verdadeira questão seja: quão bem você conhece Samir Chayet?"

"Por quê? Por que fez isso?"

"Kepler..." falava como um pai, decepcionado com o boletim do filho. "Você é um mercador de escravos. Um assassino. Ladrão de tempo. Mas isso nem é sobre você. Sou autocentrado demais para planejar uma vingancinha boba contra alguém como você, um conhecido qualquer. O que você tem de entender é que, assim como tenho nojo de você, tenho ainda mais — mil vezes mais — desgosto de mim. Asco mesmo. O luxo de ter um exército de assassinos pronto para fazer aquilo que tentei por tanto tempo, sem reunir coragem suficiente, parece um privilégio raro demais para desperdiçar."

O som da chuva.

Continuei de pé, as mãos agarradas ao encosto de uma cadeira, os dedos já pálidos. Janus virou as últimas gotas de vinho de sua taça. Engoliu-as. Seu olhar passeou por nada em especial, antes de se voltar para o teto, para algum outro canto.

Palavras emergiram e voltaram a afundar como batatas na panela, e eu não disse nada.

Um blefe.

Um trote.

Uma peça pregada por um fantasma velho e cansado, amargo e cínico demais para lembrar que atrás de qualquer par de olhos que o olhava, uma mente observava também.

Olhei para Janus, e Janus, sentindo meu olhar, encarou-me de volta. Ele não se importava se eu viveria, não se importava se ele morreria, e não estava mentindo.

Não perdi mais tempo.

Cruzei a sala, até uma porta baixa de madeira; curvado, entrei num lavabo de teto torto, piscando defronte a um espelhinho sobre a pia e encarando o rosto de Samir Chayet. Vestido há quatro horas, e contando, sem sequer ter-lhe dado atenção. Estaria em meus quarenta e poucos?

Cabelo preto liso, bem cortado, a barba aparada — nada fantástico, mas bom o bastante — quase com certeza por mim mesmo. Minha pele é castanha, meu nome poderia ser francês ou muçulmano. Argelino seria um bom chute, mas e o que mais? Mãe, pai, lugar de nascimento, língua, religião? Procuro por um crucifixo no pescoço — não há — procuro anéis nos dedos, reviro os bolsos atrás de carteira e celular. Desliguei o telefone assim que peguei Samir, para não me complicar; agora eu o ligo outra vez, ao mesmo tempo em que vasculho a carteira. Carrego cinquenta euros em dinheiro, dois cartões de débito do mesmo banco, um documento me dizendo o que já sei — Samir Chayet, enfermeiro-chefe. O que um enfermeiro-chefe faz? Eu já soube disso, muito tempo atrás, quando era uma estudante de medicina em São Francisco, jovem e de unhas pintadas. Os tempos mudam. Larguei aquelas unhas pintadas assim que me cansei de pacientes adoentados, e agora Samir Chayet possuía novas aparelhagens com as quais lidar, novas regras que seguir, e eu não sabia nada disso.

O som de Janus se mexendo na sala ao lado. Três horas é muito tempo quando você é um exército armado com helicópteros. Torneira aberta na cozinha: Janus lavando os pratos.

"Você sabe que eles provavelmente já estão aqui, certo?" gritou.

Grande ajuda.

O conteúdo da carteira. Cartões de crédito são perigosos — seria fácil me perguntar o código de segurança, fácil descobrir quando eu errasse a resposta. Cartão de biblioteca, dois cartões fidelidade, do sindicato, um recibo do campo de golfe local.

Quem é este homem, Samir Chayet?

Olho-me no espelho, corro os dedos pela barba, pelos cabelos, até a borda de minhas mangas. Encaro os olhos castanhos bem redondos, que na infância devem ter implorado por coisas que nunca lhe foram negadas. Sinto minha barriga, um pouco fofa mas nada embaraçoso. Quando ergo as sobrancelhas, parece que todo meu couro cabeludo se levanta. Quando franzo a testa, parece que ela quase encosta no nariz. Destampo o reservatório de água da privada, jogo ali meu celular e carteira, e o fecho novamente.

Agora a pergunta sobre quem é Samir Chayet não é tão importante quanto quem ele *parece* ser.

"Está pronto para a sobremesa?" A voz de Janus derivou desde a cozinha.

Encarei meu reflexo por um instante mais e depois apaguei a luz.

"O que é?" perguntei, entrando na cozinha, mas agora minhas palavras eram em árabe magrebino, vagarosas e acentuadas.

Janus estava junto à pia, um par de luvas de limpeza sobre as mãos machucadas, um pouco de espuma da louça pousada em sua camisa. Ergueu as sobrancelhas ao som da minha voz, mas respondeu no mesmo idioma, com sotaque do leste "Flan com calda de framboesa e baunilha. Produção caseira, feito por alguém em algum supermercado."

"Parece ótimo. Quer que eu seque?"

Um lampejo de surpresa passou pelo canto de seus lábios. "Se você não se importar."

Peguei um pano de prato que estava pendurado, indo para a pia ao lado de Janus, e comecei a secar metodicamente a louça. "Já tentou fazer flan? Digo, você mesmo", arrisquei, experimentando as palavras que surgiam, relembrando suas formas, aquecendo a conversa.

"Uma vez, quando era uma dona de casa de Buenos Aires. Afundou na forma, parecia uma poça de vômito."

"Você é um chef?"

"Já fui, por um tempo."

"E era bom?"

"Usava muita pimenta. A gerência ficou desapontada por eu não seguir o estilo que tinha me deixado famoso. Respondi que era um estilo insípido e muito comedido. Disseram para eu acertar a mão ou encontrar outro emprego. Acertei a mão e encontrei outro emprego."

"Parece pouco satisfatório."

"Queria testar uma hipótese."

"Que era?"

"Que a língua de um chef sentia mais sabor — biologicamente, quero dizer, que havia alguma coisa química em sua capacidade de sentir mais plenamente — do que outros homens."

"E aí?" A curiosidade aumentava o tom de voz de Janus, a esponja parada, por um instante, em meio à lavagem dos pratos.

"Como se eu fosse capaz de entender aquele exagero todo. Já vesti os melhores músicos da atualidade, e ainda não consigo ouvir o que há de sublime em Mahler. Já usei os corpos de grandes bailarinos, e meus músculos certamente eram flexíveis o bastante para eu ficar numa perna só e chupar o dedão da outra, mas ainda assim..."

"Ainda assim..."

"Fui forçado a concluir que, embora com o corpo perfeito, sem a confiança trazida pela experiência as façanhas para as quais ele fora talhado ainda me escapavam. Fiquei profundamente desapontado no dia que percebi que os pulmões de um cantor de ópera ou as pernas de uma bailarina não eram suficientes para alcançar o máximo da perfeição."

"Você não queria ter que se esforçar."

"Ninguém quer se esforçar. Suponho que você possa dizer que me faltava motivação."

Trabalhamos em silêncio, com o fogo crepitando na sala ao lado, até que ele disse "Imagino que fugir não seja uma boa."

"Quê?"

"Se eles já estiverem por aqui, digo."

"Ah, sim. Fugir levantaria uma série de questões."

"Então", prosseguiu, "está pensando em blefar para se livrar dessa? Interpretar um civil?"

"É o plano."

"E acha que enxugar a louça vai ajudar?"

"Acho que nossa raça nunca trabalha junta. Acho que somos solitários. E acho que queremos amizades, precisamos de... companheirismo, mais do que companhia. Acho que todo mundo sente medo, mas ainda mais quando está sozinho. Vamos comer aquele flan agora."

"Você vai lamber os beiços."

Guardei o último prato e voltei para a sala onde Janus tirava seu doce da geladeira. Dois pratos brancos de flan adornados com caldas carmim foram postos na mesa para que eu provasse, uma colher ao lado de cada. Experimentei um naco e fiquei bem impressionado. Janus sentou-se à minha frente, sem tocar no flan.

Então "Você..."

Dei outra colherada.

"Se importaria de..." tentou outra vez, a voz trêmula sob as palavras. Pausa. Uma inspiração lenta, uma expiração também lenta, e por fim "Acho que aceito aquela morfina agora, por favor".

Larguei minha colher, recostando-me na cadeira. "Não."

"Não?"

"Não. Se quer morrer, fique à vontade. Quer alguém aqui para lhe dar forças para passar por isso, uma audiência para seu grande momento — tudo bem. Se quiser parar a dor, daí isso é um assunto completamente diferente."

Seus ossos despontaram, brancos, sob a vermelhidão áspera dos punhos. O sorriso era largo, os olhos estreitos. "Quanto tempo você acha que ainda tem de vida, Samir?"

"Responda-me você. É o que fazemos, nós dois. E você cozinha bem."

"Tive que me esforçar para isso. Você não..."

As palavras mal tinham se formado, o som balançando na ponta de sua língua, quando as luzes se apagaram.

Não ouve nenhum estalo de circuitos se quebrando, nenhum chiado de eletricidade sendo rompida. As luzes estavam acesas e depois apagadas, e sentávamos juntos, vultos contra a claridade laranja do fogo, a chuva batucando na janela e o gotejar da torneira na cozinha em uma pia ainda coberta por sabão, cheirando a detergente. Olhei na direção do vulto de Janus, as costas endireitadas, pescoço tenso, mãos agarradas ao tampo da mesa.

Aguardamos.

"Samir?"

"Sim?"

Sua voz falhou, as mãos bateram contra a madeira. "Obrigado."

"Pelo quê?"

"Por não fugir."

"Como você mesmo disse, seria suspeito."

O baque de uma bota contra a porta, o tremular de um vulto entrando pela janela. Pensei nos tapetes pelo chão, em como a chuva os estragaria. Afastei meu prato para o centro da mesa, para que seu conteúdo não fosse derramado.

"Samir?" Um gaguejar, uma fúria que poderia ser lágrimas ácidas correndo num rosto arruinado.

"Sim?"

"Boa sorte."

Um objeto de metal quebrou uma das janelas. Levei as mãos aos ouvidos, mas ainda escutei a granada rolando pelo assoalho. Corri para baixo da mesa, e a luz da explosão penetrou até o cérebro. Fiquei encolhido, com o queixo nos joelhos e os cotovelos cobrindo a cabeça, quando a porta da frente foi arrancada do batente. Botas e homens pesados adentravam pela frente, pelos fundos, as calças presas às meias, mangas amarradas às luvas, e em meio ao apito em meus ouvidos e o alvoroço em minha cabeça, pensei ouvir Janus se pondo de pé, levando as mãos ao alto e dizendo em alto e bom som, num inglês satisfeito,

"Porra, como eu *adoro* este corpo!"

Deve ter se movido enquanto falava, tentado avançar, se lançar contra os homens, pois os tiros que se seguiram — rajadas silenciosas — continuaram muito depois de o corpo cair. Abri os olhos um pouco, e quando minhas retinas se acostumaram à falta de luz, vi o corpo cheio de pústulas de Marcel cair no chão, do outro lado da mesa, cada tiro mudo criando uma cratera em seu peito, um em sua garganta, outro no maxilar, e o último direto na cabeça, e mesmo com ele caído os atiradores continuavam a disparar, sem parar, mais três rajadas, a camisa de Marcel estraçalhada e sangue vivo espirrando conforme as balas o atingiam, até que tudo ficou em silêncio, exceto pelo tamborilar da chuva.

Então, como não podia deixar de ser, alguém colocou o joelho contra minhas costas, uma arma na minha cabeça, e eu implorei por piedade, no que esperava ser o meu melhor árabe magrebino.

71

Tropas de assalto nunca fazem as coisas pela metade.

Se você pode desligar alguns fusíveis, por que não cortar o cabo de energia?

Se pode cortar um cabo de energia, por que não a luz da cidade inteira?

Seria conveniente.

Permaneci sentado, os joelhos encolhidos à minha frente, as mãos já dormentes pelas cordas que as amarravam às costas, e observei enquanto homens fortemente armados recolhiam o corpo destroçado e ensanguentado de Marcel... quem quer que tenha sido... do chão encarnado em sua sala, colocando-o num saco preto e o levando dali para fora. Enquanto isso, mais de seus colegas, as armas com silenciadores, gorros completos e pouquíssima pele à mostra, pararam junto a mim, as pistolas apontadas para minha cabeça, suas expressões invisíveis. De vez em quando eu implorava. Implorava por piedade, por respostas, para que me deixassem ir. Implorava pelo amor da minha mãezinha que jamais poderia viver sem mim. Implorava pelos sonhos que ainda tinha de realizar. Implorava por minha vida. E tudo isso em uma língua que eles desconheciam.

Onze homens.

Poderiam ter matado Janus com menos, mas lá estavam onze deles, distinguíveis apenas pelas diferenças de tamanho e movimentos. Vasculharam a casa com lanternas, examinando os restos de jantar sobre a mesa, os talheres recém-lavados na cozinha. Revistaram meus bolsos e, sem encontrar identificação, rosnaram em um francês parisiense bem carregado Quem é você? Qual seu nome?

Tentei imaginar como o francês soaria com um sotaque argelino, e respondi Sou Samir, Samir Chayet. Por favor, não me matem.

O que faz aqui, Samir Chayet?

Vim procurar Monsieur Marcel. Monsieur Marcel ia me ajudar.

Ajudar a quê?

A arrumar emprego. Era amigo de um primo meu. Por favor. Eu não falo seu francês muito bem. Argélia, vê? Sou da Argélia. Não estou em seu país há muito tempo. Por favor, deixem-me ir. Vocês são da polícia?

Não eram da polícia. Uma das sombras encapuzadas se aproximou de outra, sussurrando em seu ouvido. O que é isso, quem é este homem?

Diz ser Samir Chayet, argelino. Fala mal francês. Não tem nenhum documento com ele. Não dá para confiar.

Olhos pousaram em mim, analisando meu rosto, e uma voz soprou Vão dar falta dele?

Não demonstro reação. Não falo francês o suficiente para entender uma conversa sobre minha própria morte. Não demonstro medo. Foco no problema do momento. Foco na inocência.

Então outra voz fala, em um francês carregado de sotaque, e mesmo pela barreira linguística eu reconheço o som, e contra a lareira posso identificar aquela forma, sua altura, o porte, e a voz diz "Não podemos demorar aqui. Levamos ele conosco?"

E a voz é conhecida porque já foi a minha voz, densa e grave enquanto a passava do turco para o sérvio, depois para o alemão, até por fim enfiar uma meia em sua boca e abandoná-la, algemada em silêncio a um aquecedor em Zehlendorf, tantos rostos atrás, e aquela era a voz de Nathan Coyle, matador, assassino, fanático e, muito possivelmente, a salvação.

Seu chefe respondeu "Levem-no".

E foi o que fizeram.

• • • •

Sentado, de mãos atadas e cabeça coberta, no fundo de uma van no meio de lugar nenhum, rezei.

Fazia muito, muito tempo que eu não rezava.

Balançando o corpo, num árabe afobado, amaldiçoei o Misericordioso, Onisciente, Compassivo e Todo-Poderoso, e quando se acabaram meus clichês ainda balbuciei algumas coisas a mais, até que finalmente alguém perto de mim bradou "Dá para você calar a porra da boca?"

Uma mão enluvada descobriu minha cabeça, agarrou meu queixo e virou meu rosto com força. Encarei os olhos que por tanto tempo me haviam mirado com desdém no espelho do banheiro, e ouvi uma voz familiar dizer num francês calmo e mal falado "Quieto agora. Senão vou fazê-lo calar a boca, entendido?"

Por um instante me senti quase ofendido por ele não ter me reconhecido, como se houvesse algo em meus olhos, na contração da íris e da pupila que pudesse dizer *Olá, camarada.*

"Por favor", supliquei. "Não fiz nada de errado."

Coyle voltou a cobrir minha cabeça.

Desaceleramos.

Estacionamos.

Mãos me tiraram do veículo. Eu não via nada através do pano em meu rosto, nem mesmo o clarão da lua.

Uma voz gritou, Kestrel, me ajude aqui!

Braços me pegaram pelas axilas, um de cada lado, arrastando-me por asfalto, depois por brita, até que o solo virou um declive. Um caminho irregular passava por meus pés enquanto eu ia tropeçando no escuro. O som de um riacho correndo ao longe, gravetos se quebrando, um motor se perdendo à distância. Na escuridão, uma ave chilrou, seu descanso noturno interrompido por intrusos, e a lama se tornou seixos, que se tornaram pedras arredondadas, depois a margem úmida de um rio, onde me colocaram de joelhos.

"Por favor não me machuquem!" chorei, em francês e em árabe, depois em francês novamente. "Me chamo Samir Chayet. Tenho uma mãe, uma irmã. Por favor, nunca fiz nada!"

Dois — no máximo três — corpos se moveram ao meu redor. Fui carregado até ali para morrer.

"Por favor", solucei, tremendo os ossos. "Por favor não me machuquem."

Não há problema em mijar nas calças nesse tipo de situação. É só uma coisa física.

O estalido de uma arma perto de minha cabeça. Não foi assim que planejei meu fim.

Janus.

Gosta do que vê?

"Galileu."

A palavra escapou de meus lábios, um sopro abafado na escuridão, e imediatamente duas mãos me agarraram pela garganta, chacoalhando meu corpo, e ainda que eu não o visse, podia sentir o corpo de Coyle junto ao meu, suas mãos me sufocando. "O que você disse?" silvou. "O que você disse?"

"Para trás", gritou alguém, o homem no comando, aquele que, se eu fosse apostar, diria ser quem me mataria.

"Galileu!" Coyle arrancou o capuz de minha cabeça e olhou bem em meus olhos, sacudindo-me enquanto vociferava "O que você sabe sobre Galileu?"

Encarei seu rosto e sussurrei, um sopro fraco no frio da noite, *"Ele está vivo"*.

Um tiro no escuro, o estampido único de um silenciador. Me contraí, tentando entender de onde aquilo tinha partido. As mãos que me seguravam cederam; caí de joelhos. Coyle também. Seu rosto pairava a um dedo do meu, os olhos arregalados, a boca aberta em um O de surpresa. Olhei para mim e não encontrei a marca do tiro. Olhei para ele, e lá estava o brilho em sua jaqueta, um pedaço crescente de escuridão que refletia, à luz da lanterna, sua cor rubra.

Atrás de mim, o som das botas do atirador remexiam os seixos. Havia apenas um, ao que parecia, somente um homem para caçar duas presas.

Olhou por sobre mim, para os olhos de Coyle. "Sinto muito", disse, erguendo a arma. "Só estou seguindo ordens."

Sobre nós, as nuvens se dispersaram e o céu se expande com milhares de estrelas emoldurando a ravina criada neste desfiladeiro. Durante o dia, talvez o lugar seja bonito: rochas escuras lavadas pela água prateada. À luz de uma lanterna presa na ponta de uma pistola, é um lugar triste para morrer.

Coyle se moveu. No escuro eu não via suas mãos buscando a arma, mas senti o movimento, vi a lanterna se mexer e ouvi o estalo duplo das pistolas disparando, o chão brevemente iluminado pelos clarões, e ouvi o impacto de chumbo contra osso. Ergui o rosto e vi o atirador, a arma apontada para o disparo. Deu um passo, e seu pé escorregou nas pedras. Deu outro, e as pernas cederam sob seu corpo. Caiu, a cabeça rachada sobre o chão pedregoso, o braço estirado tombando no rio.

Coyle também caiu. Primeiro o tronco, depois o rosto; de lado, batendo nas pedras úmidas.

Os faróis da van estavam sobre nós, e ninguém gritou, ninguém acusou o assassinato, ninguém se aproximou.

"Coyle!" sibilei, e ele tentou erguer a cabeça em resposta. "Corte minhas cordas!" Sua cabeça afundou de novo nas pedras. "Eu posso ajudar. Eu posso *lhe* ajudar! Corte estas cordas!"

Engatinhei até ele feito criança, de joelhos, vendo o sangue reluzir na parte da camisa por onde começava a escorrer. "*Coyle!*" Seus olhos continuavam abertos, e ele não respondeu nada. Debrucei-me sobre seu rosto. Apenas uma camada fina de pele aparecia em torno dos olhos, todo o resto coberto por camadas de tecido, plástico e fitas adesivas. Mas era o bastante, então me estiquei até beijar a maciez de seus olhos

dor

voltei a mim em meio a um grito, levando as mãos à boca para silenciá-lo, em convulsões, com a dor passando por todo meu corpo. Percorria os músculos tensos de meu pescoço, o abdome contraído, até chegar às solas feridas dos meus pés. Seu ponto de partida era uma bala, de pequeno calibre e com silenciador, mas ainda assim uma bala, alojada em meu ombro direito, num feixe de nervos que latejava, destroçando minha lucidez e ofuscando todos os outros sentidos. À minha frente, Samir Chayet se agitava, piscando no escuro. Ergui o corpo com o braço esquerdo, com o som de sangue rugindo por meus ouvidos quando Samir começou a murmurar o refrão de sempre, o que, onde, como, com a voz se elevando conforme o pânico tomava conta. Ajoelhei, remexendo em meu casaco, calças, cinto, até finalmente achar uma pequena faca. "Espere um pouco", sussurrei, e minha voz estava falha. Percebendo o cadáver que esfriava a seu lado, Samir passou a gritar, a berrar a plenos pulmões, a chorar sem muita noção do que fazia.

"Espere um pouco", sussurrei de novo, arrancando o capuz de meu rosto. "Fique calmo."

Engoliu o choro no momento em que levei a lâmina a suas costas, conseguindo segurar o soluço. Girei a faca contra o cabo que atava seus pulsos e, com um puxão que quase me derrubou outra vez, libertei-o. Caiu de quatro, tremendo, e eu levei a faca até sua garganta.

Ele congelou, um animal acuado no lugar. "Escute", falei, primeiro em árabe, depois francês, lembrando que o Samir que eu interpretara não era o de verdade. "Estou perdendo muito sangue aqui. Toque minha pele."

Terror, incompreensão em seu olhar. Girei a faca um pouco, deixando que sentisse o fio sobre sua pele. "Toque minha pele."

Deixei a lâmina acompanhar seu pescoço enquanto ele chegava mais perto, as mãos trêmulas, e assim que sua pele tocou meu rosto, arremessei a faca na escuridão do rio e

troquei.

Meu coração acelerado, as calças mijadas, suor escorrendo pelas costas, olhos ardendo com lágrimas contidas, mas graças a deus um alívio! Com um gemido, Coyle tombou novamente, agarrando o buraco em seu ombro. Esfregando o sangue das mãos, murmurei "Coyle!" e me coloquei por cima dele, sentindo o sangue quente na camisa. "Você tem algo para os primeiros-socorros?"

"Na van", respondeu. "Estão na van."

"A que distância estamos da primeira cidade?"

"Sete quilômetros... oito! Oito quilômetros!" Seu rosto se contorcia, as pernas se debatiam no vazio enquanto ele convulsionava sob mim. Às vezes as pessoas têm convulsões para se livrar de algo que as assusta, às vezes para se lembrarem de que possuem um corpo que dói. Neste caso eram as duas coisas.

"Posso ajudá-lo! Posso tirá-lo daqui. Seu pessoal o traiu — está me ouvindo?"

Um meio aceno de cabeça, um sopro de ar ferido.

"Posso tirá-lo daqui e arrumar ajuda médica. Mas você precisa confiar em mim."

"Kepler?" Não que fosse necessário, mas ele perguntou ainda assim.

"Posso ajudar, mas você precisa me dar suas senhas." Uma risada curta logo se dissolveu em meio à dor. "Coyle!" rosnei. "Kestrel... seja lá qual for seu nome... eles vão matá-lo. E eu posso mantê-lo vivo. Diga a senha!"

"Aurelius", chiou. "Minha... contrassenha é Aurelius."

Coloquei minha mão nua em sua bochecha. "Se for mentira", sussurrei, "estamos mortos."

"Você vai ver."

"Preciso de suas roupas", eu disse, pegando seu cinto. Sua mão ensanguentada pressionou a minha, fazendo com que parasse antes de soltar a fivela. "Já vi isso antes." Sua mão não se moveu. "Preciso cobrir meu rosto."

Largou a mão, e tirei suas calças uma perna por vez. A camisa fazia o ruído de velcro quando eu a puxava. Sob ela, uma segunda pele azul e o sangue brilhoso se espalhando pelas fibras do tecido como se fosse algo vivo. As calças eram muito curtas e o casaco muito justo. Coloquei o capuz sobre o rosto e senti nele o cheiro de seu suor. Recolhi a arma, conferi a munição, pressionei a ferida com a camisa de que me livrara e o senti vacilar.

"Você vai ficar bem", assegurei, e fiquei surpreso com a tranquilidade em minha voz. "Vai passar por isso."

"Você não tem como saber", respondeu.

Arranquei o pente da arma, jogando-o de lado, e enterrei as mãos nos bolsos para que ninguém as visse sem luvas. Comecei a subir a encosta enlameada, o barranco ainda mais traiçoeiro por causa da chuva, e continuei na direção do veículo na estrada acima.

72

Eu havia contado onze homens em Saint-Guillaume, mandados para matar um aleijão de nome Janus.

Apenas três esperavam perto da van, parada no acostamento ribanceira acima, os faróis de milha fortíssimos. Dois deles tinham mesmo começado a relaxar; os capuzes retirados revelavam um homem e uma mulher, cigarros acesos ardendo entre os dedos nus. É difícil acender um isqueiro quando suas mãos estão cobertas por lã e seda; ainda mais difícil é aproveitar uma tragada com o rosto todo coberto.

Talvez não estivessem cientes dos acontecimentos no rio.

Talvez pensassem que a morte de Coyle era apenas um infeliz acidente, não uma execução.

Talvez estivessem somente seguindo ordens.

Minhas mãos ainda nos bolsos, o rosto coberto por lã, eu tinha um porte familiar na escuridão noturna, e estava sozinho.

O homem perto da van se virou à minha aproximação, chamando "Herodotus?"

"Aurelius", repliquei, num tom seco e profissional, e então "Acho que precisamos de um martelo".

O rosto da mulher se acendeu de curiosidade, mas minhas palavras haviam sido suficientes para me levar da beira da estrada até a porta de trás da van, a um braço de distância do homem mais próximo, e assim, sem mais delongas, tirei as mãos dos bolsos e antes que pudesse notar minha pele nua, apertei seu rosto descoberto e saltei.

Uma xícara de alumínio caiu ao chão, rolando pela estrada até parar na vala lateral. Samir Chayet se desequilibrou e piscou os olhos, as mãos correndo para o capuz estranho sobre seu rosto, e nisso saquei a arma do coldre, acertando um tiro na coxa da mulher e outro na barriga do homem que estava a seu lado. Enquanto caíam, dei um passo adiante, arranquei suas armas dos coldres e, sem nada melhor para fazer com elas, atirei-as para a ravina, ouvindo-as se estatelarem na escuridão distante. Com a arma ainda empunhada, corri para o lado do motorista, e sem ver ninguém lá dentro, virei-me novamente para Samir, petrificado com o gorro pendurado nas mãos.

"Oi", falei. "Você é enfermeiro, não é? Há um homem caído lá perto do rio, vestindo uma lycra azul. Gostaria que você fosse socorrê-lo para mim. Levou um tiro. Estes dois também levaram, mas só o tempo vai dizer se foram fatais. Se não fizer o que estou dizendo, você também morre, além de qualquer um que dê o azar de passar por aqui. Entendido?"

Perfeitamente entendido.

"Fantástico", exclamei, numa animação forçada. "Acho que vi uma lanterna ali pelo painel. Vou procurar para você."

O tempo se move mais lentamente no escuro.

Um relógio de plástico vagabundo brilhava verde em meu pulso, decretando um horário insalubre para qualquer coisa decente. O arrebatamento do céu pela chuva noturna havia se apagado numa neblina densa e preguiçosa, obscurecendo o ponto em que o despenhadeiro se encontrava com as estrelas. Esperei fora do alcance dos faróis, a arma no bolso e a lanterna na mão, observando a bolinha de luz de Samir se mexendo ao longo do córrego.

Dos dois indivíduos que eu baleara, o homem com um buraco na barriga havia perdido a consciência, o que considerei como uma bênção, dada a situação geral. A mulher estava desperta, as mãos pressionando a ferida na coxa, a respiração rápida e difícil, olhos repletos de dor. O sangue entre seus dedos e no asfalto a seu redor era vivo à luz da lanterna, mas escuro e infinito na escuridão. Eu errara a artéria femoral, como sua capacidade de respirar evidenciava, embora ela parecesse pouco inclinada a me agradecer por isso.

Recostei-me na van e terminei de tomar seu café.

Ninguém tinha pressa em se comunicar.

O facho de luz de Samir começou a subir a encosta. Aguardei, minha lanterna mirando o fim do caminho, até que dois vultos enlameados emergissem. Coyle tinha um braço sobre os ombros de Samir, o outro sobre o ombro de onde ainda jorrava sangue. Parecia, sob a luz imperdoável de minha lanterna, pálido e macilento, com os lábios arroxeados. O rosto de Samir era um rubor só, os dentes cerrados pelo esforço, lábios retraídos como se fosse um cavalo pronto para disparar.

"Coloque-o aí dentro", falei, apontando para o fundo da van.

"O que você fez?" Coyle disse num fôlego, o olhar passando sobre as figuras caídas.

"O chefe de vocês puxou o gatilho. Eu nem tentaria pedir indenização."

Coyle não reclamou quando Samir o soltou no chão da van, o que vi como um mau sinal. "Você é enfermeiro — faça alguma coisa."

"Você vai me matar?"

Quando fiz aquela mesma pergunta, havia gaguejado em árabe, mas agora que ouvia Samir eu podia notar o tom presunçoso em seu francês sulista. De algum modo, o Samir que eu interpretara parecia combinar mais com suas feições do que a realidade que se apresentava agora. "Dou minha palavra de que se você cuidar desse homem, deixo que viva. Se fugir, morrem você e quem mais estiver presente. Estamos combinados?"

"Eu sequer sei quem é você." Senti uma ponta de admiração. Samir Chayet, trêmulo e gélido, tendo acordado com as mãos atadas em meio à escuridão, parecia dono de si mesmo naquelas circunstâncias.

"Nem entende o que aconteceu, como veio parar aqui. O fato puro e simples é que você pode assumir o risco e fugir, ou pode assumir o risco e ficar, e com esse mínimo de informação disponível precisa decidir o que é melhor."

Sopesou suas opções e ficou com a mais inteligente.

Cinco minutos depois, disse "Este homem precisa de sangue".

"Sabe o tipo?" perguntei a Coyle.

"Claro", resmungou do chão da van. "Sabe o seu?"

"Meu amigo é um brincalhão", comentei com Samir. "Tenta manter essa pose de machão a todo custo."

"Que seja", respondeu o enfermeiro. "Ele precisa de sangue, ou não sei o que pode acontecer."

"Vamos consegui-lo agora mesmo. Fique com o kit de primeiros-socorros. Os dois camaradas se esvaindo em sangue ali no chão provavelmente vão precisar. Algum deles deve ter um celular. Sugiro que ligue para a polícia — e apenas para a polícia — assim que tivermos dado o fora."

73

Samir Chayet era um vulto escuro no retrovisor enquanto eu dirigia para longe. Eu o vestira por menos de oito horas, e sua vida nunca mais seria a mesma.

Coyle ia estirado no chão da van, atrás de mim, uma mão pressionando o curativo sobre o ombro, ofegante, pálido. Eu colocara seu casaco outra vez sobre seus ombros, um cobertor em torno de suas pernas, e ainda assim ele tremia, batendo os dentes e dizendo "E agora?"

"Vamos esconder a van e encontrar um médico."

"Sou seu refém?"

"Soa mais catastrófico do que precisa."

"Por que você me ajudaria?"

"Estou me ajudando. Sempre. Vai continuar acordado?"

"Pretende me sedar?"

"Não."

"Então vou continuar acordado."

Dirigi para o norte, seguindo as placas para as estradas principais. A julgar pelas fendas cavadas pela água e pelos pinheiros nas colinas, eu rumava para o Maciço Central, cruzando a via expressa solitária encravada nos platôs áridos e vales úmidos de rocha vulcânica. Um telefone tocou no banco do passageiro, e o ignorei. Alguns minutos depois, tocou de novo.

"Não vai atender?"

A voz de Coyle, um tremor fraco vindo de trás.

"Nem."

As lâmpadas fluorescentes indicavam o começo da autoestrada. A sinalização prometia saídas para castelos antigos e cidadezinhas de hábeis artesãos. As cidades de artesãos hábeis ofereciam muralhas medievais, monumentos cátaros, segredos templários, cotas de malha hospitalárias, lojinhas para turistas com espadas dependuradas sobre as janelas, escudos e sigilos antigos, e possivelmente drogas.

O telefone tocou outra vez.

Ignorei.

Outra vez.

Ignorei.

Na entrada de uma cidade, parei no estacionamento vazio de um supermercado.

O telefone tocou pela quarta vez, vibrando insistentemente no banco a meu lado.

Coloquei no viva-voz e atendi.

Um suspiro profundo do outro lado da linha.

Então silêncio.

Recostei-me, os olhos semicerrados contra a luz alaranjada do estacionamento, e aguardei.

Em algum lugar, alguém muito possivelmente fazia o mesmo.

E silêncio.

O silêncio troante da linha telefônica. Se prestasse atenção, pensava poder ouvir a respiração suave daquela espera, centrada e vagarosa.

Atrás de mim, Coyle se agitava, esperando que a conversa começasse.

Não falei palavra.

Um sopro através da linha, e me pareceu que, conforme nosso silêncio se estendia — trinta segundos, quarenta, um minuto — o ritmo daquela respiração acelerava, se tornando mais agitado, e a palavra que me vinha à mente era nervosismo.

Uma criança, ofegante e maravilhada, brincando de esconde-esconde no escuro.

Esperei.

Não tinha problemas em esperar.

Nenhuma senha foi dita, nenhuma contrassenha esperada.

E lá estava — a respiração crescente irrompeu em um único som.

Um risinho.

"Alô", falei.

O som parou tão rapidamente quanto havia começado.

"Sei que é você", sussurrei. "Sei que é *você*. Chegou tarde demais — dê meia-volta, se prepare mais, tente de novo. Mas sempre vou saber que é você, seja lá quem for."

A linha em silêncio.

"Não devia ter ordenado que matassem minha hospedeira. Sei os motivos, e entendo. Mas quando a hora chegar, quero que se lembre disso."

Desliguei.

Arranquei a bateria do celular e o joguei debaixo do banco.

Dei a partida e tirei a van do estacionamento.

O som molhado do pneu girando no asfalto.

O tique-tique do limpador de para-brisa.

Então Coyle perguntou, embora muito provavelmente já devesse saber a resposta: "Quem era?"

"Você sabe."

"Por que ele não disse nada?" Coyle tentava levantar o corpo apoiado no braço bom, se estirando para me ver pelo retrovisor.

"Não tinha o que dizer."

"Diga quem era."

"Quem você acha?"

"Quero que você fale."

Dei de ombros. "Galileu Galilei foi um homem brilhante. Acho ofensivo que vocês usem seu nome naquela criatura."

"Tudo que fizemos até agora foi tentando pará-lo."

Esbocei um sorriso, embora ele não pudesse vê-lo. Tentei dar um tom mais ou menos reconfortante à minha voz. "Diga uma coisa... você sente como se estivesse perdendo tempo?"

Não houve resposta.

"Claro que sente", suspirei. "Todo mundo sente. Você abre um livro para ler às duas da tarde e quando dá por si já são cinco da manhã, e você leu só duas páginas. Talvez, caminhando por ruas bem conhecidas, sinta-se distraído e de repente, quando percebe para onde está indo, já tenha chegado a seu destino, mas a hora passou muito rápido, mais rápido que o esperado. O registro de uma chamada que você não lembra de ter feito do celular; talvez o teclado tenha sido apertado sem querer, quando o telefone estava em seu bolso. Uma sala de espera com revistas de três anos atrás, para as quais você não liga mas que, oh meu deus! O tempo passa voando e a gente nem percebe. Tudo que precisamos são de alguns segundos. Para entregar minha carteira a uma mulher desconhecida. Beijar um estranho, dar um telefonema, cuspir no rosto do homem que amo, socar um policial, empurrar um passageiro na frente do trem. Dar uma ordem com a voz da autoridade — Nathan Coyle deve ser morto. Posso mudar sua vida em menos de dez segundos. E quando estiver mudada, tudo que você poderá fazer para se defender na frente de seus colegas é... dizer que não sabe o que lhe deu. Então me diga, senhor Nathan Coyle. Tem perdido tempo?"

Silêncio no telefone, silêncio na van.

"Foi o que pensei."

· · ·

Na cidade de Cavaliere (VIVA O PASSADO — atendimento ao turista das 10h às 15h. Segunda a Sexta. Fechado para a *siesta*) um mapa pregado na parede da igrejinha indicava um pequeno hospital, uma porta como qualquer outra espremida em uma rua apinhada de apartamentos. A única evidência de sua importância era um adesivo ao lado da campainha, pedindo a todos os visitantes que por gentileza evitassem fumar na escadaria.

Estacionei bem no meio da via, deixei o motor ligado e passei para trás, por cima do banco. Coyle ainda estava acordado, ainda respirando, os olhos vermelhos e os dedos contorcidos. "Segurando as pontas aí?"

"O que você acha?"

"Era uma pergunta retórica. E lembre-se de que não fui eu quem atirou em você. Lembre que seu próprio pessoal mandou que o matassem."

"Por quê?"

"Por que lembrar ou por que eles deram a ordem?"

"As duas coisas."

"Acho que você pode imaginar", respondi, agachando-me para a frente, as mãos confortavelmente presas entre os joelhos. "Desconsiderando seu comprometimento pela entidade chamada Kepler, você é uma dor de cabeça. É obcecado por Galileu, falhou em sua missão e agora deve ter tido acesso a documentos que não deveria ter visto. Suponho que, apesar dos meus sábios conselhos, você quis tirar satisfações. 'Por que Josephine foi morta?' ou 'Galileu esteve em Frankfurt?' ou ainda 'Essa pesquisa de uma vacina, quais eram exatamente seus parâmetros?' ou então... sei lá. Estou errado?"

Não respondeu, e eu não estava errado.

"Com relação a seus amigos querendo lhe matar — isso é mais fácil ainda. Foi dada a ordem. Um telefonema ou um e-mail enviado, e quem quer que tenha feito isso sabia as palavras e contrassenhas, e a ordem estava dada. E naturalmente vocês seguem protocolos, procedimentos de segurança justamente contra essas situações. Mas, outra vez, esses procedimentos são tão seguros quanto as pessoas que os criam. E quem pode dizer de onde veio a ordem, afinal?"

"Você acha que... está em Aquarius?"

"Sim."

"No alto escalão?"

"Sim."

"Como?"

"Com tempo suficiente."

"Por quê?" Ele agora tentava resistir a mais coisas que a dor, tentava lidar com mais do que a morfina podia atenuar. "Por quê?"

"Porque era útil. Se eu quisesse estudar fantasmas — estudar de verdade — se quisesse aprender como funcionam, provavelmente criaria uma organização como Aquarius. Manter os inimigos por perto, como diz o ditado."

Ele não disse nada, incapaz de me olhar nos olhos. Sua respiração ia acelerada, ofegante, a pele brilhante de suor.

"Está perdendo sangue."

Nenhuma reação.

"Posso ajudá-lo, mas você tem de fazer algo por mim."

"O quê?"

"Preciso que me amarre no banco do passageiro e me aponte uma arma." Sua boca primeiro tentou articular uma pergunta, mas logo se abriu em compreensão. "Ainda quer me matar?"

Sem hesitar, os lábios torcidos num sorriso que não era: "Quero."

"Acha que é uma boa ideia?"

"Acho."

"E quer continuar vivo?"

Não parecia ter resposta a esta última. Balancei a cabeça, por nenhum motivo em particular, e estendi minhas mãos nuas para que ele as visse. Não se mexeu, uma das mãos ainda agarrando o ombro estropiado, o rosto virado para um lado. "Galileu ordenou a sua morte, e Aquarius a executou. Estou tão agitado por isso quanto você, mas a menos que queira sangrar até a morte no chão desta van, vai ter que fazer como eu digo."

Ergueu-se em um dos cotovelos. "Dê as cordas", falou rispidamente. "E a arma também."

Vacilei.

E passei a arma a ele.

Seu dedo testou o gatilho, delicado como um maestro com sua batuta, sentindo o peso, refletindo sobre as opções em mãos. Deitou os olhos sobre a arma e então a deixou de lado. Amarrei minhas mãos na alça sobre a janela do passageiro, apertando o nó com os dentes até que ardessem a pele, e então um pouco mais, só de sacanagem. A altura da van era desconfortável — eu não podia nem ficar em pé, nem sentar, mas sim me agachar, joelhos flexionados, os braços erguidos, feito um casaco velho pendurado.

"Certo", falei para Coyle, que me olhava do chão. "Se você não se importa..."

Arrastou-se até ficar de joelhos, levando a arma ao peito. Apoiou-se em um pé, e por um instante pensei que cairia, mas então o outro pé se firmou e com um passo curto, meio cambaleante, veio em minha direção, os olhos fixos nos meus.

Um segundo.

Um segundo apenas, e fui tomado pela incerteza.

Teria sido um erro?

Seu dedo batucou levemente o gatilho.

Havia pouco tempo para planejar algo, pouco tempo para inventar algo melhor.

Teria sido um erro completo deixá-lo vivo?

Talvez.

Talvez esta fosse uma curva de aprendizagem bastante curta.

Então ele se abaixou e pegou algo escuro do chão, imundo. Um gorro, descartado havia muito tempo. Com o canto do lábio retorcido no que poderia ser um sorriso, cambaleou em minha direção, agitando o gorro perto de meu rosto. Uma ordem gestual, sem palavras. Bem clara.

Umedeci os lábios. "Está com muita dor, Nathan Coyle?" perguntei.

"Descubra por si mesmo", retorquiu. Tentei não engasgar quando enfiou o bolo de pano preto em minha boca. Chegou a arranhar minha garganta, dando ânsia de vômito. Senti o gosto de lã, lama e cigarro. O dedo de Coyle tamborilava no gatilho. O cano da arma roçou meu rosto quando ele avaliou o gorro enfiado em minha boca.

Um instante.

Pareceu refletir enquanto o sangue se infiltrava no curativo branco, já ressecado em seus dedos, em torno do pescoço.

Olhou para mim, e eu o olhei de volta.

Sua mão tremia quando a estendeu em minha direção, pairando um milímetro acima da minha, o braço inteiro trêmulo não apenas de frio. Não sei se ele pretendia fazer aquilo ou se seus dedos ficaram pesados demais para suportar. A pele tocou a minha, e saltei, tonto de alívio, e conforme o pretenso matador se agitava contra as cordas que o prendiam ao teto da van, dei um passo para trás, agarrando meu próprio braço, a dor já não sendo uma sensação absoluta, mas sim um latejar definido, com o calor pulsando de acordo com as batidas do meu coração. Ofegando, amparei-me na parede da van, sentindo o sangue palpitar em meu crânio, enchendo meus olhos de lágrimas. Meu refém se debateu contra as amarras, chutando, tentando ficar de pé e caindo de novo, gritando palavras inaudíveis através da mordaça. Agitei a arma em sua direção e disse "Não abuse da sorte".

Parou, ficando calado.

Dei meu sorriso mais radiante e me arrastei, um passo de cada vez, para fora da van.

A enfermeira noturna demorou um longo tempo para atender a porta.

Quando atendeu, primeiro viu meu rosto, pálido e salpicado de sangue, e sua expressão se abriu em espanto e simpatia. Então viu o curativo em meu ombro e peito, e imagino que tenha entendido o que era, o que devia ter acontecido, mas a essa altura eu já apanhara seu dedo indicador e,

enquanto Coyle tombava, eu o aparava pelo tronco e impedia sua queda. "Tudo bem", murmurei na minha nova voz, muito mais doce. "Você está bem."

Ajudei-o a sentar em um degrau, e quando seus olhos retomaram o foco ele virou para mim. "Kepler?"

"Vou arranjar sangue para você", respondi. "E analgésicos. Qual seu tipo sanguíneo?"

"Vai realmente me ajudar?"

"Qual o tipo? Também é um bom momento para me dizer de qualquer alergia."

"A positivo. Sou A positivo."

"Certo. Espere aqui. Se seu amigo no carro começar a gritar, atire nele."

"Kepler?" chamou assim que me virei para subir as escadas, na ponta dos pés de enfermeira. "Ele *é mesmo* meu amigo, não sei se você sabe."

"Claro. Agora, como você lida com isso é problema seu."

•   •   •

Salinhas lotavam os dois lados do corredor, dentro das quais havia camas com cortinados brancos. Conferi as portas até encontrar a mais segura, então remexi nos bolsos até encontrar um molho de chaves. A Dona Sorte sorria para mim — a porta só tinha trancas e fechaduras, nenhuma senha para descobrir. Três das minhas onze chaves serviram; a porta se abriu.

A sala era um paraíso de drogas indecentes para doenças horrendas. Farmácias francesas: em nenhum lugar no mundo era tão fácil encontrar tantas fórmulas potencialmente tóxicas à disposição. Não foi difícil encontrar os analgésicos — o armário mais bem trancado do lugar praticamente gritava por atenção. Os suprimentos de sangue do hospital estavam no mínimo; cada bolsa já tinha seu destino anotado em etiquetas. Um pouco para aquele senhorzinho que não conseguia ir ao hospital para a transfusão; mais um pouco para aquela jovem contra quem o próprio DNA se virara antes do nascimento. Roubei um par de medidores, enchi uma sacola com soro, agulhas, gaze, ataduras, sedativos e uma longa agulha curva para sutura.

Na tevê, um jogador se debruçava sobre a mesa, suas últimas fichas tomadas pelo adversário. A multidão comemorava, o apresentador macaqueava enquanto o derrotado ia embora, caminhando sob os holofotes dourados que dançavam sobre o palco. Fui embora, deixando tudo como encontrara.

Coyle continuava sentado onde eu o deixara, e isso me surpreendeu.

A arma estava em seu colo, a cabeça recostada no corrimão, a respiração era pesada e ofegante. Tentou virar a cabeça à minha aproximação. "Encontrou... o que precisava?" As palavras soavam fracas e com dificuldade. Ajudei-o a se levantar, dando apoio com cuidado, as mãos nas laterais de seu tronco.

"Consegui. Guarde essa arma."

"Pensei que você quisesse... que eu atirasse em alguém."

"Fui esta enfermeira por menos de cinco minutos. As pessoas perdem cinco minutos o tempo inteiro. É tarde, alta madrugada. Ela pode imaginar que viemos aqui, fomos embora, e pode até imaginar que imaginou isso tudo. É melhor assim."

"Faz isso muitas vezes?" quis saber, escondendo a arma sob o casaco que cobria seus ombros.

"Normalmente não. Segure isso."

Pegou a sacola que eu entregava, mais por instinto que por opção. Ofereça um cumprimento de mão, uma sacola para segurar; se for rápido o bastante, as pessoas nem pensam. Quando seus dedos agarraram a sacola, os meus agarraram sua mão e, respirando fundo,

olhei bem nos olhos da enfermeira enquanto ela se desequilibrava.

Senti a dor impactando meu corpo, quase me levando ao chão.

Agarrei a sacola com mais força, virei-me e fui embora.

Na clínica escada acima, com a televisão ligada, o relógio tiquetaqueando, as luzes acesas, nada havia mudado entre agora e o último minuto.

De volta à van.

Cortei a amarra do homem que eu prendera ao teto, e com seus dedos já livres eu saltei, antes que ele pudesse tropeçar.

Coyle caiu no chão enquanto eu cuspia fios de lã e arrancava o gorro de minha boca. Meus braços doíam, os pulsos estavam feridos pela luta silenciosa que eu travara contra as amarras. Ajudei Coyle a se deitar, cobrindo-o novamente e sussurrando Respire fundo, eu tenho sedativos. E analgésicos.

Enfie seu remédios no cu, retorquiu, embora eu não achasse que suas palavras eram corajosas de verdade.

Dirigi alguns quilômetros, parei num estacionamento vazio atrás de um armazém fechado onde as câmeras de segurança não chegavam, e pus mãos à obra. Pendurei a primeira bolsa de sangue à alça na qual eu estivera amarrado. Arranquei o curativo de sua ferida, iluminando o local cheio de sangue. Só havia a entrada da bala, pequeno calibre, ainda dava para ver a ponta do projétil brilhando perto da pele. No escuro, a mão de Coyle agarrou a manga de minha camisa, até se lembrar do nojo que sentia e se afastar lentamente. "Você... sabe alguma coisa de medicina?" perguntou.

"Claro. Há gente por aí com mais de um diploma que eu consegui."

"Não me sinto muito mais seguro com isso."

Troquei os curativos, deixando a bala no lugar. "Morfina?"

"Não."

"O corpo é seu."

Senti seu olhar me encarando mesmo quando virei para sentar ao volante.

74

Na autoestrada tortuosa pelas montanhas, uma loja de conveniência.

Coyle não dormia, mas tampouco dizia nada, enrolado em cobertores atrás da van.

Meu corpo não levava dinheiro. Armas, facas — dinheiro não.

Entrei na lojinha mesmo assim, pedindo um café preto e dois mistos quentes. Quando me aproximei da mulher sonolenta no caixa, baixei meu café e tomei sua mão. Meu hospedeiro anterior cambaleou, tonto e confuso, e abri a caixa-registradora, tirando dela um punhado de euros, que passei para as mãos do homem.

Tão logo seus olhos recuperaram o foco, suficiente para me olhar e perceber a pele na pele, saltei de volta.

Entreguei uma nota de vinte para a caixa, que pareceu surpresa ao perceber já ter aberto a caixa-registradora. Vendo meu rosto simpático, entretanto, sacudiu a cabeça e não fez qualquer pergunta.

Sentei-me num banco gelado de metal, sob um telhadinho, e deixei que o café esfriasse a meu lado, intocado. Um sol amarelado e úmido começava a despontar no horizonte, minúsculo e ameaçador contra o céu carregado. Parecia uma manhã na qual nenhum colorido era possível, por mais que tentasse. Uma neblina baixa cobria o mato nas bordas do asfalto. Jamantas rugiam ao sair das bombas de gasolina, os motores roncando enquanto acelerava estrada afora.

Terminei meu sanduíche e liguei outra vez o celular.

Demorou um pouco para iniciar, então mostrou uma mensagem: *Gosta do que vê?*

Então outra, enviada poucos minutos depois, já que o remetente não conseguia se segurar: Esta é para você. ☺

Emoticon.

Um caminhoneiro de papo duplo passou por mim, as pontas do casaco aberto balançando na barriga. Perguntei as horas, e quando ergueu o pulso para responder, tomei-lhe o braço, saltei, arranquei o celular da mão mole e submissa que havia deixado, joguei-o no bolso e saltei de volta.

Em menos de cinco segundos.

Três, provavelmente.

Ainda sinto a tontura da primeira saída em meu hospedeiro.

Seis e meia da manhã, o caminhoneiro responde quando recobra o equilíbrio. É melhor correr antes que tenha trânsito.

No banheiro masculino me enfiei em um cubículo, arregacei a manga e apliquei dez mililitros de sedativo na veia. Feito isso, saí do cubículo, fui até um homem no mictório e, com a fala já embargada, disse "Bate aqui".

Começou a se virar, então o agarrei e
troquei
com as calças ainda arreadas, acertei-lhe um murro com toda a força que tinha.

Eu era grandão, e o que faltava em preparo físico sobrava em massa. Além do mais, o cara estava sedado.

Ele realmente não tinha chance.

Alvorada na loja de conveniência francesa.

Procuro por um carro.

Não um caminhão — há muito dinheiro investido em um caminhão para que ele simplesmente suma na estrada. Algum funcionário da noite, trocando de turno, seria ideal, mas para isso troco
para um motorista, o hálito forte de menta, depois para
um policial, dor nas costas, o pé esquerdo latejando, e depois
para uma faxineira
ai, a faxineira. Avental azul, cabelo preto tingido, pele clara, braços finos, terminando de esfregar o piso. Quando paro e remexo nos bolsos, descubro uma carteira com quarenta euros, nenhuma foto de família ou entes queridos, celular desligado, velho e desdenhado, e — Deus abençoe — também carrego as chaves de um carro.

Deixo o esfregão recostado na parede, pegando meu sanduíche e café enquanto vou embora.

75

Coyle perguntou "Quem diabos é você?"

"Irena Skarbek", respondi orgulhosa. "Trabalho na faxina."

"Isso eu posso ver — minha dúvida é por que você seria uma faxineira?"

"Não podemos usar a van, ela pode ser rastreada. Eu enfiei o celular no bolso de um caminhoneiro, e com sorte ele está indo para bem longe, bem acelerado."

"Aquarius vai perceber que você se livrou do telefone."

Ajudei-o a se levantar. "Um sinal ativo é um sinal ativo, e deve ser rastreado independente de qualquer coisa. Mesmo que nos dê apenas umas horas de vantagem, já estou satisfeita. Agora me diga, que tipo de carro você acha que uma mulher feito eu dirigiria?"

Guiava um Renault de segunda mão pela estrada, chacoalhante e barulhento. Um crucifixo de plástico balançava irritantemente do retrovisor. Uma família inteirinha de gatos peludos agitava as cabeças no vidro de trás. Os tapetes tinham cheiro de cigarro, e o câmbio estava um pouquinho emperrado demais. No estreito banco de trás iam esparramados minhas sacolas de equipamentos médicos, cobertores ensanguentados, coletâneas antigas de CD e alguns mapas mal preservados.

Coyle ia no banco do carona, a cabeça recostada, pernas estiradas, notando minha irritação crescente. Por fim, disse "Posso...?" apontando o crucifixo.

"Se você puder." Colocou-o no porta-luvas, e ficou um tempo parado olhando para seu interior. "Tem algo interessante aí?" perguntei.

"Quê? Não, na verdade não. É que eu... não costumo roubar o carro das pessoas."

"Eu sim. O tempo inteiro. Minha carteira de motorista está aí dentro?"

"Faz diferença se você não estiver com ela?"

"Gosto de conferir todos os documentos. Facilita, se você pretende ficar algum tempo."

"E você pretende?"

Ajeitei-me no assento, sentindo o peso dos braços e a postura de minhas costas. "O corpo está cansado", admiti. "Mas também estou, então não faz muita diferença. Não reparei em nenhum grande problema muscular ou ósseo; não estou com nenhuma pulseira de identificação para emergências, nem carregando nenhum tipo de inalador ou adrenalina."

"Adrenalina?"

"Para abelhas, amendoim, lactose, levedos, trigo, camarão — a lista das coisas que podem matar não é pequenininha. Dê uma olhada no porta-luvas."

"Não parece haver nada disso."

"Nesse caso, acho que pretendo ficar um pouco. Quer um sanduíche?"

"Acho", respondeu, lenta e cuidadosamente enquanto eu apontava para o misto ainda quente, "que eu vomitaria."

"Sem sanduíche, então?"

"Você não teve muitas oportunidades de levar um tiro, teve?"

"Já fui baleada muitas vezes. Bem mais que você, considerando suas cicatrizes. Simplesmente não fico esperando pelas reações adversas."

"À merda com esse sanduíche."

Rodamos em silêncio.

Então, "Por que Irena?"

"Ela tinha um carro."

"Isso é tudo?"

"Estava terminando o expediente. Depois do turno da noite, a maior parte das pessoas vai direto para a cama. São oito ou nove horas durante as quais ninguém está esperando que ela dê notícias. Posso fazer um milhão de coisas em oito horas."

"E é isso? Esse é todo o seu... cálculo?"

"Se você quer saber se eu não preferia ser uma mulher glamorosa de vinte e poucos anos, de seios fartos, dinheiro no banco e dentes branquíssimos — sim. Mas elas não costumam andar por postos de gasolina na beira da estrada."

Coyle parecia cansado demais para manifestar seu desprezo habitual.

Liguei o rádio, sintonizando algumas estações, até encontrar um jazz tranquilo. Os carros vindos do norte tinham faróis ligados, apesar de o sol já estar alto. Nuvens escuras derramavam pancadas de chuva. Outdoors no acostamento anunciavam serviços de jardinagem, leite fresco, roupas da nova estação, posições políticas extremistas e até mesmo Fiats usados.

"Por que está me ajudando?"

Sua voz soava cansada. A cabeça girava, encarando o trânsito contrário sem realmente vê-lo. Acionei o limpador de para-brisas assim que a chuva começou a apertar contra o vidro, desacelerando sobre a pista nebulosa conforme o carro da frente diminuía.

"Compaixão?" sugeri, e sua resposta foi uma tossidela de desdém. "Você poderia me ajudar."

"Poderia matá-lo."

"Não agora."

"Eu... já lhe matei. Matei sua hospedeira. Há algum tempo você falou sobre... retribuição."

"Isso passou pela minha cabeça."

"E o que mudou?"

"Não mato bucha de canhão. Pelo menos não se puder evitar. Além do mais..."

"Além do mais..."

"Passei um bom tempo usando seu rosto. Seria inquietante destruí-lo agora."

"O que você falou para aquele homem... para o enfermeiro, perto do riacho."

"Samir?"

"É. Você disse a ele que, considerando a situação em que se encontrava, tinha de assumir os riscos das escolhas que faria, e decidir se ficava ou fugia. Por que você não está fugindo?"

"Porque não acho que você continue tão disposto a atirar em mim quanto já esteve."

"Você roubou meu corpo."

"E devolvi."

"Me deixou algemado na parede."

"E disse à polícia onde encontrá-lo, antes que morresse de fome. Sério, se fôssemos colocar na balança ambos os nossos casos, você veria que tenho muito mais motivos para lhe fazer mal do que qualquer razão minimamente válida que você tenha para me matar. Você matou Josephine, e teria matado mais gente, só para me atingir. Fuzilou Janus sem nem pensar duas vezes, me sequestrou no meio de um jantar, e depois de todo o esforço que fiz para lhe salvar quando seu pessoal resolveu se virar contra você, ainda recebo crítica e hostilidade. Mas tudo bem, se nada disso o convence, tem mais: Aquarius mentiu para você.

Forjaram o arquivo de Galileu. Fizeram você viajar meio mundo para me assassinar e aos meus, mas o monstro que realmente merece essa perseguição continua intocado. E quando você demonstrou o mínimo questionamento, decidiram lhe matar também. Então para o inferno com as razões e circunstâncias da nossa conciliação. É dela que você depende. É por ela que continua vivo. E ponto final."

Mordeu o lábio enquanto pensava, os olhos apertados, dedos tensos. "Eu... atirei em Marigare."

"Mari o quê?"

"O homem que me baleou. Pensei se ele não seria..."

"Não. Não era Galileu."

"Não. Eu sei. Ele era... um de nós."

"E tentou lhe matar."

"Tentou."

"Sabe o motivo?"

"Não."

"Disse que estava seguindo ordens."

"Eu sei."

"Eu não levaria para o lado pessoal. Galileu é Aquarius, e Aquarius nem mesmo sabe disso. Talvez a pessoa que ordenou sua morte nem se lembre de tê-lo feito. Mas até aí, alguém precisa assumir a responsabilidade por seguir ordens, tanto quanto por declará-las. De todo modo, você agiu em autodefesa, então isso provavelmente não vai para o topo da lista de pecados."

Seus olhos correram até mim, os punhos cerrados. "Você... quer encontrá-lo? Quer matar Galileu?"

"Sim. Acredito que sim."

"Por quê?"

"Por certas coisas. Amizades antigas. Mas sobretudo, creio eu, porque ele está atrás de mim. Nós dois tivemos... alguns ataques um contra o outro, ao longo do tempo, e agora parece que nosso relacionamento segue uma lógica própria. Seria idiotice se eu não agisse de acordo. Mancharia meu nome."

"Kepler..."

"Irena", corrigi automaticamente.

"... acho que você mesmo fez isso."

Não disse nada.

Nos alto-falantes, um ouvinte reclamava através das ondas de rádio. Havia muito do que reclamar. Impostos — muito altos. Segurança social — baixíssima. Horas de trabalho — demais. Planos de saúde — uma extorsão.

O que ele sugeria?

Que as pessoas se esforçassem mais, é claro! Ele próprio se esforçara a vida toda e agora vivia em um quarto-e-sala em cima de uma creperia, sem nem cinquenta euros na conta. Havia lutado e havia perdido, mas os outros é que mereciam levar a culpa.

Muito obrigado, senhor ouvinte, disse o apresentador ao cortar a ligação. Parece que o senhor tem boas histórias para contar.

Então Coyle comentou "Você disse que entendia".

"Quê?"

"No telefone. Você disse... que sabia por que ele ordenara a morte de sua hospedeira... Josephine. Disse que entendia."

"Sim."

"Por quê? Me diga o motivo."

"Porque eu a amava."

"Só por isso?"

"Só. Conheço Galileu há quase cem anos. Adora ser amado. É tudo que sempre procura. Somos belos e ricos, e as pessoas nos amam por isso, mas não somos nós os amados, e sim as vidas que usamos. Eu amava Josephine. Ficava... feliz quando era ela. Era linda como Josephine. Quando eu era ela, era uma pessoa. Eu *era* Josephine. Não um vulto fazendo de conta, mas ela mesma, inteira, numa integridade muito maior do que qualquer coisa que ela já tivesse sido. É isso que cria beleza. Não as pernas, a pele, os seios ou rosto, mas a inteireza, completa e verdadeira. Eu era linda como Josephine, e Galileu... não tem sido belo há muito tempo. Queria ter sido em Edimburgo, precisava ter sido em Miami, mas esqueceu há muito, muito tempo o que a beleza é. Só por isso."

Um instante de silêncio. Então, "Sinto muito. Por Josephine. Por sua perda."

Não respondi, e ele não falou mais nada, mas quando tirei os olhos da estrada vi lágrimas em seu rosto, que ele virou para a janela para que eu não visse mais nada.

●   ●   ●

Depois perguntou "Onde estamos agora?", e sua pele parecia amarelenta, a respiração difícil, os olhos baixos.

Respondi "Estamos quase parando", e percebi que era mesmo o caso.

Um hotel com janelinhas e grades na borda de um estacionamento.

Fiquei sentada no carro por alguns minutos, treinando a assinatura de Irena que havia no cartão de débito. Não substituía sua senha, mas iria servir.

O hotel era o mais perto de um alojamento de beira de estrada que a França conseguiria criar, embora jamais fossem admitir ter descido a um nível tão baixo quanto os americanos em matéria de hospitalidade. Pedi o quarto mais barato que tinham, conseguindo pagar em dinheiro.

"Checkout amanhã às 10h", explicou o recepcionista entediado, assim que me entregou uma chavinha presa a um chaveiro enorme. "Café da manhã à parte."

"Tudo bem. Partiremos antes disso."

O quarto ficava no fim de um caminho pavimentado. Um único cedro se debruçava sobre um gato alaranjado, curioso, com a pata perto do focinho como uma criança que é pega roubando biscoitos. Parado, o animal observava enquanto nos arrastávamos pelo caminho, com muito, muito do peso de Coyle largado sobre meus ombros. Irena Skarbek possuía muitas qualidades, mas força nos braços não era uma delas.

Coyle manchou os lençóis de sangue no momento em que se atirou na cama. Empilhei alguns cobertores a suas costas, arrumei água de beber e mais um pouco de água num jarro para limpar o sangue em seu pescoço, rosto e mãos. Busquei os restos de meus suprimentos médicos no carro, e enquanto cruzava o pátio, uma voz chamou Ei, você! Você é a moça da faxina? Preciso ter uma palavrinha com você.

Não, respondi de pronto. Procure outra pessoa.

"Irena?" Coyle tremia sob as cobertas.

"Diga."

"Onde está Max?"

"Quem é Max?"

"Você era ele até virar Irena. O que fez com ele?"

"Deixei-o sedado no banheiro do posto. Posso ter dado uma porrada nele, também. De leve."

"Ele é um bom sujeito."

"Claro", suspirei. "Provavelmente só estava seguindo ordens também. Sinto muito por isso." Apliquei a injeção sob sua pele, e apesar dos lábios contorcidos e dos olhos apertados, permaneceu quieto enquanto o conteúdo da seringa entrava em suas veias. "Aperte aqui", falei, e ele obedientemente pousou três dedos sobre o algodão cobrindo a picada. "Pressione por dois minutos."

"O que era isso?"

"Sedativo. Você precisa dormir em algum momento."

"Por quê?"

"Porque ou dorme ou morre."

"Eu não... entendo por que você precisa de mim", e sua voz já fraquejava. "Você disse já ter o que precisava para derrubar Aquarius. Para que... precisa de mim?"

Encolhi os ombros, ajeitando as pernas para me equilibrar precariamente na borda ainda desocupada da cama, recostando-me na parede. "Você matou meu último aliado. E é sempre útil ter um corpo prestativo."

"É isso que sou?" Seus olhos pouco a pouco se fechavam, os lábios mal articulavam as palavras.

"Não. Você... é outra coisa."

Talvez ele tenha querido falar algo, mas nenhuma palavra soou.

Duvido que eu fosse me importar com qualquer coisa que ele tivesse a dizer.

76

Durmo.

Não é um processo simples.

Há só uma cama neste quartinho, e por mais que seja de casal, Coyle se deita na diagonal, estirado, e ainda que o cheiro de suor não fosse bastante para irritar meu nariz, o sangue empapa os lençóis.

Durmo no chão, acordando em posições desajeitadas, um braço para cima, o outro espremido sob o corpo. Apesar do calor no quarto, sinto frio, grata pelo cansaço no corpo, preocupada por não ter mais carne para me aquecer.

Entro e saio de sonos semiesquecidos.

Sonho com

Janus. Deus de duas faces, linda na cama a meu lado, em Miami, com safiras nos cabelos. Dançando nua pelo quarto, dando palmadinhas na bunda e exclamando Adoro isso. Adoro, adoro, adoro. Aquilo acontecera quando ele era jovem, belo e Michael Peter Morgan, que praticava tae--kwon-do, que talvez no futuro conhecesse a esposa perfeita.

Janus-que-era-Marcel, lábios carcomidos e os dedos encarquilhados, a pele da cor de um tomate podre cheio de vermes, Gosta do que vê?

Sonhos com Galileu.

Ele é meu.

É lindo.

É meu.

Gosta do que vê?

Então desperto, e por um instante não recordo de onde estou, ou de quem sou, e me sinto mal, sentada na beira da privada, agarrada a ela, sabendo que não posso vomitar e desejando que este corpo vomitasse.

O hotel é vagabundo demais para oferecer pasta de dentes, e os meus já começam a doer.

Coyle está num sono profundo.

Só tenho mais quatro euros.

No saguão do hotel, aguardo em um sofazinho em frente à máquina de venda automática, folheando um jornal.

Quando o gordo de camisa azul se aproxima, baixo o jornal, levanto--me e vou até ele, sorrindo.

"Com licença", digo assim que ele leva a mão à carteira em seu bolso. "Poderia me dizer as horas?"

Ergue os olhos, pego de surpresa, e nesse instante meus dedos roçam os seus.

Coloco a carteira no alto da máquina, empurrando-a um pouco para fora da vista, antes de retomar o pulso de Irena Skarbek e,

ainda sorrindo, agradecer ao homem pela ajuda.

Sento-me outra vez e continuo a ler o jornal.

A tontura do homem melhora. Examina as mãos, bolsos, bate na camisa procurando alguma coisa, olha no chão próximo a ele e, por fim, olha para mim. Olha-me de cima a baixo, vendo meu uniforme de limpeza, cogita por um segundo se eu não seria uma ladra, mas sem qualquer evidência disso, sacode a cabeça e volta para a escadaria.

Talvez tenha esquecido no banheiro, pensa com seus botões. Talvez ao lado da cama.

Engraçado. Podia jurar estar com ela quando desceu para o saguão.

Espero até que ele suma e recupero a carteira do alto da máquina.

Tenho setenta e quatro euros, e meu dia está só começando.

Lembro de meu primeiro encontro com Galileu.

Era Tasha... talvez fosse Tulia.

Eu era Antonina Baryskina; jovem e bela, por seis meses toquei violoncelo e encantei os homens de Moscou.

E quando havia terminado, passei a ser

(é difícil recordar os nomes)

Josef Brun, o criado mais confiável do duque. Trajava uma túnica preta de gola alta, calças justas também escuras, uma barba que pouco a pouco se grisalhava e estava convalescendo, percebi no instante em que cheguei, de uma inflamação no estômago da qual eu não fora informado. Criados não adoeciam, em 1912. Não era parte de suas funções.

Fiquei ao lado de Antonina enquanto ela vacilava, atordoada e confusa, até abrir os olhos. Estava sentada à mesma cadeira, na mesma sala, no mesmo período do dia em que eu a vira pela primeira vez, usando este mesmíssimo corpo. Talvez lhe parecesse que havia somente piscado os olhos. Suas roupas eram as mesmas da primeira vez, o penteado tinha o mesmo estilo, muito embora seis meses tivessem ficado para trás, e a luz do dia já não fosse de outono, mas primavera.

Nisso, seu pai falou "Antonina, precisamos conversar", ao que fiz uma mesura e saí da sala.

Os ecos de seus berros ecoaram pela casa durante três dias.

Permaneci, como cortesia, no corpo em desconforto de Josef Brun. Não realizei as tarefas de criado, nem era esperado que eu o fizesse, mas fiquei nas dependências, longe dos olhares de meus pares, fingindo a infecção da qual Josef acabara de se recuperar. Li livros, dei alguns passeios discretos pela propriedade, joguei xadrez com minha sombra e lamentei não ter mais acesso à sala de música da mansão.

Na quarta noite, o grande duque veio até mim e tomou assento do outro lado do tabuleiro.

Joga? perguntou.

Jogo.

Era competente ao jogar, mas seus movimentos eram muito rápidos, sua impaciência ficando evidente nos ataques impulsivos e na defesa aberta. Pensei em ser piedoso, mas este não é um jogo em que as boas intenções duram por muito tempo, e logo suas peças estavam dispersas pelo tabuleiro.

"Pretende nos deixar amanhã?" Casualidade, os dedos sobre um bispo, algo desimportante.

"Sim."

"Para onde vai?"

"Ainda não estou certo. Sul, talvez. As fronteiras a oeste parecem um pouco... inseguras para minhas inclinações."

"Teme a guerra?"

"Considero-a uma possibilidade."

"Você não poderia passar o conflito como... não sei, a esposa de um general? A filha de um ministro? Alguma posição distante das linhas de frente?"

"Poderia. Mas, por experiência própria, a guerra chega a todos, até mesmo — talvez especialmente — às esposas, irmãs e mães dos combatentes. Ser mulher não é proteção contra o conflito. Você aguarda pelas notícias. Impotente e sozinha, apreensiva, se vê proibida de fazer qualquer coisa, de lutar por quem ama."

"E quem você ama, Josef?" perguntou gentilmente. "Quem realmente ama?"

Recostei-me, afastando-me do tabuleiro, os braços cruzados, lembrando então do corpo que usava, de seu status, e por fim pousei as mãos sobre o colo. "Se esposa, então amo meu marido. Se irmã, amo meu irmão. Se eu for um soldado, então amo meus homens. Meu privilégio, você pode pensar assim, é poder entrar na vida que mais me agrade. Por que eu seria um homem numa casa aborrecida? Por que seria mãe de crianças que não adoro? Amo minhas peles, caso contrário não as manteria. Amo todos aqueles que sou, senão não os seria."

Seus olhos estavam fixos no tabuleiro, as sobrancelhas franzidas. "Não se sente tentado a ser eu? Meu ducado não o atrai?"

"Não, senhor."

"Por que não?"

Umedeci os lábios, notando os olhinhos em seu rosto abatido, percebendo as manchas de idade na pele das mãos, os tendões travados no pescoço, a curva na base da coluna, onde a postura lutava contra a velhice. Ele notou minha consideração, e deixou escapar "Minha velhice lhe dá repulsa".

"Não, senhor. Não é isso, apesar de a idade, se você não tem a oportunidade de se habituar com ela aos poucos, poder ser chocante. O senhor tem poder e o respeito de seus iguais, e fortuna, mas não creio que seja... belo. Falta-lhe aquele júbilo, aquele amor, que faz da beleza algo mais do que a carne que a possui." Um músculo repuxou seu rosto num movimento minúsculo, mas perceptível. Juntei as mãos, em pedido de desculpas. "Minha fala foi... desnecessária."

"Não", respondeu, com mais severidade do que parecia querer. Em seguida, mais suavemente, "Não. Você falou o que lhe passa na mente. Poucas pessoas a minha volta o fazem. Minha filha... cospe em meu rosto, deseja que eu morra. Você acha que fiz certo em contratá-lo? Acha que agi por... amor?"

Silêncio.

"Vamos, meu caro, vamos." Estalou a língua, impaciente. "Acabo de congratulá-lo pela liberdade em suas palavras. Não despreze esse reconhecimento."

"Acredito que agiu por amor quando me contratou para ser sua filha. Acredito que deseja seu bem e através de minha intervenção vislumbrou para ela aquela segurança na vida que naturalmente lhe falta."

"Mas?" resmungou. "Vamos logo."

"Senhor... este acordo foi de grande valor para nós dois. Mas a questão que devo colocar é: se a segurança que deseja para sua filha depende de outra pessoa, então não terá forçado sobre ela algo que lhe é oposto por natureza? Talvez eu possa dizer da seguinte maneira: a filha que o senhor ama é de fato aquela que tem?"

Seus olhos cobriam o tabuleiro, embora já não enxergasse qualquer peça.

"Você não disse tudo isso ao aceitar o contrato."

"Nem era meu interesse dizer. Mas nosso acordo está terminado, e o senhor pediu minha opinião. Aí está."

Seus dedos agarraram o ar, movendo-se apenas pelo movimento, num gesto irrelevante em um jogo já concluído.

"Minha esposa acredita que minha filha está doente."

Aguardei, observando o tabuleiro, inclinando-me para a frente, desfrutando a liberdade das vestes masculinas que não forçavam minhas costas a uma postura elegantemente ereta, nem comprimiam a respiração com espartilhos.

"Ela acredita que é uma doença da mente. Tem dito isso por anos. Às vezes Antonina... tem ataques. Ela... grita com pessoas que não estão presentes, imagina coisas inacreditáveis, conta histórias. Quando era criança, eu esperava que aquilo fosse algo da idade, que um dia pudesse se tornar quase charmoso. Agora ela já é uma jovem, e essa minha esperança diminui. Antes de você chegar... ela se deitou com um camponês. Ele tinha quatorze anos, ela era um ano mais velha, e assim que terminaram ela voltou para casa correndo, ainda... suja, e gritou a plenos pulmões aquilo que havia feito. Não digo que ela lamentava. Pelo contrário, dançava pelo quarto, parecia rir em nossa cara, levantando a saia para mostrar a porquidão e nudez de seu ato. Cuspiu no rosto da mãe e disse que agora era livre. Livre e abençoada aos olhos do Senhor. Naquela noite, a espanquei. Bati tanto até que minha esposa, o cuspe já seco no rosto, implorasse para que eu parasse. Não contei a ninguém. Esperamos suas feridas se curarem antes de deixar vivalma se aproximar da casa — e dela. Eu esperava que sua presença curasse nosso lar, redimisse o nome de minha filha. Mas não pense que estou me queixando. Seu comportamento aqui foi exemplar. Talvez até demais. Nestes últimos meses, por vezes, até esqueci de que você não era minha filha. Observei-a dançar, rir, sorrir. Ouvi-a soltar piadinhas, vi-a reverenciar homens que aprovo, e educadamente rejeitar aqueles soberbos demais. Foi adequada com os criados, generosa com os amigos, hospitaleira com os estranhos, cuidadosa com sua própria dignidade. Nestes últimos meses, minha filha foi tudo aquilo que desejei que fosse, e agora... você se vai, e ela retorna, e noto que não foi — jamais foi — para o bem dela que solicitei seus serviços, mas para o meu. Por alguns meses com a filha que eu pensava merecer. Não sei mais o que fazer."

Ele chorava. O velho duque chorava, as mãos cerradas contra os olhos, lágrimas brilhando como cristais de gelo sobre a barba. Tentei falar, mas nenhuma palavra veio. Olhei para o tabuleiro, percebendo que o xeque-mate estava a poucos movimentos de distância, e não senti qualquer triunfo com isso. O choro miúdo, pouco mais que um soluço, era engolido antes que pudesse irromper, escapando e sendo escondido de novo — a vergonha, seus punhos pareciam dizer, a vergonha.

Então o duque ergueu a cabeça, os olhos inflamados, e sussurrou "Você seria minha filha? Seria... por um pouco mais de tempo?"

Balancei a cabeça.

"Por favor. Seja minha filha. Seja quem ela deveria ser."

Estiquei o braço, tomando suas mãos na minha, baixando-as delicadamente até seu colo e descerrando os punhos.

"Não", respondi, e saltei.

Meu velho criado Josef vacilou perante mim. "Fique aqui", ordenei, e com o estalo de ossos cansados, o rosto marcado e vermelho de choro, fiquei de pé. Minhas pernas doíam mais do que eu imaginara, um nervo repuxando minha coxa, o duque orgulhoso demais para carregar a bengala de que evidentemente precisava.

A casa dormia, suas luzes fracas enquanto eu manquejava escada acima, até a porta de Antonina. Uma governanta gorducha estava sentada no corredor, com a chave no seio. Peguei-a sem um ruído, e ela, roncando com as narinas dilatadas, nem sequer se mexeu. Adentrei na escuridão do quarto.

Toda a mobília desaparecera. Todos os objetos com os quais Antonina poderia se ferir haviam sido removidos. Havia grades nas janelas, e cortinas cerradas, mas o cheiro de urina e fezes se levantou do chão imundo, sobrepujando sabão e salmoura.

Uma figura se remexia nas sombras, vestida com um roupão branco puído que oferecia tão pouco calor quanto dignidade. Tantas vezes eu olhara no espelho, visto aquele rosto e o achado adorável; agora, erguendo-se, o cabelo assanhado e os olhos vingativos, percebia apenas um furor carregado de juventude e ódio.

"Antonina", falei num sopro. "Antonina", sussurrei de novo e, com uma perna reclamando do movimento, pus-me de joelhos à sua frente. "Perdão", eu disse. "Perdão por ter-lhe feito mal. Por ter roubado seu tempo. Ter tirado sua dignidade, nome e alma. Eu a amo. Peço perdão."

Aprumou-se na escuridão do quarto, se arrastando em minha direção, um passo vacilante por vez. Permaneci no lugar, a cabeça baixa, mãos juntas em minha frente. Ela parou, seus pés e canelas nuas enchendo minha visão. Ergui os olhos. O cabelo lhe caía sobre o rosto, em volta do pescoço, como se tivesse tentado se enforcar com as próprias madeixas. Cuspiu em meu rosto. Contraí o corpo, mas não me movi. Cuspiu outra vez. Mal percebia o líquido, com a mesma temperatura da pele, escorrendo por minha testa.

"Eu a amo", falei, e ela balançou a cabeça, tapando os ouvidos. "Amo." Estiquei os braços, pondo minhas mãos sobre seus pés, enraizando-a no lugar. "Eu a amo."

Suas mãos se fecharam em garras, arranhando o próprio rosto, e com um movimento brusco ela soltou os pés de entre meus dedos. Nenhuma palavra, nada além de sua raiva. Havia apenas o calor e a umidade em meu rosto quando ela baixou a boca ao nível de meus olhos e gritou, gritou e gritou até já não ter mais fôlego. Agarrei-a pelos ombros e a puxei para perto. Ela mordia e arranhava, arrancando minha barba, meu rosto, as unhas fincadas em minha pele frágil como se fosse arrancá-la de minha carne, mas deixei-a lutar até que, por fim, mesmo essa força pareceu abandoná-la, e a segurei com ainda mais firmeza.

O barulho não poderia ser ignorado. Os criados acorreram, assim como minha esposa, que estacou à porta diante da cena. Sacudi a cabeça, dizendo que fosse embora, e abracei minha filha ainda mais, com seu hálito quente misturado a meu ar, até de manhã.

Então eu era alguma outra pessoa, e havia partido.

77

Um despertar abrupto, um susto. O sol já se põe, e sonhei com Galileu.

Coyle ainda dorme na cama. Acordo-o quando os últimos raios do dia desaparecem.

"Precisamos continuar."

"Para onde vamos?" pergunta, enquanto o ajudo a chegar ao carro.

"Para algum lugar com trens."

• • •

Chegamos a Lyon pouco depois das oito da noite.

Como muitas das cidades antigas da França, Lyon era tomada por belas casas prensadas contra um rio vagaroso, uma catedral de torre altíssima onde mortos repousavam, e subúrbios com *supermarchés* enormes, estacionamentos a perder de vista e *outlets* de roupas baratas em galpões industriais. Deixei Coyle dormindo no estacionamento de um que se propagandeava através das palavras apelativas COMA DO MELHOR, VIVA O MELHOR, COMPRE DO MELHOR! e entrei ali com meus euros afanados. Uma criança gargalhava num caminhãozinho de bombeiros que balançava para a frente e para trás, ao som da sirene. Uma tendinha, perfeita — segundo o anúncio — para casamentos e ocasiões festivas, havia sido montada perto dos caixas do supermercado, para qualquer cliente que estivesse buscando esbanjar ao máximo. Pequenas nuvens de refrigeração pairavam sobre legumes suculentos, e do teto vinham borrifos de água mesclados a música ambiente.

Comprei pão, carne, água e uma porção de roupas masculinas, todas mais largas que o necessário. A mulher no caixa, quepe verde na cabeça, pareceu impressionada ao ver minhas compras deslizarem pela esteira à sua frente.

"São para meu irmão", expliquei.

"Ele deixa que você compre suas calças?"

"Sou boa em vestir pessoas."

Coyle ainda dormia no carro.

"Coyle." Toquei lentamente em seu braço, e quando ele não se mexeu eu passei as costas dos dedos, leves, em seu rosto. Seus olhos se abriram, agitados na penumbra do carro, registrando onde e com quem estava, e recuou. Engolindo em seco, informei "Estamos em Lyon".

"O que há em Lyon?"

"Transporte público, basicamente. Pegue."

"O que é isso?"

"Roupas limpas. Para você."

"Para você não?"

"Se eu precisasse me trocar, não seriam apenas as roupas. Experimente. Acho que ainda lembro seu número."

Fez uma carranca, mas pediu "Pode me ajudar com a camisa?"

Aumentei o aquecedor, ajudando-o com os botões e despindo a camisa arruinada. O curativo em seu ombro, surpreendentemente, não estava empapado de sangue nem se desfazendo. Na luz fraca do estacionamento, tateei ao redor da ferida e perguntei "Dói?"

"Não."

"O que você sente?"

"Estou aguentando. Suas mãos estão geladas."

"Não tenho uma circulação muito boa. Levante os braços." Enfiei uma camiseta por sua cabeça, ajudei-o a vestir uma manga de cada vez, e coloquei a barra para dentro das calças. Ele permanecia sentado, quieto e rígido, a respiração constante, e observava todos os meus movimentos. Meus dedos correram sobre a cicatriz em sua barriga. Ele não se afastou, mas cada fibra de seu corpo estava tensa, todos os músculos retesados. "Serviu?"

"Serviu."

"Também comprei um moletom. Provavelmente vai se desintegrar na primeira lavagem, mas é quente e limpo."

"Obrigado."

"De nada."

"Por que está se dando ao trabalho?"

Dei um suspiro e me afastei. "Você sujou o estofado de sangue", murmurei. "Sangue é difícil de limpar."

Paciência é a chave do sucesso para qualquer motorista querendo encontrar seu caminho pelos desvios do centro de Lyon. Levei-nos por vias de mão única até descer ao rio, onde os jovenzinhos da cidade esfriavam a cabeça com música tecno de 1990 e baixos desprezíveis. Estacionei, ilegalmente, defronte à igreja de pedra de onde, sobre o pórtico, Virgem Maria olhava piedosa a seu rebanho desgarrado. "Não podemos mais usar este carro."

"Por quê?"

"Irena está sumida há mais de oito horas. Se ela tiver algum turno esta noite, deveria estar lá há algumas horas. A última pessoa que vesti — Max — deixei no posto de gasolina..."

"Acha que Aquarius descobriria quem você é?"

"Você os conhece melhor que eu. Você descobriria?"

"Sim. Acho que conseguiria descobrir."

"Então precisamos dar um fim neste carro. De agora em diante, só transporte público. Se pudermos ir à Espanha, ou até a Gibraltar, sem disparar os alarmes, fica tudo mais fácil. Preciso de uma bebida."

"Uma bebida?"

"Consegue andar?"

"E agora é hora de beber?"

"A melhor possível", respondi, abrindo a porta do carro. "Adoro tequila."

Pedi uma tequila, e Coyle um suco de laranja.

Na França, suco de laranja quer dizer algo espumante açucarado cheio de corante e servido numa garrafa esférica.

Sentamos ao balcão de um bar cujas tevês de tela plana passavam futebol e bmx. Apenas uma das competições empolgava o povo, e pela agitação dava para imaginar que era algo local, e que não estava indo nada bem. Coyle suava, uma das mãos agarrada a um guardanapo, os dentes cerrados sob os lábios.

O barman perguntou "Está tudo bem?"

E respondi "Ele torceu o tornozelo".

"Devia ir ao médico. Às vezes essas coisas são piores do que parecem."

"Normalmente são. Mais tequila?"

Seus olhos cintilaram em descrença, mas o cálculo econômico fez sua mão buscar outra dose. Atrás de nós, alguém fez um gol, e a sala inteira resmungou seu desânimo universal.

"Você está ficando bêbada", grunhiu Coyle, em meio ao som dos corações dos torcedores se partindo e das cervejas chiando ao abrir.

"Vou contar um segredo. É muito mais fácil desviar a atenção de um hospedeiro se o encontrarem intoxicado, desnorteado, com uma concussão ou outro desses estados mentais alterados."

"Você vai mudar?"

Tomei outro trago, senti as pedrinhas de sal, o álcool queimando, e soltei o fôlego por entre os dentes, satisfeita com aquele efeito. "Há um arquivo — roubei os registros de Aquarius em Berlim."

"Você disse."

"E você disse a Aquarius?"

"Sim. Nós... *eles*... têm medo de você."

"Imagino que não perceberam que eu estava com Janus."

"Não."

"Por que você estava lá?"

"É meu trabalho", retrucou. "É o que eu faço." Mais uma dose. Coloco o copo vazio de lado. "Não. Não é por isso." Sua voz falava consigo mesmo, apesar de eu estar ali para ouvir. "Questionei sobre Galileu e me remanejaram para Paris. Na época, achei que fosse... na época não pensei sobre o assunto. Era por isso que eu estava lá, para responder sua pergunta."

Minhas unhas eram firmes e afiadas, batucando na borda do copo.

"Não vou ajudá-la a derrubá-los", falou num suspiro. "Não vou lhe ajudar a ir contra Aquarius, não importa o que faça. Se é que foram eles os responsáveis. Não somos amigos. Isso tudo é sobre Galileu — e só."

"Entendo."

A algazarra do futebol na tela, a algazarra lamentosa dos torcedores desapontados com o jogo. Corri meu dedo pela boca do copo, que decididamente se recusou a zunir.

Então "Nova York", Coyle falou. "Há um... investidor em Nova York. Depois de Berlim, depois que você me mostrou o arquivo, tentei falar com ele, mas Aquarius disse que não. Disseram-me que você mentiu sobre Galileu, que era isso que fazia — espalhava o caos. Alice foi para o hospital por sua causa, sabia disso?"

"Estava machucada, mas andando, quando a abandonei. O resto é psicológico, nada que ver comigo."

"Você se importa?"

"No momento, não."

Sorveu o suco como se fosse uísque, um bálsamo para as feridas, velhas e novas, que ainda queimavam pelo seu corpo. "Sei que eles mentem para mim. Você é um parasita, mas não mentiu. Acho que devo lhe agradecer por isso."

"Fique à vontade."

"Esse investidor", tentou outra vez. "Há um investidor em Nova York."

"E o que ele financia?"

"A gente. Aquarius. As unidades são mantidas bem separadas umas das outras. Se houver infiltração em alguma, as outras estarão a salvo. Mas precisa haver alguma autoridade central, alguém que supervisione tudo. Não somos pessoas ruins. Não ferimos nosso próprio pessoal. Se houver ordens... se Galileu estiver sendo protegido... o investidor vai saber o motivo."

"Eu não colocaria minha mão no fogo, não. Você por acaso sabe quem é esse investidor?"

"Não."

"Sabe onde encontrá-lo?"

Silêncio.

Espremi os últimos pingos de limão em minha bebida, vendo o bagaço se esmigalhar entre meus dedos. "Você está em dúvida se eu vou lhe matar", comentei. "Se tudo isso é parte de um grande esquema. É um bom instinto. Ele o mantém vivo naquele momento em que o medo de ser esfaqueado pelas costas significa que não há mais ninguém para dar cobertura. Então nem queira saber o que eu quero ou o que sou. Pergunte-se apenas isso: o que eu poderia fazer? Só preciso de dez segundos para destruir um homem. Quando você me baleou em Taksim, pensei, É. Por que não? Vou vesti-lo, vestir qualquer um, e cortar sua garganta. Vai levar alguns segundos, e quando a polícia me levar embora, com sangue quente ainda sobre mim, terei partido. Sua morte, conforme eu continuasse minha vida, não seria mais que alguns instantes para mim. Quem sofre as consequências é a carne. Mas por alguma razão que não compreendi na hora, eu o deixei viver. Eu podia ter fugido. Sou muito boa nisso. Agora, tendo tido um tempo para refletir, acho que poupei sua vida, seja-lá-qual-for-seu-nome, porque ao tentar me matar você cometeu o ato mais pessoal que alguém tentou contra mim desde... muito tempo. Tentou *me* matar. Por todas as coisas que já fiz. Nem sei descrever a sensação. Então, aqui estamos, você e eu, e acho que você devia saber que meus sentimentos, de algum modo, evoluíram. Ficaram um pouco mais matizados, como se, ao longo dessa volta animadíssima, eu tivesse chegado a lhe conhecer. E, para ser bem direta, a lhe amar. Rogue praga, me odeie, cuspa em mim, tanto faz — é tudo repugnância contra minha alma verdadeira. Não contra o que pareço ser, mas contra o que realmente sou. Você é lindo, e eu preferiria ir descalça até Alepo, na pele de um leproso, do que machucar você."

Coyle virou o resto do suco, olhando para o interior do copo vazio. "Bem", finalmente disse, então estacou. "Certo", continuou depois de um instante de reflexão. "Justo."

Balancei meu copo vazio na direção do barman. "Tequila. Mais tequila."

"Não acha que já bebeu o suficiente, madame?"

"Vai ser suficiente quando eu não conseguir andar. E meu amado amigo está aqui para me ajudar a chegar em casa."

O homem deu de ombros como apenas um barman francês poderia fazer, todo sabedoria e apatia, e serviu outra dose. A meu lado, Coyle estava quieto. "E como vou levá-la para casa, exatamente?"

"O que você faz quando está caçando meu pessoal? Explora registros de hospitais, procuram por pacientes com amnésia súbita? Ou tem a ver com inconsistências financeiras? O pobretão que começa a gastar demais, o ricaço que doa todos os bens?"

"As duas coisas. Seguimos o massacre."

"Mas amnésia pode ser causada por tudo quanto é motivo. Uma pancada na cabeça. Um ataque nervoso. Uma mistura de drogas, às vezes. Isso também."

"Kepler..." um tom de advertência e compreensão permeava sua voz. "Para onde isto está indo?"

"Cada corpo que colho, cada corpo que descarto, é alguém que pode ser rastreado. O carro pode ser rastreado, Irena também. É hora de mudar."

"Para onde? Outra faxineira? Ou mais putas e ladrões? Esse é seu estilo, não é?"

"Normalmente, sim. Mas as circunstâncias são outras. Irena não é minha única responsabilidade."

Depois de algum tempo, a ficha caiu. "De jeito nenhum."

"Coyle..."

"Nem pense nisso. Nem fodendo!"

"Pense um pouco..."

"Foi por isso que me deixou descansar? Que me remendou?"

"Não queria que morresse."

"Ou ficasse muito desconfortável."

"Um hospedeiro que coopere, um corpo disposto..."

"Quimicamente ajeitado para seu uso..."

"Coyle!" quase gritei, apoiando as mãos no colo, respirando fundo o ar frio. "Há poucos corpos que eu preferiria habitar menos do que o seu. Já rejeitei peles por terem os joelhos sensíveis, os pulsos estalando... acha mesmo que eu ia querer usar um corpo com uma bala no ombro se tivesse alternativa?"

"E se o encontrarem?"

"Prometo fazer o possível para passar a um corpo mais combativo na primeira oportunidade. Que escolha você tem?"

"Um monte."

"Ainda tem uma bala no ombro."

"Não imagino que você esteja com pressa de tirá-la daqui."

"Seu próprio pessoal..."

"Eu sei!" Gritou outra vez, batendo as mãos sobre o balcão, forte o bastante para saltar os copos, alto o suficiente para chamar atenção. Encolheu-se aos olhares, parecendo se retrair em torno do próprio centro. "Eu sei", murmurou. "Eu sei."

"Posso levá-lo a Nova York."

"Como?"

"Posso levá-lo até o investidor. Não vou feri-lo. Já menti para você? Já matei?"

"Matou Eugene. Em Berlim... você matou."

"Alice matou Eugene", retorqui. "Atirou nele porque eu estava lá, mas ele morreu e eu não. Ele teria sobrevivido se vocês me deixassem em paz. Posso levá-lo até Galileu."

"Eu... não sei. Preciso pensar. Você... me drogou. E ficou tagarelando. Meu Deus, como fala. Preciso pensar."

Pousei minha mão, gentilmente, sobre a dele.

"Isso é ótimo", completei. "Mas vou vomitar, e já não temos muito tempo."

Sua mão se contraiu, mas já era tarde, muito tarde.

78

Eu disse "Oi".

Coyle abriu os olhos, lambeu os lábios e perguntou "Onde estou?"

"No dentista."

Seus olhos vaguearam pelo teto baixo, pelas paredes brancas, por mim. "Quem é você?"

"Nehra Beck, casado, dois filhos, cartão de fidelidade da cafeteria aqui perto, colecionador obstinado — alguns diriam obsessivo — de receitas."

"Que horas são?"

"Meia-noite, mais ou menos. Eu — ou melhor, você — disse que era uma emergência e que ia pagar, e quando Nehra percebeu que eu tinha uma bala no ombro, ficou um pouco aflito e eu precisei explicar que minha emergência nem era tanto com relação aos dentes, e aí... bom, e aí é isso."

"Que dia é hoje?"

"O mesmo", respondi. "Só se passaram algumas horas. Perdão por saltar de qualquer jeito, que nem eu fiz, mas você estava exagerando um pouco e eu já estava muito, muito bêbada. Mas quando entrei, notei que toda sua postura estoica era na verdade algo secundário, e que o importante era arrancar a bala do ombro." Apanhei um par de pinças enormes da mesinha de metal a meu lado, prendendo-as atentamente. "Imaginei que um dentista teria drogas suficientes para aliviar um pouquinho essa experiência. Eu, de minha parte, estou ansioso por seus efeitos."

79

Então Coyle abriu os olhos e eu disse: "Sou Babushka. Na verdade, tenho quase certeza de não ser Babushka, mas tudo que encontrei em minha bolsa foram oito euros, um molho de chaves, meia garrafa de vodca, quatro camisinhas, uma cartela de paracetamol, spray de pimenta e isto aqui."

Joguei os cartões sobre a cama em que Coyle estava. Olhou para eles, para mim, e de volta para eles. "Você parece... operada."

"Pareço?" Corri as mãos pela forma larga do meu corpo, pelos cabelos loiríssimos que despencavam na lateral de meu pescoço atarracado. "Bom, sim. Os seios parecem de silicone e um pouquinho malfeitos, mas eu diria que meu rosto é meu mesmo, não acha?"

Coyle, deitado na cama vagabunda de um motel, analisava a vastidão de pele nua que eu exibia. "Isso é um tipo de castigo, não é? Punição divina?"

"Que absurdo!" exclamei, largando o corpo na cama a seu lado e guardando de volta os cartões. "Babushka parece ser uma mulher muito agradável. Barata também. Duas horas, cinquenta euros. Não se consegue um preço desses em Paris, posso garantir. Como está se sentindo?"

Tremendo a cada apertão de seus dedos, tateou os curativos novos em volta dos ombros. "Não lembro de muita coisa."

"É porque você estava chapado!" cantei animada, conferindo as pontas de borracha das minhas unhas brancas. "Sei que estava porque fui eu que lhe dei as drogas, mas precisei trazer Babushka até aqui para perceber o quanto eu — você — estava chapado. Está. Você está. Aproveite enquanto é tempo. Eu estava só conferindo, sabe? Então..." coloquei a mão sobre a pele suave de seu rosto.

"Espere!"

Esperei, sobrancelhas erguidas. Babushka tinha sobrancelhas sensacionais, delineadas, e eu gostava de erguê-las. Coyle deu um suspiro profundo. "Você disse... querer um corpo que cooperasse. Alguém que não gritaria, nem fugiria. E por mais barata que seja sua... essa sua Babushka, assim que ela pisar fora deste quarto seu cafetão vai aparecer correndo, e você vai ter mais problemas do que precisa. Então, ainda precisa de mim, e precisa que eu colabore. Então espere." Esperei enquanto Coyle apertava a cabeça com as mãos, respirando fundo outra vez, com dificuldade. "Diga como vai me levar a Nova York."

"Posso fazê-lo atravessar a alfândega", respondi com simplicidade. "Posso ignorar seu cartão de embarque, carimbar o passaporte, esquecer de revistar sua bagagem. Posso vestir quem eu quiser para ir a Nova York, voar na primeira classe, esticando as pernas. De todo modo, levo você para lá, se me permitir."

"E depois? Vou acordar algemado a um radiador?"

"Ou em um belo quarto de hotel, ao lado de uma mulher adorável."

"Já se olhou no espelho?"

"Não", admiti. "Mas dei uma boa olhada em mim quando entrei por esta porta. Prometi todo tipo de prazeres fantásticos — sexo emocionante e mistérios eróticos. Deixei subentendido que era bem preparada." Estiquei as pernas, sentindo os tendões repuxando coxas e panturrilhas. Curiosa, tentei alcançar os pés. Meus dedos mal passaram pelo joelho antes dos tendões travarem, os músculos protestando, e com um suspiro voltei a relaxar. "Talvez eu tenha exagerado. Mas achei que tinha um sorriso meigo. Como se debochasse, mas de si mesmo. Acho que sou maravilhosa, do meu próprio jeito"

"Faz isso muitas vezes? Já ouviu falar em gente que estabelece... um tipo de relacionamento com gente que nem você? Nunca tive certeza se podia acreditar nisso."

"É verdade. Já tive alguns desses, no meu tempo — assistentes, se você preferir. Mas não se preocupe; sempre me comportei muito bem. Um corpo que colabore não é algo para se tratar de qualquer jeito. Nunca sou imprudente na direção, nem faço sexo sem proteção quando estou num assistente. Seria pouco profissional. Aliás, não faço sexo de jeito nenhum, nessas condições — não sem permissão. Um relacionamento desses diz respeito a alguém disposto a lhe ajudar a chegar no próximo objetivo sem ter o aborrecimento de saltar do garçom para o cozinheiro, depois para o motorista e de volta para o garçom. E um bom assistente pode ser... pode ser um amigo. Se ele quiser."

"Também os ama?"

"Sim. Claro que amo. Eles sabem o que sou e confiam em mim. Confiam em mim de corpo inteiro. Se isso não for um ato de amor, não sei o que é. Amo todos os meus hospedeiros. Amava Josephine." Seus olhos faiscaram sob a luz baixa do quarto, e ele não disse palavra. "Houve um tempo em que eu tomava à força tudo que queria. Você — as ações do seu pessoal — de algum modo reavivaram essa experiência, essas memórias. Mas Josephine Cebula sabia com o que tinha acordado. Ela e eu fizemos um trato no saguão de embarque do aeroporto de Frankfurt, depois que mostrei a ela tudo que poderia fazer. Eu a banhava, passava minhas mãos por seus cabelos e por seu corpo nu. Vestia-a com roupas novas, ficava na frente do espelho virando de um lado para o outro, vendo se minha bunda parecia maior vestida em vermelho ou azul. Eu ria sua risada, enchia seu estômago com comida, corria sua língua em meus dentes, beijava com seus lábios, acariciava com seus dedos, arrumava um estranho para seu corpo, na calada da noite, e no sopro mais secreto eu sussurrava histórias de amor no ouvido dele. Fiz tudo isso, tudo que ela permitiu que eu fizesse, porque pedi e não forcei nada, e eu... a amava. Não há presente maior além daquele que ela me deu, nem aquele que eu... pretendia dar a ela. Uma nova vida. Uma nova Josephine. A oportunidade de ser quem quisesse, e tudo isso num período de tempo em que nem a sentença de um ladrãozinho estaria completa. Mas você a matou, Nathan Coyle. Seja lá qual for seu nome. Você a matou."

Não creio já ter ouvido um silêncio tão retumbante, tão soterrado nas profundezas da noite.

Ele disse "Eu..."

E parou.

Disse "Não era para..."

Parou outra vez.

Algumas palavras na ponta da língua. Justificativas, talvez. Desculpas. Eram ordens. Justiça. Punição. Escolhas ruins, tempo curto demais, muita pressão. História antiga — coitado de Nathan Coyle, está ferido, traumatizado por acontecimentos já passados, não o julgue, não a ele, não pelas ações que tomou de livre vontade.

As palavras assomaram a seus lábios e morreram antes que pudessem soar.

Observei-as se dissolvendo nele, queimando conforme afundavam em sua carne, até que desviou os olhos e não disse absolutamente nada.

Andei pelo quarto, liguei a tevê.

Notícias sobre...

... problemas alheios.

Desliguei.

Continuei esperando.

Até que ele disse Quero escovar os dentes.

O banheiro é logo ali. Fique à vontade.

Levantou-se, cheio de dor, conferindo as bandagens em seu ombro e peito, percebendo que estavam boas.

A porta do banheiro estava entreaberta, e da cama eu o vi entrar e sair de meu campo de visão, sob a luz fluorescente. Quando a água deixou de correr, abri a porta para poder vê-lo por inteiro, e lá estava ele, as mãos apoiadas na pia, encarando o espelho como se também visse apenas seu rosto, como se tentasse entender quais formas poderia assumir. Recostei-me no batente da porta, uma prostituta magérrima, operada, em uma cidade com valores ruins, cafetões piores, e os esquemas da profissão escondidos no submundo das ruas de paralelepípedos. Seus olhos não se moveram até mim, não desviaram do peso hipnótico do próprio olhar.

"E se eu disser não?" perguntou.

"Então vou embora. Correr para onde o arquivo de Aquarius está, destruir tudo a partir de dentro e deixá-lo sozinho."

"Para morrer? Essa é a ameaça?"

"Não vou feri-lo. Aquarius, Galileu... sua suposição é tão boa quanto a minha. Mas eu mesma não vou lhe ferir."

Anuiu com a cabeça a seu próprio reflexo, então olhou para o fundo do ralo, os ombros encolhidos, costas curvadas, repentinamente mais velho do que deveria. "Faça isso", ele disse. "Faça isso."

Estiquei o braço, vacilando, os dedos pairando sobre a pele de suas costas. "Faça agora!" rosnou, os lábios se contorcendo, sobrancelhas franzidas. Coloquei meus dedos em sua pele e, por instinto ante sua raiva, saltei.

Sou Nathan Coyle. Aqui, o bater de meu coração. O calor nos olhos, a dor no peito.

Sou Nathan Coyle, parado, ferido e sem ar, uma mulher confusa de nome improvável recostada na entrada do banheiro.

Sou Nathan Coyle, olhando no espelho e vendo olhos prestes a chorar.

E por um instante, vendo meu reflexo me olhar de volta, digo a Deus que preferia ser qualquer outra pessoa neste mundo inteiro.

80

Não há voos de Lyon a Nova York.

De volta aos trens.

Passageiros em trens são mais difíceis de rastrear do que em carros.

Trem de longa distância, o balanço da aceleração, rugido dos túneis, os campos abertos do norte da França.

De volta a Paris.

O homem a meu lado, sentado a uma mesa para quatro passageiros, era um velho com calhamaço de jornal.

Espiei os artigos sobre seu ombro, por um tempo, mas ele lia muito mais devagar que eu. Cansado, entediado e sozinho, toquei seu pulso e saltei.

Coyle se agitou a meu lado, olhou pela janela, viu os campos cinza--esverdeados se estendendo, ouviu o motor, sentiu o cheiro do café superfaturado e, com a mão ainda sobre a minha, finalmente me viu.

"Ainda não chegamos?"

"Ainda não."

"O que foi?"

"Ah... queria dar um oi."

"Por quê?"

"Pensei que você pudesse querer... saber como estávamos nos saindo, talvez?" Ficou me encarando, incrédulo. "Desculpa", balbuciei. "Eu... só achei que seria legal."

Saltei de volta através da palma quente de sua mão.

Mais uma vez na estação de Lyon, deixei Coyle por alguns segundos. Ele cambaleou até se firmar apoiado numa máquina de vendas de passagens.

"E o que foi agora?"

"Estamos com pouco dinheiro", informei, tateando meus bolsos atrás da carteira. "Aqui, pegue isso." Tirei todas as notas da carteira, menos uma, e entreguei tudo a Coyle.

Ele baixou os olhos com o desprezo de um bispo encarando um demônio caído, então agarrou o dinheiro. "Quem é você?" perguntou, enquanto eu guardava a carteira muitíssimo mais vazia.

"No momento sou um homem que cumprimentou um desconhecido com um aperto de mão. Então me dê a mão, Nathan Coyle, e vamos seguir viagem."

Devagar, descerrou os dedos e me cumprimentou suavemente.

Segui de trem até o aeroporto, continuando depois num traslado de dois vagões até o terminal. Havia uma mulher à minha frente, loira e de pele bronzeada, vestido verde justo na cintura e riso alto e alegre enquanto falava com alguém no telefone. Seguiria para o estacionamento, concluí, tendo voltado de uma viagem a algum clima mais quente, e o dia seguinte não lhe guardava qualquer expectativa de trabalho ou *jetlag*, mas sim a tranquilidade de ter chegado, de estar voltando para o seio da família e dos amigos, que se reuniriam para encontrá-la.

Meus dedos coçavam para tocá-la, para ter aquela risada enquanto minha mãe, meu pai — talvez até mesmo irmãos adoráveis com quem implicava quando criança, mas que agora estavam todos crescidos e se amavam — me amassavam em abraços e me chamavam de amorzinho, filhinha do coração.

Então dei uma olhada em volta, vi o reflexo de Nathan Coyle me encarando na janela, e as portas se abriram e ela havia sumido.

• • •

Bilhete para Nova York, quase lá.

E eu era...

"Passaporte, por favor."

Coyle piscou, olhando para mim, sentindo sua mão contra a minha, espiando pelo buraquinho no guichê em que passageiros cansados devem entregar o passaporte quando tentam sair do país. Sorri e disse, num francês alegre e espontâneo, "Vou conferir seu passaporte agora, senhor Coyle", e soltei meus dedos dos seus.

Era a primeira vez que eu me encontrava do lado de dentro de um guichê de imigração. Nunca tivera a necessidade antes. Um banquinho desconfortavelmente alto, sistemas de checagem complicados demais para minha ignorância, e uma arma disposta sob o balcão.

"Espere um pouco", falei, "e siga em frente como se eu tivesse liberado você. Estarei uns dois corpos atrás."

Ele anuiu com a cabeça, e enquanto eu desejava alegremente "Tenha um bom voo!", se arrastou meio sonolento pelo caminho afora.

Escaneei alguns passaportes mais, conferi alguns outros rostos, apenas pela diversão, tentando descobrir se havia algum criminoso, algum contrabandista. Um scanner de código de barras apitava quando eu passava os passaportes por ele, dispondo nomes e números na tela, que eu fingia examinar enquanto turistas balofos e executivos apressados aguardavam para saber se seriam liberados. Quando um homem de porte parecido com Coyle se aproximou, o cabelo da mesma cor e corte, sorri com um entusiasmo especial, levei a mão para apanhar seu passaporte e quando seus dedos roçaram os meus

os meus roçaram de volta.

Nove corpos depois, quando Coyle se adiantava para passar pelo detector de metais, colocando a bagagem na esteira de raio-x, perguntei "O senhor está levando alguma muamba?" Seus olhos procuraram os meus, porque "muamba" não era uma palavra que se esperava ouvir naquele lugar. "Quer ser revistado, senhor?"

"Temos tempo para isso?"

"Ora, senhor", repreendi, colocando sua mala na esteira. "Não sabe como é excitante ser tocado pela pele de alguém, e não pela sua própria? Mas vejo que não está com essa disposição, e eu aqui tenho uma unha encravada. Pode seguir, por favor."

Então eu era

um executivo de dentes horríveis, restaurações precisando de cuidados, gengivas desconfortáveis. Será que pensava que aquilo era normal?

sentado ao lado de Coyle nas portas de embarque internacional, pasta numa das mãos, copo descartável na outra. "Chá?"

Coyle deu uma olhada no copo, depois em mim, e sem qualquer palavra pegou o chá de meus dedos solícitos. "Obrigado."

"Não tem de quê. Trouxe um pouco de açúcar, para o caso de você querer."

"Não quero."

"Tanto faz. É melhor para os dentes, de todo modo."

Sorveu o chá; recostei-me na poltrona, enfiando a pasta entre as pernas, passando a língua furiosamente pelos buracos em meus dentes. O aeroporto Charles de Gaulle era igual a todos os outros no mundo: ali o duty free, aqui a perfumaria para aqueles passageiros inofensivos com xampus de um mililitro acima do limite de segurança. Vendedores bem-vestidos tentavam empurrar carros esportivos aos passantes pacientes, mais à frente a livraria com os sucessos do último mês vendiam histórias de advogados americanos de sorriso perfeito, amantes americanos com vidas perfeitas, assassinos americanos que se recusavam a cair mortos.

Mulheres de véu seguravam crianças pelas mãos e checavam o painel com os próximos horários de partida para onde quer que fosse. Viajantes cansados, em escala para um destino melhor, cochilavam com a cabeça pendente, a boca aberta, passagens bem presas nos dedos sobre o peito ressonante. Procurei a passagem em meu bolso, conferindo voo, horário e portão de embarque. "Nem sei bem para onde estou indo."

Coyle baixou os olhos para ver meu bilhete. "Parece que está atrasado."

"Típico. E o seu?"

"Aguardando os informes."

"Pode significar qualquer coisa."

"Parece algo bom."

"Certeza?"

Olhou surpreso para mim. "Não gosta de voar?"

"A primeira vez que cruzei o Atlântico foi a bordo de um galeão holandês chamado *Nessy Reach*. Um negócio perigoso dos infernos."

"Mas aviões...?"

"Não gosto do risco universal de aviões. Primeira classe luxuosa ou classe econômica que mal dá para mexer os joelhos, se um avião cai você morre, seja quem for."

"Meu Deus", exclamou. "Que covarde."

"Sou? Imagino que a coragem deva ser definida com relação aos feitos que o sujeito normalmente realiza. Já fui contratado para fazer coisas que homens corajosos não conseguiriam. Abandonar um amor, ir a uma entrevista de emprego, marchar para a guerra. É certo que nunca tive a conexão emocional com esses eventos que fariam deles coisas difíceis de encarar, mas ainda assim... sou um covarde? Acredito que possa argumentar tanto para um quanto para outro lado."

"Certo... você não é covarde. Só vive de acordo com outro conjunto de regras."

Sorri e perguntei "Quer mais chá?"

"Não, obrigado."

"Preciso deixar esse corpo. Com voo atrasado ou não, a mente não pode perder tanto tempo."

"Eu sei." Estirou sua mão para mim, os dedos soltos como os de uma rainha esperando para ter a mão beijada.

"Você é muito corajoso", terminei, repousando meus dedos em sua pele.

Então houve o caminho lento até a decolagem.

Demonstrações de segurança. Queixo nos joelhos, máscaras de oxigênio cairão do compartimento acima do assento, assegure-se de ter a sua bem ajustada antes de auxiliar amigos ou crianças.

A pressão da aceleração conforme subíamos ao céu. Deixei a cabeça encostar no assento, sentindo ombro e braço adormecido, lutando contra a vontade de cutucar a ferida, e observei a paisagem passar de uma natureza sólida para um mapa de linhas retas, estradas e caminhos criados por mãos humanas. Pedi a refeição vegetariana, uma garrafa de água e, descobrindo que os filmes de bordo eram ainda piores que o esperado, joguei xadrez com o passageiro do assento D12, que perdeu muito rápido e não quis uma revanche.

Depois o oceano estava sob nós, e nuvenzinhas bem abaixo. Estava cansado, meu ombro doía, os olhos ardiam e num momento de tentação me tornei um homem de cara redonda, gordo demais para o assento da classe econômica, os joelhos presos numa posição desconfortável, cotovelos apertados, e conforme eu me ajeitava desengonçado as turbinas zuniam e o carrinho de bebidas chocalhava de um lado para o outro do corredor. Coyle se virou para mim, os olhos turvos, e perguntou:

"Corajoso?"

"Quê?"

"Você me chamou de corajoso."

"Chamei?"

"Não faz nem um segundo."

"Faz algumas horas."

"Onde estamos agora?"

"Em algum ponto sobre o Atlântico".

"E o que aconteceu?"

"Como assim?"

"Por que você... é você?" perguntou, apontando para meu corpo mais abundante.

"Estava me sentindo... desconfortável. Queria esticar as pernas. Este senhor estava no caminho, então pensei em usar as dele."

"Entendo. E você me chamou de corajoso."

"Você deve ter imaginado."

"Faz um segundo."

"Também o chamei de assassino, estúpido e responsável pela morte da mulher que eu amava. Tudo verdade. Mas aqui estamos nós, resolvendo problemas juntos. Eu não me preocuparia demais com isso, se fosse você."

"Vai ficar muito tempo aí nesse corpo?"

Me remexi no assento, desconfortável. "Não", terminei por responder. "Sou largo demais para essa poltrona. Estou ficando sem ar. E meus joelhos doem, Além disso, tenho pés chatos e um gosto de ginger ale na boca. Mas mesmo que não fosse por isso, ainda acho que estou correndo risco de um ataque cardíaco. Mas se você estiver disposto a ver um filme ou algo assim, talvez eu pudesse dar uma volta pelo avião. Ir para a primeira classe, de repente."

"Os filmes são bons?"

"Terríveis. Você joga xadrez?"

"Quê?"

307

"Você joga xadrez?"

"Não. Quer dizer, sim, jogo."

"Que tal uma partida?"

"Com você?"

"Claro. Ou pode jogar contra o passageiro do assento D12, mas ele não oferece muito desafio."

"Não sei..."

"Deixa eu vestir seu corpo, mas não aceita uma partida comigo?"

"Uma coisa é pura necessidade, a outra parece socialização."

"Como preferir."

"Em Berlim, em Istambul, tudo que falei era verdade. Acredito em tudo que acredito. Uns minutos aqui ou ali, um jogo de xadrez, nada disso muda o que você é. O que representa. Deixo que você... me toque... porque preciso, mas acho repugnante. Nem sei por que estou explicando isso."

"Tudo bem", respondi. "Está tudo bem."

Silêncio.

Tanto silêncio quanto possível, entre turbinas de avião.

"Então... quer dormir um pouco?" perguntei, agitando o corpo no assento, sem posição.

"Seu corpo não vai notar caso você fique muito tempo?"

Dei de ombros. "Voos são um tédio. A maioria das pessoas fica aliviada ao perceber que as horas passaram rápido, digamos."

"Agradeço se me der algum tempo."

"Certo."

"Sozinho."

Anuí com a cabeça, a nada em particular. "Sem problema", murmurei, levando os dedos até a mão do meu vizinho. "Nos encontramos mais tarde."

Sou uma executiva na primeira classe.

Em casa, provavelmente faço yoga.

Como camarões e bebo champanhe.

Coyle está sozinho, e eu também.

81

E então...

"Passaporte, por favor."

Sorri para o homem detrás do balcão. O aeroporto de Newark se especializou em ter oficiais de imigração cujas carrancas pareciam dizer que, mesmo que não pudessem impedi-lo de entrar nos Estados Unidos, eles certamente não facilitariam.

Coloquei o porta-passaportes no balcão, empurrando-o na direção do oficial, e quando ele levou a mão para pegá-lo, os lábios já cerrados na expectativa da decepção, toquei seu pulso

e anunciei "Bem-vindo a Nova York".

Coyle se apoiou no balcão para retomar o equilíbrio, enquanto eu conferia todos os documentos. "Os americanos têm um cuidado do caralho com segurança nacional. Possui alguma doença que deva ser notificada?"

Coyle levou as mãos à testa, pressionando-a e se situando em corpo e mente. "Quê?"

"Estou aqui para fazer perguntas. Há alguma doença que você deva comunicar?"

"Só você."

"Que grosseria. Já foi preso por crime de torpeza moral? Vou dizer, nem sei ao certo o que é torpeza moral, e olha que não nasci ontem."

"Nunca fui preso", respondeu com cuidado. "Esse é seu sotaque americano?"

"De Nova Jérsei, é sim."

"Bem ruim."

"Ainda estou aquecendo. Tem a ver tanto com sintaxe quanto com entonação. Estou de serviço agora, então provavelmente não vou lhe chamar de meu irmão nem perguntar sobre o jogo de ontem, porque sou o tipo de homem que se orgulha do uniforme que veste. Está ou já esteve envolvido em espionagem ou sabotagem, ou em atividades terroristas, ou em genocídio? Acho que podemos escrever um sim bem grandão nessas respostas."

"Está planejando me entregar às autoridades americanas?"

"Pensei nisso, por um instantezinho", respondi, devolvendo os documentos. "Também pensei em caminhá-lo pela fila de 'algo a declarar', cantando o hino da Coreia do Norte, mas duvido que alguém fosse achar graça nisso. Tome. Está quase lá."

• • •

Por alguns minutos fui tomada por um pânico absoluto, nas esteiras do raio-x, procurando por Coyle sem encontrá-lo.

Então o vi, sentado com as costas contra a parede, pernas esticadas no chão e a mão pressionando o ombro sobre as bandagens já velhas. Tinha o rosto pálido e respirava com dificuldade. Agachei-me a seu lado, me equilibrando nos saltos, e perguntei "Tudo bem?"

Ele se virou um pouco para me olhar, e por um instante não me viu, mas sim o uniforme de aeromoça, o chapeuzinho e os lábios pintados. "Estou bem. Eu..." então hesitou, estreitando os olhos. "Você é você?" Estendi as mãos de unhas longas e pintadas para ajudá-lo a se levantar. "Suponho que você saiba", respondeu, "que já estive melhor."

"Tudo bem. Vou levá-lo a um lugar seguro."

"Por que você não vai sozinho?"

"Porque quanto menos corpos eu pegar no caminho, quanto menos alarmes disparar, melhor vai ser para protegê-lo."

"Está fazendo isso para me proteger?"

"Deus sabe", respondi, meus dedos se fechando em torno de seu braço frio, "que não faço isso pelo seu rostinho bonito."

Coyle não mentira.

Eu já havia me sentido muito, muito melhor.

Meus dedos estavam congelados quando sentei no trem.

Sentia meu estômago queimando vazio, o ombro latejando com uma pulsação própria. Fui me arrastando até o banheiro e, enquanto seguíamos chacoalhando para o norte, levantei a camisa para conferir os curativos. Pareciam limpos o bastante, mas na hora que tateei a área próxima à ferida senti uma dor correr por toda minha espinha, e não cutuquei mais.

• • •

E então eu era

"Oi." Enquanto Coyle cambaleava à minha frente, empurrei a chave do quarto em sua mão, dizendo "Último andar, senhor. Pegue o elevador. Reservei um pernoite para nós."

Piscou os olhos, me encarando enquanto eu sorria do outro lado do balcão de recepção, olhou para suas mãos que seguravam a chave do quarto e partiu aos tropeços para o elevador de portas cromadas. Esperei até que se afastasse, chamei um carregador de bagagens e fui atrás.

O hotel era grandioso — mais do que eu estava acostumado. No quarto havia uma cama com acabamento em couro, poltronas, uma banheira de metal polido, três camadas de cortinas drapeadas e uma televisão mais larga que um hipopótamo. Quando cheguei, sem bagagens, Coyle já estava deitado na cama, os pés para fora do colchão e as mãos cruzadas sobre a barriga.

"Coyle?" Entreabriu os olhos para me espiar. "Você vai ficar bem. Vou dar uma saída, encontrar alguém rico, arranjar mais analgésicos e curativos."

"Quem é você agora?"

"Não sei. Vou conseguir o que você precisa."

"Nunca levei um tiro antes."

"Eu já. Sei como se sente. Vai ficar tudo bem."

"Sabe nada. Você nunca ficou tempo bastante para descobrir."

"Volto já."

"E vai ser quem, quando voltar?"

"Alguém novo. Outro alguém. Eu mesmo."

Peguei a chave do quarto, escondi-a em um vaso no corredor e desci para o saguão.

Apertei a mão do primeiro homem que vi saindo do restaurante do hotel, e o carregador piscou atarantado enquanto eu dava a ele uma gorjeta de dez dólares, agradecendo educadamente e me dirigindo para as ruas de Nova York.

O frio cortou até os ossos. Sem parar para que a pele tomasse nota do incômodo, o inverno de Manhattan se infiltrou direto no peito, deixando o transeunte desprotegido com a sensação de estar tendo o coração congelado a partir de dentro, por impossível que fosse. O vento vindo do mar inundava as ruas, correndo com os táxis amarelos até seus destinos, rodopiando em volta dos edifícios, atacando o pâncreas a cada esquina, levantando folhas de jornal e bagunçando os cabelos. As farmácias de Nova York eram tão distintas das da França quanto o gelo do Alasca era das praias do Havaí. Já não havia aquela brancura asséptica, os balcões enormes e as prateleiras bem organizadas; em seu lugar, paredes cobertas de anúncios e propagandas, promoções em alguns produtos, garantias de que tal creme faria seu cabelo crescer ou de que aquele spray de bronzeamento artificial era tiro e queda para a satisfação sexual. Esgueirando-me pelas estantes cheias de xampus e barbeadores, lixas e esmaltes, parei na frente de uma mesinha onde o olhar do vendedor parecia dizer Se não puder comprar uma cura, então você é incurável.

Comprei bandagens, analgésicos, as coisas necessárias para os primeiros socorros. Cogitei saltar no vendedor e pegar uma porção de antibióticos, só por precaução — mas não. Diferentemente de Coyle, meu corpo não ficaria parado enquanto eu vasculhava as prateleiras, então eu seria tão paciente quanto preciso.

Arrisquei correr pelas ruas de Manhattan, mas meu tamanho e os joelhos doloridos não aguentavam, então caminhei o mais rápido que podia, o rosto vermelho e os pulmões pesados, de volta ao hotel.

A chave ainda estava enfiada no vaso, ao lado do elevador. Desenterrei-a, limpei a terra e entrei no quarto.

Coyle continuava onde eu o havia deixado, coberto até o queixo, tremendo na cama. Sacudi-o de leve pela perna, chamando seu nome.

Seus olhos se abriram devagar — a confusão dando lugar a um medo assustado, vendo o rosto de um estranho. "Kepler?" A voz ia seca, a língua enrolada.

"Arrumei mais remédios. Quer água?"

"Quero... por favor."

Peguei um copo plástico no banheiro, segurei sua cabeça levantada enquanto bebia, falando baixo Calma, Beba devagar. Só uns golinhos.

Quando terminou, eu disse Preciso dar uma olhada nos curativos.

Faça o que tiver que fazer, respondeu.

• • •

Foi uma noite agitada.

Coyle dormiu enterrado sob camadas e camadas de cobertas do hotel.

Fiquei sentado na poltrona a sua frente, sem piscar o olho. Observando. Algumas vezes ele despertava, e eu lhe dava água e analgésicos, cobrindo-o outra vez até o queixo, esperando que dormisse de novo. Às vezes balbuciava coisas meio ininteligíveis, sobre coisas que fizera, sobre arrependimentos. Sentei-me com a cabeça nas mãos, sem ver televisão, sem ler um livro, mas escutando e aguardando.

Era difícil lembrar quando eu dormira pela última vez.

Esforcei-me para lembrar onde estivera, como havia chegado lá. O quarto ficava em Bratislava, Belgrado ou Berlim, e eu era...

um homem que amava...

uma mulher que dizia...

alguma coisa.

Olhei na carteira, descobri um nome, descobri que não ligava. Não tinha interesse em meu rosto ou em minha natureza. Eu era alguém, de algum lugar, que por acaso era eu. Porque era preciso.

O amanhecer era uma borda cinzenta na beirada das cortinas, desbotando a penumbra do quarto.

Coyle ainda dormia, com a respiração profunda e a pulsação constante. Lavei o rosto na pia cromada, deixei a chave outra vez no vaso perto do elevador e saí para conhecer o horário de pico de Nova York.

Metrô.

Com a desaceleração do trem, seu corpo desliza pelos bancos de plástico do vagão. As escadas rolantes rangem irritantemente, ao descer. As catracas abrem e fecham com violência quando você passa por elas.

Viajei no metrô lotado e, quando a multidão era grande o suficiente,

saltei

e saltei

e saltei outra vez

movendo-me, parado

deixando meu corpo bem para trás.

82

Coyle estava acordado quando voltei ao hotel, assistindo ao jornal.

O noticiário era escandaloso, opinativo e regional. Na terra da liberdade você é livre para falar o que quiser, mesmo que não tenha nada a dizer.

Eu era o carregador outra vez, e entrei pela porta com uma bandeja de frutas e croissants. "Não posso ficar muito tempo neste garoto. Como está se sentindo?"

Os dedos de Coyle apalparam inconscientemente o curativo. "Na merda. Mas nada de mais."

"Com fome?"

"Posso tentar comer."

Tentou, e pediu mais.

Falei "Tenho mesmo que deixar este garoto trabalhar."

"Preciso fazer uma ligação."

"Para quem?"

"Uma amiga."

"Que tipo de amiga?" Ele me fuzilou com o olhar, de rabo de olho. Vacilei. Tirando o quepezinho da cabeça, passei a mão pelos cabelos pretos amassados por ele, fazendo chover caspa com os dedos. "Certo. Você me deu um voto de confiança, imagino que eu lhe deva essa. Mas não faça nenhuma besteira, por favor."

"Besteira maior que roubar o corpo de um carregador por mais de hora, você quer dizer?"

"Eu já lhe falei. Às vezes as pessoas ficam gratas por perceberem que o tempo passou voando. Vou dar uma volta em alguém mais discreto."

Dei uma volta em alguém discreto.

Uma mulher, cujo cabelo bem cinza e as pálpebras enrugadas indicavam ser velha, mas cuja pele sob a blusa era macia e lisa. Os braços, quando flexionados, pareciam fortes e prontos para trabalhar.

Caminhei feito uma turista, porque só turistas caminhavam em Nova York.

Andei pela Washington Square, parando sob o arco branco erguido pelos pais fundadores da cidade, que repudiavam o imperialismo, mas tinham um fraco pelo elogio aos próprios egos. No centro da praça, artistas de rua competiam com os pombos, todos buscando chamar a atenção dos passantes. Da última vez que vim a esta praça, virando uma esquina dei de cara com quatrocentos zumbis, os rostos derretendo, peles cinzentas, facões enfiados nos crânios e nas costas, jogando conversa fora. Um dos zumbis, com o pescoço ensanguentado de látex e corante, havia ficado para trás, parado sob uma árvore com o celular na mão, perguntando E agora? Para onde vou?

No momento, o céu estava fechado e o gramado estalava a meus pés, e apenas os mais corajosos tinham saído dos prédios da universidade, que circundavam a praça. Um ou dois, desafiando a ameaça dos céus, debruçavam-se sobre tabuleiros de xadrez que marcavam o pretenso "distrito enxadrista" da cidade, repleto de lojas respeitáveis e homens que sabiam a diferença entre uma abertura Viena e um gambito do rei no jogo. Alguém se ofereceu para jogar comigo por vinte e cinco dólares. Apalpei os bolsos e me surpreendi ao descobrir que tinha quase trezentos estufando uma carteira de couro trabalhado. Sentei-me para jogar — por que não?

Não sei se você é boa, meu adversário falou. Nem faço apostas. Você paga para jogar, e é isso.

Tudo bem, respondi. Só estou matando o tempo.

Disse se chamar Simon, e viver no albergue do Exército da Salvação.

"Eu era designer de interiores', explicou, estraçalhando meu jogo como um leão faria a um carneiro. "Mas veio a crise, e agora trabalho com o que aparece."

Tipo xadrez?

"Consigo tirar uns oitenta contos por dia, quando jogo. Agora menos, por causa do frio. Às vezes o pessoal não paga, e a polícia não faz nada para ajudar porque isso é aposta, tecnicamente ilegal, mas também não se incomodam contanto que não tenham drogas no meio."

"E não há nada que você possa fazer?"

"Com quem não paga? Nem. Gente que se acha boa não costuma gostar de perder."

"O que acontece quando você perde?"

"Eu pago. Não apareceria mais aqui, se não pagasse."

"E perde muitas vezes?"

Aspirou por entre os dentes cerrados, pensativo, e soltou todo o ar de uma vez, esvaziando as bochechas. "Não o suficiente para não compensar o risco."

Anuí com a cabeça e me esforcei para sobreviver a seus ataques. Seus movimentos eram cautelosos, e ele não tirava os olhos do tabuleiro. As pontas dos dedos na mão esquerda eram levemente calejadas; os da direita, não. Tinha os olhos tristes e carregados, a pele retinta, cabelos com raízes brancas antes da hora. Perguntei E esse albergue do Exército da Salvação?

É um teto, respondeu. São rígidos, mas é um teto.

Perdi o jogo, mas por pouco, e dei a mão para cumprimentá-lo. Senti o frio de seus dedos, e por mais que fosse belo — belíssimo mesmo — eu não tinha vontade de ser ele nem por um dia. Deixei cinquenta dólares no tabuleiro e segui meu caminho.

Larguei meu corpo no lugar onde o encontrei e continuei

por uma mulher de bunda dolorosamente apertada na sainha justa, chamativa,

um policial com gosto de chiclete de nicotina na boca,

um entregador com música muito alta soando nos fones, sob o capacete,

a mulher que trocava as roupas de cama em todos os quartos, o anel de noivado apertado demais em seu dedo,

de volta a Coyle.

Bati na porta, dizendo "Serviço de quarto!"

Para minha surpresa, Coyle veio atender, o rosto lavado, cabelos penteados, aparentando certa civilidade. "Já?"

"É, já", retruquei, colocando meu carrinho cheio de lençóis brancos contra a parede e passando por ele, quarto adentro. "Não sei o que você estava fazendo, mas este corpo aqui precisa fazer xixi desesperadamente."

Ele estava sentado na ponta da cama, pernas para fora, mãos juntas e cabeça baixa quando voltei.

"Foi uma boa caminhada?"

"Claro. Fui a uns pontos turísticos, entrei um pouco no clima do lugar. Fez sua ligação?"

"Fiz."

"E? Devo esperar que a vingança armada saia daquele guarda-roupa a qualquer momento?"

"Não. Eu disse, liguei para uma amiga."

"E quem é essa?"

"Vai nos ajudar a encontrar o investidor."

"E ele vai ter respostas para nós? Para você?"

"Acho que sim."

Dei de ombros. "Certo, então. E agora?"

83

Não durmo há muito tempo.

Meus corpos estão descansados, eu não.

Paramos em um restaurante na esquina da Lafayette com a East Houston, e aguardamos.

Coyle esperou tomando um café.

Eu esperei em uma estudante asiática de cabelo laranja reluzente, carregando na mochila roxa uma porção de livros sobre...

"Usos medicinais da quitina."

"Sei." Coyle, batucando na xícara de café, produzia um barulho oco.

"Deus do céu." Puxei um frasco de vidro do fundo da mochila. Dentro dele, uma criatura comprida como meu indicador, gorda como meu dedão, se agitava e sacudia, as asas transparentes se debatendo sem sucesso contra as paredes da prisão. "Não importa minha idade, sempre me surpreendo com o que encontro no fundo da minha bolsa."

"Sabe alguma coisa sobre os usos medicinais da quitina?" Coyle perguntou, assim que devolvi minhas coisas à escuridão da mochila.

"Sinceramente, não."

"Então vamos torcer para que ninguém faça muitas perguntas, senhorita."

A garçonete sorriu, quase fazendo uma mesura enquanto completava a xícara de Coyle. "E para a senhorita?"

"Vocês têm panquecas?"

"Claro!"

"Com xarope?"

"Meu bem, todas as nossas panquecas vêm com xarope."

"Qualquer uma que você recomende, então."

"Boa pedida!"

Coyle fechou as mãos em volta da xícara. "Você não é diabética, pelo que vejo."

"Não encontrei nenhum sinal do contrário, e parece que ainda não tomei café da manhã."

"Você come o tempo inteiro?"

"Quando tenho fome. Acontece que às vezes tenho fome em um monte de corpos, na sequência. E confesso que saber que alguém vai ter de malhar bastante e comer salada quando eu tiver partido, permite um pouco de gula da minha parte. Pretende me falar algo sobre sua amiga?"

"Trabalha para Aquarius."

"Você vai me perdoar, mas isso não me enche de confiança."

"Confio nela."

"Isso é ótimo, mas ela confia em você? Você e seus chefes romperam e de uma forma bastante espetaculosa."

"Confia. Nós conversamos. Ela confia. Nós... fomos próximos, por um tempo."

"E você falou sobre mim?"

"Não."

"Quer que eu..."

"Não", disse ligeiro. Então, "Não, eu quero... que seja tudo tranquilo. Honesto." Pensou no assunto por um instante mais. "E se acontecer alguma coisa, se ela estiver... Se Aquarius aparecer, daí talvez... eu precise de você." As palavras foram pronunciadas devagar, amargas. "Qual devo dizer que é seu nome?"

"Como? Ah, imagino que... Susie. Pode me chamar de Susie."

"Certo."

Vieram as panquecas, uma pilha enorme delas, com bacon no meio e xarope por toda parte. Comi contente, passando o dedo pelo molho na borda do prato enquanto Coyle tentava não aparentar desgosto.

Então, como sempre é o caso quando encontramos desconhecidos, uma mulher que poderia ser qualquer uma, vinda de qualquer lugar, sentou-se na cadeira laranja à nossa frente. Vestia mangas compridas, calças compridas, luvas, uma echarpe de seda enrolada no pescoço e na cabeça, longas meias que sumiam calça adentro, provavelmente até as canelas, e ainda que o peso do jornal que colocou na mesa pudesse ser devido a um caderno de esportes particularmente volumoso, era mais provável que ali houvesse uma pistola calibre 22, carregada e pronta para disparar.

Coyle olhou para a abertura estreita no véu, de onde dois olhos o encaravam, sorriu e disse "Oi, Pam".

Uma das mãos enluvadas repousava sob o jornal, a outra agarrava a borda da mesa. Olhos correram de Coyle para mim, e para ele outra vez. "Onde nos conhecemos?" Seu sotaque era claramente de Manhattan, forte e duro.

"Chicago, em 2004", respondeu. "Você estava com um vestido azul."

"São Francisco, 2008. O que comemos na noite da operação?"

"Comida japonesa. Você pediu sushi, eu pedi teriyaki, e na manhã seguinte você pegou o primeiro voo e não quis me acordar para dizer tchau."

"E o que você me disse quando parti?"

"Que seu marido era um homem de sorte, e que eu não contaria absolutamente nada a ninguém."

"E contou?" retrucou, rápida e certeira. "Contou alguma coisa a alguém?"

"Não, Pam. Não contei absolutamente nada. Sou eu mesmo."

Por alguns instantes seus olhos estiveram fixados no rosto de Coyle, então vagarosamente se voltaram para mim. "E essa aí?"

"Sou Susie", respondi. "Uma amiga."

"Não te conheço."

"Não, não conhece."

"Pam", Coyle irrompeu, "não sei o que você ouviu sobre..."

"Ouvi que você tinha sido tomado", respondeu. "Que uma operação deu errado. Há um alerta sobre você. Disseram que estava comprometido por Janus."

"E você acredita nisso?"

"Acredito que você seja você mesmo. Mas não pense que é fácil, Phil..."

"Sou Nathan agora."

"Certo, Nathan", continuou no mesmo fôlego. "Você foi comprometido duas vezes em poucas semanas. As ordens foram dadas."

"E você as está seguindo? Pretende fazer seu trabalho?"

"Eu... não sei. Li os arquivos que mandou de Berlim."

"Contou sobre isso para alguém?" Seus olhos se ergueram rápidos, e isso era novidade para mim.

"Não."

"E?"

"E vejo diferentes maneiras de encarar o assunto."

"Marigare atirou em mim. Tinha *ordens* para atirar."

Sob o véu, o olhar hesitou. Surpresa, talvez. Descrença. "Por quê?"

"Estávamos com um suspeito, um possível fantasma. Marigare decidiu que a testemunha estava comprometida. Era para termos..." deixou as palavras na boca por um tempo, como um gosto forte que não sai nem com escovação "... eliminado a ameaça. Levamos o corpo para o rio, e ele disse Galileu."

"Certo. E daí?"

"Então Marigare atirou em mim. 'Estou seguindo ordens', e atirou em mim. Em Berlim, Kepler me mostrou os arquivos, e eles mentiram para mim. Mentiram para *nós*, Pam. Mentiram sobre o que deu errado em Frankfurt, mentiram sobre os hospedeiros, sobre Galileu. Kepler disse que..."

"Kepler está mentindo."

"Você também viu os arquivos de Galileu. Acredita neles? Você é a única pessoa em quem confio para isso. O que me diz?"

"Você matou Marigare." Sua voz era alta, cortante, encobrindo palavras que não desejava ouvir.

"Eu... sim. Ele atirou. Olhou bem nos meus olhos, sabia meu nome, e atirou em mim, Pam."

Seus olhos outra vez correram para mim, quieta em meu canto, então de volta a Coyle. "Digamos que eu acredite em você... como sobreviveu?"

O longo sopro que soltou talvez fosse mais expressivo que quaisquer palavras. A arma sob o jornal apontou para mim. Apertei as mãos em volta da caneca que segurava. "Kepler", falei. "Vocês me chamam de Kepler."

O ar sendo inspirado. Cabeça se afastando, o braço contraído, a arma agora apontada firmemente para mim, a ponta do cano se revelando sob o jornal. Ela não falou nada, tendo palavras demais para que alguma pudesse ser dita em voz alta. Em vez disso, Coyle continuou, falando baixo e com urgência. "Ela... *isso* não é o que nos ameaça. Veio até aqui por vontade própria."

"Se sabe meu nome", prossegui, "deve saber que tenho os arquivos de Aquarius comigo, que roubei de Berlim. Eu poderia ter destruído Aquarius completamente, a essa altura, sem a ajuda de 'Phil', sem arriscar meu pescoço. Estou aqui por causa de Galileu, nada mais."

"Está trabalhando com *isso*?" Silvou a Coyle.

"Era para eu estar morto. Ela... isso..." cuspiu a palavra, forçando-se seus lábios a reconhecerem minha existência "... me ajudou a sobreviver. Odeia Galileu, e não me causou mal algum..."

"Mas deixou Berlim aos pedaços."

"Salvou minha vida."

"Destruiu você", chiou. "Violou você. Sabe ao menos o que isso lhe fez? Sabe em que isso lhe transformou?"

"Eu não..." comecei, e ela berrou Cala a boca, Cala a boca, alto o bastante para atrair olhares, para que Coyle se encolhesse, para que ela própria estremecesse e acalmasse a voz, baixasse a cabeça, uma veia saltada no espacinho entre o véu e seus olhos.

"Pam", disse a voz atenuada de Coyle, "você desobedeceu ordens para me encontrar aqui. Leu os arquivos de Galileu. Sei que leu. Sei que entendeu. Também sei que você sabe sobre... Que entende do que isso tudo se trata. O que Galileu é. O que significa para mim. Agora, talvez você siga com suas ordens, talvez me mate, talvez mate esta... garota aqui mesmo, na frente de todo mundo. Ou talvez tenha uma equipe preparada para nos pegar assim que sairmos. Não sei. Mas decida o que decidir, precisa acreditar nisto: Galileu está entre *nós*. Aquarius planejou testes em Frankfurt, e ele assumiu o controle, corrompeu tudo, se aproveitou daquilo. Eu... matei uma mulher. Não. Isso foi mais que isso. Eu a assassinei. Assassinei uma mulher na escadaria da estação Taksim por causa das mentiras de Galileu. Ele está nos corroendo por dentro, jogando com a gente. Mas... eu fiz o que fiz. Sempre eu. Então, me matando ou não, preciso que você faça isso. Preciso que pare Galileu."

Ela não respondeu. Coyle estendeu a mão por sobre a mesa, devagar, pousando a própria palma sobre a mão enluvada dela, deixando-o lá. Deixou-a lá, e nada aconteceu. Ela chorava sem lágrimas, recusando-se a nos deixar ver seu pranto.

"Vá embora", sussurrou.

"Se quiser que nós..."

"Vai! Sai daqui, vá embora!"

"O investidor..."

"Apenas vá embora!" rosnou, e Coyle rapidamente recolheu a mão, concordando com a cabeça e, sem qualquer outra palavra, colocando-se de pé. Fiz o mesmo, carregando minha mochila com os braços magros e correndo para acompanhar Coyle porta afora.

"Coyle..." murmurei, mas ele sacudiu a cabeça e eu fechei a boca, seguindo, sem dizer mais nada.

84

Mudamos de hotel.

Tomei uma porção enorme de corpos emprestada em nosso refúgio atual, para me sentir em segurança.

Coyle assistia às notícias.

Eu andava de um lado a outro do quarto, e tendo a tarde chegado e ido embora, falei "Estou atrasada para a aula".

"Então vá", respondeu, sem tirar os olhos da televisão.

"Não ligo para a medicina de insetos."

"Então encontre alguém para quem ligue, Kepler, e vá nessa."

Franzi o cenho e marchei para fora do hotel, com a mochila balançando às costas.

Entrei no metrô.

O inseto do frasco no fundo de minha mochila estava ficando fraco, batendo com menos energia contra o vidro. Abri um pouquinho a tampa, deixando entrar algum ar, depois a fechei de novo. Pousei o jarro ao meu lado, no chão, e sem me importar quem era o passageiro mais próximo ou qual sua aparência, estiquei minha mão e

saltei.

Sou linda, e compro coisas lindas que vão me deixar ainda mais linda.

Um turista, câmera nas costas, sapatos bege, parado na galeria do Museu de História Natural admirando os poderosos monstros que morreram antes de mim.

Sou uma executiva gordinha comendo bolo de chocolate, algo que ela provavelmente evita e que eu adoro.

Sou uma estudante, sentada sobre as pernas na biblioteca, lendo sobre tempos passados, histórias contadas. Quando minha mãe chama, corro até ela e a abraço forte, e ela pergunta "E o que foi agora? Algum problema?" Segura meu rosto com as mãos, passa seus braços pelas minhas costas e me abraça, me amando quase tanto quanto a amo.

Sou um adolescente espinhento vendendo camisetas na lojinha do museu.

Um taxista que parou para fumar.

Paro ao aceno de um estranho que pede para ir até Union Station.

No retrovisor, vejo um homem de rosto inchado, sem fôlego e sem vontade de conversar, também sem muito a dizer. Mas, diabos, o sol está se pondo e aqui é Nova York, então puxo assunto. "Indo para casa, senhor?"

"Não."

"Saindo da cidade?"

"Sim."

"Viagem de negócios?"

"Não."

"Pessoal, então."

"É."

E esse foi o fim da conversa.

Não ganhei gorjeta quando ele saiu do carro.

Sou...

alguém, sei lá, quando a prostituta me leva com ela.

Estou bêbado demais, debruçado sobre

outro

uísque num autêntico pub irlandês. Autêntico, pode-se pensar, por causa dos bancos desconfortáveis em forma de trevo, também pela miséria silenciosa dos bêbados.

Ela pergunta Quer ir para um lugar com mais privacidade?

Olho para um rosto de veias saltadas e traços brancos, e digo Claro. Por que não?

Dê a mão aqui.

Coyle não parece ter se movido, quando volto ao hotel. Ergue o olhar quando entro no quarto, sem se importar em perguntar meu nome, então nem me importo em dizê-lo e sigo direto para o banheiro.

Tiro os sapatos.

O cano alto machuca meus calcanhares, e correndo as mãos pelas panturrilhas sinto a aspereza da pele. Reviro a bolsa até encontrar a medicação que deveria estar ali — um coquetel de remédios prescritos, cuidadosamente partidos ao meio para durarem um pouquinho mais, a dose de uma semana transformada em duas porque este corpo, com seus vinte e dois dólares e nenhum cartão de crédito, não pode comprar mais que isso.

Tomo duas das metades de uma vez, encarando um rosto pintado cuja maquiagem não é capaz de esconder a doença.

Sou alguém que não vai durar muito neste mundo.
Recordo Janus-que-era-Marcel.
Osako Kuyeshi em trajes de hospital.
Tenho cistos.
E perdi a memória.
Parece que você tem a vontade, não o empenho.
Não durar muito neste mundo parece justo.

No quarto, Coyle não tirou os olhos da tevê quando falou "Liguei para Pam".

"E o que ela disse?"

"Que arranjou um encontro com o investidor. Disse que ele está muito curioso."

"Tem certeza?"

"Foi o que ouvi."

"Certeza que não é uma armadilha?"

"Não."

"Vocês eram amantes?"

"Sim."

"Por causa do sexo ou por causa dela?"

"Pelos dois. Mas já faz tempo que acabou."

Sentei-me na cama, esticando os pés para aliviar a dor nas solas. "Você a ama?"

"Você diz 'amor' com muita facilidade, Kepler."

"Não, na verdade não — por favor, não me chame assim. A ideia de que o amor tem de ser algo romântico, uma monogamia estável, é absolutamente ridícula. Você ama seus pais, possivelmente, porque são o acolhimento para onde se pode fugir. Amou sua primeira menininha na infância com uma paixão que fazia seus lábios formigarem, e o corpo parecer leve em sua presença. Ama-se uma esposa com a firmeza do oceano batendo na costa. Uma amante, com o fulgor de uma estrela cadente; o melhor amigo, com a segurança de uma montanha. Então, Pam, você a ama?"

"Não. Já amei. Sim. Se os corpos estavam… numa hora específica, num lugar específico. É. Do meu jeito."

"Quando é o encontro?"

"Amanhã cedo."

"Certo."

Levei os joelhos ao queixo, deixei a cabeça repousar contra a parede. Os olhos de Coyle por fim se viraram em minha direção, olhando-me de cima a baixo. "Prostituta?"

Fiz que sim.

"Parece... pálida."

"Estou morrendo." Nisso, seu rosto se virou de uma vez para mim, sobrancelhas erguidas. "Digo, não imediatamente. Tenho remédios na bolsa para uma dúzia de problemas, mas estão cortados para render mais. É um bom corpo."

"E você está tranquila em ser um corpo moribundo?"

"Não somos todos?"

"Não você. Não pelas suas regras."

"Estou me inspirando em Janus. Ele... engraçado, sempre pensei nele como ela, sempre pensei que fosse... mais suave que a pele que vestia. Estava vestindo um corpo à beira da morte, quando morreu. Quando soube que estava para morrer. Ainda é assassinato, quando se força um homem a perder a consciência enquanto uma bala atravessa sua cabeça. Ainda é uma chacina. Mas temos de morrer como alguém, em algum lugar. Mas ainda assim temos receio de tocar na pele enrugada do velhinho respirando por aparelhos, de dar um beijo de despedida naquele cujo coração está prestes a parar. Janus já havia tentado, mas nunca conseguira ir até o fim. Diferente da maioria, temos como escolher essas coisas."

"E você está planejando morrer?"

"Planejo viver até o momento em que não tiver mais alternativa. Mas talvez esta não seja uma conversa saudável às vésperas de uma armadilha e potencial fim da linha. Como está o ombro?"

"Não devo jogar tênis com ele por algum tempo."

Passo os dedos por meus cabelos louros tingidos, sentindo as pontas duplas e as raízes se quebrando, corro a língua pelos lábios e abano a cabeça a nada em particular. "Vai ser uma armadilha, você sabe."

"Não sei, não. Já não sei de mais nada."

"As ordens para matá-lo, matar a mim e a Josephine — tudo isso veio do alto. Se esse investidor está no topo, então foi usado por Galileu, está sendo usado por Galileu ou tem contato com alguém que Galileu esteja vestindo — tanto faz. Galileu sabe que estamos chegando. Vai estar preparado. Talvez não como o investidor, nem qualquer pessoa que conheçamos, mas vai estar lá."

"E o que sugere fazer?"

Encolhi os ombros. "Se não agarrarmos esta chance de agora, duvido que teremos outra. Só não quero que sejamos pegos muito de surpresa."

"E se Galileu for o investidor? Vai matá-lo?" perguntou.

"Você vai?"

"Não sei. Pensei que mataria. Pensei que, fosse quem fosse, não importando quem vestisse, eu o mataria. Se um homem ou uma mulher tivesse de morrer para Galileu morrer, parecia... aceitável. Agora... já não sei o que vou fazer quando chegar o momento."

Não falei mais nada. Ele se ajeitou na cama, erguendo o corpo apoiado nos cotovelos para me ver melhor. "Qual foi a última vez que você dormiu?"

"Dormir? Acho que este corpo dorme durante o dia."

"Não o corpo. Você. Qual a última vez que dormiu?"

"Eu.. não durmo faz um tempo."

"Deveria."

"Você vai..." As palavras morreram em meus lábios. Passei a língua novamente por eles, a maquiagem vagabunda se desfazendo em minha boca. "Vai estar aqui quando eu acordar?"

"Onde mais eu estaria?"

Durmo.

Tento dormir.

Coyle apaga as luzes, desliga a tevê, recosta-se na cabeceira da cama a meu lado.

Tento lembrar: qual foi a última vez em que alguém me observou sem que eu observasse de volta?

Tenho vontade de me encolher junto a ele.

Se eu fosse uma criança

ou alguém de porte mais delicado

cabelos ruivos, talvez, mãos finas,

eu me encolheria a seu lado, e ele me abraçaria.

Se eu fosse outra pessoa.

Durmo vestida, pronta para fugir, pronta para saltar.

Ouço sua respiração, assim como ele ouve a minha.

Pela janela, um caminhão ronca em seu caminho distante.

Ao longe, na noite, sirenes da polícia.

Outro peito inflando e esvaziando.

Tenho algumas palavras na ponta da língua.

Giro o corpo. Ele está acordado, olhos abertos me encarando.

Percebo imediatamente que ele não acha meu corpo atraente. De fato, de um modo convencional, ele não é glamoroso.

Nem eu me sinto à vontade nele.

Ainda não sei como ser bela neste corpo.

Procuro sua mão instintivamente, e hesito.

Ele não se afasta, observando-me quieto.

Meus dedos estão a um centímetro dos dele.

Quero apenas tocá-lo.

Não saltar, apenas tocar.

Somente sentir outra pulsação junto à minha.

Ele espera.

Já vi essa expressão em seu rosto antes, mas não consigo lembrar se era ele ou eu quem a demonstrava.

Giro de volta, dando-lhe as costas.

E preciso dormir, porque já é dia, e o homem que não se chama Nathan Coyle ainda está lá.

85

Meu nome é...

Irena.

Não. Irena era na França. Não tenho mais cara de Irena.

Marta. Marilyn. Greta. Sandra. Salomé. Amélia. Lydia. Susie.

Minha bolsinha não tem nenhuma indicação, de todo modo. Este corpo não tem qualquer nome que não seja um rótulo. Seja qual for a história por trás do rosto maquiado que me olha do espelho, das pílulas cortadas ao meio, não consigo enxergá-la. Tento imaginar, mas nada convincente me vem à mente e não consigo sequer acompanhar o mínimo enredo da história mais simples. Talvez eu tenha fugido...

tenha sido arrancada de casa...

um pai que me espancava...

um pai que amava.

Talvez, neste rosto, eu veja uma mulher condenada injustamente por sequestrar crianças, enviada à prisão, sendo libertada com traumas demais para continuar a vida. Talvez tenha experimentado drogas, talvez tenha dado errado. Ou pode ser que não tenha usado drogas, mas também não tenha nenhuma convicção quanto a meu próprio valor, e essa pouca fé em mim mesma só sirva para reafirmar, cada vez mais, a precisão dessa ideia.

Talvez eu tenha uma filha, chorando sozinha em casa, querendo a mãe.

Talvez tenha um marido, de cuecas assistindo ao hóquei, lata de cerveja na mão e um gorro quase cobrindo os olhos inchados.

Talvez eu não tenha absolutamente nada disso, e minha vida seja apenas essas pílulas cortadas ao meio e o próximo serviço com o que pagar por mais delas.

Então Coyle aparece na porta do banheiro, atrás de mim, e pergunta "Tudo pronto?"

"Quase. Preciso passar em um lugar antes."

• • •

Nathan Coyle não era um homem que combinasse com nenhuma seção feminina das lojas da Sexta Avenida. Sentou-se em um dos banquinhos fora dos provadores, pernas e braços cruzados, talvez tentando se imaginar no papel de um marido apaixonado esperando pelas escolhas da esposa. De lingerie sobre a pele descamada, experimentei camisetas, calças e acessórios elegantes. Finalmente, satisfeita por parecer no mínimo uma apresentadora cansada de tevê, saí do provador. Parando em frente a Coyle, virando para um lado e para o outro, perguntei "O que acha?"

Olhou-me da cabeça aos pés. "Parece... outra pessoa."

"Tudo culpa das roupas. Qual desses você prefere?" Estendi as mãos, deixando que avaliasse duas pulseiras, uma de ouro, outra de prata.

"Se eu fosse comprar? Prata."

"Pensei o mesmo. Mas ouro pode dar mais dinheiro, quando ela penhorar."

Começando a entender a situação, olhou para as roupas de seda e linho, para os sapatos caros e a bolsa chique. "Está gastando o dinheiro dos remédios com roupa?"

"Posso deixar dinheiro em sua bolsa."

"E acha que isso faz diferença?"

"Tem alguma ideia melhor?"

"Não", admitiu. "Não tenho. É que dinheiro... parece uma compensação ruim pelo que você tira dela."

"A moça vai acordar de um sono sem sonhos, depois de umas horas, em outro lugar e com outras roupas. Posso não conhecer bem esta hospedeira, mas imagino que comparado aos eventos em sua vida, este não vai ser o pior."

"Na primeira vez que nos encontramos, fui dormir em um lugar ruim e acordei em outro pior."

"Mas era porque eu não lhe amava", respondi, conferindo meu reflexo no espelho. "As coisas mudam."

"Você ama a si mesmo. Não o hospedeiro."

Dei de ombros. "Em relacionamentos tão íntimos quanto os meus, duvido que você possa apontar a diferença." Virei de costas, feliz com minha aparência. Riqueza, não saúde, adornava meu corpo. "Pronto. Gosta do que vê?"

● ● ●

Seguimos de metrô. Havia gente demais para que encontrássemos assentos, mas enquanto sacolejávamos pelo caminho, ombro a ombro, os braços roçando nos braços de estranhos, não senti qualquer vontade de saltar. Minhas mãos, enfiadas nos bolsos do novo casaco, estavam aquecidas, os dedos levemente dobrados, tendões relaxados na posição natural. Um homem lindo, de longos cabelos pretos e a pele retinta, sorriu para mim. Sorri de volta, pensando como seria agradável sentir o toque de seus lábios, de fora, um beijo entre desconhecidos sem minha participação. Uma criança com violino às costas me encarou, analisando minhas roupas pomposas e joias caras. Um trombadinha ficou de olho na minha bolsa, e pensei que a única razão pela qual eu seria ele, enfiando sua cabeça pelo vidro da janela, seria para proteger minha hospedeira. Olhei-o nos olhos e sorri, deixando-o saber pelo meu sorriso que eu estava atenta a ele. Saiu do vagão na estação seguinte, indo atrás de roubos mais fáceis, e apalpei minha bolsa de dinheiro e remédios, senti a firmeza do couro de meus sapatos novos, de meus novos pés, e tudo parecia bem.

Então chegamos à 86th Street, as marcas do furacão Sandy ainda visíveis nas paredes, onde as águas haviam encoberto azulejos e mosaicos. O fluxo de gente bem-vestida, câmeras a tiracolo, seguia para a Quinta Avenida em uma multidão compacta o bastante para se tornar a única via até o Central Park. Na altura da Avenida Madison, um caminhãozinho tentava realizar uma entrega, criando um congestionamento que buzinava e roncava sua raiva por toda a extensão até a East 72nd Street. Dois guardinhas estavam próximos, tomando café em um quiosque, prontos para entrar em ação tão logo a cafeína fizesse efeito.

Coyle andava um pouco à frente. Eu seguia num passo tranquilo, sentindo-me mais aconchegada e desperta do que sentira em muitos dos corpos anteriores.

Coyle disse "É aqui".

Olhei para onde era aqui, e ri.

"Qual a graça?"

"Não percebeu, não?"

"Humor nunca foi meu ponto forte. O que é?"

Segui-o escada acima para dentro do museu.

• • •

O Museu Metropolitano de Arte de Nova York.

Museu é uma palavrinha pequena. São lugares que se visitam por algumas horas — metade de um dia, no máximo. Um lugar onde passar a tarde de um domingo frio o bastante para não poder ser passado no parque. Um museu é o lugar onde se leva aquele parente distante, que você não conhece de verdade mas a quem prometeu um passeio pela cidade. É um repositório de histórias que você ouve pela metade, desde criança, e acaba esquecendo quando assuntos mais sérios, como sexo e dinheiro, ocupam sua cabeça.

O Museu Metropolitano de Arte de Nova York não é um museu, mas um monumento. Um templo erguido a pessoas passadas e histórias perdidas, um abrigo para coisas antigas e belíssimas que foram coletadas por mãos há muito mortas, uma oferenda ao artesão extinto e ao poderoso imperador. É cheio de coisas belas que desejo, mas que não posso ter.

Mesmo com tudo isso, o preço do ingresso, assim que entro na fila atrás de Coyle, é o bastante para desanimar qualquer um.

Coyle sobe os grandes degraus de pedra que conduzem a grandes salões também de pedra. Em uma das extremidades do museu fica o templo egípcio, e entre nós e ele se enfileiram bustos de ouro, cimitarras de prata, estátuas de imperadores antigos, serenos após a morte, e o machado que decapitou principezinhos gananciosos. Aqui estão os baús de laca e pérola nos quais os traficantes de ópio carregavam seus bens até a China, cachimbos de sonhadores que estremeciam ao inalar aquele aroma. Ali, os mosquetes que dispararam na rebelião do Cairo, o Corão resgatado das cinzas da mesquita, sangue ainda visível nas páginas manchadas, entre as letras escritas a mão. Mais adiante, o vestido de baile da aristocrata russa que dançou até a revolução. Também a porcelana azul na qual donas de casa vitorianas certa vez tomaram seu chá da Índia. Todas essas coisas eram belas, e o tempo as fizera sagradas.

Coyle queria passar correndo.

Eu disse Espere, pare um pouco, quero ver o museu.

Nós vimos.

Uma galeria de rostos, retratos de reis e rainhas, presidentes e suas esposas, revolucionários e mártires de suas causas. Eles me fascinavam, olhando para mim enquanto eu os olhava. Coyle disse Vamos nos atrasar.

Ele espera um minutinho mais, respondi. Ele espera.

"Kepler?"

"Ahn?" respondi, distraída, os olhos sobre uma mulher que parecia surpresa pelo pintor tê-la capturado ali, o rosto meio virado para a tela, olhando sobre o ombro como se um estranho a tivesse chamado, num momento em que julgava estar sozinha.

"Kepler?"

"Quê?"

"Sinto muito. Por Josephine."

As palavras foram suficientes para que eu desviasse o olhar. Coyle parecia mirrado frente a tantos rostos, uma coisinha miúda de pele e osso. Quase inumano sob as telas vivas, com seus olhos baixos e a fala retraída. "Sinto muito."

Sente muito por ter errado.

E de novo: Sinto muito.

Sente muito pelo assassinato, que chamou por outro nome.

E outra vez: Sinto muito.

Sente por...

uma lista provavelmente maior que o tempo que tínhamos disponível. Por fim:

"Se algo der errado, se isto for uma armadilha... seja eu."

"Como?" Minha voz é um murmúrio. Por um instante não consigo lembrar que sapatos calço ou qual meu gênero. Meu corpo está em outro lugar.

"Se Pam tiver... se nos traírem, se as coisas não saírem como deveriam. A mulher que você é agora, ela é... linda. Olhando direito, agora que consigo... vê-la de verdade. E você também é. Tanto você quanto ela. Eu... eu fiz coisas que não... Enfim..."

Suspirou, respirando fundo em seguida. Onde estaria aquele homem que em um buraco qualquer da Europa Oriental foi capaz de se acalmar com a própria vontade, que mantinha um olhar orgulhoso e sabia estar certo? Procuro por Nathan Coyle em seu rosto, mas não o encontro. Alguém diferente, o rosto desse homem destruído, devolve o olhar.

"Enfim..." fala outra vez, aprumando um pouco o corpo. "Se precisar escolher — se em algum momento você tiver que tomar uma decisão — então quero que seja eu. Acho... que é melhor assim."

"Certo", respondo, e concordo com ele. "Tudo certo, então."

• • •

Chegamos a uma porta em que uma corda vermelha impede a passagem, com uma placa anunciando FECHADO — EVENTO PARTICULAR. A única segurança no lugar, com um rádio preso no cinto, tem a expressão de alguém que há muito tempo deixou de se impressionar com qualquer coisa.

"Kepler..." Coyle tenta falar algo, vacila. "Você nunca me disse seu nome."

"Não. Você nunca disse o seu. Faz diferença?"

Hesitação, a cabeça sacudindo um pouco, e então, bela e inesperadamente, um sorriso tímido. "Boa sorte."

Nisso, a mulher chamada Pam surge no batente circular, por trás da segurança, e diz simplesmente "Estão comigo".

A guarda sai do caminho.

Seguimos Pam porta adentro.

86

Encontramos um pavilhão de chá chinês.

Passando pela porta circular e depois por uma quadrada, uma passarela coberta por azulejos de cerâmica circundava um pátio onde bambus balançavam, água gotejava em um poço de carpas laranja e brancas, e pedras vulcânicas retorcidas se espalhavam pelas paredes como o uivo congelado de algum monstro.

No centro exato do lugar, uma mesinha de madeira havia sido posta, e sobre ela um bule azul de porcelana, três xícaras também de porcelana e uma bandejinha prateada com bolinhos delicados. Havia um homem sentado, de costas para a porta, com um lenço cinza enrolado no pescoço, casaco preto e cabelos grisalhos. Não se virou para olhar, não interrompeu o lento bebericar do chá enquanto nos aproximávamos. Em vez disso, Pam, com o rosto ainda encoberto pelo véu cinzento que usara em nosso último encontro, uma arma nada discreta no bolso do casaco bege, parou entre nós e ele, e mesmo com seu nariz e boca cobertos, os olhos eram severos.

"Pare", bradou a Coyle. "Diga algo que eu precise saber."

"Elijah. Minha contrassenha é Elijah."

Virou o olhar para mim. "É ela?"

"É Kepler", respondeu Coyle, antes que eu tivesse chance.

Ela não respondeu nada, mas com um dedinho fez sinal para que eu me afastasse da mesa, em direção a uma parede nua. "Chegue a menos de três metros de mim ou de qualquer um nesta sala e eu atiro em você", sussurrou. "Esteja certa disso."

Levantei as mãos, deixando-a me conduzir até a brancura da parede.

"Pare aí. Vire de cara para a parede."

Com as mãos ainda erguidas, encarei a brancura a minha frente.

Passos atrás de mim, mantendo distância, mantendo-se a salvo.

Coyle: Ela não é uma ameaça.

Pam: Coisa estúpida de se dizer.

"Veio aqui conhecendo os riscos."

"Então ela é tão imbecil quanto feia." A voz de Pam, alta e desafinada.

Nisso, uma terceira voz, mais velha que as outras, cansada — a voz do homem grisalho de lenço cinza — disse, "Vocês não me chamaram aqui para assistir a briguinhas de casal, chamaram?"

Havia

algo familiar

naquela voz.

De cara para uma parede branca, com uma arma apontada para minhas costas, carpas gordas nadando a meu lado, milhares de dólares em joias e roupas finas em meu corpo suavemente moribundo.

Sou Kepler, e sei quem é o investidor.

Então a voz fala outra vez. "Senhor Coyle, posso oferecer-lhe um pouco de chá?" Ouço o líquido sendo despejado em uma xicrinha branca. "Entendo que tenha querido me encontrar com urgência. Normalmente não sou afeito a esses encontros — principalmente com alguém tão comprometido como você parece estar — mas Pâmela levantou alguns pontos interessantes que eu gostaria de discutir. Por favor. Sente-se."

O rangido de uma cadeira, tilintar de prato e xícara.

"Sou o investidor", continuou a voz, depois de uma pausa considerável para beber seu chá. "Você deve compreender que tenho pouquíssimo interesse nas atividades cotidianas de vossa organização. São atividades que dizem respeito apenas a vocês. Eu simplesmente... concedo alguns recursos a elas. Do mesmo jeito, aliás, que faço com este museu. Sou eclético em meus interesses."

"Agradeço, senhor."

"Pelo quê?"

"Pelo chá."

"É um prazer."

"E por concordar com este encontro."

"Nisso, talvez, haja menos prazer. Especialmente considerando a companhia que traz consigo."

"Kepler tem sido... útil."

"Senhor Coyle, deixe-me logo dizer que qualquer manifestação de apreço ou apoio que o senhor venha a fazer à entidade que trouxe aqui só servirá para comprometê-lo a meus olhos. Sugiro que mantenha seu foco apenas no assunto que atiçou o interesse de Pâmela."

"Galileu."

Senti um arrepio quando Coyle pronunciou o nome, e imagino que ele também possa ter vacilado, apesar de só poder suspeitar dessa reação.

"Exato", murmurou o investidor. "Galileu. Pâmela foi gentil o bastante para me mostrar o arquivo na noite passada. Eu já o lera antes, claro, mas não com esse... olhar crítico. Você alega que tal entidade de algum modo penetrou em sua organização?"

"Sim, senhor. É isso."

"Por ser isso que Kepler diz?"

"Sim, senhor, e por outros motivos."

Encaro a parede branca, com as mãos na cabeça, e imagino se é isso que sente um hospedeiro. O mundo se move, mas eu não, e em segundo plano as coisas acontecem, invisíveis, fora de meu controle. Sou uma mulher que vende o corpo em troca de remédios que não pode pagar, e à minha volta conspirações são reveladas, histórias são contadas e eu apenas encaro a parede e espero.

"Quais motivos?"

"Frankfurt."

"Sim, os testes médicos. O que há com eles?"

"Foram projetados para criar uma vacina contra fantasmas. Acredito que Galileu os corrompeu, usando-os para recolher informações não sobre como destruir essas criaturas, mas sobre como criá-las."

"Por quê?"

"Acredito que Galileu assassinou os pesquisadores em Frankfurt."

"Isso não é prova de nada."

"Kepler e sua hospedeira foram tidos como culpados. Recebi ordens para matar ambos. Por que ordenariam a morte da hospedeira?"

"Não sei."

"É você quem financia isso."

"E, como eu disse, tenho interesses variados, gostos ecléticos, e não tomo decisões operacionais. Mas agora você está cooperando justamente com a entidade que foi enviado para matar. Por quê?"

"Galileu."

Um suspiro, um corpo se acomodando na cadeira. Talvez agora o bolinho tivesse sido comido. Talvez açúcar fosse colocado num chá já morno. Imaginei dedos delicados segurando um docinho pelas laterais, cuidadoso para não destruir o glacê. Essa imagem me fez sorrir.

"Galileu." O investidor suspirou, cansada e profundamente. "Parece que sempre voltamos a Galileu."

A fonte gotejava, as carpas nadavam. Além da porta circular, mil pessoas fluíam e se dispersavam, os olhos voltados às maravilhas do passado.

Então o investidor disse, "Kepler".

Ergui o rosto ao ouvir meu nome, sem tirar os olhos da parede. Corpos se moveram nas cadeiras às minhas costas. "Kepler, olhe para mim."

Virei-me, ainda com as mãos na cabeça, e olhei nos olhos do homem grisalho. Tinha o rosto macilento, as bolsas sob os olhos salpicadas de amarelo. A pele do pescoço pendia como barbatanas de foca; as olheiras profundas me encaravam sem ódio, sem reconhecimento, e eu sabia seu nome.

Pigarreou e, com uma mão coçando irritantemente a roupa por sob a camisa branca bem passada, perguntou "Por que está aqui?"

"Compartilho do interesse de Coyle por Galileu."

"Por quê?"

"Porque parece... justo. Talvez nem isso. Nós... compartilhamos hospedeiros. Vesti sua pele, ele vestiu a minha. No começo, pode-se dizer que éramos competidores. Então passou a ser vingança. Eu o traí, e Galileu se vingou."

"Que tipo de vingança?"

"Vestiu alguém que eu amava, e tive de matá-lo. Ele era... lindo. Não tive coragem de enfiar uma bala em sua cabeça. Isso foi em Miami. E aí, em Berlim... pedi ajuda a um amigo, e Galileu o queimou vivo. Fez com que eu assistisse. Disse 'Gosta do que vê?' Sempre gostamos do que vemos, gente do nosso tipo. Sempre vemos como algo pode ser melhor do que o que temos em mãos. Talvez hoje, talvez amanhã, talvez este rosto, talvez estas mãos, talvez... talvez eu possa ser melhor. Talvez ninguém vá se importar com as coisas que fiz quando fui outra pessoa. Talvez alguém possa me amar. Talvez possam *me* amar. Se eu os amar o suficiente, podem não ter alternativa além de me amar de volta. Gosta do que vê? Perguntamos, e a resposta é sim, claro. Adoro. Adoro. Se eu for isso, serei amado?

"Que Galileu é um monstro não há dúvidas. Que penetrou em sua organização, deixou-a aos pedaços, também é óbvio. Galileu dilacerou vocês. Que esteja tentando, através de pesquisas e violência, criar mais de seu tipo, criar uma prole, se preferir, algo que perdure — bom, isso é questionável. Duvido que o próprio Galileu pudesse dar uma resposta mais satisfatória, de todo modo."

O investidor coçou suas roupas outra vez, passando os dedos pelo peito, e imaginei que tipo de cicatrizes cirúrgicas se esconderiam ali, fundas na carne encurvada daquele velho.

"Você é a primeira..." Parou e sorriu, por algo que apenas ele saberia. "É praticamente a primeira", corrigiu, "criatura de sua raça com quem falo. Consegue se passar por humano muito melhor do que eu supunha. Parabéns. Sobre Galileu ter... comprometido nossa integridade de formas que desconhecemos, bem, isso é algo repugnante sobre o qual falar, mas ainda assim devemos tratar do assunto. Você... sugere que ordens foram dadas, e que agentes nossos agiram para cumpri-las?"

"Sim."

"Ordens dadas por Galileu?"

"Por Galileu, pela boca de outro."

"Temos uma série de protocolos, naturalmente, para prevenir isso."

"E são protocolos tão bons quanto as pessoas que os criam. Galileu tem rondado por muito tempo. Talvez, quando você acordou um código com algum amigo, o fez com alguém completamente diferente."

"Parece difícil de acreditar."

"As pessoas costumam achar mais difícil acreditar em verdades duras do que em mentiras cômodas."

Prendeu a respiração, coçando coçando coçando a camisa. "E deveríamos acreditar em você: um assassino, mercador de escravos, um..."

"Senhor!" Coyle havia se posto de pé.

"Independentemente do que o senhor Coyle queira dizer", atalhou, erguendo a voz, "não pense que sua pretensa humanidade seja suficiente para redimi-lo do mal que já causou!"

Pam se afastava da mesa, para longe do alcance de Coyle, e tinha a arma nas mãos.

"Não, senhor..."

"Michael Peter Morgan!" Minha voz, alta e inflamada, cortou o ar, jogando o investidor de volta na cadeira, um tremor percorrendo suas mãos frias e descontroladas. "Qual sua idade agora? Seu corpo deve estar beirando o fim da vida, mas você... vinte e poucos, trinta? Pelo menos trinta anos a menos do que essa carne em que está preso. Diga, quando mataram Janus, sabia que tinha sido você mesmo o alvo que mandou matar? Foi você que fuzilaram naquela casa de Saint-Guillaume. A mão que amparou sua esposa, o coração que amou seus próprios filhos, carne de sua carne, mas alma da alma dele. Você perdeu tanto tempo... perdeu sua juventude. Piscou os olhos e tudo havia passado, um cochilo e, quando acordou, estava nisso. Um homem de gostos ecléticos, e quem é você? Não acho sequer que saiba a resposta."

O velho, paralisado e curvado em sua própria dor, uma mão agarrada à quina da mesa, a outra pressionando o peito, ergueu os olhos pastosos para mim e silvou "Como você me conhece?"

"Eu conhecia Janus. Conheci a pessoa que o senhor foi em sua vida real." Abriu a boca para falar, mas os lábios se curvaram. Nenhum som foi ouvido. "Senhor Morgan", falei, "tem perdido tempo ultimamente?"

Silêncio.

Não silêncio.

Esse é o silêncio do ar passando por nossos lábios.

Silêncio de músculos retesados, sangue correndo, coração acelerado.

Silêncio de um mundo inteiro girando porta afora.

Esse é o não silêncio trovejante de mentes que não ousam pensar alto.

"Senhor Morgan", falei num sussurro, "o senhor estudou Economia em Harvard. Fazia tae-kwon-do, tinha um péssimo gosto para roupas. Seus pais haviam morrido quando você tinha vinte e cinco anos, ainda era virgem quando Janus tomou seu corpo. Piscou os olhos, e quando os abriu sua esposa berrava na cama a seu lado, e suas filhas, Elsa e Amber, não entendiam o que estava acontecendo ao pai delas. Pensaram que estivesse morto. Morte da mente, não do corpo. Sei disso porque o conheci, senhor Morgan. Tomamos um drinque num salão de Princeton, em 1961, quando eu era... diferente. Estava apenas fazendo meu trabalho. E desde então você vem nos caçando por todos os meios que pode, com toda a fortuna que Janus deixou para trás. Mas agora está velho, solitário, e preciso saber: o senhor tem perdido tempo?"

Silêncio.

O investidor ofegava, a respiração ruidosa, cabeça baixa, e mãos juntas contra o peito.

"Nathan", sussurrei, "afaste-se dele."

Lentamente ele se afastou.

Adiantei-me. Pam também se movia, de olho em mim, costas para a parede, arma empunhada na altura de meu peito, mantendo-se distante de qualquer um na sala. Ajoelhei na frente do homem, vendo suas mãos manchadas, velhas, tão jovens da última vez que foram dele. Aproximei minhas mãos devagar, palmas abertas e dedos curvados, falando em voz baixa "Preciso tocá-lo, senhor Morgan. Tenho de ter certeza que o senhor é quem diz ser".

Sacudia a cabeça, os olhos marejados, sem poder falar, sem me impedir, mal podendo respirar. Coyle sussurrou "Kepler..." Um alerta, uma advertência, mas ele não pretendia me parar, não agora, e antes que alguém pudesse mudar de ideia, tomei as mãos de Morgan, segurando-as com firmeza, espremendo seus dedos entre os meus e sentindo

nada.

Apenas pele.

Só pele.

Larguei-o, Morgan agora trêmulo, as lágrimas escorrendo pelos vincos de sua face. Era jovem. Tão, tão jovem.

"Kepler?" O tom de Coyle era de urgência.

"Ele não é Galileu." Levantei-me, afastando-me de Morgan, procurando um pouco de espaço, um pouco de ar. Meus olhos correram pela sala: o ancião ainda imaturo, o assassino ferido, a mulher de cinza. "Nathan. Quando chegamos, você disse 'Elijah'. Qual era a contrassenha esperada de Pâmela?"

Abriu a boca para responder, mas não falou nada, virando-se para olhar nos olhos dela.

A mulher deu uma risadinha, colocando os dedos espalmados próximos ao lábio inferior. "Ops..." e disparou.

Em quem pretendia atirar, isso não sabia, porque houve um instante breve em que a arma oscilou entre Coyle e mim, antes de finalmente, quase que com descaso, apontar para mim e puxar o gatilho. A essa altura eu já me movia, e por isso a bala acertou meu braço esquerdo, quebrando ossos ao meio com um estalo que podia sentir em meus ouvidos. Coyle a agarrou pelos pulsos, e quando ela tentava apontar a arma para ele, foi puxada para baixo, recebendo uma joelhada certeira no rosto, ensanguentando todo o lenço. Caí no chão, atordoada e confusa pela dor e sangue, enquanto Pam

não-Pam

ela-que-não-era-ela-mesma

ela-que-era-Galileu

girava o corpo e acertava a garganta de Coyle com o cotovelo. Ouvi dois tiros, o vidro do teto se despedaçando numa chuva de cacos, depois mais três tiros que passaram sobre minha cabeça e acertaram a parede. Então o clique-clique-clique do cão batendo em nada, e Galileu, o véu arrancado da cabeça revelando cabelos dourados e um rosto macio, ensanguentado e contorcido pelo esforço, levando a mão espalmada ao pescoço de Coyle

e notei

tarde demais

que ela não vestia luvas.

Nisso a segurança da porta, com sua expressão severa de reprovação, aparece no pátio, o rádio nas mãos e gritando, parado, todo mundo parado, e não é Pâmela quem foge, mas Coyle, sangue jorrando do nariz, as mãos nuas avançando contra o rosto da mulher.

Do chão, agarro o tornozelo da segurança, meus dedos se fechando um segundo antes de Galileu, e eu

salto,

acertando um gancho com o rádio no queixo de Coyle.

Ele vacila, um dos braços limpando o jorro de sangue que sai do nariz e se espalha por todo o rosto, pelas bochechas e lábios. Olho em meu rosto

no rosto de Coyle

no rosto que era Galileu

sacudo a cabeça, pensando em implorar, em me botar de joelhos

mas seu braço já está armado para me desferir um soco, então enfio o rádio na ferida em seu ombro, girando o mais forte que ouso. Coyle não-Coyle

berra, o grito animalesco de uma fera enrolada em arames farpados. Ele acerta um soco em meu rosto com força bastante para cerrar meus dentes. Sinto gosto de sal e sangue, dentes bambos enquanto caio. Coyle passa por mim, indo em direção à porta, atirando-se pela corda vermelha que fecha a entrada e se perdendo em meio à multidão do museu.

Faço um esforço para me colocar de joelhos e olho para trás.

Pâmela, tentando ficar de pé, a arma inútil em sua mão.

Minha hospedeira, sem nome e sem aparo em suas belíssimas roupas novas, lentamente se esvai com o sangue. Morgan, ainda sentado na cadeira, olhos voltados para nada em particular, tem as mãos largadas ao lado do corpo. Galileu disparou cinco tiros ao lutar pela arma. Um deles encontrara seu destino no peito do investidor.

Os olhos de Pam encontram, aos poucos, a visão de seu chefe, e um soluço reprimido que em breve pode rebentar em pranto paralisa em sua garganta. Mas não há tempo, não há mais tempo enquanto me coloco de pé e, aos tropeços, apanho meu rádio e corro para o museu.

87

Lotado, o Museu Metropolitano de Arte de Nova York comporta cinquenta mil visitantes por vez.

Não estava nada lotado. Havia, provavelmente, apenas duas ou três mil almas vagueando por seus corredores.

Encontrei Coyle tentando retomar o fôlego no alto de uma escadaria, uma multidãozinha perto dele tentando, educadamente, não olhar para ele. Acertei meu joelho em seu peito, meu cotovelo em sua garganta, derrubando-o sobre o chão gelado, berrando "Quem é você?"

"Coyle!" ganiu. "Você me conhece por Coyle!"

"Quem eu era quando Marigare atirou em você?" Ele não respondeu, então apertei o cotovelo ainda mais contra seu pescoço, fazendo seus olhos se revirarem, a língua fraquejar contra os lábios. "Quem eu era?"

"Enfermeiro! Era... Samir! Samir Chayet!"

"Quem o levou até Lyon?"

"Irena. Você. Irena!" O som mal saía dele, debaixo do peso da segurança que o prendia, as extremidades das orelhas completamente vermelhas.

Saí de cima dele, enquanto mais curiosos se aproximavam de nossa ceninha. "Quem você tocou?" sussurrei. "Quem tocou?"

"Uma mulher. De cabelo vermelho. Meu ombro..."

"Eu que bati nele. Desculpa."

Vasculhando a multidão — mulher de cabelo vermelho, mulher de cabelo vermelho — não a encontrei, mas isso não significava muita coisa. "Vá embora", murmurei. "Dê o fora daqui."

"Quê?"

Coloquei-o de pé. "Vá embora. Suas feridas vão protegê-lo. Ela não veste peles danificadas. Houve tiros aqui, a polícia deve estar a caminho. Vá embora!"

"Não posso simplesmente..."

"Vá!" Minha voz ecoou pela escadaria, propagada pelas paredes nuas. Empurrei-o para longe e me virei para a multidão, ordenando "Vocês todos, saiam daqui!"

A mão de Coyle segurou minha camisa quando me virei. "Seja eu", pediu. "Assim ninguém mais morre."

Afastei meu braço dele, sacudindo a cabeça.

"Kepler!" Segurou com mais firmeza, puxando-me de volta. "Eu matei Josephine. Fui eu. Eu a matei. A mulher que você amava. Seja eu! Essa mulher que você é agora, ela não tem que morrer. Ninguém mais tem que morrer. Galileu sabe quem sou, conhece meu rosto. Seja eu!"

Ele chorava.

Eu nunca vira Nathan Coyle chorar.

Libertei meu braço dele, afastando-o. "Não", respondi. "Eu amo você."

E corri pela multidão.

Galileu.

Quem é você, Galileu?

Sou uma segurança do museu.

Uma turista japonesa admirando espadas samurai.

Professor de artes tomando notas sobre esculturas da América.

Um estudante esboçando a imagem da deusa Kali, dançando sobre as caveiras dos inimigos, dizimados como um castigo justo.

Sou um homem querendo se sentar num dos banquinhos da galeria.

Uma mulher com granola presa entre os dentes.

Um funcionário empurrando um carrinho de bolos.

Viajante com o fone do audioguia contra a orelha.

O porteiro com um cinto muito justo sobre o bucho vazio.

A cada passo há alguém novo para ser, outra nuance de pele.

Minha pele é suave feito seda, tendo passado por uma hidratação naquela manhã.

Tenho um eczema no cotovelo, e calombos avermelhados no braço.

Sou velho e recurvado

jovial e bela

tenho a pele da cor do sol do outono

pálida feito neve

negra que nem piche

tão cálida que posso sentir o menor formigamento nos lábios carnudos

tão fria que meus dedos dos pés não são nada além de nacos de carne descongelada, enfiados nos sapatos.

Movimento-me pelas galerias, parando entre as pedras dos templos egípcios, sob o olhar de santos medievais, procurando por quem procura por mim.

Onde está você, Galileu?

Não pode estar longe.

Não deve ter fugido, não desta vez.

Gosta do que vê?

Viemos aqui para isso, você e eu.

Viemos dar um fim a isso.

Gosta do que vê?

E então eu sou...

um segurança armado, porque tiros foram disparados no pavilhão de chá chinês e lá há um homem morto numa cadeira, um homem rico, patrono de muitos eventos culturais importantes, e há furos de bala na parede, e marcas de bala no vidro do teto, cujos painéis se quebraram para dar entrada a um céu soturno, e uma mulher jaz no chão, ensanguentada, com uma bolsa cheia de dinheiro e nenhuma memória de como chegou ali, por isso seguranças armados isolam a ala inteira e a polícia está bloqueando o acesso à galeria, mas tudo bem, Galileu, está tudo bem.

Porque onde há polícia, há armas, há coletes à prova de balas, há oportunidade.

Passo para um homem com um narigão achatado, meus cabelos pretos bem curtos. Sou da polícia de Nova York, a melhor, e seguro uma escopeta com as duas mãos, colete de proteção azul no peito, botas e joelheiras pretas e pesadas, e me movo com a equipe à qual fui designado, porque é isso que eu devo fazer, balançando a cabeça para responder a qualquer pergunta, sem falar, já que eu não saberia o que dizer.

A polícia isolou o pavilhão de chá, cruzando fitas de contenção na porta, e onde antes havia apenas meia dúzia de nós, agora éramos vinte, trinta, caminhões parando na rua com novos pelotões. Em poucas horas entraríamos nas manchetes, TIROS DISPARADOS NO MUSEU METROPOLITANO DE ARTE, e com certeza não pararia por aí; pode haver novos incidentes.

Vão fechar o museu?

Não, não vamos fechar o museu.

Deveriam fechar o museu, senhor.

Faz ideia do quanto isso demoraria? De quanto custaria?

Um homem morreu, senhor.

O que é uma tragédia, mas essas coisas acontecem. E que inferno, vocês já pegaram a arma que disparou o tiro. Será que poderiam parar de amedrontar os visitantes?

Olho em volta para as dezenas de policiais e guardas armados, e um deles é Galileu. Nós dois corremos atrás de armas, de preferência uma carregada por alguém vestindo proteção contra balas, então olhe, olhe direito, procure a anomalia, o homem cambaleando, o mais lento, o homem que não responde ao próprio nome, que fica para trás. Procure pelo que não se encaixa, cujo peito não se estufa com orgulho, por aquele que tem o dedo nervoso perto do gatilho, pelo que espia os vizinhos de muito perto.

Quem dentre vocês fala francês quando não deveria falar francês?

Qual de vocês ama os Mets, mas tem uma cueca dos "Yankees"?

(Senhor Seja-lá-qual-for-seu-nome.)

O que não consegue lembrar o número do próprio distintivo.

O que comeu no café da manhã.

Os nomes verdadeiros.

(Eu sou Kepler.)

Quem é você, Galileu?

Então um homem se aproxima, revólver ao lado do corpo, distintivo preso ao cinto, e diz "Pegou, Jim?"

Viro-me e olho em seus olhos, e ele deve ser meu parceiro, eu devo ser Jim, e talvez eu tenha pegado, seja o que for, mas não tenho como dizer isso a ele.

Ou talvez meu nome nem seja Jim.

Ele me olha e eu olho de volta, e há um instante que se alarga demais, e ele sorri, tentando entender o estranhamento em meu olhar, e meu dedo toca o gatilho da escopeta e eu penso se, a esta distância, ele teria alguma chance, mesmo coberto por proteção. Ou se eu teria.

"Jim?" pergunta de novo. "Pegou?"

"Não", respondo. "Ainda não."

"Jim?" Irritação, aborrecimento em sua voz. "Jim, cadê?"

Um momento, dúvida, hesitação, e pelo canto do olho eu vejo um movimento que pode ser tão inocente quanto uma coçadinha no nariz, tão cauteloso quanto o esfregar de uma orelha, e eu não penso duas vezes, levando a mão ao pescoço do meu parceiro e

sangue banha meu rosto.

À queima roupa, sangue e cérebro e pedacinhos de crânio espalhados, encaro o rosto do homem que quase certamente se chamava Jim, e provavelmente estava de posse de seja lá o que pedi para ele. Encaro seu olhar enquanto tomba, deformado feito um copo de plástico amassado, uma mão escorregando de meu pescoço, tocando meu ombro quando cai, um peso morto no chão, uma bala certeira entrando pela nuca e saindo pela testa, formando uma nuvenzinha de sangue na pilastra atrás de mim.

Atrás dele, o atirador, um rapaz de não mais que dezenove anos, arma empunhada, dedo ainda no gatilho, capacete da polícia baixo sobre os olhos, soltava uma risadinha.

Agarro minha arma, e com os olhos do atirador se abrindo em surpresa, meto duas balas em seu peito e uma terceira no pescoço, escopeta apoiada em minha cintura, um som vago de ódio incoerente acompanhando o rolar do corpo do homem que eu era, a meus pés, manchando de sangue meus sapatos.

Braços me agarram, arrancando a arma de minhas mãos, e grito furiosamente enquanto me levam ao chão, três, quatro homens me derrubando, mãos em minha cabeça, rosto, braços, mas minha agitação não é por eles, e sim pelos outros três homens derrubando o atirador, derrubando Galileu enquanto o sangue borbulha em sua garganta, esguichando em grandes jatos a cada respiração, e então

um deles se afasta.

Um dos homens que o derrubaram fica a alguns passos, olha para mim e sorri

e eu grito outra vez

e

uma mão agarra meu rosto

agarro o rosto com a minha mão

e logo a afasto do corpo trêmulo e confuso, ficando livre daquele embate e bradando "*Galileu!*"

Ele se vira e foge.

Corro atrás, deixando meus colegas atordoados para trás, tateando meu cinto, sentindo a arma, erguendo-a para atirar bem quando ele vira num corredor, uma energia quase infinita em seu corpo jovem e uniformizado, passando por estátuas de um Buda sereno, da bela Kuanyin talhada em jade, alaúde nas mãos, ramos de salgueiro a suas costas. Disparo, e meu tiro passa ao largo, indo se cravar em uma tela com aves delicadas pintadas sobre seda, que despenca quando as pessoas em torno dela fogem aos gritos, então Galileu

tropeça

e quando tropeça, sua mão parece tocar o braço de uma mulher vestida de roxo, com rabo de cavalo, e eu grito outra vez "Galileu!"

E ela me olha, me vê chegando, e vê que eu *a* vejo, e foge correndo por sob a madeira escura de um arco xintoísta, erguido contra maus espíritos, virando outra vez, seus pés deslizando em mármore, e indo parar em uma sala cheia de violinos e violoncelos, flautas de marfim, guitarras adornadas por pérolas, um palácio à música das eras, onde ela

agarra o braço de um homem todo vestido de branco que olhou para mim e, vendo que eu o olhava, pela primeira vez demonstrou um pouco de medo, fugindo também, seus pés mais ágeis que os dela haviam sido, seus sapatos mais apropriados para a perseguição, largando casaco e bolsa enquanto cruzava cenários rústicos de feno e ovelhas, camponesas e santos moribundos, e mais um corredor, e outra vez a tentativa de trocar, sem fugir agora, mas sentado quieto e sereno no corpo de um segurança à porta, mas que se foda, empunho a arma para atirar, e vendo minha expressão o guarda se lança, com unhas e dentes, em minha direção, e eu puxo o gatilho, atirando-o para trás, e enquanto cai sua mão agarra a mão do mesmo homem que acabara de ser, que prontamente se põe de pé e volta a correr, deixando o segurança em pânico a suas costas.

"*Galileu!*"

Minha voz, estranha, policialesca, os pulmões de fumante, ecoa pelos corredores. Agora ele é uma mulher que atira a bolsa em mim quando me aproximo, agora um adolescente de passo incrivelmente largo, num pique de tirar o fôlego que me deixa ofegante, tentando respirar, mas não vou desistir da caçada ou deste corpo com arma e colete, então enquanto ele se adianta por rostos dispostos e cheios de ar, eu sigo atrás todo suado, cansado, procurando por uma boa mira — só quero uma boa mira.

Aglomerações se desesperam e se dispersam à nossa volta, como o oceano frente a um Moisés irado, e nós seguimos por corredores de totens antigos pilhados do Pacífico, passamos por mantos de conchas roubadas de sacerdotes americanos mortos. Ele salta e é ela, ela salta e é uma criança, que salta e é um homem outra vez, tudo isso enquanto passamos por monumentos aos mortos, imagens antigas de deuses que se extinguiram quando esquecidos por seus adoradores, símbolos talhados para despachar as almas no além ou para enviá-las de volta ao abraço dos oceanos de onde certa vez saíram.

Há policiais atrás de nós, seguranças, mas quem sabe quem perseguir? Um homem que foi Galileu é levado ao chão; uma mulher que há três corpos correra, agora grita parada com armas apontadas para si, Quem é você, Quem é você, Por que correu? Corri o quê? ela engasga. Corri por quê?

Uma figura de cinza, Galileu feito criança, cabelo preto liso, pele clara, uniforme cinzento e meiões até a canela. Em uma mão, carrega uma mochilinha de escola entreaberta, revelando livros didáticos e espalhando papéis pelo chão enquanto corre.

Uma mulher mais à frente. Tem uma arma, o véu desarranjado sobre o rosto. Consigo ver alguma pele na área dos pulsos, olhos e pescoço, mas ela não parece se importar, apontando a arma para

não para a criança
para mim.

Pâmela, de volta à ação. Grito "Sou Kepler! Eu sou Kepler!"

Ela não me dá ouvidos, não parece notar a criança correndo em sua direção enquanto ergue a arma e
dispara.

Atiro-me ao chão. Sou um policial. Visto colete a prova de balas, tenho os músculos bem treinados, costumo fazer longas caminhadas... ou talvez não. Talvez eu vá de carro para todo canto, viva comendo rosquinhas e tenha um coração prestes a pifar. Nessa confusão, realmente não tive tempo de conferir. Seja como for, uma bala é uma bala, e já não estamos com muito tempo sobrando.

Me jogo.

Zeus nos observa do alto, repleto de raiva e pesar pelos atos dos mortais. Afrodite penteia seus cabelos de mármore, Ares se engalfinha com um guerreiro, Hércules estrangula uma serpente, e Janus de duas faces, deus dos portais, soleiras, fins e tempos, gargalha por um rosto e chora pelo outro, e eu? Eu me escondo sob uma estátua de Atena, deusa da sabedoria e guerra, o rosto voltado para baixo num sorriso sereno, já ciente de quem vai vencer.

Pam está parada no meio do salão. Veio seguindo o barulho dos tiros, o que a fez corajosa, tola ou, por algum outro motivo, emocionalmente envolvida. Não dispara outra vez, mas o que fez já foi o bastante: as pessoas correm, fugindo da galeria, empurrando umas às outras e abrindo caminho até a saída. Alguém, em algum lugar, disparou um alarme, e há uma evacuação em curso, do jeito que a polícia queria. Na escadaria atrás de mim, alguém cai, alguém chora, alguém soluça, e eu me lembro da estação Taksim, onde tudo isso começou, quando fugi da mira de um estranho assim como Galileu foge da minha.

Sou da polícia.

As pessoas devem me obedecer.

Grito "Todo mundo para fora!" mas todo mundo já havia saído.

Minhas mãos suadas seguram a arma, mas meu tempo de reação é impressionante. Dentro do peito, o coração já começa a normalizar os batimentos.

"William..."

Uma voz infantil, musicada. "Oh, William!"

Quem diabos é William?

(Meu Will, morto nas docas de Miami.)

Ah, sim.

Eu já fui William.

Faz bastante tempo.

Espio detrás de Atena, e lá está ele.

O menino, Galileu, não mais velho que nove ou dez anos. Sorri, uma mão na mão de Pam, a outra ainda agarrada à mochila. Ela tem um olhar vazio, o rosto mais cinzento que o lenço, a arma ainda na mão direita, largada ao lado do corpo. Claro. Veio até aqui sem qualquer luva, e agora está parada ali, a imagem da maternidade segurando uma criança, e essa criança é Galileu.

Aponto a arma para a criança, depois para Pam.

O menino balança a cabeça. "Mas quem será que eu sou?"

A criança cambaleia. Pam pisca, então sorri, os dedos apertando com mais força a mãozinha do menino. "Qual dos dois prefere que eu seja?" pergunta, depois também vacila enquanto o menino sorri, apertando a mão de Pam contra a própria bochecha como um gato se esfregando nas pernas do dono.

"Atire em mim..."

"Ou em mim?"

"Qual dos dois..."

"Primeiro?"

Ele é ela, ela é ele, um agarrado ao outro, e nos momentos em que ela não é ele, mostra-se aterrorizada, lágrimas rolando pelo rosto, e nos momentos em que ele não é ela, faz xixi nas calças, uma criança perdida e confusa, agarrada a uma desconhecida sem saber como chegou ali.

Mantenho meu posto.

A arma apontada para algum lugar entre os dois — tenho mais chances se eu for rápido, e eles não.

Sou a elite de Nova York, chamado à cena de um crime.

Estou armado.

E estou para matar uma criança, Galileu.

Will, morrendo num cais de Miami, sangue brotando em seu peito.

Johannes Schwarb, queimado vivo para que todos vissem.

Gosta do que vê?

Falei "Já o matei antes, vou matar de novo".

Galileu arreganha os dentes num sorriso, e tão breve quanto aparece, a expressão some outra vez, e, esfregando um olho com o punho, balbucia "P-p-por favor, senhor, não machuque o menininho".

Firmo o punho da arma, mirando em sua cabeça. "Não o conheço", respondo. "Vai ser só um instante, e isso é tudo. Só mais um momento, e pronto."

Meu dedo pressiona o gatilho.

Um tiro.

Não meu.

Algo se choca contra minhas costas, no colete à prova de balas, levando-me ao chão. Caio de quatro, sem ar, os ouvidos apitando, Galileu a minha frente. O tiro deve tê-lo assustado e ele saltou, porque agora ela estava ali, respiração presa, arma pronta para atirar, firme nas duas mãos, e a seu lado o menino chorava, atordoado, sem saber para onde ir, sem entender nada.

Passos atrás de mim, aproximando-se pelo lado.

Viro um pouco a cabeça, costelas reclamando ao menor movimento, e lá está Coyle, a meu lado, apontando a arma firmemente para Pam, que também firma sua arma e aponta de volta. "Lembra de mim?" ele pergunta. Galileu vira a cabeça para o lado, curioso. "Lembra de mim?" A voz de Coyle trovoa pelo salão vazio, pelo sorriso vazio da mãe Hera, passando pelos braços cruzados do raivoso Possêidon e se espalhando até as paredes de pedra do museu.

Tento me levantar, mas penso melhor e continuo de joelhos, as mãos no chão, respirando fundo. Meu colete parou a bala, mas não o impacto, e agora meus ouvidos apitavam e minha boca tinha o gosto amargo de adrenalina.

"Coyle..." ofeguei.

"Calado", bradou, os olhos ainda fixos em Galileu. "Lembra de mim?"

"Não", ela respondeu. "Quem é você?"

Eu o vi respirar fundo. Seria mágoa? Será que imaginara que seu assassinato significaria qualquer coisa para uma criatura como Galileu? "Menino. Ei, você!"

A criança olhou para ele.

"Fora daqui."

Ela não se moveu.

"Fuja!" A voz de Coyle ecoou pelas paredes, pelas estátuas de deuses e monstros, e a criança fugiu, largando a mochilinha para trás, correndo por sobre os papéis espalhados no chão.

Coyle mantinha a arma apontada para Pam. Ela mantinha a sua apontada para ele. "Bom", ela por fim disse. "E agora?"

A mão de Coyle tremia, mas sua voz tremia mais. "*Santa Rosa*. Você me usou lá. Lembra?"

"Não."

"Matei uma mulher — *você* a matou *me* usando. Lembra?"

Galileu deu de ombros.

Coyle, trêmulo, empunhava a arma com firmeza. "Enfiou uma faca em mim. Como pode não lembrar?" Um berro no salão.

Penso: você está ficando histérico, Nathan Coyle. Nada.

Galileu lembrava; ela não lembrava.

De todo modo, não se importava.

"Nathan... por favor..." Fiz um esforço para me pôr de pé, ficando de joelhos, primeiro um pé, minha mão tentando pegar seu revólver. "Dê a arma. Eu faço isso. Dê essa arma!"

"Oh! Você me ama?" Havia surpresa e deleite na voz de Galileu, que agora olhava para Coyle, reparando em seu rosto, endireitando a própria postura, erguendo a cabeça, demonstrando prazer naquilo, uma princesa se mostrando a seu príncipe. "Eu também o amo?"

Coyle mordeu o lábio inferior, os braços preparados, dedos a postos.

Então baixou a arma.

Galileu sorriu.

Estiquei o corpo para pegar minha arma, me jogando de barriga no chão, mas quando meus dedos alcançaram a coronha, Coyle pisou com força em minha mão, fazendo meus dedos se abrirem, a dor percorrendo todo o braço. Ele se abaixou, colocando um braço por meu pescoço, e me ergueu, segurando meu corpo de tal modo que ficasse colado ao dele, seus joelhos contra minhas costas, a arma em minha cabeça. "Sinto muito", lamentou. "Sinto muito."

"O que você está fazendo?"

"Ela está certa. Eu a amo. Amo Pam. Não um amor efusivo, não isso. Eu a amo... o suficiente. Um pouquinho, só um pouquinho a mais do que odeio Galileu."

"Ou ela morre ou morremos nós", silvei. "É assim que isso termina."

Ele me acertou. Não com força, mas com a coronha da arma não precisava ser. Fraquejei em seus braços, sentindo sangue escorrer atrás da orelha, sua respiração perto de mim, a mão nua contra minha garganta. "Eu matei Josephine", sussurrou, tão suavemente, uma voz só para mim, um murmúrio de amor. "Matei-a sem nem pensar. Matei-a mesmo depois que você havia saído. Lembra?"

Galileu assistia.

Coyle passou a língua pelos lábios. "Certo", disse. "Então tudo bem." Suas mãos tremiam, a boca se contraía como se tentasse engolir os próprios lábios. Nisso, atirou a arma para longe, deixando-a se estatelar contra o chão, me puxando para um lado, estufando o peito e olhando para Galileu.

Eu caí, o rosto coberto de sangue, quente, os pulmões lutando por ar, braços e pernas frios.

Galileu firmou a empunhadura, incerta se devia atirar primeiro. Encolhi meu corpo dolorido, apertando os olhos fechados, esperando o tiro, a dor, o fim.

Então Coyle disse "Seja eu".

Não falava comigo.

Ergui os olhos.

Ele encarava Galileu, as mãos soltas ao lado do corpo.

"Seja eu", falou, e deu um passo na direção dela.

Galileu inclinou a cabeça para um lado. "Por quê?"

"Nathan." Minha voz era um sopro áspero, minha língua mal se movia. "Não faça isso."

"Kepler me ama", falou. "Vai matá-lo, não importa quem você seja. Eu amo você. Amo você. Amo... quem você está usando. Não vou deixar que ela morra, não agora, não depois de tudo... Mas Kepler não vai me matar. Eu matei gente demais. Seguindo ordens. Você não se lembra de mim, mas amo você. Seja eu."

Engatinhei pelo chão, agarrando a arma caída de Nathan, erguendo-a. Ele se colocou entre mim e Galileu, impedindo que eu atirasse. "Coyle! Pelo amor de deus, sai..."

Sua mão tocou o rosto de Galileu, suave, como amantes se encontrando após longo tempo. "Você realmente deseja ser amado?" perguntou. "Deseja realmente saber o que isso significa?" A arma de Galileu estava pressionada contra sua barriga, mas ele não parecia dar importância. "Kepler, quando era eu, me despiu. Deitou numa banheira e sentiu o calor se espalhar por minha pele. Se enfiou debaixo das cobertas, encarou o rosto no espelho, viu meus olhos. Você quer mesmo saber o que o amor significa?"

"Nathan!" A palavra saiu como um soluço de minha garganta, um calor percorrendo meu corpo, terror em minhas mãos. "Por favor!"

"Ele vai lhe matar", sussurrou Coyle, seus lábios colados no ouvido de Galileu. "Vai matá-lo, porque isso vai levar apenas um segundo e depois ele terá partido. É isso que essa história significa para ele. Um instante que vem, um instante que vai. Mas não vou deixar que isso aconteça — não mais. Ele me ama. Kepler me ama, não é?"

"Não, por favor..."

Sua voz era macia, agora. Tão macia. "Ouça o que ele diz. Você alguma vez já ouviu alguém implorando assim?"

"Não", respondeu Galileu. "Desse jeito, nunca ouvi."

"É amor. Não é clemência, como quando imploramos sua misericórdia no *Santa Rosa*. Também não é medo, nem dor, nenhum capricho. É puro amor, de uma criatura por outra. Kepler tem sido mais íntimo de mim do que qualquer outra criatura nesse planeta. Kepler me ama. Jamais me magoaria. Entende isso?"

Galileu disse "Sim".

Coyle sorriu, pressionando os lábios contra o pescoço de Galileu, abraçando-o forte.

Por bastante tempo ficaram parados ali, o homem e a mulher. As mãos dela agarravam firme as costas de Coyle, apertando-o ainda mais. Pareciam de pedra, uma estátua viva, num abraço que jamais terminaria.

Então as mãos de Coyle se afrouxaram.

Pam deu um passo em falso, confusa, meio tonta.

Coyle permaneceu onde estava, com a cabeça baixa e as costas retas. O olhar de Pam percorreu a sala, parando em mim, a boca abrindo e fechando, tentando encontrar palavras com que falar.

Coyle ergueu o rosto e sorriu para ela. Com uma mão, agarrou-a pelo pescoço, sufocando-a, e com a outra tomou a arma de sua mão sem forças, mirando em sua barriga.

"Não! Nathan! Não!"

Sua cabeça se virou um pouco, ao som de minha voz, mas ele não se moveu, não tirou os dedos da pele de Pam. Atirei a arma para longe, ouvindo-a se chocar contra as pedras gregas e divindades romanas. "Deixe-a ir", falei. "Eu faço o que você quiser, vou a qualquer lugar, viro qualquer pessoa. Deixe-a ir embora."

Seus dedos sentiram o contorno do pescoço dela.

"Por favor."

Implorando de joelhos: por favor.

Coyle

não-Coyle

sorriu.

Não o próprio sorriso.

"Você me ama?" perguntou.

Fechei meus olhos. "Sim."

"Me ama?"

"Sim. Amo demais."

Seus dedos largaram o pescoço de Pam. Com delicadeza, empurrou-a para longe, vendo seu rosto banhado em lágrimas, sua maquiagem borrada. Balançou a cabeça. "Saia daqui", ordenou. "Saia daqui."

Ela saiu.

Eu estava sozinho com Galileu.

Com Coyle.

Com Galileu.

Ele veio em minha direção, e fiquei no lugar. Parou a minha frente, sorriu, olhou em meus olhos. A mão com a arma a colocou em minha cabeça. Com a outra, agarrou meu queixo, botando-me de pé. Não ofereci resistência. Segurava meu rosto entre os dedos, sem delicadeza nem força, até chegar a uma conclusão, me puxar para perto e colar seus lábios contra os meus. Galileu me beijou, e eu beijei Coyle em retorno.

Depois me soltou, olhando-me outra vez, com os olhos rasos d'água, os lábios numa expressão de animação e encanto. "Você me ama mesmo!"

"Sim."

"Você *me* ama! Realmente me ama, você me ama!"

Encarei o rosto que havia sido meu, pueril agora, torto de alegria, esperança, maravilhamento. A arma pendeu frouxa a seu lado, brevemente esquecida enquanto ele passava um braço por trás de meu pescoço e me puxava novamente, para um abraço. Beijava como um homem recém-liberto de uma prisão, e eu o agarrava firme contra mim, retribuindo o beijo, minha mão direita acariciando seus cabelos, sentindo o calor de sua pele, minha mão esquerda passeando pela lateral de seu corpo, sob o peso relaxado de seu próprio braço.

Meus dedos tocaram de leve os seus, encontrando o peso da arma ainda empunhada.

E me pareceu, enquanto ele me agarrava contra sua pele quente, familiar, que naquele momento eu era Nathan Coyle, e ele era eu. Sua carne se confundia com a minha, seu pulso batia em minha pele, então eu não era capaz de dizer que mão pertencia a que corpo, que perna pressionava qual coxa, qual lábio sentia formigamento. Mais que isso, eu sabia o que Coyle estava prestes a fazer, o que estava fazendo no mesmo instante em que Galileu afastou seus lábios dos meus e, com lágrimas inundando o rosto, me encarou bem nos olhos.

Ele me amava.

Meus dedos apertaram os seus, em volta da arma, e eu delicadamente a virei contra ele.

Seus dedos tocaram minha bochecha, acompanhando o contorno de meu rosto. "Agora", disse, "eu sei o que é amor."

Puxei o gatilho.

88

Quando a polícia encontrou o corpo, ele já havia sido encontrado.

Por um dos seus...

um homem que era...

... alguém...

um homem armado,

já estava ali.

Eles gritam, Aldama, coloque as mãos onde podemos vê-las, Aldama, afaste-se do corpo, deixe as mãos à vista.

Ele não obedece.

Em vez disso, se agarra ao corpo do homem caído, segurando-o como a uma criança, e chora.

Eles o algemam, de todo modo.

O médico lhe pergunta Qual seu nome?

Qual seu nome?

Ele não se lembra.

Está em choque, dizem — deve estar em choque. Acontece com todos, uma hora ou outra, até com o velho Aldama.

Um tenente lhe traz uma xícara de chá.

Seus dedos se encontram quando ele entrega a bebida.

Aldama diz Mas que porra estou fazendo aqui? Por que caralhos me algemaram? Que merda está acontecendo?

O tenente não responde.

Inverno em Nova York.

Caminho, mas caminhar é lento demais, e estou perdida. Há um sol claro de inverno em algum lugar acima, mas os prédios são mais altos que o céu e não consigo achar meu caminho pelas sombras que deitam nas ruas.

Caminho, e nem percebo a friagem em minhas pernas, os dedos congelando. Devo ter esquecido meu casaco na chapelaria do museu. Talvez tivesse também uma bolsa com meu nome soterrado em algum lugar. Uma vendedora de castanha caramelada diz,

"Ei! Senhora! Você está bem?"

Sou uma senhora?

É o que sou hoje?

"Ei! Ei, está perdida?"

"Não, não estou."

"Parece um pouco, sim."

"Não estou perdida. Estou bem, muito obrigada."

Sua boca diz Tudo bem, mas seus olhos dizem Que mentirosa, ainda que ela não saiba exatamente sobre o que estou mentindo.

Caminho para longe, agora ciente de todas as coisas, de minhas pernas finas e coxas grossas, dedos azulados e cabelos escorridos, e com a consciência vem também a lembrança de sangue em minhas veias e tempo em meus olhos, mas apenas por um momento, e esse momento fica para trás.

Caminho, e é algo lento demais; as coisas são sempre muito devagar. Viajar demora, aprender algo também demora, demora-se para estudar e para crescer, conseguir um marido demora, conseguir uma esposa também, envelhecer e morrer, tudo demora. É muito lenta esta vida, sempre lenta demais, e eu

não posso ficar nela por muito tempo. Porque alguém tem o que desejo, seja lá o que isso for.
Caminho,
e então corro.
Acelero sem me mover, viajando pelo toque.
Minha pele está solta no vento
meu fôlego não para quieto
e sou
mulher, luvas de lã grossas contra o frio
homem de tênis amarelos, perdido
sou a desconhecida que lhe entrega as flores brancas que carregava nas mãos
o rosto que você esquece quando desvia o olhar
sou belo
até ver que ela é mais bela que eu
e ele mais belo outra vez
tão belo, nunca o bastante
sou a mulher que pisa em seu pé no trem
quem tromba com você na fila
pergunta que horas são
sou o velhinho que não lembra o próprio nome
a velhinha cansada que gostaria de ser outro alguém.
Sou ninguém.
Sou Kepler.
Sou amor.
Sou você.

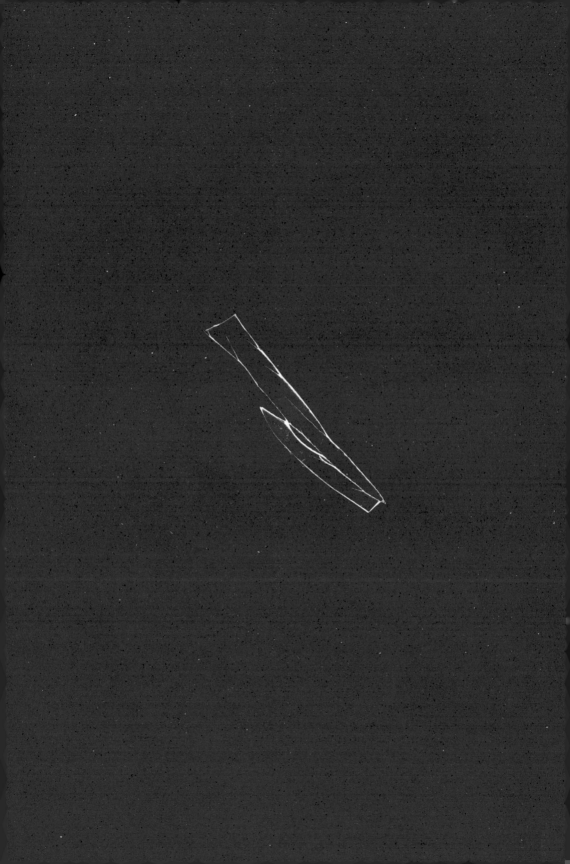

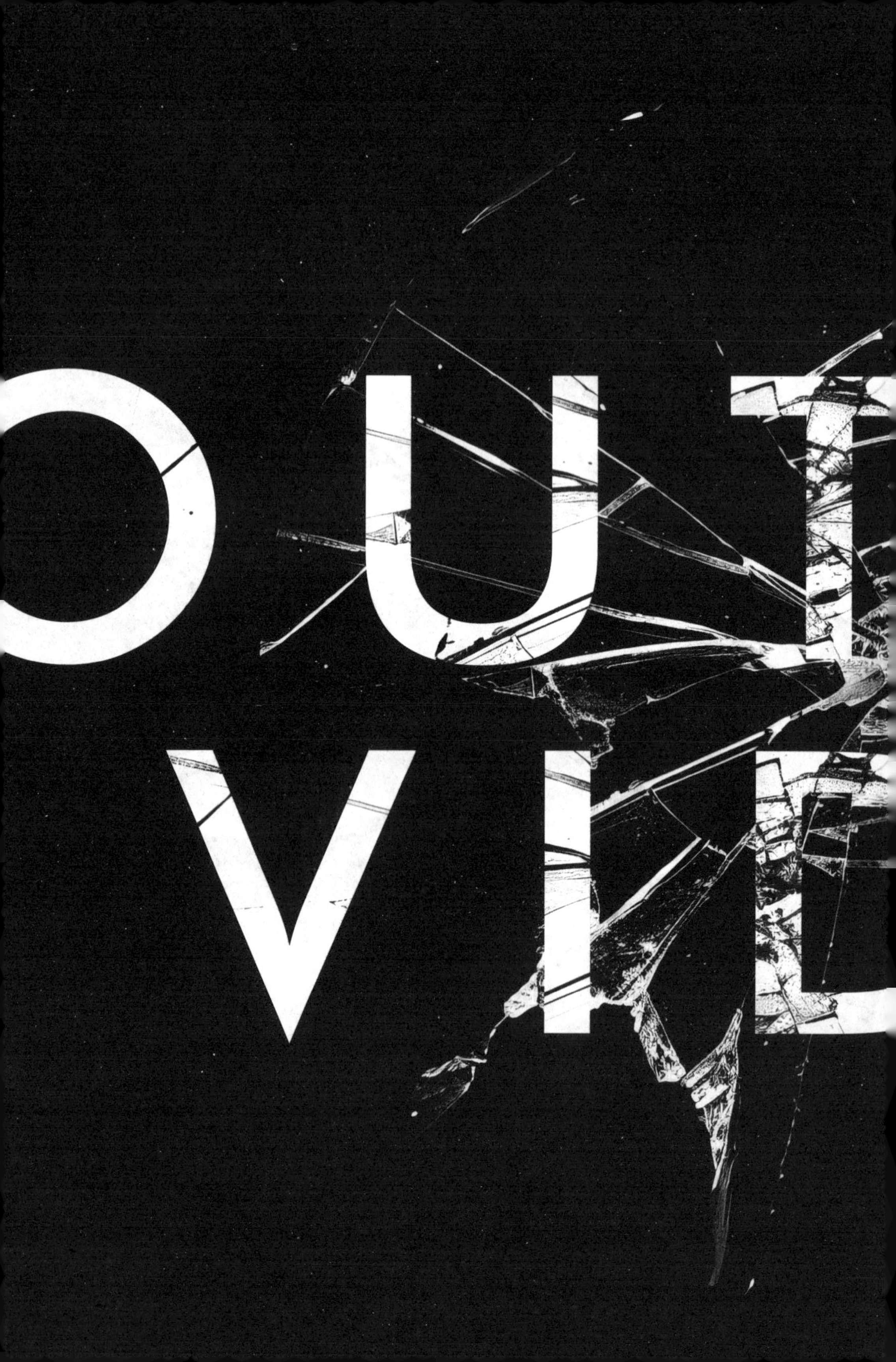
OUT
VIL

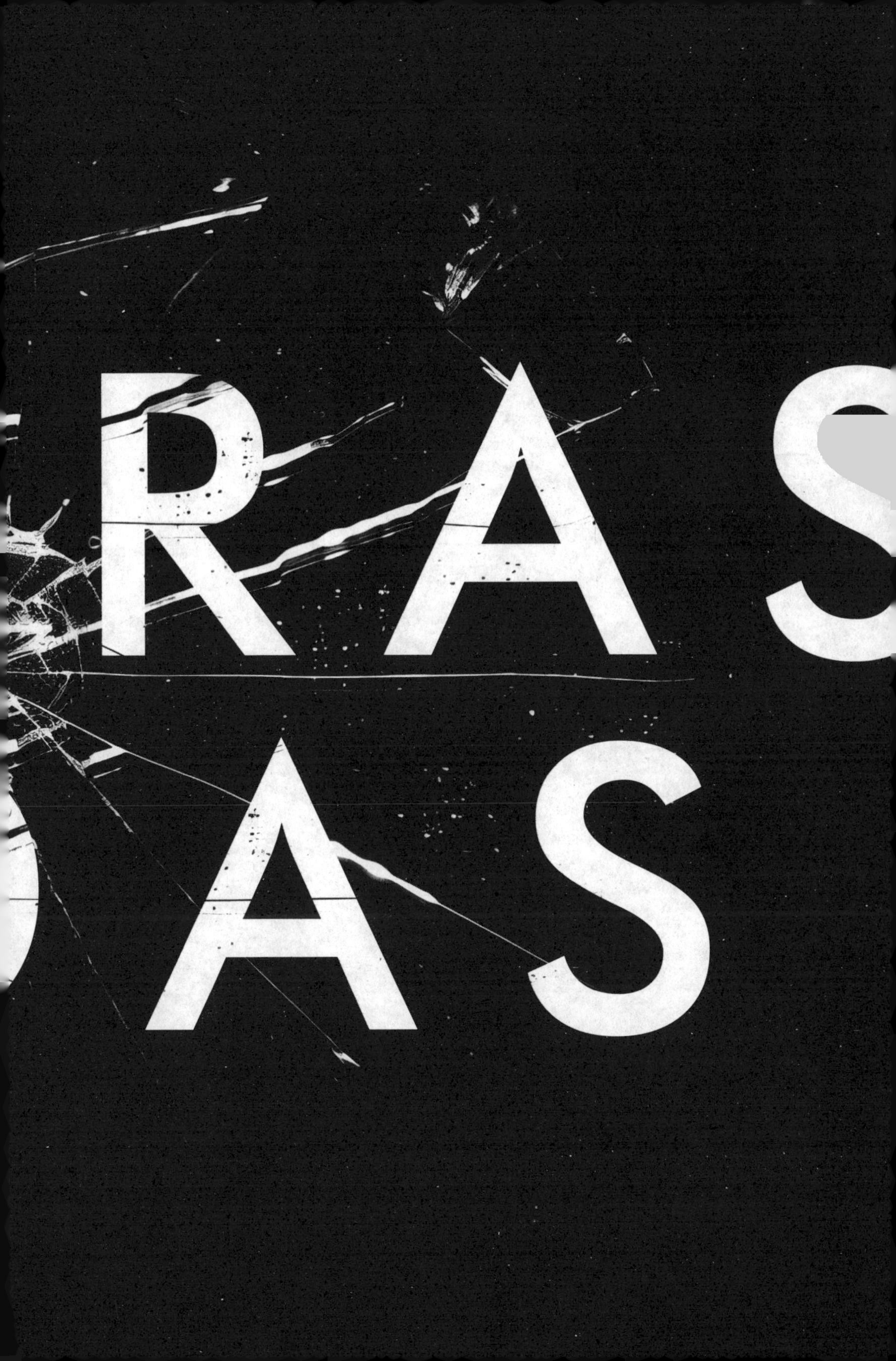
RAS
AS

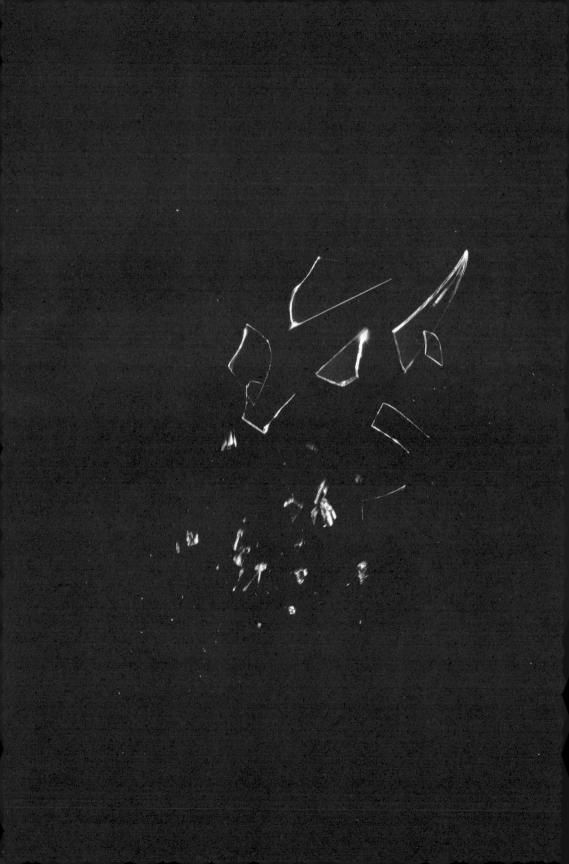

CLAIRE NORTH é o pseudônimo de Catherine Webb, que também escreve sob o nome de Kate Griffin. Seu último livro, *84k*, foi selecionado para o Brave New Words e o Philip K. Dick Awards. Também escreveu *As Quinze Vidas de Harry August* e *Sudden Appearance of Hope*. A autora também trabalha como designer de iluminação para shows ao vivo, ensina defesa pessoal às mulheres e é fã de grandes cidades, longas caminhadas, comida tailandesa e grafite. Ela vive em Londres. Saiba mais em kategriffin.net

DARKLOVE.

DARKSIDEBOOKS.COM